W0407218

KiWi 70

Über das Buch

Die Geschichte des Studenten Ullrich Krause ist ein moderner Entwicklungsroman, in dem Uwe Timm ein atmosphärisch dichtes Bild von den Anfängen der Studentenbewegung zeichnet. Spannend, witzig, mit einem ironischen Blick auf die bisweilen komischen Züge der Studentenrevolte erzählt *Heißer Sommer* von allen exemplarischen Stadien der Politisierung jener Jahre. *Heißer Sommer,* eines der wenigen literarischen Zeugnisse der Revolte von 1967, ist heute, zwanzig Jahre nach seinem ersten Erscheinen, selbst ein Stück Geschichte. Durch seine Genauigkeit, seine Ironie und Authentizität hält es gleichzeitig uneingeholte politische Erwartungen wach. Die Atmosphäre eines bewegenden historischen Moments mit all seinen Spannungen, Aufbrüchen, beschleunigten Entwicklungen wirkt ungebrochen lebendig und aktuell.

»Für mich, der ich ›damals‹ draußen stand, ist *Heißer Sommer* eines der wichtigsten Bücher«. Alfred Andersch

Der Autor

Uwe Timm, geboren 1940 in Hamburg. Nach der Volksschule Kürschnerlehre. Besuch des Braunschweigkollegs, 1963 Abitur. Studium der Philosophie und Germanistik in München und Paris. Promovierte über das Absurditätenproblem. Zweitstudium der Volkswirtschaft. Lebt in München. 1989 Literaturpreis der Stadt München. 1990 Deutscher Kinderbuchpreis für das Kinderbuch *Rennschwein Rudi Rüssel.*

Weitere Titel bei k&w

Deutsche Kolonien, Fotoband, 1981. *Der Mann auf dem Hochrad,* Roman, 1984, KiWi 97, 1986. *Heißer Sommer,* KiWi 70, 1985. *Morenga,* Roman, 1984, KiWi 82, 1985. *Kerbels Flucht,* Roman, KiWi 232, 1991. *Der Schlangenbaum,* Roman, 1986, KiWi 198, 1989. *Vogel, friß die Feige nicht,* Römische Aufzeichnungen, 1989. *Kopfjäger,* Roman, 1991, KiWi 320, 1993. *Erzählen und kein Ende,* 1993. *Die Entdeckung der Currywurst,* Novelle, 1993.

Uwe Timm

Heißer Sommer

Roman

Kiepenheuer & Witsch

5. Auflage 1998

Zuerst erschienen 1974 bei Verlagsgruppe Bertelsmann
München, Gütersloh, Wien
© 1985 by Verlag Kiepenheuer & Witsch, Köln
Alle Rechte vorbehalten
Kein Teil des Werkes darf in irgendeiner Form
(durch Fotografie, Mikrofilm oder ein anderes Verfahren)
ohne schriftliche Genehmigung des Verlages
reproduziert oder unter Verwendung elektronischer Systeme
verarbeitet, vervielfältigt oder verbreitet werden
Umschlag: Manfred Schulz, Köln
Foto: © Volkhard Brandes, Frankfurt/Main
Druck und Bindearbeiten: Clausen & Bosse, Leck
ISBN 3-462-01669-5

Erster Teil

1

Sie hatte aufgehört zu weinen. Nur hin und wieder noch schluchzte sie auf.
Er lag unbeweglich.
Von der Straße herauf Stimmen, Schritte, dahinter: das gleichmäßige Rauschen der Stadt.
Er roch plötzlich ihren Schweiß: Sauer mit einem Stich Parfum. Das zerknüllte Laken drückte im Rücken.
In einer Wiese liegen, stellte sich Ullrich vor. In der hereinbrechenden Dämmerung die aufsteigende feuchte Kühle spüren.
Im Nebenzimmer setzte das Geigenspiel wieder ein.
Plötzlich richtete sich Ingeborg auf. Die Sprungfedern unter der Matratze quietschten. Er drehte den Kopf zu ihr hinüber.
Unter ihren Augen die schwärzlichen Tränenspuren.
Als sie etwas sagen wollte, sagte er: Hör auf.
Sie starrte ihn an, dann drehte sie sich mit einer jähen Bewegung aus dem Bett, raffte ihre Sachen zusammen und warf sie auf den Sessel. Auf den Ellenbogen gestützt, sah er ihr zu. Er hatte ihr einmal gesagt, daß er es lustig finde, wie sie sich immer zuerst den Büstenhalter umbindet. Sie hatte ihn auch jetzt schon in der Hand, zögerte aber, legte ihn zurück und griff zum Slip. Sie kehrte dabei Ullrich den Rücken zu. Das hatte sie sonst nie getan. Zweimal verfehlte sie die Öse an ihrem Büstenhalterverschluß.
Nebenan hatte sich Lothar schon wieder verspielt, brach ab und setzte wieder neu an.
Als sie sich das Kleid über den Kopf zog, waren für einen Augenblick nur die Beine und der Hintern zu sehen, dann kamen die Arme zum Vorschein und schließlich mit einem Ruck der Kopf. Sie schüttelte ihr Haar. Mit dem Zeigefinger den Fersenriemen hochziehend, stieg sie in ihre Sandaletten, zog den Reißverschluß an der Seite ihres Kleides hoch und suchte nach ihrem schwarzen Lackgürtel. Er lag unter dem Sessel. Wortlos zeigte Ullrich auf die Stelle, wo der Gürtel lag.

Während sie die Schnalle schloß, starrte sie sich einen Moment auf den Bauch.
Einen Augenblick stand sie unschlüssig im Zimmer, dann strich sie sich entschlossen das Haar hinter die Ohren und sah zu ihm herüber. Ullrich ließ sich zurückfallen, knautschte das Kissen zusammen, schob es sich unter den Kopf und starrte wieder zur Decke.
Bitte, sagte sie.
Lothar verspielte sich schon wieder.
Hörst du, sagte sie.
Er versuchte, sie möglichst gleichgültig anzusehen.
Sie drehte sich um, ging zur Tür, schloß auf, das Gefiedel wurde lauter, sie zog die Tür von außen ins Schloß. Die Tür sprang wieder auf.
Diese Misttür, dachte er und hörte sie mit schnellen Schritten über den Gang gehen.
Er dachte, daß er sie jetzt zurückrufen müßte, aber er blieb liegen. Die Wohnungstür schlug zu. Im selben Augenblick brach auch Lothars Gefiedel ab.
Ullrich stand auf und ging zum Fenster.
Draußen war es noch hell. Die Föhnzirren wurden orange von der untergehenden Sonne angestrahlt. Nackt stand er am Fenster und sah über die Dächer. Plötzlich glaubte er etwas wie Erleichterung zu spüren.
Doch dann hörte er unten das Picken ihrer Absätze, gleichmäßig und energisch. Er beugte sich aus dem Fenster, obwohl er wußte, daß er über den Dachansatz hinweg nicht sehen konnte, wie sie unten am Haus entlangging.
In der Dachrinne gurrten die Tauben.
Schön, sagte Ullrich.
Ein leichter warmer Wind ging. Er hatte plötzlich keine Kopfschmerzen mehr. Er zog seinen Bademantel an, warf die Bettdecke über den Sessel und sammelte die Papiertaschentücher vom Boden auf.
Aber als er sich wieder aufrichtete, war ihm, als würde die schräge Mansardenwand auf ihn stürzen.

2

Lothar schob gerade seinen Geigenkasten auf den Schrank, als Ullrich eintrat.
Mach doch das Fenster auf, sagte Ullrich, draußen ist es schon kühler. Er versuchte, möglichst wenig von dem warmen Mief einzuatmen, der in dem abgedunkelten Zimmer stand.
Du tropfst, Lothar zeigte auf den Fußboden.
Ullrich rieb sich die nassen Beine mit einem Zipfel seines Bademantels ab.
Lothar zog die Heftzwecken heraus, mit denen er die beiden Handtücher am Fensterrahmen festgepinnt hatte.
An heißen Sommertagen schloß Lothar schon frühmorgens das Fenster und verhängte es mit feuchten Handtüchern. Auch die Zimmertür mußte verschlossen bleiben. Dadurch sei es in seinem Zimmer am kühlsten, behauptete Lothar. In Lothars Zimmer sei es am heißesten, behauptete Ullrich.
Lothar hatte das Fenster geöffnet und faltete sorgfältig die feuchten Handtücher zusammen.
Was macht dein Referat, fragte Ullrich, bist du weitergekommen.
Ja, es ging, sagte Lothar und wischte sich die Hände an dem Unterhemd ab, das er trotz der Hitze trug. Er raffte die Manuskriptseiten zusammen, vor denen Ullrich stehengeblieben war. Er stieß die drei Blätter sorgfältig auf Kante und legte ein Buch darauf. Dann ein weiteres. Langsam und genau stapelte er immer mehr Bücher darauf.
Und du, was hast du gemacht, fragte Lothar.
Ullrich ging zum Fenster. Er rubbelte sich mit einem Ärmel seines Bademantels die Haare trocken. Die Dächer der gegenüberliegenden Häuser lagen noch immer im Licht. Die Straße unten war schon im Schatten.
Das Herz ist wach, doch bannt und hält in
Heiligem Zauber die Nacht mich immer.
Hemmt die erstaunende Nacht mich immer, sagte Ullrich. Wieso erstaunt die Nacht? Die werden bald auch noch aus-

graben, was der schrieb, als er im Turm hauste, rostige Nägel sammelte und jeden mit Eure Heiligkeit ansprach.
Mit Untertänigkeit Scardanelli, Ullrich machte eine leichte Verbeugung.
Lothar lachte.
Von den Göttern geschlagen, hatte Ziegler in die überfüllte Aula gerufen und dabei mit der rechten Hand auf das riesige Mosaik an der Rückwand gezeigt, wo Phöbus vier Pferde mit Jugendstilaugen lenkte.
Die Pferde mit den Basedow-Augen, hatte Ingeborg Ullrich einmal zugeflüstert.
Ingeborg, die jetzt mit verweinten Augen auf dem Weg nach Hause war.
Ich hätte sie nicht einfach so gehen lassen sollen, sagte Ullrich.
Lothar sortierte seine Karteikarten ein.
Ich hab Schluß gemacht, sagte Ullrich.
Ohne von seinen Karteikarten hochzublicken, sagte er nur: So. Und dann nach einer Weile: Besser jetzt als später.
Einen Augenblick zweifelte Ullrich, ob Lothar ihn überhaupt verstanden hatte. Ob Lothar etwa glaubte, daß Ullrich mit seinem Referat Schluß gemacht habe. Daß er es nicht fertigschreiben würde.
Er setzte sich auf Lothars Bett. Es quietschte genauso wie seins. Er hatte Ingeborg mit dem üblichen flüchtigen Kuß begrüßt. In den letzten Wochen hatte er schon öfter daran gedacht, es ihr zu sagen, flüchtig nur und undeutlich, aber heute hatte er nicht daran gedacht. Er wollte nur nicht mit ihr im Zimmer herumhocken oder ins Bett gehen. Er wollte raus.
Als sie kam, hatte er gefunden, daß sie zuviel Parfum genommen hatte. Ein Parfum, das sie immer benutzte, und das er eigentlich mochte. *Je reviens.* Er hatte es plötzlich als aufdringlich empfunden. Er hatte ihr vorgeschlagen, spazierenzugehen, oder sich einen Film anzusehen. Sie war sofort einverstanden gewesen, wollte aber erst noch eine Zigarette

rauchen. Sie setzte sich wie gewöhnlich aufs Bett und schlug die Beine übereinander. (So sitzen Fotomodelle auf den Zigarettenreklamen.)
Unter dem hochgerutschten Kleid sah er die Innenseite ihres Oberschenkels.
Er hatte sie nur ganz wenig gestreichelt, dann hatten sie sich wortlos ausgezogen.
Komm, Lothar, sagte er, wir zischen ein Bier. Auf jeden Fall raus.
Und meine Arbeit, fragte Lothar.
Wie hältst du das nur aus, sagte Ullrich, bei dieser Hitze, und dann dieses Professorengequatsche über Hölderlin.
Mich kotzt das an, rief Ullrich.
Lothar hatte sich eine Büroklammer vom Schreibtisch genommen und begann sie aufzubiegen.
Ullrich wollte nicht im Zimmer hocken, aber er wollte auch nicht allein draußen herumlaufen.
Als Lothar noch immer zögerte, fragte Ullrich: Was macht denn deine Tunesierin.
Nur einmal noch habe er sie getroffen, zufällig, erzählte Lothar. Grußlos sei sie an ihm vorbeigegangen und habe dabei die weiße Wand des Seminarflurs angestarrt. Allerdings habe auch er sich nicht mehr gemeldet.
Fast vier Wochen lang war Lothar in eine Vorlesung gerannt, in der Aisha saß. Die Vorlesung hieß: Interpretationen ausgewählter Maqamen des Hariri.
Schließlich hatte er Aisha angesprochen, auch zweimal auf sein Zimmer geschleppt. Aber das Bett hatte nicht gequietscht. Ullrich hätte das gehört. Und dann hatte sie sich nicht mehr gemeldet. Lothar hatte später gesagt, ins Bett wolle sie nur mit einem Ehering.
Lothar, der meist verbissen schwieg, während die anderen redeten, wurde, wenn er eine Ausländerin traf, plötzlich gesprächig. Als Junge in Bamberg habe er Stunden über Landkarten verbringen können.
Lothar legte die auseinandergebogene Büroklammer auf

den Schreibtisch: Lothar hatte eine Drahtplastik gemacht.
Die Sonne war inzwischen untergegangen. Der Himmel war jetzt blaugrau. Nur die Föhnzirren leuchteten an den Rändern noch orange.
Danach hatten sie schwitzend nebeneinander gelegen, und plötzlich hatte Ingeborg gefragt: Was macht denn dein Referat?
Ihre Hand war feuchtkalt vom Schweiß, glitschig fand er und versuchte, von ihr abzurücken.
Wir hätten lieber spazierengehen sollen.
Sie drehte sich mit einer abrupten Bewegung weg.
Er hatte sie absichtlich verletzt, das wurde ihm plötzlich quälend bewußt. Da brüllte er sie an: Du hängst mir zum Hals raus, ellenlang.
Sie hatte ihn angestarrt, Verblüffung in den Augen, dann Angst.
Wie war er nur auf dieses Wort gekommen: ellenlang.
Lothar stand am Schreibtisch, klein, dunkelhaarig, in seinem Trägerunterhemd.
Los, sagte Ullrich, ich zieh mich schnell an. Und dann schon in der offenen Tür: Bis gleich.

3

Zum Beispiel Gert: Der ist im Schuß und in perfekter Eiform den Hang hinunter, federnd über die Bodenwellen, bis er ganz weit unten hinter einem Hügel verschwunden ist. Erst am nächsten Tag haben wir ihn wiedergesehen: im Kreiskrankenhaus, in einem Streckverband.

Lothar lachte. Lothar lachte und sah dabei die beiden Frauen an ihrem Tisch an. Aber die beiden unterhielten sich.

Ullrich und Lothar hatten im Vorgarten vom *Rolandseck* gestanden. Lothar hatte sich an den erstbesten Tisch setzen wollen, an dem noch zwei Plätze frei waren. Aber Ullrich hatte gezögert und schließlich auf den Tisch gezeigt, an dem die beiden saßen, eine Schwarzhaarige in einem lindgrünen Kleid, das zwar lange Ärmel hatte, dafür einen tiefen Ausschnitt, und eine mit lila Fingernägeln.

Die Schwarzhaarige mit dem grünen Lidschatten hatte hochgesehen, dann aber doch noch Guten Abend gesagt, wenn auch schon beinahe wieder zu ihrer Freundin hin.

Sie hatten sich hingesetzt und Lothar fragte die beiden, welchen Wein sie empfehlen könnten.

Wir kennen doch Ihren Geschmack nicht, hatte die Schwarzhaarige gesagt und mit ihrer Freundin weitergeredet.

Als die Kellnerin kam, bestellten Lothar und Ullrich Bier.

Die mit den lila Fingernägeln erzählte von der Documenta.

In dem Moment hatte Ullrich sich nach Gert erkundigt, dem As auf Skiern, und gleich auch die Geschichte miterzählt, die Geschichte vom schnellen Gert im Streckverband.

Als Lothar endlich lachen durfte, fand Ullrich, daß Lothar viel zu laut lachte. Es war ihm peinlich für Lothar, wie Lothar lachte und zu den beiden Frauen hinübersah.

Die Schwarzhaarige zog eine Zigarette aus ihrer Atika-Packung. Ullrich wühlte in der Hosentasche nach seinem Feuerzeug, mußte dann doch aufstehen, weil die Jeans zu eng waren.

Aber da hatte sie schon mit ihrem goldenen Feuerzeug geschnippt. An dem rechten Mittelfinger trug sie einen sternförmigen, mit Brillanten besetzten Ring.
Ein Nachteil der Jeans, sagte Ullrich und stellte sein Feuerzeug auf den Tisch: Fürs nächste Mal.
Diesmal lächelte sie wenigstens.
Am Nebentisch erzählte einer von einer Regatta auf dem Ammersee. Er war disqualifiziert worden. Wegen Behinderung.
Ich trage das gelassen, sagte er mehrmals und fuhr sich mit der flachen Hand unters Hemd, das bis zur Hälfte aufgeknöpft war und kratzte sich die braungebrannte Brust. Zerstreut zog die Schwarzhaarige an ihrer Zigarette und blies langsam den Rauch in Richtung des Regattaseglers.
Da waren plötzlich Fallböen in den Segeln und ein roter Spinacker platzte mit einem Knall.
Kennst du die Geschichte von der Gans unterm Sofa, fragte Ullrich.
Nein, sagte Lothar und lachte schon im voraus.
Ullrich erzählte von Ullrich, der damals noch Ulli hieß, und von Moritz dem Foxterrier. Also:
Es war kurz nach der Währungsreform, da hatten sie einmal einen Kriegskameraden seines Vaters besucht. Mit dem war sein Vater in Rußland durch dick und dünn gegangen, wie der damals immer sagte. Sie standen also, sein Vater, seine Mutter (sein kleiner Bruder Manfred war damals noch nicht da), der Foxterrier Moritz und er, der kleine Ulli, an einem Sonntagnachmittag bei dem Kameraden vor der Tür und klingelten. Aber niemand öffnete und sein Vater sagte: Komisch, da ist doch jemand, man hört doch Geschirrklappern, und klingelte nochmals das vereinbarte Doppelzeichen. Vielleicht haben die schon gegessen, sagte Ullis Vater.
Die beiden Familien besuchten sich nämlich manchmal unangekündigt zur Essenszeit.

Die mit den lila Fingernägeln hörte Ullrich bereits zu.
Endlich wurde die Haustür geöffnet, und der Kamerad sagte: Hallo, ihr, das ist ja eine Überraschung.
Es riecht nach Gebratenem und Ullis Vater fragt, ob sie auch nicht stören beim Essen. Aber der Kamerad sagt: Selbstverständlich nicht, sie seien leider gerade mit dem Essen fertig geworden, schade, etwas früher und sie hätten mitessen können, es sei fast zu reichlich gewesen. Und die Tochter des Kameraden trägt gerade das Geschirr in die Küche.
Was gab es denn?
Was ganz Außergewöhnliches, sagt der Kamerad, Gänsebraten.
Alle seufzen und sagen: Gänsebraten.
Woher hast du denn die Gans?
Organisiert beim Tommy, getauscht gegen ein Deutsches Kreuz in Gold und eine silberne Nahkampfspange.
Donnerwetter, sagt Ullis Vater, du bist ja doch noch der alte. Der Kamerad lacht und sagt, ja, ja, man tut, was man kann, aber er sagt das so merkwürdig hastig, leider müßten sie gleich weg, und Ullis Vater sagt darauf: sie hätten auch nur mal kurz vorbeisehen wollen, schnell mal guten Tag sagen. Wir gehen gleich wieder. Aber da schlägt der Kamerad Ullis Vater auf die Schulter, kameradschaftlich, was dem kleinen Ulli immer gefallen hat, und sagt: Kommt doch wenigstens einen Augenblick rein.
Der hat dabei nicht an den Hund gedacht, ergänzt Lothar zu den beiden Frauen hinüber.
Und Ullrich fährt fort: Den Moritz, den hatte der Kamerad nämlich nicht gesehen. Sie gehen alle ins Wohnzimmer, wo es besonders gut riecht, und da kriecht Moritz sofort unters Sofa, wobei sich der Kamerad und seine Frau ansehen, und der Kamerad ist auf einmal ganz einsilbig, was er doch sonst nie ist, sonst ist er immer zu Scherzen aufgelegt, greift Ulli in die Haare und so, aber jetzt, jetzt sagt er gar nichts und Ullis Eltern setzen sich auf das Sofa, unter dem es kratzt und

zerrt, und Ullis Vater sagt: Pfui und Ksch und willst du wohl.

Aber der Kamerad sagt, Mensch, laß doch den Hund spielen, der stört doch niemanden, aber er sagt das gar nicht so überzeugend, wie er sonst etwas sagt, und seine Frau wird erst rot und dann wieder blaß, während unter dem Sofa ein Geschmatze und Geschlappe anfängt, und der Kamerad sagt, er hätte neulich, rein zufällig, den Zörn getroffen, der damals den Stoßtrupp geführt hat, bei Woronesh, als auch der Battaillonskommandeur fiel.

Nicht Woronesh, sagt Ullis Vater, das war bei Kursk, und weil das Geschmatze unter dem Sofa immer lauter wird und weil der Kamerad schon wieder einen Angriff auf Charkov mit einem Ausbruch aus dem Kessel von Tscherkassy verwechselt, fragt sein Vater, was denn der Hund da unten treibt und gibt Ulli den Befehl, sofort den Köter unter dem Sofa hervorzuholen, wogegen der Kamerad heftig protestiert und sagt, man solle doch wenigstens dem Hund seine Freude lassen, in diesen Hundezeiten und die Frau des Kameraden will Ulli, als der sich auf den Boden legen will, sogar festhalten.

Und jetzt kommt der Clou, sagt Lothar.

Greif doch nicht immer vor, sagt Ullrich.

Also, der kleine Ulli kriecht an das Sofa ran und ruft: Der frißt da was. Aber was, das konnte er nicht erkennen, und er versucht, Moritz am Halsband unter dem Sofa hervorzuziehen. Aber der schnappt nach seiner Hand, was Moritz noch nie getan hat, und knurrt.

Alle sind aufgesprungen und reden durcheinander, und die Tochter des Kameraden lacht und lacht.

Sofort raus mit dem Köter, befiehlt Ullis Vater.

Ulli stöbert Moritz auch endlich auf, und der kriecht mit dem Hinterteil voran unter dem Sofa hervor, und hinter sich her zieht er eine große gebratene Gans.

Er hatte schon ganze Batzen herausgerissen. Rückwärts

zieht er die Gans über den Teppich quer durchs Wohnzimmer zum Vertiko und knurrt und reißt und schlingt.
Als Ullis Mutter eingreifen will, sagt der Kamerad immer noch: Nun laß doch den Hund.
Endlich lacht auch die Schwarzhaarige. Selbst am Nebentisch war es still geworden. Der Regattasegler sieht herüber.
Die Schwarzhaarige mit dem grünen Lidschatten lächelt Ullrich an. Nein, ist das herrlich, sagt sie und läßt sich von Ullrich Feuer geben.
Die Freundin will wissen, wie alt Ullrich damals war.
So fünf Jahre.
Lothar fragt die mit den lila Fingernägeln, ob sie aus München kommt.
Aber die überhört einfach Lothars Frage und sagt zu Ullrich: Da waren sie ja noch sehr klein. Daß Sie das behalten haben.
Sie lachen, sie bieten Ullrich Zigaretten an. Lothar sitzt daneben.
Ullrich erzählt die Geschichte mit den Milben. Als Lothar behauptet hatte, in der Wohnung sei Ungeziefer. Als Lothar sich die Haare mit einem Mittel gegen Hundeflöhe gewaschen hatte.
Mitten in das Gelächter hinein sagt Lothar, er wolle jetzt gehen. Er müsse noch arbeiten.
Mein schlechtes Gewissen, sagt Ullrich, auf Lothar zeigend, denn eigentlich müßte auch ich arbeiten.
Auch die mit dem grünen Lidschatten will plötzlich gehen.
Warum, fragt Ullrich, es ist doch noch früh, nicht mal zehn. In Schwabing gehts jetzt doch erst los.
Zu lange können wir unsere Männer nicht warten lassen, sagt sie.
Ein lustiger Abend, sagt die mit den lila Fingernägeln.
Die Kellnerin kommt. Sie zahlen alle.
Die Schwarzhaarige steckt Wechselgeld und Feuerzeug in

ihre Krokotasche und sagt: Auf Wiedersehen und viel Vergnügen noch.
Wiedersehen.
Ihr plissiertes Kleid wippte, als sie über den knirschenden Kies ging. Ihr Kleid war ziemlich kurz.
Ein tolles Fahrgestell, sagte Ullrich, aber dann schwieg er. Er war plötzlich wütend, weil Lothar zum Aufbruch getrieben hatte, noch bevor er die Schwarzhaarige nach ihrer Telefonnummer hatte fragen können.
Da wärst du doch nicht rangekommen, sagte Lothar, deren Mann hat Zaster.
Ullrich zuckte nur mit den Schultern.
Der Regattasegler erzählte einen Witz. Jemand war mit einem Farbtopf um einen Gasometer gelaufen. Den Rest konnte Ullrich nicht verstehen. Am Nebentisch wurde wieder gelacht, aufdringlich und wiehernd, fand Ullrich.
Kannst du nicht das Bein ruhig halten, sagte Ullrich zu Lothar.
Gut, sagte Ullrich, gehen wir nach Hause.
Er trank noch einen Schluck Bier, stand dann aber schnell auf.
Ob er den Unterschied zwischen einem Gürteltier und einem deutschen Professor kenne, wollte Ingeborg einmal in der Mensa wissen.
Er hatte nachgedacht und dann, während sie schon kicherte, nein gesagt.
Was ist denn der Unterschied?
Sie hatte plötzlich aufgehört zu lachen und grübelte, während nun er zu lachen anfing.
Sie hatte es vergessen.
Sie hatte vergessen, was der Unterschied ist, zwischen einem Gürteltier und einem deutschen Professor, beteuerte aber, das sei sehr witzig.
Beim Lachen legte sie immer den Kopf etwas in den Nacken.
Als sie vor dem *Rolandseck* auf der Straße standen, sagte Ullrich plötzlich: Geh allein nach Hause.

4

Immer noch stand die Hitze in den Straßen. Ullrich ging unter den Kastanien an den Mauern und Zäunen der Vorgärten entlang. Er sah die erleuchteten Fenster, die Gartentüren der Villen.
Und über mir die immerfrohen Blumen, die blühenden Sterne, glänzen.
Sie hatte geweint. Sie hatte im Bett gesessen, die Beine angezogen, den Kopf auf die Knie gelegt und hatte geweint. Ihre Wimperntusche war zerlaufen, und einen Moment lang hatte er ihr den Arm um die Schultern gelegt. Sie hatte geschluchzt und den Rotz in der Nase hochgezogen, schließlich nach einem Taschentuch verlangt. Er zog aus dem am Boden liegenden Päckchen ein Papiertaschentuch heraus und legte es ihr in die ausgestreckte Hand.
Danke, sagte sie und schluchzte einige Male ganz kurz hintereinander. Sie saßen nackt nebeneinander in dem zerwühlten Bett und sie hatte Danke gesagt, als sie das Taschentuch von ihm nahm.
Ullrich überquerte die Straße. Der Asphalt war noch weich. Der Gedanke an sein leeres aufgeheiztes Zimmer beunruhigte ihn plötzlich so sehr, daß er wieder zurückging. Er nahm sich vor, auf der Leopoldstraße noch ein Bier zu trinken. In der Siegfridstraße stand eine riesige Reklametafel: *Mister L hört die zärtlichsten Worte. Von den zärtlichsten Frauen.*
Jetzt sitzt sie sicherlich in ihrem Zimmer auf dem Bett, dachte Ullrich. Ihr Bett ist so schmal, daß er, wenn sie dort nebeneinander gelegen hatten, seinen Arm um sie legen mußte. Vom Bett aus konnte man das Bild an der gegenüberliegenden Wand sehen: Sindbad der Seefahrer.
Ein trauriges Bild, hatte sie gesagt, als er es ihr zum Geburtstag schenkte. Das Ungeheuer sieht gar nicht gefährlich aus, eher unglücklich mit den zwei Blutstropfen.
Er hörte das Dröhnen eines Flugzeugs. Über ihm, in der Dunkelheit, gleichmäßig auf- und abblendende Positionslampen. Unter einem geschwungenen Dachaufsatz leuch-

tete ein großes Atelierfenster. Er zögerte, überlegte, ob er nicht doch umkehren sollte, kurz vor der Herzog-Straße, wo Ingeborg wohnte, wo sie jetzt in ihrem Zimmer saß, weinend, stellte sich Ullrich vor. Vielleicht war sie aber auch zurückgekommen und wartete jetzt in seinem Zimmer.
Gleich hinter dem Hertie-Hochhaus schob er sich in das Gedränge der Menschen, die über die Leopoldstraße schlenderten. Im *Leopold* lief *King-Kong* in der Nachtvorstellung. Er blieb vor den Schaukästen des Kinos mit den Fotos stehen. King-Kong, der an dem Empire State Building emporsteigt. Die vorsichtige Gebärde, mit der King-Kong die blonde Frau auf den Boden der Plattform legt, bevor er von den MG-Garben der Jagdflieger tödlich verletzt vom Wolkenkratzer stürzt. Ullrich zögerte einen Augenblick, ob er sich den Film noch einmal ansehen sollte, aber dann ging er doch weiter, langsam schob er sich mit der Menschenmenge an den Geschäften und Cafés vorbei. Jemand rief, Donnerwetter, eine Försterstochter. Er sah vor sich die Kniekehlen, den dreieckigen Einschnitt des Slips unter dem engen Rock. Er ging an der Frau vorbei, streifte flüchtig ihren nackten Oberarm, roch Parfum.
Wo die Tische und Stühle der Straßencafés auf dem Bürgersteig standen, stauten sich die Passanten. Ullrich schob sich am *Cadore* vorbei. Die Tische waren dicht besetzt, da war kein Platz zwischen den lachenden und redenden Menschen. Er fühlte sich plötzlich beobachtet, wie im Zoo, dachte er. An einem weißen runden Metalltisch entdeckte er einen freien Stuhl, einem Pärchen gegenüber, das vor zwei Eisbechern saß, still und andächtig. Mit einer Hand löffelte er, die andere lag wie schützend auf ihrer Schulter.
Ullrich zögerte, ging dann doch weiter.
Hier hatten sie an dem ersten Sonntagnachmittag im Mai gesessen. Ingeborg in einem neuen grünen Kleid. Grün steht ihr nicht, dachte er und sah in dem großen tropfenförmigen Ausschnitt ihren geröteten Brustansatz mit den kleinen Hitzebläschen. Sie hatte sich über Mittag auf dem Balkon ihrer

Wirtin gesonnt. Er schlug ihr vor, abends in einen Krimi zu gehen, im Türkendolch. Stumm löffelte sie in ihrem Eisbecher herum. Er beobachtete eine braungebrannte Frau am Nachbartisch, die den Schenkel ihres Freundes streichelte.
Mir hängen die Krimis zum Hals raus, sagte sie. Wir können uns doch auch mal unterhalten.
Noch vor zwei Wochen bist du begeistert in jeden Krimi gerannt.
Sie bestritt das. Diese Übertreibungen seien mal wieder typisch für ihn. Sie sei nicht in Krimis gerannt. Du verdrehst alles, wie es dir gerade paßt.
Ach, was solls, sagte er.
Daraufhin wandte sie demonstrativ den Kopf ab. Hinten in ihrem Haar entdeckte er eine matte Haarsträhne, wo sie das Trockenshampoo nicht richtig ausgebürstet hatte.
Die braungebrannte Frau am Nebentisch beugte sich vor und küßte ihren Freund, ganz kurz nur. Ullrich hatte die Hand von Ingeborgs Stuhllehne genommen. Plötzlich sah sie ihn an, die Augenbrauen zusammengezogen, eine steile Falte in der Stirn. Er hätte aufspringen und weglaufen mögen. Hastig löffelte sie ihren Eisbecher aus. Er solle wenigstens in ihrer Gegenwart keine anderen Frauen angaffen.
Du fällst mir auf den Wecker, sagte er ruhig.
Sie stand sofort auf und riß dabei einen Stuhl um. Von den anderen Tischen sahen sie herüber. Er trank aus der längst leeren Kaffeetasse und mußte sich darauf konzentrieren, dabei die Hand ruhig zu halten.
Abends war sie zu ihm gekommen. Er war im Zimmer hin- und hergelaufen und hatte sie gefragt, wie das weitergehen solle. Später hatten sie dann nebeneinander gelegen und über Lothars Geigenspiel gelacht.
Ullrich überquerte die Leopoldstraße. Vor dem *Picnic* saßen die Gammler auf ihren Schlafsäcken und auf den Fenstersimsen der Schaufenster, einer spielte auf einem Banjo. Davor standen Neugierige. Ein älterer Mann in einer Freizeitjacke schrie: Hier herrschen ja saubere Zustände.

Ein Junge mit einem dünnen, fusseligen Bart und einer Schaffellweste, die er über dem nackten Oberkörper trug, sagte, die Ölflecke da kommen von Autos.
Und das da, der Mann zeigte auf feuchtdunkle Stellen an einer Mauer des Stehrestaurants.
Hundepisse, sagte der Junge.
Und diese Bettelei, fragte der Mann.
Sehr richtig, sagte einer der Umstehenden.
Ullrich spürte plötzlich Hunger. Er drängte sich zwischen den Neugierigen hindurch, betrat das *Picnic,* holte sich ein Tablett, ließ sich am Büffet eine Gemüsesuppe geben, zahlte an der Kasse und ging dann zu einem Automaten, warf dreißig Pfennige ein, öffnete eine kleine Luke und zog einen Vanillepudding auf einem roten Plastikteller heraus. Er löffelte die Suppe an einem der Stehtische und beobachtete währenddessen durch das Fenster die Gruppe um den Jungen in der Schaffellweste. Der Mann in der Freizeitjacke schob jedesmal beim Reden den Oberkörper vor und fuchtelte mit dem Zeigefinger vor dem Gesicht des Jungen. Dann ging er einen Schritt zurück, sah sich zu den Zuhörern um, wenn die zustimmend mit den Köpfen nickten, schoß er wieder auf den Jungen zu und fuchtelte erneut mit der Hand.
Ullrich hatte einmal abends in seinem Zimmer, als er über einer Lateinübersetzung brütete, gehört, wie sein Vater draußen auf dem Korridor zu einem Bekannten, der sich verabschiedete, sagte: Der Ullrich ist ein richtiger Halbstarker geworden.
Ullrich spürte, wie ihm plötzlich heiß wurde. Er schob den Teller zur Seite und löffelte den Vanillepudding.
Lothar hatte behauptet, der Picnicpudding sei eine Reklame für IG-Farben.
In den ersten Tagen, nachdem er in die Mansardenwohnung eingezogen war, hatte Ullrich jeden Abend mit Lothar Schach gespielt. Lothar war als Schüler in Bamberg in einem Schachklub gewesen. Das hatte Lothars Stiefvater als Zeitverschwendung bezeichnet und ihm schließlich verboten.

Lothars Stiefvater war Lastkraftwagenfahrer in einem Zementwerk. Ursprünglich hatte er Metzger gelernt, verdiente aber als LKW-Fahrer besser. Einmal im Jahr, zu Weihnachten, schlachtete er ein Schwein, und zwar stach er es in ihrem Robert-Ley-Haus ab. Lothar mußte dann die Schüsseln mit dem Blut tragen. Die Blutwurst sei sehr lecker gewesen, behauptete Lothar. Als Lothar an einem Abend fünfmal hintereinander gewonnen hatte, in dem darauf folgenden Spiel aber einen übereilten Zug machte und seine Dame verlor, meinte Ullrich, nachdem er beiläufig schachmatt gesagt hatte: Schach verblödet auf die Dauer.

Danach hatte er nie wieder mit Lothar Schach gespielt.

Ullrich sah den Mann wieder auf den Jungen in der Schaffellweste einreden, er zeigte jetzt mit dem Arm über die Straße, in Richtung des Englischen Gartens. Einen Augenblick sah Ullrich das Gesicht des Mannes, verkniffen und wütend.

Ullrich ging hinaus und stellte sich zu den Passanten, die den Jungen und den Mann umringten.

Arbeiten müßt ihr.

Warum, fragte der Junge.

Ihr denkt wohl, wir sind blöd, ihr gammelt und wir schuften für euch.

Gammeln Sie doch auch, sagte der Junge.

So eine Frechheit, sagte eine junge Frau, dieser Lümmel.

Der Mann hob die Hand und brüllte, du kriegst gleich eine in die Fresse, in deine ungewaschene.

Er hätte sich heute morgen gewaschen, sagte der Junge, wie jeden Morgen, und zwar ganz, was sicher nicht alle täten, die hier aufgedonnert herumliefen. Er sagte das nicht laut, fast unverständlich, und versprach sich dabei.

Der hat Angst, dachte Ullrich und wartete, ob der Mann in der Freizeitjacke zuschlagen würde. Aber da fragte ein junger Mann in einem großkarierten Hemd: Was hat der Ihnen eigentlich getan? Der Mann in der Freizeitjacke sah ihn überrascht an, zögerte, winkte ab, drängte sich

durch die Neugierigen und rief etwas von der Jugend von heute.
Die Gruppe der Neugierigen löste sich auf.
Das war ne Arschgeige, sagte der Junge.
Ullrich sagte, wieder einer, der Hitler nachtrauert.
Ist nicht gesagt. Der hat nur ne Sauwut im Bauch, sagte der Mann im karierten Hemd. Der würde doch auch lieber Däumchen drehen.
Habt ihr fünfzig Pfennig, fragte der Junge.
Der Mann im karierten Hemd sagte, nee, ich muß mein Geld ziemlich schwer verdienen.
Ullrich gab dem Jungen fünfzig Pfennig und fragte ihn, wo er das Schaf geschlachtet habe, dessen Fell er da trüge.
Das kommt direkt aus der Heide, von einer kapitalen Heidschnucke. Tschüs.
Der Junge setzte sich wieder auf seinen zusammengerollten Schlafsack.
Ullrich fragte den Mann im karierten Hemd, wo er sein Geld so schwer verdienen müsse.
In einer Druckerei. Ich bin Drucker.
Ingeborg hatte gesagt, man kann doch darüber reden, man kann über alles reden. Sie wird bestimmt heute abend wiederkommen, dachte Ullrich.
Er fragte den Drucker, der Wolfgang hieß, ob er auch Durst habe, vielleicht auf ein Bier.
Ja, bei dieser Hitze.
Sie gingen zum *Europa-Café* hinüber. Ullrich ging suchend an den Tischreihen vorbei. Aber da war kein Tisch, an dem oder in dessen Nähe Mädchen saßen. Wolfgang zeigte auf einen unbesetzten Tisch: Ullrich zögerte. Sie setzten sich.
Unangenehmer Typ vorhin, sagte Ullrich.
Wolfgang behauptete, er könne den verstehen, der hat sich halt aufgeregt, weil er schuften muß, während die da rumflaggen.
Na ja, sagte Ullrich, das sind doch die Typen, die alle Langhaarigen gleich vergasen wollen.

Ach nee, dem sind die Nerven durchgegangen.
Ullrich bestritt das. Ein typischer Altnazi mit einem Kochtopfhaarschnitt und in einer Freizeitjacke.
Eine Freizeitjacke besagt noch nix, sagte Wolfgang. Albert zum Beispiel, unser Fahrer in der Druckerei, trägt auch immer eine Freizeitjacke, aber in der Nazizeit hat er mit dem Lieferwagen immer einen Umweg gemacht. Der wollte nicht die SS-Ehrenwache an der Feldherrnhalle grüßen. Das war Pflicht damals, auch im Auto, da mußte man die rechte Hand vom Steuerrad nehmen und den da machen.
Wolfgang hob den rechten Arm mit der ausgestreckten Hand.
Wer das nicht tat, wurde angehalten und bekam Stunk. Den konnte sich Albert auch wieder nicht leisten. Darum machte er immer einen Umweg.
Am Nebentisch lobte jemand einen Godard-Film, der sehr sozialkritisch sein sollte, was ein anderer bestritt: bitte wo, wo denn. Da war doch eine Einstellung, in der die Sozialkritik geradezu aufdringlich deutlich wurde, dieser Schwenk von Marina Vlady zu den monotonen Fassaden der Wohnblocks. Der das sagte, schlug dabei mit der Handkante mehrmals auf den Tisch, aber so, daß der Kaffee nicht aus den Tassen schwappte. Da war doch Sozialkritik bis ins Zoom.
Und warum konnte sich Albert keine Schwierigkeiten leisten?
Wolfgang sagte: Albert war Mitglied der KP.
Das war schon konsequenter gelöst. Beispielsweise in *Pierrot le Fou,* sagte der andere, die letzte Sequenz, als Belmondo mit den Dynamitstäben um den blau angemalten Kopf die brennende Zündschnur mit den Händen auslöschen will, mit den Händen den Boden abtastet, bis zur Detonation, dann der bläuliche Rauch.
Die Flugblätter, sagte Wolfgang, die von Genossen in der Besenkammer abgezogen wurden, versteckte Albert im Kaninchenstall in seinem Schrebergarten. Das war so um

achtunddreißig, Flugblätter gegen Hitler. Eines Nachts, an einem Sonnabend, ist Albert zu seinem Kaninchenstall geschlichen, vorsichtig hat er den Kaninchenbock beiseite geschoben, an der hinteren Stallwand ein Stück Pappe losgelöst und die Flugblätter herausgeholt. Er wollte damit nach Giesing fahren und sie heimlich in die Hausflure legen. Plötzlich steht der Nachbar am Zaun. Ein Blockwart und Hundertfünfzigprozentiger, und sagt nur: na.

Na, und da hat der Albert Hosensausen bekommen, hat gesagt, Altpapier, Altpapier, will ich noch verbrennen, und das, obwohl der gar nicht gefragt hatte, was er da in der Hand hält.

Bei Godard ist das gelungen, die Revolution der Sehweisen, sgte der Mann am Nebentisch.

Ja, und Albert zündet noch am gleichen Abend ein Feuerchen in seinem Garten an und verbrennt die Flugblätter und legt sich erleichtert ins Bett. Doch seine Frau hat Bedenken und will nicht einsehen, warum er gleich alle Flugblätter verbrannt hat. Aber Albert meint, sie danach noch aufzubewahren, das sei zu riskant, schließlich sei er ja für die Genossen mitverantwortlich. Am nächsten Morgen, einem Sonntag also, kommt Alberts Frau von der Pumpe zurück, ohne Wasser im Kessel und sagt: Mensch, draußen liegen überall die verkohlten Papierschnitzel. Auch in den Nachbargärten, und auf einigen kann man noch lesen: Nieder mit dem Henker Hitler.

Und da stürzt der Albert raus und steigt über Zäune, Hekken und so, sagt immer: Schönen guten Morgen, schönes Wetter heute, ich hab da gestern Papier verbrannt und das hat der Wind weggeweht, das verschandelt die ganze Gartenkolonie, na, und das sammel ich jetzt zusammen.

Das sahen auch alle ein, besonders sein Nachbar, der Blockwart, denn der sagte immer: Ordnung ist das A und O.

Albert hatte nochmal Glück, sagte Wolfgang.

Die beiden am Nebentisch hatten gezahlt und standen jetzt

auf. Ullrich hatte nicht heraushören können, wie der Godard-Film hieß, über den sie diskutiert hatten.
Diese Action-Filme hängen mir zum Hals raus, hatte Ingeborg gesagt. Sie würde gern mal in ein Kellertheater gehen.
Er hatte gesagt, daß ihn diese Schwabinger Atmosphäre ankotze.
Und die Action-Filme?
Das ist etwas anderes, hatte er gesagt.
Sie hatte gelacht, aber so, daß er merken sollte, daß sie das längst nicht mehr komisch fand.
Was machst du, fragte Wolfgang, beruflich mein ich.
Ich studiere, Germanistik.
Willst du Lehrer werden?
Ja, sagte Ullrich zögernd. Ihm war aufgefallen, daß Wolfgang ihn duzte.
Wolfgang wollte wissen, ob es Spaß macht, das Studieren.
Manchmal ja.
Wieso manchmal?
Na ja, es macht keinen Spaß, wenn man über etwas arbeiten muß, was keinen Spaß macht. Ich muß gerade ein Referat über eine Hölderlin-Ode schreiben.
Ode?
Eine Art Gedicht, also die Ode interessiert mich nicht, ein Vergleich verschiedener Fassungen, völlig blödsinnig. Eigentlich wollte ich über ein anderes Gedicht schreiben, sagte er und trank sein Bier aus.
Ullrich hatte sich gemeldet, auf einem jener Stühle sitzend, an deren Armstütze ein kleines hochklappbares Schreibpult befestigt war, eingezwängt zwischen anderen Studenten. Vorne an einem Tisch hatte Ziegler die Themen aufgerufen und die Namen der Referenten von seinem Assistenten notieren lassen. Interpretationen von Oden. *Die Liebe,* hatte Ziegler gerufen. Ullrich hob sofort die Hand und, als Ziegler nicht zu ihm herübersah, schnippte er mit den Fingern. Aber Ziegler drehte sich nicht um. Inzwischen hatte sich jemand

in der ersten Reihe gemeldet. Ziegler notierte sich den Namen. Ich habe mich zuerst gemeldet, Herr Professor, sagte Ullrich. Ziegler sah ihn nur kurz an, dann sagte er: Wenn es Ihnen hier nicht paßt, können Sie ja gehen. Ullrich war sitzengeblieben und hatte sich ein anderes Thema geben lassen.
Und wozu ist so ein Referat gut, fragte Wolfgang.
Ullrich zögerte, wie meinst du das.
Was soll das, was kommt dabei raus?
Ach so, sagte Ullrich, dafür bekommt man einen Schein, den braucht man fürs Examen.
Und das ist alles?
Ullrich schlug einen Lokalwechsel vor, vielleicht noch ein Glas Wein im *Hahnhof*.
Ich muß früh raus morgen, eigentlich müßte ich schon pofen.
Ich auch, sagte Ullrich, aber bei diesem Wetter schlafen.
Wolfgang lachte, du hast recht.
Sie zahlten, standen auf und überquerten die Leopoldstraße.
Wolfgang fragte, was das für ein Gedicht ist, über das Ullrich eigentlich schreiben wollte.
Ullrich wußte nicht, was er sagen sollte.
Kannst du das nicht auswendig?
Doch, sagte Ullrich, jedenfalls teilweise:
Wachs und werde zum Wald! eine beseeltere,
Vollentblühende Welt! Sprache der Liebenden
Sei die Sprache des Landes,
Ihre Seele der Laut des Volkes!
Letzten Sommer hatte Ullrich Ingeborg einmal zur Straßenbahn gebracht, wenige Tage, nachdem sie sich kennengelernt hatten. Sie mußte zu einer Vorlesung. Es hatte geregnet, ein warmer dicktropfiger Juniregen. Sie hatten an der Haltestelle im Regen gestanden und sich angesehen, die Haare klebten ihr im Gesicht, ihr heller Regenmantel war an den Schultern dunkel von der Feuchtigkeit. Sie hatten sich

angesehen, ohne zu reden, bis die Straßenbahn kam. Er war dann im Regen durch die Straßen gelaufen. Mantel und Hemd waren schon durchweicht. Kühl spürte er die Feuchtigkeit auf seiner Haut. Er lief weiter, bis der Regen leichter wurde, schließlich aufhörte und die Sonne plötzlich hinter der Wolkenbank hervorkam. Scharf geschieden das Hellblau des Himmels von dem schwarzen Wolkenrand. Die Straßen dampften. Vor der Haustür stand Ingeborg. Die Haare hingen ihr in nassen Strähnen ins Gesicht. Sie war an der nächsten Station wieder ausgestiegen und zurückgelaufen. Sie gingen zusammen hinauf. Durch die feuchten Mäntel und Hemden hindurch spürte er ihre Brust. Ihre Hand hatte sie in seinen Mantel festgekrallt.

Die Tür des *Hahnhofs* stand offen. Aus dem verrauchten Innenraum schlug ihnen Stimmengewirr entgegen. Ullrich fragte sich, ob er nicht doch zu Ingeborg fahren sollte, jetzt gleich.

Da sind noch zwei Plätze frei, sagte Wolfgang auf einen der langen schweren Holztische zeigend.

Dort.

Ullrich sah den freien Platz auf einer Bank neben einer Blondine im Dirndl.

Er drängte sich durch die Stuhlreihen und fragte, ob da noch zwei Plätze frei wären.

Ja, die sind frei, sagte ein Mann in einem Blazer und legte der Blondine sogleich den Arm um die Schulter.

Ullrich setzte sich neben sie auf die Bank, Wolfgang auf einen Stuhl gegenüber.

Die Blondine drehte ihr Weinglas hin und her. Der Mann versuchte, sie in ein Gespräch zu ziehen. Gelegentlich sah sie Ullrich von der Seite an. Er hatte ein Glas Weißwein bestellt. Ullrich schob ihr den Brotkorb zu und bot ihr ein Stück Brot an.

Kanaa, sagte Ullrich und hob das Glas.

Sie lachte, der Mann lachte. Der Tiefpunkt des Abends war überwunden. Ullrich sah in dem Ausschnitt ihres Dirndls die

Wölbungen ihrer braungebrannten Brüste, hochgeschoben von den Körbchen des Büstenhalters.
Der Marsch durch die Talsohle ist beendet, das behaupten jedenfalls Plisch und Plum, sagte Ullrich.
Sie lachte.
Der Mann ergänzte: Schiller und Strauß. Ich weiß, sagte sie, ohne den Mann anzusehen.
Ullrich prostete beiden zu.
Du trinkst zu schnell, sagte Wolfgang.
So ist das, wenn man mit einem Sportsfreund ausgeht. Wir kommen nämlich gerade von der Eigernordwand. Wir haben sie heute in der Fallinie durchstiegen, sagte Ullrich, Wolfgang zuzwinkernd, der schon den Mund geöffnet hatte, etwas sagen wollte, dann aber seinen Mund wieder zuklappte.
Sie müssen uns da mal begleiten, sagte Ullrich.
Sie lachte. Wenn das mein Freund erlaubt.
Der zog sie lachend an sich und versuchte sie zu küssen. Sie drehte ihm aber nicht den Kopf zu.
Den nehmen wir mit, sagte Ullrich, sah die grauen Haare und dachte, der ist schon vierzig und sicherlich ihr Chef. Aber schlappmachen darf er nicht.
Der Mann sagte, er sei gut in Form.
Ullrich grinste, trank und sah dabei über das Glas hinweg in ihren Ausschnitt.
Gemeinsam mit Ihnen würde ich jede Wand durchsteigen, ich kann mich da als Bergführer anbieten.
Sie wollen aber hoch hinaus, sagte sie und rieb ihre Oberschenkel aneinander.
Ja, sagte Ullrich, man wächst mit der Aufgabe, noch dazu, wenn man den Gipfel vor Augen hat.
Sie kicherte und fuhr mit den Fingerspitzen am Weinglas entlang.
Ihr Freund lachte auch, sah dabei aber auf seine Armbanduhr.
Dann versuchen wir es doch gleich mit dem Matterhorn.

Mir wird schwindelig.
Ich werde Sie halten.
Noch gefährlicher, sagte sie und legte beim Lachen ihre Hand auf Ullrichs Arm.
Das kommt auf den Hang an, sagte der Mann, zog sie wieder an sich, laut lachend.
Ingeborg hatte gefragt, ob es eine andere Frau sei. Nein, bestimmt nicht. Sie hatte geschluchzt. Die Tränen hatten ihren Lidstrich verwischt. Aber so geht es nicht weiter, einfach so, sagte er, manchmal glaub ich zu ersticken. Sie hatte versucht, das Schluchzen zu unterdrücken. Er hatte sie plötzlich wieder angeschrien. Das lautlose krampfartige Zucken ihres Körpers.
An dem gegenüberliegenden Tisch lachten sie los, jemand rief, der ist gut, nein, ist der gut.
Wolfgang fragte die Blondine, was sie macht.
Wie?
Beruflich.
Ach so, Sekretärin.
Nichts über Arbeit, jetzt, sagte Ullrich.
Der Freund der Blondine versuchte den sachlichen Ton aufzunehmen, er fragte Ullrich, was er mache.
Bergführer, hauptberuflich Bergsteiger, sagte Ullrich.
Und sah das dünne Haar, vorn schimmerte schon die Kopfhaut durch.
Dem fallen schon die Haare aus, dachte Ullrich und fuhr sich mit der Hand durch das Haar.
Er studiert, sagte Wolfgang.
Die Blondine lächelte Ullrich an.
Wir müssen auch langsam gehen, Gaby, sagte ihr Freund.
Sie wollte aber noch ihr Glas austrinken, und Ullrich bestellte sich das dritte Glas Wein. Wolfgang sollte die Geschichte von Albert erzählen. Aber Wolfgang wurde plötzlich ganz starr. Er wollte nicht.
Was ist das für eine Geschichte, fragte Gaby.
Also Albert, erzählte Ullrich, der machte immer einen Um-

weg, um in der Nazizeit nicht die SS-Posten vor der Feldherrnhalle grüßen zu müssen.
Ullrich berührte mit seinem Bein wie zufällig ihren Oberschenkel, sie zuckte etwas, zog ihr Bein aber nicht zurück. Als sie dagegendrückte, schob Albert schon den Kaninchenbock beiseite. Und während Albert am Sonntagmorgen über die Hecken seines Nachbarn stieg, des Hundertfünfzigprozentigen, um die Papierschnipsel aufzusammeln, fuhr Ullrich ihr mit dem Ellenbogen leicht über den nackten Oberarm. Albert hatte noch mal Glück gehabt, sagte Ullrich und preßte sein Bein gegen ihren Oberschenkel.
Eine tolle Geschichte, sagte sie.
Ihr Freund mahnte, es sei schon sehr spät, sie müßten jetzt wirklich gehen. Lassen Sie, sagte er dann, ich lade Sie ein.
Während er zahlte, flüsterte Ullrich der Blondine zu: Morgen abend, hier, um sieben.
Gut, flüsterte sie und gab Ullrich die Hand. Auch ihr Freund verabschiedete sich mit Handschlag.
Danke für die Einladung, sagte Ullrich.
Ich muß jetzt pofen, sagte Wolfgang.
Ullrich ließ sich die Adresse von Wolfgang aufschreiben und stand dann auf. Er mußte sich am Tisch festhalten.
Du hast zu schnell getrunken.
Draußen war es noch immer warm.
Ich melde mich mal, sagte Ullrich.
Wolfgang sagte, bis dann und hob kurz die Hand.
Ullrich ging über die Leopoldstraße in Richtung Münchener Freiheit, vorbei an den nun dunklen Schaufenstern. Auf dem Bürgersteig standen übereinandergestapelt die Tische und Stühle der Straßencafés. Ullrich dachte an den Schenkeldruck unter dem Tisch und lachte leise vor sich hin, bis ihm einfiel, daß Albert im KZ gewesen war. Davon hatte Ullrich im *Hahnhof* nichts erzählt. Er wußte nicht einmal, wie lange Albert im KZ gewesen war und bei welcher Gelegenheit sie ihn dann doch geschnappt hatten.
Ullrich bog in eine Nebenstraße ein.

5

Er betritt den Seminarraum.
Sogleich wird es ruhig.
Während er nach vorn zu dem Tisch geht, klopfen alle. Hinter ihm geht sein Assistent, hinter dem geht seine wissenschaftliche Hilfskraft.
Vorn am Tisch geht sein Assistent schnell an ihm vorbei und zieht den Stuhl unter dem Tisch hervor, auf den er sich setzt, ohne dabei den Assistenten anzusehen. Dann setzt sich der Assistent rechts und die wissenschaftliche Hilfskraft links von ihm an den Tisch.
Er wartet, bis es ganz ruhig und auch das Schurren der Stühle nicht mehr zu hören ist. Dann sagt er: Wir werden heute versuchen, das Problem, das wir in der letzten Seminarsitzung schon angeschnitten haben, nochmals zu entfalten, weil uns scheint, daß dessen Bedeutung bis heute, auch in der neuesten Forschung, nicht die erforderliche Beachtung gefunden hat, größtenteils nicht einmal erkannt wurde, wie zum Beispiel in der Arbeit des doch immerhin anerkannten Kollegen…
Jemand hustet.
Er spricht nicht weiter und blickt in die Richtung, aus der gehustet wird. Dabei runzelt er die Stirn.
Sogleich drehen sich die meisten, die in den vorderen Stuhlreihen sitzen, um, insbesondere diejenigen, die er mit Namen anzusprechen pflegt, und blicken ebenfalls mit gerunzelter Stirn in die Richtung, aus der gehustet wurde.
Derjenige, der gehustet hat, wird jetzt von allen angesehen.
Er redet weiter.
Der Assistent zu seiner Rechten macht sich Notizen und blickt manchmal hoch und in den Seminarraum.
Die wissenschaftliche Hilfskraft zu seiner Linken schreibt bereits mit, ohne den Kopf zu heben.
Er fragt die wissenschaftliche Hilfskraft, wer heute das Referat hält.

Die wissenschaftliche Hilfskraft hebt schnell den Kopf und nennt den Namen des Referenten.
Er fragt den Assistenten, ob das Referat vorgelegt worden sei.
Der Assistent bestätigt das.
Gut, sagt er, fangen wir an.
Der Assistent nickt, und die wissenschaftliche Hilfskraft ruft den Namen des Referenten.
Jemand steht auf, geht mit einem blauen Schnellhefter in der Hand nach vorn und setzt sich links außen an den Tisch neben die wissenschaftliche Hilfskraft.
Der Referent legt den Schnellhefter auf den Tisch. Sein Gesicht ist gerötet. Auf dem blauen Schnellhefter sieht man feuchte Fingerabdrücke.
Der hat jetzt sicher Atembeschwerden, denkt Ullrich.
Hastig beginnt der Referent sein Referat vorzulesen.

6

Seine Lider brannten. Er öffnete die Augen, schloß sie aber sofort wieder. Das grelle Licht schmerzte. Sein Pyjama war naßgeschwitzt. Das Bett zerwühlt, das Laken zerknüllt. Er drehte sich zur Wand. Hinter der rechten Schläfe spürte er einen stechenden Schmerz. Vorsichtig wälzte er sich auf den Bauch, tastete vor dem Bett nach seiner Armbanduhr, fand sie nicht und mußte sich aufrichten. Es war zwanzig vor zehn.
Hinter den Augen klopfte es. Obwohl die Gardine zugezogen war, warf der Schreibtisch einen Schatten auf den Fußboden. Er drehte sich zur Wand und versuchte wieder einzuschlafen. Gestern nacht hatte er vor seiner Zimmertür einen Zettel von Lothar gefunden: Ingeborg hat angerufen. Ruft morgen wieder an.
Durch die Augenlider schien es hellorange. Kleine Punkte und Fäden wanderten hin und her.
Wie Glasnudeln, dachte er.
Das Kopfkissen war feucht vom Schweiß und sein Gesicht brannte. Ihm fiel ein, daß er in das Seminar von Maier gehen mußte.
In der ersten Seminarsitzung hatte Ullrich vorn in der dritten Tischreihe gesessen. Die Stühle an den hinteren Tischen waren schon alle besetzt. Ullrich fragte sich, warum sich sonst niemand neben ihn setzte. Plötzlich brach das Gemurmel ab. Maier hatte den Seminarraum betreten. Während Maier nach vorn ging, trommelten alle auf die Tische. Hinter Maier gingen mit feierlich ernsten Gesichtern zwei Assistenten. Maier setzte sich und begann dann über Thomas von Aquin zu reden. Er sagte: Was übersteigt das lumen naturale, natürlich das –. Er zeigte mit dem Finger auf Ullrich. Ullrich blickte schnell zur Seite. Aber Maier sagte: Sie, Sie da in dem blauen Hemd, wie heißen Sie?
Krause, sagte Ullrich.
Maier wiederholte seine Frage. Ullrich drehte sich um, aber niemand sagte etwas. Er hörte sich atmen.
Ich weiß nicht.

Maier sagte: Natürlich das lumen supra naturale, und fügte hinzu, man müsse sich schon konzentrieren, sonst könne man gleich zu Hause bleiben.
Er hatte man gesagt, dabei aber Ullrich angesehen.
Da war wieder dieser Druck hinter der rechten Schläfe. Ullrich legte eine Hand über die Augen. Aber durch seine Lider leuchtete es immer noch orange. Er schwitzte.
Die Blondine im Hahnhof (wie hieß sie?) hatte mit der linken Hand prüfend ihre Frisur betupft, dabei hatte sich der vom Büstenhalter hochgeschobene Busen aus dem Ausschnitt herausgewölbt.
Er rieb sich die brennenden Augen, drehte sich seitwärts schnell aus dem Bett, blieb einen Moment auf dem Bett sitzen und stand dann auf. Er ging zum Mansardenfenster, zog die dünne Stoffgardine zurück und beugte sich aus dem Fenster. Der Himmel war wolkenlos und graublau.
Er ging zu Lothar hinüber.
Wie gehts?
Mach die Tür zu.
Lothar hatte das Fenster wieder mit feuchten Handtüchern verhängt.
Er schrieb, ohne hochzublicken.
Hier ist es genauso warm wie bei mir, sagte Ullrich.
Lothar schrieb weiter.
Hast du schon gefrühstückt?
Lothar nickte.
Und Ingeborg?
Will dich heute wieder anrufen.
Will sie vorbeikommen?
Lothar wußte es nicht.
Eine Hitze ist das und schon so frühmorgens.
Lothar schob schweigend den Kugelschreiber mit dem Zeigefinger auf dem Tisch hin und her.
Ja, sagte er schließlich.
Gut, sagte Ullrich, dann will ich mich mal waschen.
Im Badezimmer kam das Wasser lauwarm aus der Leitung.

Er drehte den Hahn ganz auf, füllte den Aluminiumtopf und ging, ohne den Wasserhahn wieder zugedreht zu haben, in sein Zimmer. Er steckte den Stecker des Tauchsieders in die Steckdose, den Tauchsieder legte er in den Topf. Er ging ins Bad zurück. Das Wasser, das aus der Leitung kam, war noch immer lauwarm. Er wusch sich die Achseln und das Gesicht mit Seife und spülte den Schaum mit dem lauwarmen Wasser ab. Jetzt ins Wasser springen und schwimmen.
Vorgestern war er mit Ingeborg am Baggersee gewesen. Sie hatten den ganzen Nachmittag dort gelegen, auf den Kieseln und dem spärlichen Gras. Ullrich hatte seine Badehose vergessen. Alles andere hatte er eingepackt, das Sonnenöl, ein Handtuch, die *Lehrjahre des Gefühls,* nur seine Badehose hatte er vergessen. Er war in seinen Jeans ins Wasser gesprungen und hatte später neben Ingeborg gelegen und gelesen. Er fand in diesem Moment, daß sie besonders laut atmete. Er hatte sich nicht mehr auf das Buch konzentrieren können.
Ullrich holte die Butter aus dem Schrank. Eine gelbliche Brühe schwappte in dem Staniol. Er goß das kochende Wasser über den Nescafé und aß ein Stück trockenes Brot.
Er überlegte, ob er ins Seminar fahren sollte. Er hatte den Heidegger-Aufsatz nicht gelesen, der in der heutigen Seminarsitzung diskutiert werden sollte. Maier konnte ihn mit dem Finger zwingen, die Sätze zu Ende zu sprechen. Da war wieder dieser Druck hinter der rechten Schläfe. Er nahm sich vor, ins Seminar zu fahren, falls eine Wolke am Himmel zu sehen war. Er ging zum Fenster. Der Himmel war wolkenlos. Er trank den Nescafé aus, zog die Badehose an, darüber die Jeans, dann das Polohemd. Er legte das Badehandtuch zusammen und überlegte, ob er ein Buch mitnehmen sollte (etwas über Hölderlin). Aber dann suchte er die *Lehrjahre des Gefühls,* fand das Buch nicht, ging zu Lothar, sagte, er wolle jetzt zum Baden fahren.
So, sagte Lothar. Lust hätte er natürlich auch, aber das Referat, er müsse sich ranhalten. Und du, fragte er Ullrich.

Ich weiß, aber das ist mir jetzt scheißegal. Hab ich meinen Flaubert hier liegen lassen? Ullrich sah sich im Zimmer um.
Nein, sagte Lothar, und als Ullrich weitersuchte: Ich weiß es sicher, das Buch ist nicht hier.
Ullrich zögerte, dann muß es bei Ingeborg liegen.
Was soll ich sagen, wenn Ingeborg anruft?
Daß ich wiederkomme, irgendwann.
Der Vorderreifen des Fahrrads hatte wieder Luft verloren. Er pumpte ihn auf. Beim Vorbeugen spürte er wieder diesen Druck hinter der rechten Schläfe.
Ullrich fuhr die Schleißheimer Straße entlang, vorbei am Oberwiesenfeld und den Werkhallen von BMW. Sein Vorderreifen hatte schon wieder Luft verloren. Er hielt vor einem der großen Werktore. Ein uniformierter Pförtner stand vor dem heruntergelassenen Schlagbaum. Ullrich hatte das Rad an den Zaun gelehnt und pumpte den Reifen auf. Der Pförtner kam heran.
Host a Blatten oder.
Das Ventil, sagte Ullrich, ich muß mal das Ventil erneuern.
Des war guat, sagte der Alte, jetzat Boden.
Ja, sagte Ullrich, schlimm, die Hitze und fuhr weiter.
Der Druck ihres Schenkels, während er die Geschichte von Albert erzählt hatte. Albert, der dann später im KZ war. Ullrich nahm sich vor, Wolfgang zu fragen, warum Albert dann doch noch ins KZ gekommen war.
Er spürte immer noch den faden Kaffeegeschmack im Mund. Das Hemd klebte ihm auf dem Rücken, als er von der Landstraße auf den Feldweg abbog, der zu dem Baggersee führte. Er legte das Rad auf den Boden, zog das schweißnasse Hemd aus. Die Jeans klebten an den Beinen. Er stieg vorsichtig die steinige Böschung zum See hinunter und sprang, ohne sich abzukühlen, ins Wasser. Ein kalter Schlag.
Er taucht auf und macht einige Kraulzüge, schwimmt dann mit ruhigen Zügen in den See, dreht sich im Wasser auf den Rücken und bewegt langsam die Arme und Beine. Toter Mann, nannte Ingeborg das. An dem hellblau durchsonnten

Himmel sieht er eine weiße Haufenwolke treiben. Jetzt würde Maier über die Todesproblematik bei Heidegger reden und mit dem Zeigefinger ins Seminar deuten, um sich seine Sätze zu Ende sprechen zu lassen. *In der Angst vor dem Tod wird das Dasein vor es selbst gebracht als überantwortet der unüberholbaren Möglichkeit.*
Er taucht, öffnet die Augen, sieht unter sich nichts als Schwärze, taucht schnell auf, prustet, taucht einen Salto, paddelt mit den Füßen, wirbelt Wasser und Gischt auf, funkelnd im Sonnenlicht. Die weiße Wolke schiebt einen runden Auswuchs der Sonne entgegen. Er würde sich in der nächsten Woche bei Maier entschuldigen: eine plötzliche Magenverstimmung. Er lacht laut, macht wieder den toten Mann. Die Wolke hat die Sonne fast erreicht, schiebt sich langsam vorbei, schneidet ein Stück der Sonne ab, um den Wolkenrand steht ein Strahlenkranz. In einer kalten Stelle des Sees dreht er sich um und schwimmt zügig ins wärmere Wasser.
Du mit deinen Gefühlslehrjahren, hatte sie gesagt. Er blickte von seinem Buch hoch. Sie beugte sich über ihn und schüttelte die nassen Hände. Die kalten Wassertropfen trafen seine Haut wie Nadelstiche. Das Buch, vorsichtig, das Buch, hatte er gerufen und sich zur Seite gewälzt.
Ullrich schwimmt zum Ufer zurück, langsam, mit gleichmäßigen Zügen. Niemand außer ihm schwamm im See.
Er streckte sich auf dem Handtuch aus, spürte die Wärme der Sonne auf seiner Haut, das Kitzeln ablaufender Wassertropfen und blinzelte in den Himmel. Hoch über ihm schossen Schwalben hin und her. Das Wetter wird sich halten, dachte er. Eine Bauernregel. Er drehte sich auf den Bauch. Der Druck hinter seiner rechten Schläfe hatte nachgelassen.
Maier würde jetzt sicher wieder die Stunde überziehen, vorn am Tisch sitzend, Vergleiche ziehen zwischen Platon und dem Jugendstil, zwischen Max Weber und Augustinus. Man muß die abendländische Geschichte im Griff haben, hatte er

einmal gesagt, als ein Student nicht wußte, wann zum erstenmal der Begriff des Absurden in der Philosophie aufgekommen war.
Ullrich streckte die Hände aus und tastete über den Boden, fand einen flachen, glatten Stein. Der Stein war warm.
Nachdem sich Ullrich immatrikuliert hatte, war er in die philosophische Bibliothek gegangen, die in dem alten Universitätsgebäude untergebracht war. Nur wenige Studenten saßen lesend an den Tischen. Die Wände waren mit Buchregalen vollgestellt. Er hatte sich, um nicht aufzufallen, ein Buch aus dem Regal genommen und sich an einen der langen Tische gesetzt. Durch die großen, rundbogigen Fenster konnte man die alten Wohnhäuser auf der gegenüberliegenden Straßenseite sehen. Über der Eingangstür zur Bibliothek war eine alte holzumrandete Uhr angebracht mit schwarzen römischen Ziffern auf einem weißen Ziffernblatt. Er war bis zum Abend geblieben, bis die Bibliothek geschlossen worden war. Er hatte, die Zeit vergessend, in den *Konfessionen* von Augustinus gelesen. Das Buch hatte er wahllos aus dem Regal gegriffen.
Durch das Handtuch hindurch drückten die Kieselsteine auf seine Rippen. Er drehte sich wieder auf den Rücken. Seine Badehose war getrocknet. Er dachte an das Referat, das er schreiben mußte. Er spürte, wie sich auf seinem Gesicht und in seinen Achselhöhlen wieder Schweiß zu bilden begann. Lothar saß jetzt zu Hause in seinem Dachzimmer, die Fenster mit nassen Handtüchern verhängt, und schrieb.
Ullrichs Vater hatte geschrieben. Das Geschäft gehe schlecht, besonders jetzt, im Sommer, wo die Ferien anfingen. Er hatte geklagt über fällige Wechsel, und daß der Bausparvertrag weiter gezahlt werden müsse. Am Schluß des Briefes hatte er einen Satz unterstrichen. Kann man im nächsten Frühjahr mit Deinem Examen rechnen?
Ullrich hatte ihm geschrieben, er mache in diesem Semester den letzten Schein mit einer Arbeit über Hölderlin, dann

könne er mit der Zulassungsarbeit beginnen. Das Staatsexamen stiege dann im kommenden Jahr.
Ullrich sprang nochmals ins Wasser, schwamm einige Züge, stieg wieder ans Ufer, trocknete sich nur leicht ab und zog die Jeans und das Polohemd an. Er pumpte den Reifen auf und fuhr den Feldweg zur Landstraße hinauf.
In der Mensa mit dem Menü auf dem Plastiktablett, ging er suchend zwischen den Tischen im Speisesaal hindurch, sah aber unter den wenigen, die da aßen, niemanden, den er kannte, setzte sich an einen leeren Tisch. Die Spaghetti auf dem Tablett waren kleingeschnitten und mit einer rotbraunen Soße vermischt. Er sah die kleinen Fettaugen auf der Soße schwimmen, schob das Tablett zur Seite und löffelte die Quarkspeise aus der kleinen Plastikschüssel.
No, hots net geschmeckt, fragte die alte Frau im weißen Kittel, die die Tische abwischte und die Essensreste einsammelte.
Ullrich sah auf dem kleinen Metallwagen, den sie an den Tischen vorbeischob, eine Plastikwanne stehen, in der die Essensreste schwappten. Die rotbraune Soße und darin wie weiße Würmer die Spaghetti. Das plötzliche Würgen. Schnell stand er auf und ging hinaus. Draußen stand er im Schatten eines Baumes und mußte einige Male tief durchatmen.
Sie hatten sich angeschrien. Ingeborg hatte ihn gefragt, ob er im Seminar gewesen sei. Er hatte nach einer Pause nur nein gesagt, dann aber, weil er ihren unzufriedenen Blick bemerkte, hinzugefügt: und wenn, das kann dir doch egal sein, oder.
Sie hatte nichts gesagt, nur eine Bewegung mit dem Kopf, ein leichtes Verdrehen der Augen nach oben, das Zusammenziehen ihres Mundes.
Er hatte sie angeschrien, was sie sich einbilde, er sei kein Sträfling, er habe die Nase voll, er würde am liebsten einfach abhauen.
Geh doch, schrie sie, hau doch ab.

Er ging.
Er ließ sich von ihr auch nicht an der Wohnungstür aufhalten, wo ihre Wirtin stand, erstaunt und neugierig. Sie lief ihm bis ins Treppenhaus nach und sagte: Mach doch keinen Unsinn, sei vernünftig, bitte.
Als sie ihn festhalten wollte, hatte er nach ihr geschlagen. Laß mich los!
Abends hatte er in Lothars Zimmer gesessen und gesagt: Wie mich das alles ankotzt, und dann nach einer Pause: So geht das nicht weiter. Ich werde einen Schnitt machen. Einfach Schluß.
Ullrich stieg die Treppe hinauf. In seinem Zimmer wollte er sich sofort an den Schreibtisch setzen und mit der Gliederung für sein Referat beginnen.
In dem dunklen Treppenhaus war es kühl, aber oben im Gang der Dachwohnung war es beengend heiß. Er klopfte an Lothars Zimmertür. Aber der war nicht da. In seinem Zimmer ließ er sich in den Sessel fallen. Hier oben war es viel heißer als draußen. Auf dem Schreibtisch lagen aufgeschlagene Bücher und Zettel herum, auf dem Fußboden Zeitungen und Zeitschriften.
Er nahm sich vor, nicht zum Hahnhof zu gehen. Abends wollte er an seinem Referat arbeiten.
Er setzte sich an seinen Schreibtisch, legte ein Blatt Papier vor sich hin und schrieb dann mit Kugelschreiber: Einleitung und unterstrich das Wort.
Heute hatte Ingeborg anrufen wollen.
Schon einmal hatte sich ihre Periode verschoben. Sie hatten damals ihre Eltern in Augsburg besucht. Ihr Vater war Lokomotivführer auf einer Rangierlok. Abends zog er seine Uniformjacke aus und eine graue Strickweste an, dazu braune Lederschlappen, die vorn abgewetzt waren.
Während er Ullrich ein neues Bier einschenkte, hatte er ihm zugezwinkert. Ullrich hörte Ingeborg mit ihrer Mutter in der Küche lachen. Gackern, dachte er.
Ihre Eltern hatten sich mit Gute Nacht verabschiedet und

Ingeborg und Ullrich saßen dann nebeneinander auf dem Sofa.
Immer noch nichts, sagte sie, das sind jetzt schon drei Wochen.
In den nächsten Tagen stand sie oft unvermittelt auf und ging zur Toilette. Wenn sie zurückkam und ihre Mutter im Zimmer war, schüttelte sie schon an der Tür den Kopf.
Essen Sie ordentlich, sagte Ingeborgs Mutter immer und nötigte Ullrich Gemüse und Kartoffeln auf.
Nachmittags hatte er plötzlich gesagt: Laß uns zurückfahren.
Warum, hatte sie mißtrauisch gefragt.
Sie könnten hier nicht ungestört miteinander schlafen, hatte er als Grund angegeben.
Am Abend waren sie gefahren. Er hatte am Fenster gesessen und in die Dämmerung hinausgesehen. Er freute sich auf sein Zimmer. Sie war von der Toilette in das Abteil zurückgekommen und hatte sich, seine Hand nehmend, neben ihn gesetzt und geflüstert: Es klappt doch nicht mit dem Nachwuchs. Und dann, nach einer Weile: Irgendwie auch wieder schade.
Um was ging es bei dem Referat überhaupt? Ullrich versuchte, sich zu konzentrieren. Verschiedene Handschriften und mehrere Druckfassungen zweier Oden mußten verglichen werden. Er versuchte sich zu erinnern, was Ziegler gesagt hatte, als er dieses Referat vergab.
Das Telefon klingelte. Ullrich sprang auf. Er blieb aber an der Tür stehen.
Er hörte das schrille Klingeln auf dem Gang. Niemand außer ihm schien in der Wohnung zu sein. Endlich hörte das Klingeln auf. Er überlegte, ob er Ingeborg nicht einfach anrufen sollte, um ihr eine Aussprache vorzuschlagen. Er zögerte, ging zum Fenster und blickte hinaus. Wieder klingelte das Telefon. Er stellte sich vor, daß Ingeborg von der Telefonzelle an der gegenüberliegenden Straßenecke aus anrufen würde. Möglicherweise hatte sie im *Rolandseck* gesessen und ihn zurückkommen sehen. Dieses schrille Läuten, die

gespannte Stille dazwischen. Ullrich lauschte. Das Läuten hörte auf. Er ging wieder zu seinem Schreibtisch und setzte sich. Den Kopf in die Hände gestützt, versuchte er, sich zu konzentrieren. Er fand, daß er so dasitzend, lächerlich aussehen müßte.
Er sah die auf dem Boden verstreuten Zeitschriften und Zeitungen. Die Unordnung irritierte ihn plötzlich.
Er stand wieder auf und begann, die herumliegenden Zeitungen nach Wegwerfbaren zu sortieren. Den *Spiegel* ordnete er nach Erscheinungsdatum. Er blätterte in einigen Heften und begann, in einem Artikel über Vietnam zu lesen. Die Amerikaner hatten chemische Mittel über den Dschungel abgeworfen. Entlaubungsmittel.
Ullrich sah ein Photo, das einen mit Stricken gefesselten Vietkong zeigte, der auf dem Boden saß, das Gesicht verquollen, davor ein bulliger GI mit einer MP.
Ullrich ging zum Fenster.
Die Straße war leer.
Er legte sich auf das Bett. Die Sprungfedern quietschten.
Er las in dem Artikel von einer südkoreanischen Einheit, die auf seiten der Amerikaner besonders erfolgreich kämpfte. Sie hatten einem vietkongverdächtigen Vietnamesen die Haut abgezogen und ihn dann im Dorf an den Armen aufgehängt.
Ullrich ließ das Heft fallen und starrte an die Decke, die Hände unter seinem Kopf gefaltet.
Sein Vater hatte einmal von einem russischen Kriegsgefangenen-Transport erzählt, den er im Winter an der Ostfront gesehen hatte, Tausende von zerlumpten und ausgemergelten Russen, die zu einem Verladebahnhof marschierten. Ein Russe habe versucht zu fliehen. Der deutsche Posten schoß. Die Schädeldecke sei weggerissen worden. Und jetzt, hatte sein Vater gesagt, kommt das Furchtbare: andere Russen stürzten sich auf den toten Russen und aßen sein dampfendes Gehirn. Ullrich dachte an Albert, den Fahrer in der

Druckerei von Wolfgang. Der hatte Flugblätter gegen die Nazis verteilt. Albert war Kommunist. Bei welchem Anlaß hatten sie Albert geschnappt? Ullrich überlegte, er kannte niemanden, der Flugblätter gegen die Nazis verteilt hatte.
Er wachte auf und hatte einen säuerlichen Geschmack im Mund. Fast zwei Stunden hatte er geschlafen. Nebenan hörte er Lothars Schreibmaschine klappern. Ullrich stand auf. Er putzte sich die Zähne, klopfte an Lothars Tür und fragte ihn, ob er schon Tee getrunken habe.
Ja.
Ich versteh dich nicht, sagte Ullrich, daß du bei dieser Hitze schreiben kannst.
Ich muß, sagte Lothar und tippte mehrmals auf die Leertaste.
Ich auch, aber diese Schwüle. Ich werde heute Nacht arbeiten. Eigentlich hätte ich ein Date. Ich hab gestern im Hahnhof eine Schnalle aufgerissen. Aber ich geh nicht; ich werde arbeiten.
Ullrich saß in seinem Zimmer vor seinem Schreibtisch und hörte das Picken von Lothars Schreibmaschine. Jemand ging über den Gang ins Bad und schlug die Tür zu. An dem anhaltenden aufdringlichen Husten erkannte Ullrich den Kühlschrank-Vertreter, der offensichtlich von einer Reise zurückgekommen war. Unten auf der Straße fuhr ein Auto an, die Räder quietschten. Ullrich versuchte sich auf die Gliederung zu konzentrieren. Er wollte heute abend arbeiten und nicht zum Hahnhof gehen. Er versuchte, sich an den Namen zu erinnern. Gaby, hatte sie ihr Freund genannt, glaubte er.

Das Bett quietschte. Nebenan spielte Lothar Geige. Ullrich fand, daß die Sprungfedern lauter quietschten als sonst. Sie ist schwerer als Ingeborg, dachte er.
Du tust mir weh, sagte sie und sah ihn kurz an.
Ullrich sah das gleichmäßige Schwappen ihrer Brüste, die breit und flach auf den Rippen lagen. Sie hatte die Augen geschlossen und den Mund leicht geöffnet.

Er hatte sie schon von der anderen Straßenseite aus vor dem *Hahnhof* stehen sehen. Er war von hinten auf sie zugegangen, und ihm war dabei aufgefallen, wie schlank ihre Beine waren im Gegensatz zu ihrem großen Busen und Hintern. Er hatte sich hinter sie gestellt und gesagt: So können wir aber nicht auf die Eigernordwand. Dabei hatte er auf ihr kurzes Seidenkleid gezeigt. Sie war herumgefahren und hatte Oh gesagt und ihm dann die Hand gebend: Hallo.
Er schlug ihr vor, ins Kino zu gehen, vorher aber noch etwas zu trinken. Einen Tee?
Gut, sagte sie.
Mögen Sie Jasmintee, fragte er.
Den mochte sie besonders gern.
Dann gehen wir kurz zu mir und trinken einen Jasmintee. Ich hab da eine besonders gute Sorte.
Sie war einverstanden.
Sie gingen durch das Gedränge der Passanten und er erzählte ihr, wie schön und idyllisch es hier war, bis die Straße aufgerissen wurde für den U-Bahn-Bau. Ullrich beobachtete, wie Männer sie anstarrten.
Ein Vitalweib, sagte jemand, der ihnen entgegenkam.
Wir können uns doch auch hier ins Café setzen, sagte sie.
Aber der Jasmintee, den gibt es hier nicht und vor allem nicht die Raritätensammlung.
Sie meinen Ihre Briefmarkensammlung, lachte sie.
Nein. Aber die Wohnung, in der ich wohne, ist berühmt in ganz Schwabing, weil die Typen da so einmalig sind.
Sie fand das besonders gefährlich.
Im Gegenteil, sagte Ullrich schnell, dort sind sie sicher, so sicher wie nirgendwo sonst in Schwabing.
Da bin ich nicht so sicher.
Absolut sicher, sagte Ullrich und legte sich die rechte Hand auf die Brust. Dort wohnen vier kräftige, durchtrainierte Männer, die Ihnen beim ersten Schrei zu Hilfe kämen. Gleich neben der Wohnungstür, da wohnt ein Theologe, das heißt ein Kandidat der Theologie. Der ist im 28. Semester.

Der wohnt in einem Zimmer gleich rechts, wenn man reinkommt. Das sollte eigentlich eine kleine Küche werden, aber dann hat der Hausbesitzer den Raum zum Zimmer ausgebaut und für 40 Mark vermietet. Das ist ein kleines Loch mit einem Mansardenfenster. Da paßt gerade ein Bett, ein kleiner Schrank rein und ein Gartenstuhl.
Warum ein Gartenstuhl, fragte sie.
Ullrich faßte sie kurz an ihren Oberarm und führte sie um einige Typen, die Pizza essend auf dem Gehsteig standen. Das muß ein Gartenstuhl sein, weil er einen zusammenklappbaren Stuhl braucht. Auf dem Stuhl schreibt er nämlich. Wenn er etwas nachschlagen will, muß er das Brett, auf dem er schreibt, von den Armlehnen des Stuhls hochheben, dann aufstehen, den Stuhl zusammenklappen, damit er zum Bett gehen kann, wo er seine Zettel und Papiere ausgebreitet hat. Dort sucht er nach, quetscht sich wieder zwischen Schrank und Bett zum Stuhl, klappt ihn auseinander, hebt das Brett auf, setzt sich hin und legt dann den Zettel auf das Brett.
Sie lachte, das Zimmer muß wirklich sehr klein sein.
Ja, sagte Ullrich und sah rechts neben sich im Rhythmus der Schritte ihre Brüste wippen.
Ein Urchrist, dieser Theologe. Immer freundlich und hilfsbereit. Er ist etwas schwerhörig, das führt oft zu Mißverständnissen, aber wenn Sie um Hilfe rufen würden, käme er sofort. Das würde er bestimmt hören. Er würde freundlich lächelnd vor der Zimmertür stehen und auf ein Herein warten.
Aber wenn der dann nicht hereinkommt, sagte sie, nein, der ist mir dann doch zu unsicher. Wen haben Sie sonst noch zu bieten? Ullrich legte ihr ganz kurz die Hand auf den Rücken. Sie sollte die Straßenseite wechseln.
Also gut, sagte er. Dann wohnt da noch ein Eisschrankverkäufer, ein Vertreter. Taubenfeld, schon älter, so Ende Vierzig. Der hat schon an der Olympiade 1936 teilgenommen, damals die Winterolympiade in Garmisch-Partenkirchen. In der österreichischen Nationalmannschaft, und zwar

im Slalom. Er soll eine sehr gute Medaillenchance gehabt haben, ist aber gestürzt.
Wieso, fragte sie.
Er hat die rechte Außenseite seines Skis verkantet, rutschte an dem Tor vorbei, stieg dann zwar zurück, stürzte aber schon beim nächsten Tor erneut, weil er aus dem Rhythmus gekommen war, und zog sich beim letzten Sturz eine Sehnenzerrung im rechten Bein zu, und da gab er auf, endgültig.
Ullrich ging so dicht neben ihr, daß sich häufig ihre nackten Arme streiften. Sie versuchte nicht, den Abstand zu vergrößern.
Herr Taubenfeld käme bestimmt, schon beim ersten Hilferuf. Der würde auch ohne zu zögern und ohne zu klopfen das Zimmer betreten und nach dem Rechten sehen, obwohl er selbst etwas unsolide ist.
Wieso unsolide, fragte sie.
Er übertreibt gern, sagte Ullrich, während er die Haustür aufschloß, zum Beispiel am Telefon, da kann man es im Zimmer mithören. Das Telefon steht nämlich auf dem Gang, und da hört man ihn dann, wenn er allen Leuten von seinem lieben Freund, dem Doktor, erzählt. Wenn er aber seinen lieben Freund anruft, dann sagt er immer: Voi – äh – la und bon, bon, ja bis dann, selbstverständlich, Herr Doktor und Servus, Herr Doktor. Gruß an die Gemahlin.
Sie hatte gelacht und gesagt, ganz schön anstrengend, das Treppensteigen und das bei dieser Hitze.
Aber es lohnt sich, sagte Ullrich, denn oben wohnt, sozusagen als Überraschung, Anthony Perkins.
Tatsächlich?
Sie werden es sehen.
Ullrich war vom Treppensteigen und dem Erzählen außer Atem, als sie oben vor der Wohnungstür standen. Er schloß die Tür auf. So, hier sind wir.
Sie war vor ihm den Gang entlanggegangen und hatte sich, nachdem sie in Ullrichs Zimmer waren, gleich in den Sessel fallen lassen.

Wer schreibt denn da Schreibmaschine? Der Urchrist, hatte sie gefragt.
Nein, das ist Anthony, genannt Lothar. Wollen Sie ihn sehen?
Lieber nicht, hatte sie gesagt, sicherlich ist er klein und dick, vielleicht auch rotblond.
Erraten, hatte Ullrich gesagt.
Sie atmete schnell und flüchtig, kaum daß sich ihre Brust hob und senkte. Er legte seine Hand auf eine ihrer großen Brüste. Sie war kühl vom Schweiß. Lothar spielte wieder Geige. Er sah die feuchtdunklen Flecken auf der Matratze, neben anderen Flecken, älteren, weißlich eingetrockneten. Er richtete sich mit dem Oberkörper auf und versuchte, das Laken über die Matratze zu ziehen. Plötzlich drehte sie sich ihm zu, richtete sich auf und sah ihn an. Ihr Gesicht war verschwitzt und gerötet. Ihre Brüste hingen wie große Birnen an ihrem Körper. Sie fuhr ihm mit der Hand durch die Haare und küßte ihn.
Kurz bevor Ullrich zur Leopoldstraße gegangen war, hatte Ingeborg angerufen. Lothar war ans Telefon gegangen, und Ullrich hörte Lothar sagen: ja, Moment mal, ich hol ihn. Lothar war, ohne anzuklopfen, in Ullrichs Zimmer gekommen und hatte, obwohl Ullrich den Finger auf den Mund gelegt hatte, gesagt: Ingeborg will dich sprechen.
Unvermittelt hatte sie angefangen zu weinen. Er hatte den Telefonhörer einen Augenblick vom Ohr weggenommen und aus der Telefonmuschel dieses kleine Schluchzen gehört. Heute geht es nicht, sagte er, aber morgen. Sie sagte, gut, legte aber nicht auf. Er hatte durch den Hörer ihr leises, ruckartiges Schluchzen gehört.
Im Bett sitzend küßte er Gaby.
Anthony spielt leider sehr falsch. Ein Formtief.
Gaby lachte. Ich muß schlimm aussehen, sagte sie, als sie bemerkte, daß er sie ansah.
Du bist schön, sagte Ullrich.
Plötzlich brach das Geigenspiel nebenan unvermittelt mit einem Melodiebogen ab. Das Bett knarrte. Ullrich ver-

suchte, dieses Knarren zu verhindern, er umklammerte sie. Einen Augenblick war es ruhig im Zimmer. Dann quietschten wieder die Sprungfedern.
Dieses Scheißbett, rief Ullrich und stieß mit der Faust gegen die hohe hölzerne Kopfleiste. Diese verdammte Dreckkiste.
Laß doch, sagte sie, macht doch nichts, und küßte seinen Oberarm.
Huch. Sie verlangte nach einem Taschentuch.
Ullrich sah sich um.
In meiner Handtasche, schnell.
Ullrich sprang aus dem Bett und wühlte in ihrer Handtasche, die auf dem Schreibtisch stand.
Wie lächerlich, dachte er, als er mit dem Papiertaschentuch in der ausgestreckten Hand und pendelndem Penis zum Bett zurückging.
Danke, sagte sie und fuhr sich mit dem Taschentuch unter die Bettdecke. Such doch mal Musik.
Ullrich suchte einen Sender.
Als sie hereingekommen war, hatte sie sich sofort in den Sessel gesetzt. Ullrich hatte sich auf das Bett gesetzt.
Ein Bier?
Ja.
Nach dem Jasmintee hatte sie nicht mehr gefragt. Ullrich stellte die Bierflaschen unter den laufenden Wasserhahn.
Hier oben fehlt ein Kühlschrank, sagte er, während sie im Sessel sitzend an ihrem Kleid zupfte. Nur der Taubenfeld hat einen, aber der steht in seinem Zimmer.
Lustig hier oben, sagte sie, auch ohne Kühlschrank.
Ullrich überlegte sich, wie er sie dazu bringen könnte, sich aufs Bett zu setzen. In dem tiefen Sessel saß sie wie in einer Burg. Um sie zu küssen, hätte er sich erst auf die Armlehne setzen müssen. Sie hätte ihn auch dann mit der Hand leicht abwehren können. Er stand schließlich auf und ging zum Bücherbord.
Sehn Sie mal, das ist eine Eigenkonstruktion. Einfach und billig. Man muß nur auf dem Bau ein paar schöne Ziegel-

steine klauen. Sehr stabil, sagte er, versuchen Sie mal, und er tippte mit dem Finger gegen die aufgeschichteten Ziegelsteine.
Sie stand auf, sah sich kurz die Buchtitel an und tippte dann mit dem Zeigefinger gegen die Ziegelsteine. Sehr schön.
Sie wollte sich wieder in den Sessel setzen, aber Ullrich zeigte auf das Bett: Das ist bequemer, der Sessel ist schon durchgesessen.
Himmel, sagte sie, als die Sprungfedern quietschten. Sie saß in einer unbequemen Mittellage, konnte sich nicht an die Wand lehnen, zugleich drückte die hölzerne Bettkante in ihre Kniekehlen. Legen Sie die Beine doch aufs Bett, sagte Ullrich beiläufig. Sie zögerte.
Wenn Sie Bedenken haben, dann können Sie die Schuhe ruhig anbehalten.
Sie lachte, sagte nein, streifte sich schnell mit den Füßen die Schuhe ab und zog die Beine an, wobei sie versuchte, das kurze Seidenkleid über die Oberschenkel zu ziehen.
Sie fragte, was wollen Sie später werden?
Wenn es irgend geht, nicht Lehrer.
Sie lachte, das könne sie verstehen. Lehrer ist schlimm.
Ja, aber nicht Lehrer zu werden, ist auch schlimm. Da bleibt nämlich nicht viel übrig.
Zeitung, fragte sie?
Vielleicht.
Sie wollte wissen, was aus diesem Mann geworden ist, der damals die Flugblätter im Kaninchenstall versteckt hatte. Die Geschichte habe ihr sehr gefallen.
Ich weiß nicht, sagte Ullrich und stand auf, um zwei Flaschen Bier zu holen und zwei neue unter den laufenden Wasserhahn zu stellen.
Vielleicht gibt es heute doch noch ein Gewitter, sagte sie, als er mit den Flaschen ins Zimmer kam.
Ja, es ist schwül.
Er hatte ihr die Bierflasche gegen den nackten Oberarm gedrückt.

Schön, hatte sie gesagt, und er hatte sich neben sie auf das Bett gesetzt.
Wir müssen uns stärken, hatte er gesagt, während er das Bier in die Gläser goß, schließlich wollen wir doch die Eigernordwand besteigen.
Ich werde so leicht schwindelig.
Ich werde Sie halten, ganz sicher, so, und er hatte ihr seinen Arm um die Schultern gelegt.
Jetzt lagen sie nackt auf dem Bett nebeneinander und hörten Musik.
Tanzt du gern, fragte sie.
Kommt darauf an, was. Walzer finde ich schlimm. Den mochte ich schon in der Tanzstunde nicht. Aber Beat.
Plötzlich kam das Zeitzeichen. Der Bayerische Rundfunk bringt Nachrichten. Berlin: Anläßlich des Schah-Besuchs kam es vor der Berliner Oper zu schweren Zusammenstößen zwischen Demonstranten und Polizei. Dabei wurde ein Student getötet, zahlreiche Demonstranten und Polizisten wurden verletzt. Oberbürgermeister Albertz erklärte.
Schrecklich, sagte Gaby. Gibts da keine Musik.
Ullrich sprang aus dem Bett und stellte das Radio ab. Er ging zum offenen Fenster.
Diese Schweine, dachte er, und dann wütend: Sind wir hier in Persien.
Wieso, fragte sie.
Er antwortete nicht.
Am Fenster stehend, spürte er den kühlen, nächtlichen Wind.
Gibt es heute noch ein Gewitter, fragte sie.
Ich glaube nicht.
Schade, sagte sie, ich mag nämlich Gewitter, wenn ich im Bett liege.
Er hatte plötzlich den Wunsch, allein zu sein.
Kommst du, rief sie vom Bett aus.
Er sah, als er sich umdrehte, auf dem Schreibtisch das leere Blatt. Darauf stand unterstrichen: Einleitung. Nichts weiter.

7

Die Kugel hatte die rechte Großhirnhälfte durchschlagen. In seinem Kopf habe man ein deformiertes Mittelmantelgeschoß gefunden. Da die Schwärzung fehlte, sei nicht zu ermitteln gewesen, aus welcher Entfernung Ohnesorg getroffen wurde. Man gehe jedoch davon aus, daß der Schuß auf den Studenten aus nicht allzu großer Entfernung abgegeben worden sei.
Ullrich legte die Zeitung auf den Tisch und sah die Leopoldstraße hinunter.
Das wird heute wieder heiß, sagte die Kellnerin, als sie Ullrich die Tasse Kaffee auf den Tisch stellte.
Er überlegte, an welchem Tag der Schah in München gewesen war. Am Nebentisch lachte eine Frau, die ein Butterhörnchen in der Hand hielt und zwei breite Goldringe am Zeigefinger trug. Der Mann neben ihr hatte seine Hand auf ihren Rücken gelegt und redete auf sie ein.
Ullrich sah die Fotos in der Zeitung. Der Student am Boden liegend. Über ihn gebeugt eine junge Frau in einem weiten schwarzen Abendkleid. Sie hält seinen Kopf. Am Hinterkopf und auf dem Boden: Blut. Daneben ein anderes Foto, drei Polizisten schlagen und treten auf einen am Boden liegenden Demonstranten ein, der sein Gesicht mit den Händen zu schützen versucht.
Und dann das Foto von dem lachenden Schah und Farah Diba, die eine kleine Krone im Haar trägt.
Ullrich hörte das kreischende Anfahren eines Autos und dann wieder dieses Lachen vom Nebentisch.
Zahlen, schrie er, zahlen.
Die Kellnerin sah ihn verwundert an, stellte das Tablett auf einen leeren Tisch ab und sagte dabei: Ja, ja, sofort.
Er trank seinen Kaffee nicht aus. Er stand sofort auf.
Ullrich hörte seine Schritte laut auf dem Pflaster der Leopoldstraße.

8

Er zögerte, dann biß er zu. Zwei-, drei-, viermal. Vergeblich.
Ullrich zog seinen Daumennagel mit dem sich spreizenden Nietnagel am Hemd hoch. Jedesmal, wenn er sich am Hemd verhakte, kam dieser kleine, stechende Schmerz.
Nadelstiche, dachte Ullrich und zog den Daumennagel erneut über den Hemdstoff, so daß sich der Nietnagel spreizte und jetzt zwischen Nagel und Nagelbett hervorragte.
Nochmals versuchte er, ihn mit den Zähnen abzubeißen. Aber dann bemerkte er, wie ihn sein Nachbar irritiert beobachtete.
Ullrich blickte wieder in das Buch und, an dem Nietnagel pulend, versuchte er, sich zu konzentrieren.
Sie hatten sich in einem Café in der Nähe der Uni getroffen.
Plötzlich sah sie ihn an.
Er hatte gerade gefragt, ob sie mal wieder etwas von ihrer Schwester aus Bayreuth gehört habe.
Ich bin schwanger, sagte sie, und noch bevor er fragen konnte: Ganz sicher. Ich war beim Arzt.
Er versuchte wieder, den Nietnagel abzubeißen. Aber der Riß vertiefte sich nur.
Mit dem Finger die Zeilen nachfahrend, las er zum drittenmal einen Absatz.
Dichterisch war diese Periode sehr unproduktiv, schon weil Hölderlin noch im Bereich des »Abstrakten« angesiedelt blieb, wo er sich auf die Dauer keineswegs wohlfühlte.
Ullrich strich die Stelle im Buch an, obwohl das verboten war und machte am Rand ein Ausrufungszeichen.
Gleich nach der Demonstration hatte er sich das Buch gekauft und es in der folgenden Nacht gelesen. *Persien, Modell eines Entwicklungslandes.* Lothar hatte den Titel am nächsten Morgen gelesen, als Ullrich ihm den Umschlag des Taschenbuchs hinhielt und behauptete, er sei überhaupt nicht müde, im Gegenteil. Lothar sagte: Mensch, dein Referat,

das schaffst du nie mehr. Du solltest lieber was über Hölderlin lesen.
Ja, sagte Ullrich, aber ihm sei heute nacht einiges klar geworden. Ungeheuerlich. Daß es uns hier so gut geht, das liegt daran, daß es den unterentwickelten Ländern so drekkig geht. Zum Beispiel Persien, rief Ullrich und stand auf, das gelbe Taschenbuch in der Hand, die haben zwar Erdöl, aber das Geld sacken die Erdölkonzerne in Amerika und England ein. Reich werden in Persien nur ein paar Leute aus der Oberschicht. Ullrich suchte in dem Buch eine Stelle, hier, sagte er: *Nelson Rockefeller an Eisenhower: Auf dem Weg über wirtschaftliche Hilfen konnten wir das iranische Öl fest in die Hand bekommen. Auch stellt der iranische Markt nunmehr einen zuverlässigen Stützpunkt für unsere Wirtschaft dar. Durch unseren intensiven wirtschaftlichen Einsatz im Iran ist es uns gelungen, die ganze Außenpolitik dieses Landes zu kontrollieren und insbesondere den Beitritt des Irans zum Bagdad-Pakt durchzusetzen. Gegenwärtig kann der Schah...*
Ja, sagte Lothar, er habe natürlich auch schon von dem Buch gehört.
Du mußt das Buch unbedingt lesen, heute noch.
Lothar hatte abgewehrt: Nach dem Referat, wenn ich damit fertig bin.
Der Student, der neben Ullrich an dem Bibliothekstisch saß, putzte sich die Nase, schnaubte, betrachtete dann das Taschentuch genau, schnaubte nochmals, wischte sich mit dem Zeigefinger über die Nasenlöcher, prüfte, ob alles sauber war und vertiefte sich dann wieder in das Buch, das vor ihm aufgeschlagen lag.
Das leise Grummeln eines aufziehenden Gewitters war hörbar, und Ullrich sah zum Fenster hinaus. Grauschwarze tiefhängende Wolken zogen über den Himmel, der Wind drückte gegen die Fensterscheiben. Ullrich las.
Der Dichter versteht sich als Vorbote der kommenden Göttereinkehr, aber er darf sich nicht deswegen anmaßen, sich die

Götterkräfte dienstbar zu machen und selbstherrlich den Himmel zwingen zu wollen: vielmehr muß er sich bescheiden, solange die ersehnte Zeit noch ausbleibt.

Die ersten schweren Regentropfen klatschten gegen die Fensterscheiben. Ullrich sah zum Fenster hinaus.

Auf dem Vorplatz der Universität hatten überall diskutierend Studenten und Studentinnen herumgestanden. Eine flimmernde Hitze stand über dem Platz. Ullrich hatte nach bekannten Gesichtern gesucht. Jemand fragte ihn, wohin die Demonstration ginge. Er wußte es nicht. Ziellos lief er durch die Menschenmenge. Studenten trugen Fahnen, Plakate und Transparente. *Springers Schreiberhorden halfen Benno morden.*

Durch ein quäkendes Mikrophon wurde etwas bekanntgegeben. Ullrich konnte es nicht verstehen. Er fragte die Umstehenden, aber auch die hatten nichts verstanden.

Ihm war aufgefallen, daß er mit jedem ohne jede Peinlichkeit reden konnte und sie mit ihm.

Er sah viele schwarze Fahnen, aber auch einige rote. Es wurde nirgendwo gelacht, aber überall geredet und diskutiert.

Und neben seiner Wut und Empörung spürte er plötzlich auch so etwas wie Freude (so hatte er das später auch gegenüber Lothar bezeichnet), eine Freude, die er zu unterdrükken suchte, weil sie ihm unpassend erschien. Und dann diese ziellose Unruhe, die er bei sich selbst entdeckt hatte, seit jener Nacht, als er von dem Tod Benno Ohnesorgs gehört hatte, eine Unruhe, die sich von Tag zu Tag verstärkt hatte. Diese Unruhe spürte er auch in den anderen, hier auf diesem heißen Vorplatz. Erst als sich der Demonstrationszug formierte, legte sich die Unruhe.

Langsam gingen sie durch die aufgeheizten Straßen. Auf den Bürgersteigen standen Passanten und beobachteten die Demonstranten.

Ullrich kam sich plötzlich lächerlich vor, wie er da so vor sich hin ging, langsam und schweigend, in der rechten Hand

seine Aktentasche. Warum hatte er diese alberne Aktentasche nicht im Seminar gelassen.
Die Arbeit, die er schreiben mußte, war ihm plötzlich läppisch und unwichtig vorgekommen.
Ein Blitz zuckte am Himmel, etwas später der Donner, lang hingezogen. Ullrich dachte an Gaby, die Gewitter gern mochte, wenn sie im Bett lag. Zweimal noch hatte er sie getroffen, und sie hatte ihm dann gesagt, es sei so schwierig im Augenblick. Ihr Freund. Du verstehst, hatte sie gesagt. Sie wolle wieder anrufen.
Drüben am Bücherständer stiegen fleischfarbene Strumpfbeine auf einer kleinen metallenen Stehleiter Goethe entgegen, verharrten auf einer Sprosse, stiegen dann weiter, höher hinauf, dort stand er; da endlich war er – das Kleid legte einen massiven Strumpfhosenhintern frei. Ganz oben stand die Weimarer Goethe-Ausgabe.
Ullrich versuchte wieder, sich auf das Buch zu konzentrieren. Wozu ist das gut, hatte Wolfgang gefragt.
Je mehr er über diese Frage in der letzten Zeit nachgegrübelt hatte, desto weniger konnte er sich selbst eine befriedigende Antwort geben. Ein Schein für das Examen, das war alles. Und wofür das Examen?
Schon ein Komma kann den Sinn eines Textes verändern, hatte Ziegler gesagt und damit die Wichtigkeit textkritischer Arbeit begründet.
Die Ode, zu der Ullrich schon in den Semesterferien Literatur gelesen hatte, interpretierte jetzt ein Student, den Ziegler mit Namen anzusprechen pflegte.

Wachs und werde zum Wald! eine beseeltere,
Vollentblühende Welt! Sprache der Liebenden
Sei die Sprache des Landes,
Ihre Seele der Laut des Volks!

Ullrich versuchte, sich wieder zu konzentrieren. Er hörte den Regen gegen die Fensterscheibe prasseln und das Rumpeln des Donners. Der Student neben ihm sah von seinem Buch hoch und aus dem Fenster. Ullrich nickte ihm zu und

wollte gerade sagen: So ein Gewitter lockert doch sofort die Atmosphäre hier, da blickte der Student schnell wieder vor sich in das aufgeschlagene Buch.
Die stehen da und glotzen nur, hatte ein Mädchen zu Ullrich gesagt, das im Demonstrationszug neben ihm ging. Ja, hatte Ullrich gesagt, die sind nicht ansprechbar. Das Mädchen, das ein sehr kurzes gelbes Kleid trug, erzählte ihm, daß sie vorhin beim Verteilen der Flugblätter von einem Mann angepöbelt worden sei. Dreckige Schlampe, hatte der gerufen und dann gesagt: Ganz richtig, daß sie einen von euch umgelegt haben.
Sie gingen nebeneinander bis zum Platz der *Opfer des Nationalsozialismus*, wo die Abschlußkundgebung abgehalten wurde. Nachdem der letzte Redner die Demonstration für beendet erklärt hatte, entdeckte Ullrich plötzlich Wolfgang in einer Gruppe von Demonstranten, die ein Transparent trugen: *Enteignet Springer*.
Einen Augenblick, sagte Ullrich zu dem Mädchen und quetschte sich durch das Gedränge in die Richtung, wo er Wolfgang hatte stehen sehen. Transparente wurden zusammengerollt, Schilder und Plakate zusammengestellt. Er hatte Wolfgang nicht gefunden. Später hatte er das Mädchen gesucht, aber sie war nicht mehr dort, wo er sie hatte stehenlassen.
Ullrich stand auf und ging durch die Seminarbibliothek zur Tür, vorbei an der Aufsicht.
In der Toilette wusch er sich die Hände und betrachtete seine geröteten Augenlider im Spiegel. Er ging zu dem großen Klappfenster. Die Windböen drückten den Regen gegen die Fensterscheibe. Die Schraffur schräg ablaufender Wassertropfen. Ein Blitz verästelte sich am dunklen Himmel, unmittelbar darauf der Donnerschlag.
Zwei Tauben hatten sich auf einen Fenstersims des gegenüberliegenden Hauses gerettet, saßen dort nebeneinander, geschützt von dem vorspringenden Dach. Im Nebenraum gurgelte ein Wasserklosett.

Er hatte zu Ingeborg gesagt: Das geht doch ruckzuck. Sie hatte Milch in das Teeglas geschüttet und beobachtete, wie sich die Milchwolke in dem grünen Tee ausbreitete. Dann hatte sie ihn angesehen und gesagt: Du machst es dir leicht. So eine Abtreibung ist doch keine Grippe.
Im Gefieder der Tauben zauste der Wind. Tauben haben dumme Augen, hatte Ingeborg einmal behauptet.
Ullrich hatte unter Freunden und Bekannten herumgefragt, aber niemand kannte einen Arzt. Auch Ingeborg hatte keine Adresse auftreiben können.
Er legte seine Hand auf die kühle Fensterscheibe. Jemand kam aus dem Toilettenraum heraus und ging zu den Waschbecken.
Auf dem Gang vor der Bibliothek lehnte Prembeck, eine Zigarette rauchend.
Er war ungewöhnlich groß und steckte den Kopf vor, Prembeck trug eine Nickelbrille. Wieweit er mit seiner Doktorarbeit sei, fragte Ullrich.
Komplikationen, sagte Prembeck, Schwierigkeiten hätten sich da plötzlich aufgetürmt. Unüberwindbare. Der Doktorvater habe plötzlich Einwände.
Grundsätzliche, fragte Ullrich.
Ja, das könne man so sagen. Er müsse jetzt, nachdem er mit der Arbeit fertig sei, große Teile umschreiben. Dabei trat er mit einem Stiefelabsatz auf einer Kippe herum. Prembeck trug auch im Sommer Wildlederstiefel, die am Schienbein geschnürt wurden, und in die er seine Cordhosen gestopft hatte.
Prembeck fragte Ullrich, ob er mit seinem Referat fertig werde.
Ich muß, sagte Ullrich und rieb den Zeigefinger am Daumen. Die fragen schon in jedem Brief, wann ich mein Examen machen würde. Prembeck holte sich eine neue Gitane aus der Packung, hielt dann Ullrich die Packung hin.
Ullrich lehnte ab.
Prembeck zündete sich die Zigarette an.

Dieses Scheißreferat, sagte Ullrich, das ist dermaßen öde.
Prembeck lachte kurz und rauchte zügig seine Zigarette, hielt sie ganz vorn mit Daumen und Zeigefinger fest. Drei Studentinnen, die rauchend zusammenstanden, unterhielten sich über eine Schiller-Vorlesung. Ullrich fragte Prembeck, ob er zufällig einen Arzt wüßte, der Geburtenkontrolle praktiziere.
Prembeck sah Ullrich fragend durch seine scharfe Brille an. Wieso?
Ich habe eine entfernte Bekannte, die hat Schwierigkeiten.
Ach so, sagte Prembeck. Nein, leider, da kenne er auch niemanden.
Ullrich fragte Prembeck schnell, ob er seine Doktorarbeit umschreibe.
Ja, natürlich, was soll ich machen.
Ullrich hatte zu Ingeborg gesagt, um das Geld zusammenzubringen, muß ich jobben, bestimmt einen Monat.
Na und, dafür muß ich auf den Stuhl, hatte sie gesagt.
Er wollte sie streicheln. Sie aber hatte ihren Kopf vor seiner schon ausgestreckten Hand zurückgezogen.
Prembeck warf die halb aufgerauchte Zigarette auf den Boden, trat sie aus und sagte: Na dann.
Ullrich setzte sich wieder auf seinen Platz. Der Student neben ihm sah nur kurz hoch und las dann weiter. Ullrich sortierte seine Karteikarten mit den Notizen, las einige Anmerkungen, die er sich notiert hatte und begann wieder zu lesen. Er pulte an dem Nietnagel, versuchte ihn abzubeißen, riß ihn dabei weiter ein. Das Nagelbett schmerzte. Aus dem Fenster blickend sah er die Regenschauer, die tiefhängenden schwarzen Wolken.
Er sah sie erst, als sie schon an seinem Tisch vorbei war. Er wollte Hallo rufen, blieb dann aber doch sitzen. Sie trug ein dunkelblaues Kleid und gelbe Stiefel. Das brünette Haar war in der Mitte gescheitelt und hinten zu einem kleinen Pferdeschwanz zusammengebunden. Sie stellte ihre schwarze Handtasche weiter vorn auf einen Tisch. Er

konnte deutlich ihre kleine gerade Nase erkennen und ihre runde Unterlippe, während sie in ihrer Handtasche kramte, einen Kugelschreiber und einen Notizblock heraussuchte. Sie ging zum Katalog hinüber und suchte dort eine Signatur heraus, ging dann zurück zu dem Bücherständer, bückte sich, zog ein Buch heraus, blätterte darin, stellte das Buch zurück, zog ein anderes Buch heraus und ging damit zurück zu ihrem Platz. Er wollte aufstehen und zu ihr gehen, blieb dann aber doch sitzen. Er wollte eher wie zufällig an ihrem Tisch vorbeigehen. Er versuchte, weiter in dem Buch zu lesen, blickte aber immer wieder hoch und sah dann wenige Tische vor sich ihren Rücken und ihren kurzen Pferdeschwanz. Bei der Demonstration hatte sie das Haar offen getragen.

Der Regen prasselte gegen die Fensterscheibe. Er versuchte, sich wieder auf das Buch zu konzentrieren. Er dachte daran, daß er nur noch vier Tage Zeit hatte. Eventuell noch einen halben Tag dazu, wenn er das Referat abends Ziegler ins Haus bringen würde.

Er stützte den Kopf auf die Hände, schirmte dabei die Augen mit den Händen ab und las:

Gedichte sind noch entstanden, die der Kranke manchmal an Besucher verteilte; gern zeichnete er mit fremden Namen, z.B. Scardanelli.

Sie saß vor ihm und las, blickte nicht hoch, auch dann nicht, wenn jemand an den Tischen vorbeiging. Es blitzte wieder und dann das Krachen.

Da blickte auch sie hoch und sah aus dem Fenster.

Ullrich stand auf. Die Aufregung war wie ein Druck in seiner Brust.

Hallo, sagte er und spürte das leichte Zittern in seinen Beinen.

Sie war leicht zusammengezuckt und sagte dann auch: Hallo.

Ich habe sie nach der Demonstration verloren, sagte Ullrich.

Ja, sagte sie, sie sei dann auch gegangen.

Jemand drehte sich um, vom Reden gestört und sah zu ihnen herüber. So trifft man sich wieder, sagte er, langsam ruhiger werdend.
Draußen hörte man wieder den Donner, schon entfernter und nicht mehr so laut.
Lotte, flüsterte er.
Sie sah ihn fragend mit ihren ruhigen blauen Augen an, lächelte dann und flüsterte: Klopstock.
Jemand zischte.
Kommen Sie, sagte Ullrich, hier kann man nicht reden, wir trinken einen Kaffee.
Das geht leider nicht, flüsterte sie. Ich muß ein Referat halten, nächste Woche.
Schade, sagte Ullrich und richtete sich auf.
Aber danach, sagte sie.
Treffen wir uns hier, fragte er.
Bestimmt, flüsterte sie.
Bis dann.
Ullrich setzte sich an seinen Platz und versuchte, sich wieder auf sein Buch zu konzentrieren. Der Regen hatte nachgelassen. Es war fast sechs Uhr. Ullrich fuhr mit dem Daumen an seinem Hemd hoch. Der Nietnagel spreizte sich, es gab wieder diesen kurzen, stechenden Schmerz. Ullrich versuchte, wieder den Nietnagel abzubeißen, schließlich riß er ihn ab. Das Nagelbett brannte.
Er klappte das Buch zu. Er konnte nicht mehr lesen. Er sammelte seine Karteikarten und Zettel zusammen, brachte das Buch zu dem Bücherständer. Sie saß am Tisch und las, ihre braunen Beine in den gelben Gummistiefeln hatte sie unter dem Tisch übereinandergeschlagen. Er ging hinaus.
Im *Arri* hatte die Sechs-Uhr-Vorstellung schon begonnen. In dem dunklen Saal tastete er sich die Stufen hinunter und suchte einen Platz hinter einer freien Reihe. Er setzte sich auf einen der hölzernen Klappstühle und hing die Beine über die Stuhlreihe vor ihm. Eddi grinste gerade einen Gangster an, der wohl eine Frau belästigt hatte, denn ihr

Kleid war am Ausschnitt und Ärmel aufgerissen, so daß man den schwarzen Büstenhalter sehen konnte. Auch der Gangster grinste jetzt. Beide grinsten sich an und beide schlugen gleichzeitig zu. Im Kinosaal bildete sich ein Sprechchor: Eddi vor, noch ein Tor. Eddis Faust traf den Gangster an der linken Kinnpartie. Es krachte. Der Gangster grinste nicht mehr, schlug mit schmerzverzerrtem Gesicht eine Linke in Eddis Magen. Eddi ging zu Boden. Die Frau kreischte, hielt sich dabei den eingerissenen Teil ihres Kleides fest. Der Gangster sagte, halt die Fresse, dumme Gans, und schlug ihr ins Gesicht, ein-, zweimal. Im Kino schrien alle Eddi, Eddi. Eddi stand schon wieder, schüttelte den Kopf, dann schlug er zu, mit der Handkante traf er das Genick des Gangsters, als der nach vorn fiel, zog Eddi blitzschnell das Knie hoch und traf das Kinn des Gangsters, wodurch dessen Oberkörper hochgerissen wurde, so daß Eddi seitlich noch einen Haken nachschlagen konnte. Ein Leberhaken, dachte Ullrich und lachte laut, als der Gangster unter das altmodische Bett schlidderte, sich nochmals aufrichtete, dabei mit dem Kopf gegen die Bettkante stieß und liegen blieb.

Die Frau ließ, als Eddi sich übers Kinn wischend auf sie zuging, das zerrissene Kleid fallen. Bleib sauber, schrie jemand im Kinosaal. Alle lachten.

Hinter Ullrich trank jemand aus einer Bierflasche und rülpste danach. Ullrich roch den säuerlichen Biergeruch. Er überlegte, ob er sich wegsetzen sollte, blieb dann aber doch sitzen.

Als im Saal das Licht anging und die Menschen durch die Sitzreihen hinausdrängten, sah er, in einer der vorderen Reihen, Ingeborg in einem schwarzen Lackmantel. Sie knotete sich gerade ein Kopftuch um. Ullrich wartete, bis sie hinausgegangen war. Die Platzanweiserin kam und sagte, dös geht net, zwei Filme hintereinander.

Ich weiß, sagte Ullrich und ging langsam hinaus.

9

Er war Kapitänleutnant der Reserve bei der Kriegsmarine. Noch heute bevorzugt er dunkelblaue Blazer.
Er heißt Betz, aber mit langem e, also Bētz.
Wer Betz, wie Netz sagt, wird sogleich von Betz verbessert: Bētz.
Lothar wollte ihn schon vor zwei Jahren fragen, warum er sich Bētz nennt, man sagt doch auch nicht Nētz.
Fragen wollte er Bētz schon damals, gleich nach der Hörgeldprüfung, denn davor, das war verständlich, wäre es, wie Lothar es damals ausdrückte, selbstmörderisch gewesen; dann wollte er ihn nach dem zweiten Hauptseminarschein fragen, denn, das ist richtig, davor wäre es wirklich selbstmörderisch gewesen; jetzt will Lothar ihn gleich nach seiner Magisterprüfung fragen, vorher wäre es in der Tat, wie Lothar richtig sagt, wissenschaftlicher Selbstmord; aber nach dem Magister will Lothar seinen Doktor machen, dafür benötigt er eine Beurteilung für ein Promotionsstipendium von Bētz, aber gleich danach will er ihn dann wirklich fragen.
Vermutlich wird in absehbarer Zeit doch nicht geklärt, warum Netz nicht Nētz heißt.
Lothar ist ein begabter Germanist.
Bētz zweifelt nicht an dem fortschreitenden Verfall des Abendlandes. Das zeigt sich im Deutschen zum Beispiel an dem mangelhaften Gebrauch des Konjunktivs. Differenzierungen schwinden mehr und mehr. Darum wird in Bētz Seminaren so sorgfältig differenziert.
Bētz gilt in Fachkreisen, wenn auch nicht unumstritten, als eine germanistische Koryphäe.
Schüler von Bētz zu sein, das gilt etwas unter Münchener Germanisten. Bētz Schüler sehen sich ähnlich, behaupten diejenigen, die nicht bei Bētz studieren. Lothar hält das für eine Übertreibung.
Wer eine These in einer Seminarsitzung vertritt, wird sogleich von mindestens fünf Seminarteilnehmern widerlegt,

solange wartet Bētz, erst dann entscheidet er, wer recht hat. Seine Entscheidung ist immer abschließend, danach wird eine neue These geprüft.
Wer mehr als sechs Bētz Entscheidungen gegen sich hat, wird von Bētz nicht mehr gegrüßt.
Viele wechseln dann die Universität.
Bētz unterscheidet zwischen einem Beitrag, einem sehr interessanten Beitrag, einem hochinteressanten Beitrag. Einen hochinteressanten Beitrag hat zuletzt vor zwei Jahren ein Doktorand geliefert. Damals wurde noch gearbeitet.
Zum Beispiel kann der Vietnam-Konflikt wirklich objektiv nur in einem mehrsemestrigen Oberseminar von Politologen soweit erhellt werden, daß eine Meinungsbildung annähernd möglich wird – allerdings nur annähernd – zuvor wird nur geredet. Kein Bētz-Schüler widersprach.
Einen Seminarteilnehmer, der die soziale Relevanz eines sprachwissenschaftlichen Seminars über den Tatian anzweifelte, widerlegte Bētz mit den Merseburger Zaubersprüchen.
Seitdem wird nicht mehr kritisiert, sondern nur noch gearbeitet. Treffen sich Bētz-Doktoranden zufällig auf der Straße oder in den Gängen der Universität, erörtern sie gern, was Bētz wohl sagen würde, wenn man ihm wortlos die Faust ins Gesicht setzen würde. Die Bētz-Doktoranden haben darauf bis heute noch keine Antwort erhalten. Lothar meint, irgendwann wird man auch das erfahren, dann wird sich auch Betz wieder auf Netz reimen, ohne Dehnungs-E.
Als guter Germanist, der in seinen Gotisch- und Althochdeutsch-Klausuren je eine Eins und in der Mittelhochdeutsch-Klausur eine Zwei plus hatte, weiß er aber auch, daß es bis heute keine bündige Erklärung dafür gibt, wie es zu Vokalumlautungen kommt.
Man muß eben warten. Beschleunigen kann man da nichts, meint Lothar, der Bētz-Schüler.

10

Früher war das ein Kartoffelacker oder ein Getreidefeld. Zwischen dem hüfthohen Unkraut standen noch Getreidehalme.
Roggen, sagte Ullrich, der hat doch Grannen.
Gert behauptete, auch Gerste habe Grannen. Der Türke mit dem unaussprechlichen Namen nickte bestätigend mit dem Kopf.
Ist doch egal, sagte der Besitzer des Feldes, der zuerst auf Weizen getippt hatte. Jetzt kommt jedenfalls was Vernünftiges her.
Eine Go-cart-Bahn.
Er zeigte auf eine rotweiße Stange. Dort müßt ihr anfangen.
Im Plural duzte er sie.
Dreißig Meter, einsfünfzig tief, das müßt ihr schaffen pro Tag.
Sonst zahl ich drauf und ihr auch. Er lachte.
So ein kleiner Bagger würde das doch in drei Tagen schaffen, sagte Gert.
Ja. Aber das hatte er sich genau ausgerechnet. Das würde dann doch teurer werden, weil man sich den Baggerführer mitausleihen muß. Außerdem müssen doch noch zwei schippen und die Feinarbeit machen.
Der Türke wollte wissen, was das wird, dort drüben.
Ein Restaurant mit Werkstatt und Gargage für die Go-carts. Übrigens, das sind echte Maurer, die kommen nicht vom Studentenschnelldienst. Damit uns später nicht die Betondecke auf den Kopf fällt. Er lachte. Ullrich lachte mit, damit er nicht allein lachen mußte.
Der Türke zupfte an einer Distelblüte.
Gert sagte, schön.
Sie gingen zu einer kleinen Baubude, mußten über liegengebliebenen Bausand steigen.
Die vergeuden Material, als ob das nichts kostet, sagte er und zeigte ihnen Spaten und Hacken.
Etwas primitiv, sagte Gert.

Alle haben mal klein angefangen, auch Rockefeller. Er lachte, zeigte einen Mund, randvoll mit Jackettkronen, und kickte einen Kieselstein zum Sandhaufen.
Schade um die Wildlederschuhe, dachte Ullrich.
Also bis dann, sagte er, ich muß los. Wenn man sich nicht um alles kümmert.
Er ging zur Baustelle hinüber. Vermutlich wollte er dem Polier sagen, daß da noch Sand liegt, kostbarer Sand, schon ganz zertrampelt.
Sie gingen zur rotweißen Stange.
So ein Arsch.
Dregger hieß er und hatte mit Minicars angefangen. Hatte sich dann zwei Kneipen in Schwabing gekauft und jetzt hier draußen dieses Feld.
Ullrich vermutete, daß er jetzt zur Leopoldstraße fährt. Der setzt sich jetzt in seinem blauweiß-gestreiften Hemd mit boutton-down-Kragen in irgendein Straßencafé, das in der Morgensonne liegt, wo schon seine Clique wartet, bestellt sich ein Frühstück mit zwei Eiern im Glas und seufzt dann, daß er immer und überall hinterher sein muß, noch vor dem Frühstück war er draußen und hat die Leute vom Studentenschnelldienst auf Trab gebracht und wieder den Bausand rumliegen sehen und mit dem Polier mal ein ernstes Wort geredet, so geht das nicht. Und trinkt seinen Tee mit Zitrone. Die duften Typen, die vielen guten Freunde und die vielen guten Freundinnen, die Kumpels, die guten, werden lachen und die braungebrannten Köpfe schütteln und wieder Tips geben, so wie er ihnen Tips gibt. Sie spielen sich die Bälle gegenseitig zu, immer irgendwo was Tolles aufreißen, wo was billig zu haben ist, eine dufte Wohnung, ein duftes Auto, eine dufte Party, eine dufte Frau, ein duftes Landhaus und wieder ein duftes Auto.
Mensch, was hast du bloß, lachte Gert, warum regst du dich auf?
Ullrich stieß mit Wucht den Spaten an der rotweißen Stange in den Boden.

Hier also.
Der hat bestimmt ein paar Semester Betriebswirtschaft studiert. Am besten sei der Trick, meinte der Türke, daß der welche wie uns für den Kanalisationsgraben angeheuert hat. So spart er Steuern und Sozialversicherung.
Schwarzarbeit.
Dreihundert Meter auf einmeterfünfzig tief ausheben für die Kanalisation, damit seine Go-cart-Boys und -Girls nicht aufs Plumpsklo müssen.
Allerdings sind fünfhundert M für zehn Tage auch nicht schlecht, ohne Abzüge, weil schwarz.
Ein ganz großer Gauner, sagte Gert.
Ein kleiner, sagte Ullrich, ein Schwabinggauner.
Der Türke stimmte Ullrich zu, stellte sich dann etwas abseits ins Unkraut und schiffte gezielt eine Schafgarbe an.
Gert flüsterte, laß den Kümmeltürken hacken, wir schippen. Das ist leichter.
Als der Türke zurückkam, hatten sie die Spaten schon in der Hand. Gert sagte, hack du, das ist leichter. Wir schippen. Der Türke zögerte, griff dann zur Hacke und begann neben der rotweißen Stange den Boden aufzubrechen. Gert stand daneben, auf den Spaten gestützt und sagte, heiß und auch noch Föhn.
Die Tante Emma, du weißt aus dem Tante-Emma-Laden, die macht die Satelliten für die Hitze verantwortlich. Dös is doch net natürlich, sagt sie.
Gert lachte. Der Türke ließ die Hacke fallen. Sogleich begann Gert angestrengt die Erde aus der flachen Mulde zu schippen, die der Türke aufgebrochen hatte. Der Türke zog sich das Hemd aus. Schmächtig sah er aus, so ohne Hemd.
Ullrich hätte sich gern hingelegt, aber er dachte an den Türken, der hackte und schwitzte.
Gert schaufelte wieder etwas Erde zur Seite, schnaufte angestrengt dabei, und ließ den Türken weiterhacken.
Diese Scheißsteine.

Das wird besser, wenn wir erst mal auf einsfünfzig sind, sagte Gert und zündete sich eine Zigarette an.
Ob der Laden hier später überhaupt was abwirft, fragte Ullrich.
Wenn dieser Typ was macht, dann springt dabei was raus.
Go-cart, das ist doch was für Schwabing, und das ist weit. Hier ist nicht mal eine Wohnsiedlung.
Gert war davon überzeugt, daß hier bald gebaut würde. Das wird doch landwirtschaftlich gar nicht mehr genutzt.
Du hast recht, sagte Ullrich, vielleicht bauen sie schon im Sommer hier. Apartmenthäuser mit Einkaufszentrum und allem drum und dran. Der kennt bestimmt einen Typ im Katasteramt, der ihm einen Wink gegeben hat. In zwei Jahren trifft sich hier die jeunesse dorée.
Verdammt schwer, sagte der Türke und wischte sich mit einem krümeligen Tempotaschentuch die Stirn ab. Scheißarbeit.
Gert meinte, er müsse doch eigentlich Hitze gewohnt sein, das dürfe ihm doch nichts ausmachen.
Ullrich fragte den Türken, wie lange er schon in Deutschland sei.
Fünf Jahre.
Na ja, da kann man das auch nicht mehr erwarten.
Was, fragte Gert.
Da akklimatisiert man sich doch.
Dreißig Meter am Tag, das schaffen wir nie, sagte der Türke.
Wir müssen. Auf gehts.
Gert wollte in vier Wochen mit dem Club 28 nach Jugoslawien fahren.
Für sechshundert Mark.
Sturmfreie Strohhütten bei Dubrovnik und jede Menge scharfe Frauen, sagte er.
Der Türke stand jetzt bis zur Brust im Boden.
Nachmessen, keinen Zentimeter verschenken.
Während Gert die Tiefe des Lochs ausmaß, fragte Ullrich

den auf dem Rand sitzenden Türken, wofür er die fünfhundert Piepen brauche.
Zum Leben, sagte der Türke und zog schon wieder das zerkrümelte Tempotaschentuch aus der Hosentasche. Er steckte es wieder umständlich in die Tasche und wischte sich mit dem Hemd übers Gesicht.
Ich studiere Medizin, sagte er.
Ullrich hatte sich von einem Bekannten den VW geliehen. Er war im Auto sitzengeblieben und hatte zu dem Haus hinübergesehen, in das Ingeborg gegangen war. Ein weißgetünchtes Haus, ein Neubau, mit einem tief heruntergezogenen Schieferdach. Das Haus stand in einem großen Garten, an dessen Zaun Jasminbüsche blühten.
Ullrich wurde es im Auto zu heiß. Er stieg aus und ging vor dem Haus auf und ab. Auf einem großen Bronzeschild im Vorgarten stand: Frauenarzt. Sprechstunde nach Vereinbarung.
Ihm fiel plötzlich ein, daß er von drinnen beobachtet werden konnte. Er ging die Straße hinunter, vorbei an den Gärten der Villen. Auf dem Rasen vor einem Bungalow spielten zwei Kinder Tischtennis. Über die Gartenmauer hinweg sah er dem Spiel zu, bis sie ihn bemerkten und etwas herüberriefen, was er nicht verstand. Er ging langsam zum Auto zurück und versuchte, sich den Raum vorzustellen, in dem Ingeborg jetzt war, die weißen, verglasten Metallschränke, in denen sonderbar geformte Metallinstrumente lagen, den Untersuchungsstuhl mit den beiden Bügeln für die Beine.
Sie kam aus dem Haus und überquerte die Straße, langsamer und vorsichtiger als sonst, schien ihm. Schnell ging er ihr entgegen. Sie war bleich und sah ihn nicht an. Er hielt ihr schweigend die Autotür auf. Im Auto nahm er ihre Hand und fragte: War es sehr schlimm? Sie zog ihre Hand nicht zurück und schwieg. Dann sagte sie: Es war ekelhaft. Fahr jetzt bitte.
Gert hatte Steine und Erde aus dem Loch geschaufelt und sagte zu dem Türken, auf gehts.

Laß mich mal. Ullrich nahm die Hacke und stieg ins Loch. Er hackte mit aller Kraft, schlug die Spitze so weit in die Erdkante, daß er den Brocken nicht losbrechen konnte, drehte die Hacke heraus, hackte, roch die kühle Erde, als die Brokken herunterfielen. Er hackte, spürte, wie ihm der Schweiß den Rücken hinunterlief, hackte wütend in den steinigen Boden.

Mensch, du bringst dich ja um, sagte Gert.

Du mußt mehr brechen, sagte der Türke, der auf dem Boden sitzend Ullrich zugesehen hatte. Ullrich richtete sich auf und roch auf einmal den Duft der Gräser und Kräuter. Er zog sich das Hemd aus.

Wofür brauchst du das Geld, fragte der Türke.

Zur Geburtenkontrolle.

Er verstand, lachte aber nicht.

Ullrich hatte im Café Schmidt auf Ingeborg gewartet. Sie war hereingekommen und hatte gesagt: endlich. Die Freundin einer Freundin hatte eine Adresse gehabt. Ein guter Arzt, sehr gut sogar. Und der Preis, hatte Ullrich gefragt. Sechshundert Mark. Er hatte auf die zusammengefaltete Zeitung vor sich gestarrt und dann gesagt, das wird schwer sein, sechshundert M so schnell aufzutreiben.

Ullrich hackte. Der Schnösel soll hier doch gleich eine Kiesgrube aufmachen, sagte er, und zu Gert, der auf dem Grabenrand saß und rauchte: Schipp mal.

Ullrich versuchte, mit dem Finger die Erde aus seinen Halbschuhen herauszupulen.

So eine verdammte Scheiße, sagte er und hackte weiter.

Noch am gleichen Abend hatte er Lothar angepumpt. Sechshundert Mark, das ist kein Pappenstil, hatte der gesagt und ihm zweihundert geliehen, mehr hätte er nicht. Immerhin. Ullrich hatte herumtelefoniert und alte Bekannte besucht. Nach drei Tagen hatte er fünfhundert Mark. Am Abend vor dem Tag, an dem Ingeborg den Termin bei dem Arzt hatte, rief Ullrich seine Mutter an. Sie erzählte ihm von dem Geschäft, das so schlecht ging. Er hatte gezögert, dann

aber doch gesagt: ich brauch dringend hundert Mark. Wofür? Er könne sich schon jetzt für das nächste Semester einschreiben, eine Erleichterung, dafür benötige er das Geld. Es sei wichtig, hatte er gesagt, bitte mit Eilboten.
Ullrich richtete sich auf, seine Handflächen brannten, auf den Handballen bildeten sich Blasen. Er blies sich über die Handflächen, Gert schippte konzentriert kleine Erdmengen hinaus, dabei rollte ein Teil der Steine und Erdklumpen wieder in den Graben.
Schipp den Dreck wenigstens ordentlich raus, fuhr ihn Ullrich an.
Du hast gut reden, sagte Gert.
Ich habe Durst, sagte der Türke.
Ich auch. Meine Zunge ist wie trockenes Holz.
Da spricht der Germanist, sagte Gert.
Ullrich wollte sagen, jetzt hackst du, aber da fragte Gert, was war denn das für eine tolle Frau, neulich.
Ullrich hackte.
Nun sag schon, fragte Gert, wer war das, was Festes?
Nein, sagte Ullrich, eine Germanistin.
Die hatte ja ein klasse Fahrgestell und überhaupt.
Jedesmal, wenn Ullrich sich vorbeugte und am Stil der Hacke riß, schmerzte ihm der Rücken.
Du mußt hebeln, sagte der Türke, reinschlagen und dann die Hacke anheben.
Ullrich richtete sich auf und wischte sich mit dem Unterarm über die Stirn.
Der Türke sprang in den Graben und nahm Ullrich die Hacke aus der Hand. Er spuckte sich in die Hände und begann zu hacken.
Ullrich und Gert setzten sich auf den Rand des Grabens.
Hast du schon ein neues Zimmer, fragte Gert.
Noch nicht, sagte Ullrich.
Der Hauswirt hatte Ullrich fristlos gekündigt, wegen nächtlicher Ruhestörung und unerlaubten Damenbesuchs. Mieter im Haus hatten sich beschwert, welche, das hatte nicht in

dem Brief gestanden. Eine ganz schräge Sache, sagte Gert und zündete sich eine Zigarette an.
Wie ist das überhaupt juristisch, wollte Ullrich wissen.
Juristisch kann der alles machen, sagte Gert, da gibt es unglaubliche Kniffe und Drehs. Und wo schläfst du jetzt?
Ich bin bei Peter untergekrochen. Bei dem schlaf ich auf einer Luftmatratze.
Der Türke hörte auf zu hacken. Ist das heiß.
Halt mal, sagte Gert und gab Ullrich seine Zigarette und schippte Erde und Steine aus dem Graben, dann hackte der Türke weiter. Gert setzte sich wieder auf den Grabenrand.
Das schrägste, was ich da kenne, ist die Geschichte von dem Schramm, sagte Gert. Der wohnte auf Untermiete in der Schellingstraße, natürlich durfte er keine Frau raufholen. Die Wirtin, die schlecht schlief und direkt neben der Wohnungstür ihr Schlafzimmer hatte, war leider nicht schwerhörig, obwohl sie schon weit über siebzig war. Der Eingang war also der neuralgische Punkt, denn zwischen dem Schlafzimmer der Wirtin und dem Zimmer lag ein langer Korridor. In seinem Zimmer konnte sich Schramm frei entfalten. Er mußte also die Frauen nur unauffällig in sein Zimmer bringen. Darum schulterte er die Frauen, wenn er in die Wohnung kam, und trug sie dann über den Korridor in sein Zimmer. So konnte die Alte nur ein Schrittpaar hören. Das ging so lange gut, bis der Schramm mit einem Mädchen auf der Schulter, das er gerade irgendwo aufgerissen hatte, über den Korridor ging, und die Wirtin aus ihrem Zimmer kam und sagte, Guten Abend, Herr Schramm, Sie müssen morgen hier ausziehen.
Einer von den Untermieterwitzen.
Aber Gert bestritt das und behauptete, man könne dem Schramm glauben, er habe ihn damals gleich am nächsten Tag getroffen mit hängendem Kopf und auf der Suche nach einem neuen Zimmer.

Der Türke hatte die Hacke beiseitegestellt und pulte an seinen Handflächen.
Gert schritt die Länge des Grabens ab.
Höchstens fünf Meter. Es fehlen also noch zweihundertfünfundneunzig. Frisch auf.
Das schaffen wir doch nie in zehn Tagen.
Der Schnösel hat uns angeschissen, ganz klar.
Der Türke hatte Durst, ihm sei auch so schwindelig im Kopf.
Schon oder noch besoffen, fragte Gert und schlug vor, mit dem Fahrrad zum nächsten Gasthof zu fahren und dort ein paar Flaschen Bier zu holen. Kamerad, hack du, ich hol Verpflegung. Er wollte gleich aufstehen, aber Ullrich hielt ihn fest.
Du hackst jetzt, sagte er zu Gert.
Der Türke gab Gert sofort die Hacke, setzte sich auf den Grabenrand und wischte sich mit seinem Hemd das Gesicht ab. Ullrich schippte gerade die Erde aus dem Graben, als der Türke sagte: Der Schnösel kommt.
Mittagszeit, sagte Gert und ließ die Hacke fallen. Sie krochen aus dem Graben.
Der Schnösel hatte seinen roten Triumph vor der Baubude geparkt. Na, gehts voran, fragte er, knöpfte sich die Manschetten seines weißblau gestreiften Hemdes auf und krempelte die Ärmel hoch, so daß die Hälfte seines braunen Unterarms zu sehen war. Der Türke wischte sich mit dem Hemd den Schweiß aus dem Gesicht.
Ja, der Schnösel lachte, das ist schweißtreibend. Aber die Duschen sind leider noch nicht fertig, sagte er in seinem frischen Hemd.
Die dreihundert Meter schaffen wir nicht, jedenfalls nicht in zehn Tagen, das ist ganz unmöglich.
Der Schnösel sagte, aller Anfang ist schwer und zeigte wieder seine Jackettkronen. Er schlug Ullrich auf die Schulter. Das ist nur heute so, die Hitze und die fehlende Übung. Aber Übung macht den Meister.

Der Boden ist sehr steinig.
Der Boden ist nicht gut, jedenfalls nicht zur landwirtschaftlichen Nutzung, das bestätigte er. Darum war der danach auch noch billig. Jetzt ist der Preis in die Höhe geschossen. Dort drüben wird bald gebaut, und bis dahin will er den Pavillon fertig haben. Die vielen durstigen Bauarbeiter. Er kniff ein Auge zu und: Im nächsten Jahr dann die Go-cart-Bahn.
Geschickt.
Ja, sagte er und lachte, und weil es so heiß ist, hat er für jeden Bier spendiert, auch für die Maurer.
Er suchte an seinem Schlüsselbund einen Schlüssel heraus und sagte, der ist für den Kofferraum. Holt mal die Kiste raus. Hoffentlich ist das Bier noch kalt. Am Schlüsselbund ist auch ein Flaschenöffner. Gert und Ullrich schleppten die Kiste zum Neubau, wo die Maurer im Schatten saßen und Brotzeit machten. Sie nahmen drei Flaschen aus der Kiste und gingen zur Baubude hinüber, wo der Türke an die Holzwand gelehnt saß.
Anständig, daß er an Bier gedacht hat.
Gert behauptete, das sei bloß das schlechte Gewissen, der hat uns doch mit der Zeit angeschissen.
Der Schnösel kam und klagte über die Maurer. Auf die war kein Verlaß. Er mußte sich um alles, buchstäblich um alles kümmern, sonst klappte nichts. Er hatte sich eine Flasche Bier mitgebracht und setzte sich zu ihnen in den Schatten der Baubude, setzte sich, ohne zu zögern, mit seiner hellgrauen Hose auf den Boden.
Hier fühle er sich wohl. Ja, er hat auch mal studiert, ein paar Semester.
Betriebswirtschaft?
Nein, Jura.
Fünf Semester, aber dann hatte er sich gesagt, was solls. Jahrelang sich den langweiligen Kram in den Kopf träufeln, um dann später als Amtsrichter irgendwo in der Provinz zu versauern. Nein, das kam für ihn nicht in Frage, er wollte

was haben vom Leben. Er sagte, man lebt schließlich nur einmal, mit oder ohne akademischen Grad.
Er wischte jedesmal, wenn er getrunken hatte, mit der Hand über die Flaschenöffnung, obwohl er nur allein aus der Flasche trank. Erst vor zwei Wochen hatte er eine Rallye am Kochelsee mitgefahren und leider schlecht abgeschnitten. Er verzog sein gleichmäßig gebräuntes Gesicht, ganz mies, sagte er. Keiner fragte ihn, wie mies das war. Nach einer Pause sagte er, nur der zweite Platz. Das alles wäre nicht gegangen, wenn er jetzt als Referandar irgendwelche Aktenstöße durcharbeiten müßte. Mehr Freiheit, dafür aber auch mehr Verantwortung und Ärger.
Ärger mit den Kellnerinnen auf der Leopoldstraße, fragte der Türke.
Er stutzte, sagte dann aber, das auch und wischte sich, nachdem er getrunken hatte, mit dem Handrücken über den Mund.
Als Rechtsanwalt kann man doch auch ganz gut verdienen, als Scheidungsanwalt zum Beispiel, sagte Gert. Ich studiere nämlich Jus.
Aber er sagte nur, so wild sei das auch nicht und mußte plötzlich wieder los, sah auf die Armbanduhr: mon dieu.
Er sprach mit dem Polier, während der Türke die Flaschen einsammelte und in die Bierkiste stellte.
Er rief, schon am Sportwagen stehend: Das hat Zeit bis heute abend. Aber nicht im Zickzack graben.
Ohne die Tür zu öffnen, stieg er mit einer abgestützten Hocke in seinen Triumph, startete durch, Sand und Staub aufwirbelnd.
Dieser Arsch, sagte Ullrich, dem möchte ich mal in seine Mic-Mac-Hose treten.
Das hilft nix, sagte der Türke.
Gert lachte und fand das komisch, wie sich Ullrich aufregen konnte. Das sei ja ganz neu an ihm.
Das ist nur ein kleiner Fisch, ein Mitläufer, sagte der Türke und rollte das r.

Der läuft aber sehr gekonnt mit, die Kür ist unvergleichlich, sogar mit doppelten Rittbergern.
Der Türke wußte nicht, was ein doppelter Rittberger ist.
Eine Figur beim Schlittschuhlaufen.
Woher soll er das wissen, fragte Gert.
Der Türke bestätigte, Eiskunstlaufen sei in der Türkei unbekannt.
Der Polier kam von der Baustelle herüber und fragte, na, machts Spaß?
Begrenzt, sagte Gert.
Ihr seids Studenten?
Ja.
Wie weit seids denn?
Der zieht sich ziemlich in die Länge, der Graben, sagte Ullrich.
Was moanst, fragte der Polier.
Eine Scheißarbeit.
Da deats jetz blos a bissl rumgraben und da jammerts scho. Machts euch ruig amoi de Händ dreckat. Er ging wieder hinüber zur Baustelle.
Quatschkopf.
Wir müssen uns ranhalten, sagte Ullrich. Sie gingen zum Graben. Gert nahm die Schaufel, sagte na denn und sah den Türken an. Der sprang in den Graben und begann zu hacken.
Ullrich hatte Ingeborg beim Treppensteigen stützen müssen. Sie war gleich in ihr Zimmer gegangen und hatte Ullrich gebeten, ihrer Wirtin zu sagen, daß sie krank sei. Er müsse ihr auch einen Gummibeutel kaufen für Eisstücke. Das sei wichtig, um die Blutungen zu stillen. Als er hinausging, traf er die Wirtin. Wie schön, daß Sie wieder da sind, Herr Krause, sie hat ja so gelitten.
Dabei hielt sie Ullrichs Hand fest und drückte sie gegen ihren gewaltigen Altfrauenbusen.
Jetzt wird alles wieder gut.

Ja, ja, hatte Ullrich gesagt, sie ist nur etwas krank und muß erst mal im Bett liegen.
Als er mit dem Gummibeutel in ihr Zimmer kam, sah er, daß Ingeborg geweint hatte. Er füllte den Gummibeutel mit Eiswürfeln. Ich muß mir den Eisbeutel auf den Bauch legen, sagte sie. Er drehte sich um und sah das Bild an der Wand. Das Ungeheuer blutete schon, und Sindbad hatte den Speer erhoben. Aber hinter ihm türmte sich eine Welle auf, die sein kleines Boot überspülen würde.
Er hatte gefragt, ob er ihr etwas vorlesen solle. Sie hatte nein gesagt, sie wolle schlafen. Er könne jetzt ruhig gehen.
Der Türke hatte sich an den Grabenrand gelehnt und sagte: Mir ist übel.
Das Bier, sagte Gert, keine Müdigkeit vorschützen.
Du faule Sau kannst auch mal hacken, sagte Ullrich.
Ich schippe hier den Dreck raus, während du rumstehst, sagte Gert und hielt die Schaufel fest.
Ullrich stieg in den Graben. Er hackte. Seine Hände brannten. Erde rieselte in den Graben zurück. Der Schweiß lief ihm durch die Augenbrauen in die Augen. Er wischte sich mit dem Unterarm über die Stirn.
Lothar hatte sein Referat rechtzeitig abgegeben und in der darauffolgenden Woche hatte Ziegler gesagt: Eine gute Arbeit. Lothar hatte es geschafft.
Ullrich hackte.
Komm, sagte Gert, wir machen Pause.
Sie setzten sich auf den Grabenrand. Am Himmel waren nur einige Föhnzirren zu sehen. Eine Lerche stieg aus dem Feld hoch. Die Hitze staute sich im Graben. Am Neubau drüben hielt ein Lastwagen mit einer rotierenden Zementtrommel.
Wieviel Maurer sind das eigentlich?
Sechs oder sieben, schätzte Ullrich.
Der Türke hatte sich hingelegt, seine Beine, von den Knien abwärts, baumelten in den Graben.
Warst du auch auf der Ohnesorg-Demonstration?

Nee, sagte Gert, da habe er gejobt. Ein ganz irrsinniger Job, den er da beim Studentendienst bekommen hatte. Da wurde jemand gesucht, der eine elektrische Eisenbahn aufbauen sollte. Er habe sich gemeldet. Obwohl er nie eine elektrische Eisenbahn gehabt habe und von elektrischen Anlagen absolut nichts verstehe. Die Eisenbahn sollte die Geburtstags-Überraschung für einen Zehnjährigen sein. Da sollte oben auf dem Boden der Villa ein Eisenbahnnetz aufgebaut werden, mit Bahnhöfen, Bergen aus Pappmaché und Schranken. Aber was nur einen Nachmittag dauern sollte, das zögerte sich hinaus. Denn er hatte keinen blassen Dunst, was da geerdet und was wo angeschlossen werden mußte. Und so kam er am nächsten Morgen wieder, und als der Bahnhof stand, aß er zu Mittag, legte dann wieder Schienen, Kreuzungen, Weichen, und als er den Rangierbahnhof fertig aufgebaut hatte, aß er mit der Familie Abendbrot, lernte dabei den Vater kennen, einen Wirtschaftsberater und kam auch am nächsten Tag wieder. Mehrmals gab es Kurzschlüsse. Er befragte Freunde, ging in ein Spielwarengeschäft und holte sich schließlich sogar bei einem Elektriker Ratschläge und Tips. Alles stand, nur die Eisenbahn fuhr nicht. Aber mit der Mutter des Zehnjährigen lief es. Und als der Geburtstag kam, da gehörte er schon so gut wie zur Familie. Der Herr des Hauses war freundlich, weil die Dame des Hauses so freundlich und ausgeglichen war in der letzten Zeit. Auch der Junge freute sich. Alles sah so schön aus. Schade nur, daß die Eisenbahn nicht fuhr. Er konnte nur eine kleine Draisine mit der Hand hin- und herschieben. Aber immerhin, es war ein gelungener Kindergeburtstag, den er, nachdem der Herr des Hauses wieder ins Büro gegangen war, um dort Unaufschiebbares zu erledigen, mit der Hausfrau im Schlafzimmer krönte, die Tür natürlich abgeschlossen, während oben auf dem Boden die Kinder tobten. Dabei hat er gut verdient, fünf Mark die Stunde, die Stunden im Schlafzimmer eingerechnet, plus Mittagessen und Abendbrot.

Nachdem dann ein Elektriker die Eisenbahn in Gang ge-

bracht hatte, sollte er dem Jungen in Englisch Nachhilfeunterricht geben und das, obwohl der in Englisch sehr gut war.
Der Türke kotzte, kotzte auf dem Grabenrand sitzend, still vor sich hin, mit abgewandtem Gesicht.
Bißchen sensibel, was, fragte Gert.
Er habe Kopfschmerzen und ihm sei schwindelig.
Ein Sonnenstich, sagte der Türke und würgte wieder.
Vielleicht das Bier, vermutete Ullrich.
Er muß es doch wissen, sagte Gert, schließlich ist er Mediziner.
Sie führten ihn zur Baubude und legten ihn in den Schatten.
Einen Krankenwagen sollten sie nicht rufen, so schlimm sei das nicht, sagte er und legte die Hand über die Augen.
Nicht so schlimm, wiederholte er und kotzte neben sich, richtete dabei nur ganz kurz den Oberkörper auf.
Einige Maurer und der Polier waren von der Baustelle herübergekommen und standen jetzt um den Türken.
Einer der Maurer wollte ihn in seinem Wagen nach Hause fahren, aber der Türke lehnte das ab. Keine Aufregung, ist nicht schlimm.
Dös muß der Dregger wissen, sagte der Polier, dös is an Arbeitsunfall.
Gert wollte mit dem Fahrrad zum nächsten Gasthof fahren, um den Schnösel in seinem Restaurant oder zu Hause anzurufen. Der Polier gab Gert die private Telefonnummer von Dregger. Ullrich setzte sich zu dem Türken in den Schatten der Baubude und fragte ihn, was er jetzt machen werde.
Nichts.
Und die Moneten?
Mal sehen.
Ullrich beobachtet einen Schmetterling, einen Kohlweißling. Jemand hatte ihm als Junge erklärt, Kohlweißlinge seien Schädlinge. Daraufhin hatte Ullrich mit anderen Kindern eine Horde gebildet. Sie schnitten sich dünne Weidengerten und schälten die Rinde ab. Mit diesen Weidengerten

liefen sie über die Trümmerfelder hinter den Schmetterlingen her. Es pfiff, wenn sie zuschlugen. Abschießen nannten sie das, wenn die Schmetterlinge mit zerfetzten Flügeln zu Boden taumelten. Das wenige, was es zu essen gab, sollte nicht durch Schädlinge vernichtet werden. Sie sammelten die zuckenden, raupenförmigen Körper in Dosen. Abends wurden die kleinen Kadaver gezählt. Wer die meisten gesammelt hatte, war Sieger und galt als Retter der Siedlung.

Ein warmer Wind war aufgekommen und strich durch das hohe Unkraut.

Das hier erinnere ihn an die Trümmerfelder in Braunschweig, damals, nach dem Krieg, sagte Ullrich zu dem Türken, der mit geschlossenen Augen dalag. Der Schutt wurde nach und nach von Baggern weggeräumt. Dabei wurden brauchbare Ziegelsteine herausgesucht, abgeklopft und aufgestapelt. Wenn die Trümmer von den Grundstücken abgeräumt worden waren, dann sahen die nach einem Jahr so aus wie dieses Feld, mit Unkraut überwuchert. Da haben wir gespielt, Mitschnacker, oder nach Altmetall gesucht oder Räucherdosen gebastelt.

Der Türke fragte, ohne die Augen zu öffnen, was das sei, Räucherdosen.

Ganz einfach. In eine leere Konservendose werden zwei Löcher gebohrt und durch die wird eine Drahtschlinge gezogen. Der Boden der Dose wird mit einem Nagel mehrmals durchlöchert, die Dose wird mit Laub, Papier und Stoffetzen vollgestopft und das wird dann angezündet. Die Dose wird an der Drahtschlinge kreisend durch die Luft gezogen, dabei entfacht der Durchzug die Glut.

Er wollte wissen, wozu das gut sei.

Na ja, das gab so lustige Rauchschlieren.

Was?

Rauchfahnen.

Ein lustiges Spiel, sagte der Türke und lächelte ein wenig, ohne dabei die Augen zu öffnen.

Es gab damals keine Spielsachen, erklärte Ullrich. Eine verrückte Zeit. Damals passierte auch die Geschichte mit dem Trümmermörder. Das war in Hamburg, so um 1947, da wurden in den Trümmern immer wieder nackte Leichen mit einer Drahtschlinge um den Hals gefunden.
Hallo, sagte Gert und lehnte sein Fahrrad an die Baubude.
Der Schnösel ist auf dem Weg. Wir müssen uns ranhalten, sonst zahlen wir wirklich drauf.
Kannst du hier allein liegenbleiben, fragte Ullrich.
Der Türke nickte leicht mit dem Kopf, natürlich.
Sie gingen zum Graben hinüber. Sie stritten sich auf dem Weg, wer von ihnen zuerst hacken sollte.
Gert sagte, er sei schließlich zur Gaststätte gefahren, bei dieser Hitze eine ganz schöne Anstrengung.
Gut, sagte Ullrich und nahm die Hacke. Kein Wunder, daß es den Türken erwischt hat.
Gert beharrte darauf, daß der solche Temperaturen gewohnt sein müsse. Ullrich stieg in den Graben und begann zu hacken.
Er spürte die verschwitzten Hosenbeine an den Beinen kleben.
Wie ist das mit Krankengeld. Der Schnösel muß doch für den Türken zahlen, oder?
Gert sagte, nein, der muß überhaupt nichts. Ein Stundenjob, außerdem alles schwarz, das macht der nie, der fummelt die Finanzierung doch so hin.
Ziemlich beschissen. Der braucht das Geld und muß sich jetzt ins Bett legen.
Muß man überhaupt mit einem Sonnenstich ins Bett?
Da kommt der Lackaffe, sagte Ullrich. Die Blasen auf seinen Handflächen waren geplatzt, darunter hatten sich schon wieder neue gebildet.
Sie gingen zur Baubude, wo der Schnösel schon wartete.
Sorgen hat man, sagte er und lachte nicht. Wie ist das über-

haupt passiert? Er hätte doch ausdrücklich kräftige Leute angefordert und jetzt das. Er siezte sie.
Ein Sonnenstich hat nichts mit Muskeln zu tun, sagte Ullrich.
Dann hätte der sich halt was aufsetzen müssen, wenn er schon so empfindlich ist. Sonderbar, ist doch ein Türke, nicht? Aber das kriegen wir schon hin, sagte er dann und wollte den Türken nach Hause fahren. Da bin ich Kumpel.
Krankengeld ist nicht drin, schließlich hätten sie ja schwarzarbeiten wollen, ausdrücklich. Diesen Tag wolle er ihm voll zahlen, aber wenn der Türke morgen nicht käme, dann müsse er sich wohl oder übel einen anderen vom Studentenschnelldienst schicken lassen.
Der braucht doch das Geld zum Leben, was macht der, wenn er im Bett liegen muß.
Aber das war nicht sein Bier, und als Ullrich sagte, der Boden sei so steinig und hart, daß sie auch zu dritt nicht in zehn Tagen fertig würden, da sagte er, gut, ich zahl euch fünfzig Mark drauf. Das bleibt aber unter uns, sonst wollen auch die Maurer noch einen Hitzezuschlag. Gert lachte dankbar mit.
Er fuhr seinen Triumph an die Baubude heran und sagte zu dem Türken, kotz mir nicht in den Wagen, sondern nach draußen. Aber nicht gegen den Fahrtwind.
Der Türke sagte, es geht schon.
Der Schnösel klappte das Verdeck zu. Der Sonne wegen, sagte er und dann, bis morgen, Ciao.
Langsam fuhr er den Feldweg entlang zur Landstraße.
Immerhin hat uns der türkische Hitzschlag fünfzig Mark mehr eingebracht, sagte Gert.
Sie gingen langsam zum Graben zurück und nahmen sich vor, heute noch die Zwanzig-Meter-Marke zu erreichen.
Gegen halb sieben hatten sie es geschafft. Auch Gert hatte gehackt. Sie trugen die Schaufeln und die Hacke zur Baubude. Die Maurer waren schon vor Stunden weggefahren. In einer Wassertonne wuschen sie sich die Hände.

Das brennt wie Feuer, sagte Ullrich, wie soll das morgen werden. Sie schoben ihre Fahrräder zur Landstraße. Gert zeigte auf die untergehende Sonne. Schön, der Himmel.
Ja, und kühler.
Ullrich setzte sich auf das Fahrrad, sah auf den Vorderreifen und stieg wieder ab.
Das Ventil, sagte er, ich muß den Reifen erst aufpumpen. Fahr ruhig schon zu.
Laß nur, ich halt dein Rad.
Ullrich begann zu pumpen. Seine Handflächen schmerzten.
Laß mich mal pumpen.
Und Gert pumpte den Reifen zügig auf.
Diese Scheißblasen, sagte Ullrich. Danke.
Ja. Gert zeigte seine Handflächen. Auch er hatte Blasen. Aber so zwischendurch ist es doch lustig, mal zu jobben.
Ich weiß nicht recht.
Das glaubt uns doch keiner, daß ausgerechnet der Türke einen Hitzschlag bekommen hat.
Vielleicht kann er morgen doch kommen.
Und dann dieser Schwabing-Schnösel.
Das kotzt mich alles an, sagte Ullrich, und nach einer Pause: Ich würd am liebsten alles hinschmeißen.
Sie fuhren auf der Landstraße nebeneinander, freihändig.

11

Sie saßen auf der Ufermauer, die Füße bis zu den Knöcheln im Wasser und spuckten Kirschkerne in den Fluß.

Am anderen Ufer der Regnitz dicht aneinandergebaut und den Hang hinauf alte schiefe Häuser, über ihnen ein massiver Barockbau, die bischöfliche Residenz. Die Häuser kriechen richtig den Hang hoch, hatte Christa gesagt.

Ullrich spuckte einen Kirschkern aus.

Nachmachen, sagte er und zeigte auf die Stelle im Fluß, wo der Kern ins Wasser geplatscht war und sich einige kleine Wellenkreise gebildet hatten. Schnell wurden sie von der Strömung verwischt.

Sie holte tief Luft, blies die Backen auf, beugte sich beim Ausspucken weit vor. Aber der Kern platschte nur wenige Meter vor ihnen ins Wasser. Sie lachten.

Sie waren hinter Nürnberg von der Autobahn auf eine Landstraße abgebogen, die nach Bamberg führte. Das Knattern des Fahrtwindes hatte plötzlich nachgelassen. Die Tannen standen bis zum Straßenrand und in dem Cabrio war es kühl geworden. Ullrich streckte seine Hände über die Windschutzscheibe in den Fahrtwind. Schön.

Hinter dem Wald öffnete sich eine durchsonnte hügelige Landschaft mit kleinen Seen und Weihern. Entlang der Straße standen Obstbäume. Der Wind trieb breite Wellen über die Getreidefelder.

Kurz vor Nürnberg hatte Ullrich behauptet, er sehe dem Bamberger Reiter ähnlich. Christa hatte hinter dem Steuerrad sitzend gelacht und gesagt, das ließe sich leicht nachprüfen, sie bräuchten nur einen Abstecher nach Bamberg zu machen.

Bravo, rief Ullrich und klatschte, nachdem sie einen Kern weit ins Wasser gespuckt hatte.

Der Ausspuckwinkel ist nämlich wichtig, sagte er.

Sie trug das Haar hochgekämmt und hatte die Haare oben mit einem kleinen roten Band zusammengebunden. Zwischen dem brünetten Haar waren von der Sonne ausgebli-

chene helle Strähnen. Der feine blonde Flaum in ihrem Nakken.
Wir sollten hier bleiben, schlug Ullrich vor, irgendwo in einem Dorf übernachten. Der Abend wird schön.

Satt gehn heim von Freuden des Tags zu ruhen die Menschen,
Und Gewinn und Verlust wägt ein sinniges Haupt
Wohlzufrieden zu Haus; leer steht von Trauben und Blumen,
Und von Werken der Hand ruht der geschäftige Markt.
Aber das Saitenspiel tönt fern aus Gärten; vielleicht, daß
Dort ein Liebendes spielt oder ein einsamer Mann
Ferner Freunde gedenkt und der Jugendzeit; und die Brunnen
Immerquillend und frisch rauschen an duftendem Beet.

Sie sah vor sich hin, pendelte mit den Beinen im Wasser. Den Kopf in den Nacken gelegt betrachtete Ullrich den Kondensstreifen eines Düsenjägers am blauen Himmel.
Fast eine Stunde hatte er vor Zieglers Zimmer warten müssen, auf einer Bank, zwischen Studenten und Studentinnen, die ebenfalls Ziegler sprechen wollten. Er hatte versucht zu lesen. Er wollte Ziegler zeigen, daß er selbst die Wartezeit auf dem Gang ausnütze. Er hatte aber nicht gelesen, sondern sich immer wieder überlegt, was er Ziegler sagen sollte.
Ein Student kam aus Zieglers Zimmer und sagte: Ich glaube, Sie sind dran.
Ullrich sprang auf, klopfte vorsichtshalber an die Tür und betrat dann, nachdem er ein: Herein! zu hören geglaubt hatte, das Zimmer. Ziegler saß vor dem Fenster an einem großen Schreibtisch. Ullrich konnte das Gesicht von Ziegler in dem grellen Gegenlicht nicht erkennen. Er wußte nicht, ob er an der Tür warten oder zum Schreibtisch gehen sollte. Langsam ging er zum Schreibtisch. Ziegler schrieb, sah auf, erhob sich ein wenig vom Sessel und gab Ullrich die Hand. Dann zeigte er auf einen Stuhl vor dem Schreibtisch.

Krause, sagte Ullrich, mein Name ist Krause, und setzte sich, seine Aktentasche auf die Knie legend. Er spürte sein Herz im Hals schlagen. Seinen Namen hatte er sonderbar gepreßt ausgesprochen, fast unverständlich.
Herr Professor, sagte Ullrich, ich schreibe über einen Textvergleich der verschiedenen Fassungen der Oden »Chiron« und »Der blinde Sänger«.
Ziegler setzte sich in seinem Sessel zurück.
Ullrich sagte schnell: Leider bin ich nicht mit der Arbeit fertig geworden. Aus persönlichen Gründen.
Aus was für Gründen, fragte Ziegler.
Ullrich brach der Schweiß aus. Er redete, als sei er die drei Stockwerke hinaufgerannt und durch die langen Flure direkt hierher.
Aus persönlichen Gründen, sagte Ullrich. Ich muß Geld verdienen, zum Leben. Meine Eltern haben finanzielle Schwierigkeiten und können mich nicht mehr unterstützen. Ich muß arbeiten. Darum bin ich mit dem Referat nicht fertig geworden.
Ziegler sah ihn an.
Ullrich spürte den Schweiß auf seiner Stirn.
Er sagte, vielleicht wäre es möglich, wenn Sie mir eine Verlängerung geben könnten, vierzehn Tage, das würde –
Verlängerungen sind nicht üblich, das wissen Sie, sagte Ziegler, ich kann da keine Ausnahme machen.
Ich weiß, sagte Ullrich, ich weiß, daß das nicht üblich ist, ich dachte nur, daß Sie vielleicht eine Ausnahme machen könnten, weil sich sonst alles verschiebt, wenn ich nicht den Schein bekomme, ich meine, ich kann dann mit dem Examen erst im nächsten Jahr anfangen. Und das Geld. Meine Eltern.
Wieder unterbrach Ziegler Ullrich und fragte ihn, was er denn bisher geschrieben habe.
Hastig berichtete Ullrich. Ziegler hörte ihm zu, dabei über ihn hinweg an die Decke blickend. Dann sagte er, der Ansatz sei etwas einseitig, man müsse doch verstärkt die ver-

schiedenen Lesarten heranziehen und nicht einfach so ins Blaue hinein interpretieren, das sei sicherlich unterhaltsam, aber unwissenschaftlich.
Nach einer Pause sagte Ziegler: Gut, überarbeiten Sie Ihr Referat in dieser Hinsicht, und ich gebe Ihnen ausnahmsweise eine Verlängerung.
Ziegler reichte Ullrich die Hand.
Ullrich sprang auf, wischte sich schnell die schweißnasse Hand an der Hose ab und sagte: Danke, Herr Professor, herzlichen Dank auch, und hatte die trockene Hand Zieglers in seiner feuchten Hand gespürt.
Während er die breite Steintreppe hinunterging, dachte er daran, daß er gleich zweimal Danke gesagt und sich sogar verbeugt hatte. Er spürte wieder diesen krampfartigen Schmerz im Magen. Es war erniedrigend, hatte Ullrich gedacht und versucht, an etwas anderes zu denken.
Ist das ein Starfighter, fragte Christa und zeigte auf den Kondensstreifen am Himmel.
Ich glaube ja, sagte Ullrich. Genau wissen wir es erst dann, wenn das Ding abstürzt.
Ihre braunen Schenkel lagen auf den Granitquadern.
Wie machst du das, daß du so braun bist?
Sonnen, sagte sie.
Kein Kniff dabei, irgendein exzeptionelles Sonnenöl?
Nein. Allerdings habe sie Glück gehabt und die Haut von ihrer Mutter geerbt, die wird ganz schnell braun. Dagegen ihr Vater, der wird nur rot.
Was macht dein Vater?
Der ist Arzt. So ein richtiger Provinzarzt, sagte sie. Der fühlt sich dort wohl, obwohl er unwahrscheinlich viel zu tun hat. Ratzeburg ist aber auch sehr schön, sagte sie. Das Haus liegt direkt am See, und von ihrem Zimmer aus habe sie früher immer den Ratzeburger Achter, den sogenannten Gold-Achter, beim Training beobachtet.
Hast du auch gerudert, fragte Ullrich.
Nein, gesegelt. Ich hatte eine O-Jolle.

Idyllisch, sagte Ullrich, ich werde dich mal besuchen.
Der See ist wirklich schön. Die Ufer bewaldet und auf der Insel der romanische Dom.
Ullrich spuckte drei Kirschkerne gleichzeitig in den Fluß. Trommelfeuer.
Sie ließ ihre Füße im Wasser kreisen.
Hast du gelesen, daß die Amis in Vietnam den Dschungel entlauben wollen?
Nein, sagte sie.
Die versprühen Chemikalien und davon fallen die Blätter ab. Dann können sie ihre Bomben genau ins Ziel setzen.
Schlimm, sagte sie.
Dagegen muß man etwas tun. Man muß etwas machen.
Dieser Kurras, sagte Ullrich, dieses Schwein, nicht, der schießt einen Demonstranten nieder, und was passiert? Nichts, absolut nichts.
Sie hatte die Hände unter die Oberschenkel geschoben und nagte an der Unterlippe. Ihm war aufgefallen, daß auch ihre Hände braun waren, sogar ihre Finger. Ihre Fingernägel schimmerten bläulich. Er sah hinüber zum anderen Ufer, die dichtgedrängten Häuser der Alststadt, darüber der blaue Himmel und einige weiße, aufgeplusterte Haufenwolken.
Ein schöner Tag, sagte sie unvermittelt.
Ja, sagte er, überhaupt ein schöner Sommer dieses Jahr.
Nicht nur das Wetter, sagte sie, der Tag ist schön, allgemein.
Sie sahen sich an. Sie hatte fast dunkelblaue Augen. In der Iris waren einige hellblaue Punkte. Ihr Lächeln schien sich in den Augen zu sammeln und breitete sich dann langsam über ihr Gesicht aus. Er beugte sich vor, um sie zu küssen. Sie zog den Kopf nicht zurück, legte ihm aber schnell die Hand auf die Schulter. Er spürte den sanften Druck.
Schade, sagte Ullrich.
Es ist schon so alles kompliziert genug.
Dein Freund?
Ja.

Ullrich zögerte und fragte dann, was macht er eigentlich, beruflich.
Er ist Rechtsanwalt.
Warum bist du überhaupt aus Hamburg weggegangen, fragte Ullrich.
Sie steckte zwei Kirschen in den Mund.
Warum. Das ist alles sehr kompliziert. Da waren andere Frauen.
Er hat dich betrogen?
Sie lachte ganz kurz. Nein, er betrügt nicht. Er erzählt nämlich alles, verstehst du?
Und du?
Ich glaub, er hätte nichts dagegen. Aber mir fällt es schwer. Sie spuckte die Kirschkerne in die Hand und warf sie dann ins Wasser.
Bungert, sagte sie und dann nach einer Pause, als habe sie nachgedacht: Er kann so schön herumgammeln, wochenlang, und dann kann er wieder mit einer unglaublichen Intensität arbeiten. Seine Doktorarbeit zum Beispiel, die hat er in zwei Monaten geschrieben. In Hörpel. Einem Dorf in der Heide. Er hat vierzehn Stunden am Tag gearbeitet, nichts als das Gegacker der Hühner vor dem Fenster. Er kam zurück mit knallharten Augen.
Und jetzt willst du zu ihm zurück.
Ja, sagte sie, aber ich bin noch nicht sicher. Ich weiß nicht, wie das wird. Darum hab ich auch nicht alle Sachen mitgenommen. Die Bücher hab ich bei einer Freundin in München gelassen. Sie sah vor sich hin und pendelte wieder mit den Füßen im Wasser.
Ullrich hatte fast vierzehn Tage bei verschiedenen Freunden und Bekannten gewohnt, dann war er zu einer gnazigen alten Witwe in die Kaiserstraße gezogen, in ein kleines Zimmer, durch dessen Fenster man auf einen dunklen Hinterhof sah. Im Keller des alten Hauses lag die Küche einer Gastwirtschaft. Ullrich konnte abends, wenn er am offenen Fenster saß, den scharfen Zwiebelgeruch riechen, der von unten

heraufzog. Mehrmals hatte er versucht, Gaby anzurufen, aber sie war nie zu Hause oder nahm nicht das Telefon ab. Einmal hatte er bei Ingeborg angerufen und, als sich ihre Wirtin meldete, wieder aufgelegt.
Er hörte von unten die Stimmen der Gastarbeiterinnen, die in der Küche arbeiteten, ihr Lachen, das Geschirrklappern und manchmal sangen sie, schleppende kehlige Lieder. Ullrich vermutete, daß es Jugoslawinnen seien.
Die Verlängerung, die ihm Ziegler zugestanden hatte, war fast abgelaufen. Ullrich hatte noch immer nichts geschrieben. Er hatte tagelang vor den Büchern gesessen und darüber nachgegrübelt, warum er gerade über dieses Thema schreiben mußte und warum er so schreiben mußte, daß es später Ziegler und nicht ihm gefallen mußte. Wenn er ein Zitat herausgeschrieben hatte, erschien ihm seine Schrift fremd, so als habe jemand versucht, seine Handschrift nachzuahmen.
Einmal war er aufgesprungen und hatte, mit dem Arm über den Tisch fahrend, alle Zettel und Bücher hinuntergefegt, dabei hatte er geschrien. Über den Lärm war er selbst erschrocken. Die Wirtin hatte an die Wand gehämmert, aber da war er schon wieder ruhig gewesen.
Er war zum Fenster gegangen und hatte in den asphaltierten dunklen Hof hinuntergesehen und das Lachen der Frauen gehört. Schließlich hatte er sich seine abgewetzte Lederjacke angezogen und war durch das dunkle, muffig riechende Treppenhaus mit den ausgetretenen Holzstufen hinuntergegangen. Er war dann ziellos durch die abendlichen Straßen gelaufen.
Und das in einer Bischofsstadt, sagte Ullrich und zeigte auf ein Präservativ, das in Richtung Frankfurt schwamm.
Christa zog schnell die Füße aus dem Wasser.
Sie lachten.
Ullrich spuckte den Kern der letzten Kirsche in den Fluß.
Bravo, schrie sie, ein Weitschuß.
Er bohrte die Milchtüte mit einem Plastikhalm an.

Darf man überhaupt nach Kirschen Milch trinken?
Sie meinte ja und trank auch gleich, um seine Zweifel zu zerstreuen.
Du mußt es ja wissen, als Arzttochter.
Nachdem auch er getrunken hatte, deutete er auf den Plastikhalm.
Ein Kuß auf Umwegen. Immerhin.
Ein Strohhalm, sagte sie und lächelte.
Alle Wege führen nach Rom.
Was macht dein Vater, fragte sie.
Der hat ein Möbelgeschäft. Kein Kaufhaus, nur eine kleine Klitsche, weißt du, mit einem Verkäufer-Lehrling.
Kommst du mit ihm zurecht?
Nein.
Und warum nicht?
Warum? Ullrich trank aus der Milchtüte. Ich weiß nicht. Wenn ich nicht unbedingt mußte, hab ich nicht an ihn gedacht.
Christa lachte.
Weißt du, als ich von dem Duensing las, diesem Berliner Polizeipräsidenten, hab ich an meinen Vater denken müssen, sagte Ullrich. Wie man Demonstrationen auflöst. Duensings Leberwursttheorie: in der Mitte reinstechen und zu den Enden hinausdrücken.
Ullrich zog einen Fuß aus dem Wasser.
Mein Vater war schon einunddreißig bei der SA. In einer Reiterstaffel. Er hatte sich gerade selbständig gemacht. Damals verkaufte er altdeutsche Bauernschränke und Tische aus massiver Eiche. Heute führt er hauptsächlich kordbezogene Sitzgarnituren, der dernier cri. Im Keller hat er noch etliche resopalbezogene Nierentische. Das sind seine Ladenhüter. Wenn du einen Nierentisch haben willst, zum Freundschaftspreis, versteht sich, sagte Ullrich lachend.
Christa sagte auch gleich: Nein, nein, und dann nach einer Pause: Warum gehst du eigentlich nach Hamburg?

Ullrich schnaufte leicht und schwieg. Dann sagte er: Ja, warum. Das ist nicht so einfach.
Du hast dich sehr schnell entschieden.
Ja.
Also Flucht, sagte sie.
Möglich, jedenfalls ging das einfach nicht so weiter. Eine Sackgasse.
Und jetzt?
Abwarten, sagte Ullrich.
Und jedem Anfang wohnt ein Zauber inne.
Schiller, fragte Ullrich.
Nein, sie schüttelte den Kopf, kalt, sehr kalt sogar. Das ist aus einem Hesse-Gedicht.
Und jedem Anfang wohnt ein Zauber inne.
Ullrich versuchte sich vorzustellen, was sein Vater sagen würde, heute abend, daß Ullrich ein Jahr länger studieren müsse. Wann kann man mit deinem Examen rechnen, diesen Satz hatte sein Vater in einem Brief unterstrichen. Er würde in den nächsten Wochen mit Manfred, seinem jüngeren Bruder, in einem Zimmer wohnen müssen. Er sah neben sich auf den Steinen die braunen Finger Christas und den breiten geflochtenen Goldring.
Sie würde bald in ihrem Zimmer sitzen, mit dem Blick auf den Ratzeburger See. Zuvor aber würde sie Bungert treffen und bei ihm schlafen.
Wie lange willst du in Hamburg bleiben, fragte er sie.
Ich weiß noch nicht. Zwei, drei Tage nur. Meine Eltern warten.
Zwei, drei Nächte, dachte Ullrich.
Sie zog die Beine aus dem Wasser.
Wir müssen fahren.
Sie zog sich ihre Schuhe an. Wie leicht die Beine plötzlich sind, sagte sie.
Sie gingen zum Auto zurück.
Ullrich sah, wie sich Passanten nach ihnen umdrehten. Ihre

langen braunen Beine, das kurze Kleid, vielleicht auch seine langen Haare.
Er freute sich plötzlich, daß er so neben ihr gehen konnte und sie beide von den Leuten angestarrt wurden.
Weißt du, als Paar sind wir ungeheuer publikumswirksam.
Wieso, fragte sie.
Auf der Autobahn knatterte wieder der Fahrtwind im Cabrio. Beim Überholen eines schlingernden Lastwagenanhängers bekam sie ein starres Gesicht, kniff ihre Lippen zusammen.
An einer Steigung in der Röhn entstand eine Stauung. Vor ihnen versuchte ein Laster einen Tanklastzug zu überholen, schob sich zentimeterweise vorbei, bis der Tanklastzug wieder aufholte. Hinter ihnen das Blitzen einer Lichthupe.
Was willst du machen, fragte sie, später?
Lehrer.
Hast du Lust?
Lust, nicht so viel. Ullrich schnippte mit den Fingern. Wenn ich nur an diese Lehreraktentaschen mit den Pausenbroten denke. Und dann dieser Geruch in den Korridoren und Klassen, so ein Geruch nach Bohnerwachs oder was das war.
Der Laster hatte den Tanklastzug endlich überholt. Der Fahrer grinste aus seinem Führerhaus zu ihnen herunter, als sie vorbeifuhren.
Kurz vor Göttingen sagte sie unvermittelt: Herrlich.
Ihr Freund, dachte Ullrich.
Was wird dein Vater sagen, wenn du nach Hause kommst, fragte Ullrich.
Sie wußte es nicht. Warum auch?
Nur so.

12

Sein Vater sagte: Hallo, und dann: Du mußt zum Friseur. Seine Mutter zog ihn an sich. (Ihre warme weiche Hand.)
Ja, sagte Ullrich, ich hol jetzt mal die Bekannte rauf, die wartet unten.
Und deine Sachen?
Die nimmt sie gleich mit nach Hamburg. Sind auch nur ein paar Bücher.
Warte, sagte seine Mutter und drückte im Treppenhaus das Licht, als habe er inzwischen vergessen, wo der Schalter war.
Er ging die mit Linoleum ausgelegte Treppe hinunter. In der ersten Etage roch es nach gekochtem Kohl. In der Villa am Ratzeburger See riecht es bestimmt nicht nach Kohl.
Christa wartete vor dem Auto. Sie hatte schon das Verdeck zugeklappt und seinen zweiten Koffer auf die Straße gestellt.
Zwei Stockwerke, schaffst du das ohne Lift?
Wieso, fragte sie.
Ekelhaft, dieser Kohlgeruch, sagte Ullrich, während er mit dem Koffer hinter ihr die Treppe hochstieg.
Seine Mutter begrüßte Christa an der Wohnungstür, schüttelte ihr mit beiden Händen die Hand. Sein Vater wartete im Wohnzimmer. Als sie eintraten, zog er sich den Krawattenknoten hoch. Den Kragenknopf hatte er nicht mehr zubekommen.
Sie standen einen Augenblick schweigend im Zimmer.
Schließlich fragte sein Vater, wie denn die Fahrt gewesen sei.
Schön, sagte Christa.
Und Ullrichs Mutter fragte, ob sie auch nicht müde seien. Die Fahrt auf der Autobahn sei doch sehr anstrengend.
Ullrichs Vater begann den mangelhaften Ausbau der Autobahn zu beklagen.
Christa lächelte.
Worüber lächelt sie, fragte sich Ullrich. Er sah plötzlich den

Schrank. Diesen klobigen Eichenschrank mit den Voluten an Ecken und Türen und den dreifach kanellierten Leisten. Hinter bräunlich bleigefaßtem Glas Bücher, Goethe und Schiller: Goldlettern in Leder gepunzt. Daneben Simmel und Dwinger.
Den Schrank hatte sich Ullrichs Vater anfertigen lassen, nach eigenen Entwürfen, wie er immer wieder betonte, solide Handarbeit (Vorkriegsware, wie er sagte) und vor allem: das Eichenholz hatte lange abgelagert. Sogar den Bombenangriff hatte der Schrank unversehrt überstanden. Er sei naß geworden vom Löschwasser, als der Dachstuhl und die obere Etage des Hauses brannte, aber nicht einmal die Schranktüren hatten sich verzogen.
Der hält noch ein paar hundert Jahre, pflegte sein Vater zu sagen, und, über das Holz streichend: Der wird uns alle einmal überleben.
Als Junge hatte Ullrich sich manchmal in das Wohnzimmer geschlichen und, den Schrank betrachtend, sich vorzustellen versucht, wie das sei, wenn der Schrank alle überleben würde.
Zweimal wöchentlich rieb ihn seine Mutter mit einer scharfriechenden weißen Flüssigkeit ab und polierte ihn dann mit einem weichen Tuch nach.
Setzen wir uns doch, sagte Ullrichs Vater endlich und zeigte auf den beigebezogenen Kordsessel, in den sich Christa setzen sollte.
Warum starrte Christa an die Decke.
Die Deckenlampe. Er hatte gar nicht gewußt, wie die Lampe im Wohnzimmer aussah. Jetzt sah er, daß sie einem Regenschirm ähnelte. Eine gelbbraun-marmorierte Glasschale.
Ullrichs Vater rief: Manfred, wir haben Besuch.
Ullrichs jüngeren Bruder hatten sie nach Richthofen benannt. Endlich kam Manfred, gelangweilt hielt er Christa die Hand hin.
Gehts noch, sagte Ullrich und boxte ihn vor die Brust.
Na ja, gerade noch, sagte Manfred.

Ullrichs Vater fragte Christa: Was macht denn ihr Herr Vater?
Ullrich zählte die Blumenmuster der Tapete. Nicht einmal die Blumensorten waren zu erkennen.
Er hätte die Tapete herunterreißen mögen.
Ullrichs Vater erzählte vom Ratzeburger See. Den hatte er noch vor dem Krieg erlebt, auf einer Herrentour. Wirklich, sehr schön, landschaftlich, sagte er, damals gab es da auch noch keine Zonengrenze.
Wir haben einen Abstecher nach Bamberg gemacht, sagte Ullrich.
Ullrichs Vater wollte wissen, warum Ullrich nach Hamburg gehe, jetzt unmittelbar vor dem Examen, das koste doch nur Zeit, und Zeit sei schließlich Geld.
Ullrich sagte: In Hamburg ist es leichter, das Examen.
Wieso, fragte sein Vater.
Das ist zu umständlich, das jetzt zu erklären. Ullrich sah zu Christa hinüber.
Du glaubst wohl, ich versteh das nicht, sagte Ullrichs Vater und strich sich dabei mit der Hand über den Jackenärmel.
Und jetzt gibt es was zu essen, sagte Ullrichs Mutter. Ihr müßt ja völlig ausgehungert sein, nach dieser langen Reise.
Ullrich brachte seine beiden Koffer in Manfreds Zimmer, in dem noch immer auch sein Bett stand.
An die Wände hatte Manfred zwei farbige Poster gepinnt. Ein Schimmel, der einen Strand entlanggaloppiert, dahinter eine kolossale rote Sonne. Und über dem Bett Lee van Clef.
Einen Augenblick stand Ullrich schweigend im Zimmer.
Ist das ne feste Schnalle, fragte Manfred.
Noch nicht, sagte Ullrich.
Ein ganz steiler Zahn.
Furchtbar, sagte Ullrich und machte eine Kopfbewegung zum Wohnzimmer.
Du hast gut reden, kommst mal kurz rein und findest das

zum Kotzen. Aber ich. Kennst du schon die neue Platte der Stones?
Ich muß raus, sagte Ullrich, ich will Christa nicht so lange mit dem Alten allein lassen.
Wann bist du fertig?
In zwei Jahren. Dann würde er seine kaufmännische Gehilfenprüfung machen, und dann nichts wie weg.
Wo ist Christa, fragte Ullrich seinen Vater, der im Sessel sitzend die Braunschweiger Zeitung las.
Die macht sich frisch, sagte er und faltete die Zeitung zusammen. Was macht denn überhaupt dein Studium?
Ullrich überlegte, ob er sagen sollte, daß er ein Jahr länger studieren müsse, sagte dann aber nur: Es geht. Erzähl ich später ausführlich.
Das Geschäft, sagte sein Vater, das Geschäft geht momentan ganz schlecht. Sauregurkenzeit, jetzt im Sommer. Da machen doch viele Urlaub. Und dann die Kaufhäuser. Unvorstellbar, mit welchen Preisen die uns kaputtmachen, sagte er. Und dann das Reihenhaus in Klein-Stöckheim, wenn das fertig wird, das verschlingt auch noch Geld. Der Umzug soll im kommenden Frühjahr steigen. Endlich.
Christa trug eine Platte mit Aufschnitt ins Zimmer. Sie hatte sich gekämmt und trug die Haare offen. Ullrichs Mutter und Manfred trugen die Teller und die Bestecke herein.
So, jetzt werden wir die hungrigen Kinder erst mal füttern, sagte Ullrichs Mutter und legte Christa eine Hand auf die Schulter.
Rotwein, sagte Ullrichs Vater, französischer, er hielt die Flasche hoch, zur Feier des Tages.
Alle setzten sich. Ullrichs Mutter stand nochmals auf und holte die Römer aus dem Eichenschrank.
Ullrichs Vater fragte Christa, wie das denn so sei, in der Nähe der Zonengrenze.
Wieso, fragte Christa.
Ist das nicht etwas gefährlich, so unmittelbar am Eisernen Vorhang zu leben. Immerhin wird dort doch geschossen.

Schüsse habe sie nie gehört, sagte Christa. Manchmal in schneereichen Wintern höre man nachts die Detonationen von Minen, die unter der Schneelast hochgehen.
Wie geht es eigentlich dem Schrader, fragte Ullrich, während er Butter auf eine Scheibe Schwarzbrot schmierte.
Ullrichs Vater ließ sich nicht ablenken: Aber das Hinterland, das fehlt doch, sagte er, und schnitt sich ein Stück vom Schinkenbrot ab, schob es mit der Gabel in den Mund. Das macht sich bemerkbar bis in mein Möbelgeschäft, ja, bis zu den Sesseln, die bei mir im Lager herumstehen (Lager sagte er, nicht Keller), und dabei müssen die drüben sehr hart sitzen (lautes Lachen, dann mit informativem Ernst): drüben ist gerade die Möbelfabrikation auf den Hund, das heißt auf den Plan gekommen.
Christa lachte.
Ullrich fragte sich, ob sie über den Kalauer oder über seinen Vater lachte, der diesen Kalauer erzählt hat.
Ullrich sah zu Manfred hinüber. Aber der schien sich ganz auf sein Messer zu konzentrieren, mit dem er sich gerade umständlich ein Stück Brot abschnitt. (Wenn keine Gäste da waren, aßen sie das Brot aus der Hand.)
Ullrich war nachts einmal nach einer Party mit Schulfreunden durch die Bruchstraße gegangen. Die Bruchstraße war die Puffstraße. Sie hatten gelacht und sich gegenseitig angestoßen. Plötzlich hatte ein Freund zu Ullrich gesagt: Sieh mal dort, dein Vater. Zuerst hatte Ullrich gedacht, das sei ein Witz, aber dann hatte er tatsächlich seinen Vater in einer Gruppe von Männern entdeckt. Es waren seine Kegelbrüder. Einer von ihnen rief: Die da, die Oma, die machts bestimmt umsonst.
Die anderen (auch sein Vater) hatten gegröhlt und gelacht. Die Nutte, die in dem dunklen Eingang eines Fachwerkhauses stand, hatte der Gruppe nachgerufen: Ihr alten Schlappschwänze, ihr kriegt ja keinen mehr hoch. Ihr alten Arschfikker.
Als Ullrich nach Hause kam, war sein Vater schon da. Er

kam aus dem Bad und sagte: Schon ganz schön spät, was, dabei kniff er ein Auge zu. Ullrich hatte die Bierfahne seines Vaters gerochen. Später hatte er auf der Toilette sitzend vor Scham und Wut die Fäuste geballt.
Christa lobte die Leberwurst. Die sei köstlich.
Ullrichs Mutter erklärte ihr, in welchem Geschäft sie diese Leberwurst kaufe.
Nun schling nicht so, sagte Ullrichs Vater zu Manfred.
Ich muß weg, zu einem Freund.
Schon wieder, sagte Ullrichs Vater und dann ganz unvermittelt, was sind das für Verwilderungen, gerade an der Uni. Studieren die überhaupt noch oder randalieren die nur noch.
Niemand randaliert, ausgenommen die Polizisten, sagte Ullrich, und dann, was heißt denn das: studieren die überhaupt noch.
Na hör mal, sagte Ullrichs Vater und legte klirrend die Gabel auf den Teller, man darf doch noch mal fragen, schließlich müssen wir ja zahlen.
Ullrich wußte, daß er jetzt einen roten Kopf hatte.
Christa rührte ihren Tee zum zweitenmal um und starrte dabei angestrengt in die Tasse.
Ullrich sah seinen Vater an: Wenn dir deine dreihundert Mark so schwer fallen, dann mußt du das sagen. Ich kann auch jobben.
Manfred sah von seinem Teller auf.
Ullrichs Mutter sagte schnell: Jetzt hol ich mal den Nachtisch.
Ich helfe Ihnen, sagte Christa und stand gleich auf.
Was für eine Aufregung, sagte Ullrichs Vater, aber Christa hatte schon die Platte mit dem Aufschnitt vom Tisch genommen und Manfred hielt ihr die Wohnzimmertür auf.
Auch Ullrich stand auf: Ich helfe euch.
Er stapelte die Teller übereinander und trug sie in die Küche.

Christa hantierte am Küchentisch. An ihrem Jeanskleid war vorn ein Knopf aufgesprungen. Was er von ihrer Brust sah, war hell, dort hatte ihr Bikini gesessen.
Als sie von München abfuhren, hatte er gehofft, daß sie in irgendeinem Dorf in Franken übernachten würden.
Jetzt standen sie nebeneinander vor dem Küchenschrank und holten die Glasschalen für den Nachtisch heraus, während hinter ihnen Ullrichs Mutter am Küchentisch den Pudding stürzte.
Schlimm, sagte er.
Bevor sie sich umdrehte, lächelte sie ihm zu.
Ich hätte sie vorbereiten müssen, dachte er, auf diesen monströsen Eichenschrank, auf die Blümchentapete, auf diesen ganzen Mief.
Ullrichs Vater hatte schon die Flasche Rotwein entkorkt. Croix du Pape.
Aber erst den Pudding, sagte Ullrichs Mutter und stellte die Himbeersoße auf den Tisch.
Himbeersoße, sagte Ullrichs Vater, erinnere ihn an Januar fünfundvierzig, als er mit seiner Kompanie bei Preußisch-Holland lag, die Russen schon überall durchgestoßen waren und niemand mehr einen genauen Überblick hatte. Da hätten sie ein Verpflegungslager der Wehrmacht entdeckt, das ein dicker Zahlmeister verzweifelt verteidigte, obwohl schon die MG-Garben in den Putz spritzten. Und da seine Jungs (er sagte das mit dem Löffel vor dem Mund) schon seit Tagen nicht mehr richtig gegessen hatten, habe er sich den Zahlmeister vorgeknöpft und gesagt: Hörn Sie mal, da steht der Iwan, vorn sind schon die T 34 durch, also geben Sie das Lager frei. Aber der sagt, das ist Plünderung, das Lager wird verbrannt. Daraufhin hab ich gesagt: Bitte schön, dann müssen wir eben einen anderen Weg finden und hab einem Unteroffizier befohlen, mit ein paar Mann ranzugehen und den Schuppen zu knacken. Und die kommen dann auch zurück und schleppen Kisten, und was ist in allen Kisten drin?

Ullrichs Vater schob sich in dieser Kunstpause wieder einen Löffel mit Pudding in den Mund.
Aber bevor er erzählen konnte, was in den Kisten war, sagte Ullrich: Der Pudding ist gut.
Ja, sagte Christa, sehr gut sogar.
Verrat ihr mal das Rezept, sagte Ullrich.
Ullrichs Mutter begann die Zutaten aufzuzählen.
Stumm löffelte sein Vater den Pudding.
Ullrich dachte an Albert, der nachts nach Giesing gefahren war, um dort Flugblätter in Hausflure zu legen.
Nieder mit dem Henker Hitler, hatte auf dem Flugblatt gestanden. Gegen die Kriegstreiberei. Er hatte nie davon gehört, daß Arbeiter gegen Hitler gekämpft hatten. Von den Kommunisten war kaum geredet worden. Oder nur als Agenten und Spione für Rußland. Vaterlandsverräter.
Ullrichs Vater schenkte Rotwein ein, während Ullrichs Mutter die Puddingschüssel in die Küche trug.
Jetzt setz dich mal, Mutter, sagte er, wir wollen auf die Heimkehr des verlorenen Sohnes anstoßen.
Prost, sagt er, hebt das Glas und will mit Christa anstoßen.
Prost, sagt er wieder und stößt mit Ullrichs Mutter an. Während Ullrich mit ausgestrecktem Arm über den Tisch hinweg mit Christa anstößt, sitzt Manfred neben Christa, verlegen sein Glas hochhaltend, und wartet darauf, daß jemand mit ihm anstößt. Aber Christa muß erst mit Ullrichs Mutter anstoßen, während Ullrich mit seinem Vater anstößt, der sagt: Na, dann aufs Examen, und Ullrich versucht zu lächeln und sagt dann, Prost, Mutti, und stößt mit seiner Mutter an, während Christa mit Manfred anstößt, trinkt Ullrichs Vater schon und Ullrich stößt noch schnell mit seinem Bruder an.
Prost.
Ja, sagte sein Vater, der Rotwein ist gut. Davon verstehen die Franzosen was.
Schön, daß ich Sie mal kennengelernt habe, sagte Ullrichs Mutter zu Christa.

Christa sah Ullrich an.
Ullrich sah kurz zur Decke, das sollte ihr etwas zeigen.
Ja, wiederholte Ullrichs Vater, die Franzosen verstehen zu leben, das muß man ihnen lassen. Da können wir alle was lernen.
Er trank aus seinem blauen Römer.
Solange es überhaupt noch geht, fügte er dann hinzu.
Was, fragte Ullrich.
Wenn ich nach Osten blicke, sagte sein Vater und sah Christa an, dann sehe ich, wie sich da was zusammenbraut. Er sah nun Ullrich an.
Draußen war es dunkel und kühl geworden.
Fast herbstlich, sagte Ullrich.
Christa saß schon im Auto, hatte die Kupplung getreten und den Gang eingelegt. Der Motor lief. Sie hatte die Hand an der Fensterkurbel. Ullrich hatte sich herabgebeugt.
Es war schlimm.
Nein, sagte sie, du hast eine sehr nette Mutter.
Ullrich sah sie an.
Ich muß jetzt fahren, sonst komm ich überhaupt nicht mehr nach Hamburg.
Ja, sagte Ullrich, bis dann, in Hamburg.
Bis dann.
Bungert wartet, dachte Ullrich, ihr nachwinkend. Sie hatten nicht in Franken übernachtet, wie er es sich vorgestellt hatte, sie würde nur etwas Verspätung haben.
An seiner Hand roch er ihr Parfum, als er die Treppe hinaufstieg, ein blumiger Geruch.

Doch, wie immer das Jahr kalt und gesanglos ist
Zur beschiedenen Zeit, aber aus weißem Feld
Grüne Halme sprossen,
Oft ein einsamer Vogel singt.

Seine Mutter wusch in der Küche ab. Sein Vater saß im Wohnzimmer im Kordsessel und las Zeitung.
Nett, das Mädchen, sagte er, die Zeitung auf den Tisch legend, aber das Fähnchen, das sie anhatte – etwas kurz.

Einen Augenblick überlegte Ullrich, ob er seinem Vater sagen sollte, daß er sein Examen im nächsten Jahr nicht machen würde. Aber dann entschloß er sich, ihm das erst morgen zu sagen.
In Manfreds Zimmer setzte sich Ullrich auf das Bett, über dem Lee van Clef gerade seinen Colt aus dem Halfter zog.
Auf der anderen Wand galoppierte der Schimmel am Meer entlang.
Diese riesige rote Sonne.
Manfred legte eine Beatles-Platte auf.
What do I do when my love is away.
(Does it worry you to be alone)
How do I feel by the end of the day
(Are you sad because you're on your own)
Manfred saß vor seinem kleinen Schreibpult, die Arme vor der Brust gekreuzt.
Was willst du machen, fragte er.
Ullrich wußte es nicht.

Zweiter Teil

1 Das Audimax war überfüllt. Unter der Decke schwebte ein roter wurstförmiger Luftballon. Ullrich drängte sich in den Saal. Schon in der Vorhalle hatte er das Geschrei und Gelächter gehört. Er hatte sich dort mit Christa verabredet gehabt. Aber er hatte nicht gewartet.
Er versuchte, über die Köpfe hinweg in den Saal zu sehen, der nach unten, zum Podium hin, flach abfiel.
Immer mehr Studenten schoben sich durch die Eingänge. Alle Plätze waren besetzt. Man saß auf Bänken und Pulten, auf den Stufen der Seitengänge und sogar vorn auf dem Podium hockten sie, lachend und redend.
Wie auf einem Beat-Festival, dachte Ullrich.
Was ist denn los, fragte er seinen Nebenmann, der seine schwarze Kollegmappe an die Brust drückte, als könne sie ihm entrissen werden.
Das geht einfach zu weit, sagte der.
Was denn, fragte Ullrich und wurde langsam vorwärtsgeschoben.
Jetzt fangen sie auch hier an.
Gehts los?
Womit, fragte der andere und wurde zurückgedrängt. Er drehte den Kopf nach hinten und sagte böse: Vorsicht, Vorsicht.
Soll die Vorlesung gesprengt werden?
Ja, sagte der Mappenbesitzer und wurde wieder vorwärtsgestoßen. Er stieß mit dem Ellenbogen nach einem Mädchen, das sich an ihm vorbeidrängen wollte.
Diese Typen gehören doch gar nicht hierher. Die studieren doch alle gar nicht bei Renke.
Er wurde langsam wieder zurückgedrängt.
Na, vorsichtig, sagte er wieder, die Kollegmappe noch fester an die Brust drückend.
Hinter ihm wurde gelacht. Jemand sagte: Ist doch mal schön, so hautnah, Herr Kommilitone.
Ullrich wurde vorwärts gerissen. Plötzlich entdeckte er Christa. Sie saß auf dem Podium, in der Nähe des Redner-

pults. Sie hatte nicht gewartet. Einen Augenblick ärgerte sich Ullrich darüber, bis ihm einfiel, daß ja auch er nicht gewartet hatte. Ullrich arbeitete sich jetzt rücksichtslos nach vorn.

Jemand rief ihm nach: Wo brennts denn.

Vor zwei Tagen hatte Ullrich mit Christa hier die erste Vorlesung von Renke gehört. Sie hatten nebeneinander gesessen, vor sich die aufgeschlagenen Kollegheft. Nur die vorderen Bänke des Saals waren besetzt. Das gedämpfte Murmeln der Studenten war abgebrochen, als Renke kam. Vom Klopfen auf den Bänken begleitet war Renke nach vorn gegangen. Die Gespräche waren sofort verstummt.

Jetzt flogen Papierschwalben durch den Saal. Manche unterhielten sich über mehrere Bänke hinweg. Jemand schnippte kleine Papierkügelchen nach vorn.

Nun mal langsam, sagte einer, den Ullrich beiseitedrängte.

Ullrich versuchte sich Christas Gesicht vorzustellen, wenn er sie plötzlich berühren würde. Einen Augenblick dachte er daran, seitlich aufs Podium zu steigen, von hinten auf sie zuzugehen und ihr dann die Augen zuzuhalten. Aber dann fand er den Gedanken albern. Wie ihm plötzlich auch diese hektische Aufregung hier albern vorkam.

Wie eine Schulklasse ohne Lehrer, dachte er.

Er hatte sich schon fast bis zum Podium vorgeschoben, als Christa ihn entdeckte und ihm zuwinkte.

Ullrich war seit einer Woche in Hamburg. Er hatte Christa von Braunschweig aus geschrieben, wann er ankommen würde. Er hoffte, daß sie ihn abholen würde. Er wollte ihr dann noch auf dem Bahnsteig sagen, wie schön der Tag in Bamberg gewesen sei. Er hatte sich vorgenommen, sie einfach zu umarmen, wenn sie auf dem Bahnsteig auf ihn warten würde.

Als der Zug hielt, hob Ullrich seine beiden schweren Koffer auf den Bahnsteig. Sie stand in einem weißen Lammfellmantel an der Bahnsteigtreppe. Er stellte einen Koffer ab

und winkte ihr. Sie winkte zurück, lachte, kam auf ihn zu.
Plötzlich bemerkte Ullrich den Mann neben ihr.
Das ist Bungert, sagte sie.
Der sagte, hallo, wie gehts, drückte Ullrich die Hand und griff sich einen von Ullrichs Koffern.
Wie gehts, was für eine dämliche Floskel, dachte Ullrich und sagte: Danke, das geht schon.
Aber Bungert gab den Koffer nicht wieder her.
Ullrich gab Christa die Hand. Er sagte etwas über die Reise, dachte aber dabei, warum nennt sie nur seinen Nachnamen.
Er nahm den anderen Koffer auf, stellte ihn aber wieder ab.
Ihm gehe es sehr gut, behauptete er und dachte, was rede ich da für einen Unsinn.
Wieder nahm er den Koffer auf, stellte ihn jedoch abermals ab, als Christa lachend auf seinen Kopf zeigte.
Ich hab dich ganz anders in Erinnerung.
Ja, sagte Ullrich, ich war beim Friseur.
Ullrich hatte zu Hause vor dem Spiegel gestanden und seine Ohren betrachtet, die plötzlich entblößt aussahen.
Er fand seine Ohren zu groß.
Gehen wir, sagte Bungert und warf sich mit einer kurzen Bewegung die Haare aus dem Gesicht.
So ein Arsch, dachte Ullrich.
Im Audimax wurde rhythmisch geklatscht.
Warum klatschen die, fragte Ullrich, als er Christa erreicht hatte.
Sie wußte es auch nicht. Ullrich quetschte sich neben sie aufs Podium. Er sah den leicht ansteigenden Saal mit den dichtbesetzten Bänken. Überall wurde geraucht, trotz der Verbotsschilder. Immer noch drängten neue Studenten durch die Türen, schoben sich die Gänge hinunter.
Festlich, dachte Ullrich.
Das Rednerpult war von einer Gruppe Studenten umlagert.
Bärte: Backenbärte, Kinnbärte, Vollbärte, Schnauzbärte.
Einem hing ein Megaphon vor der Brust. Ein kleines blon-

des Mädchen war schwanger. Einer trug schwarze Holzschuhe, dazu eine schwarze Lederjacke. Er gestikulierte mit der Faust, einer sehr kleinen Faust. Daneben ein Schwarzhaariger in einer Schaffellweste.
Der SDS, sagte Ullrichs Nebenmann.
Wer sind die, fragte Christa.
Der SDS, sagte Ullrich, die dort, am Rednerpult.
Ullrich versuchte, sich die Gesichter einzuprägen. Die Gruppe diskutierte. Leise, aber energisch. Er vermutete, daß dort jetzt ein Plan gemacht würde, für den Fall, daß Renke die Vorlesung ausfallen lassen würde.
Wir haben gute Plätze, sagte Ullrichs Nachbar.
Ja, Logenplätze.
Da, sagte der Nachbar, jetzt gehts los.
Der dunkelhaarige, bärtige Student in der Schaffellweste war an das Rednerpult getreten und hatte sich das Mikrophon zurechtgebogen. Er hielt es fest, als befürchte er, daß es sich wieder zurückbiegen könnte.
Das ist Conny, sagte Ullrichs Nebenmann, einer von den SDS-Häuptlingen.
Conny pustete zweimal ins Mikrophon und strich sich die schwarzen Haare mit einer langsamen Handbewegung aus der Stirn.
Im Saal wurde es ruhig.
Conny klopfte nochmals mit dem Finger gegen das Mikrophon: Kommilitonen, ich vermute, daß einigen von euch die Unruhe nicht behagt. (Im Saal rief jemand: Sehr richtig. Einige klatschten.) Unruhe, das ist das Chaos, die Anarchie, die Revolution, so haben wir es doch alle gelernt, zu Hause, in der Schule und auf der Universität. Und Revolutionen, auch das wissen wir, haben bisher immer störend in den gleichmäßigen Lauf der Weltgeschichte eingegriffen. Da lesen wir, daß der bärtige Fidel Castro das Gleichgewicht in Lateinamerika gestört hat. Und im fernen Asien versuchen rote Garden durch Kulturrevolution Chaos und Terror permanent zu machen. (Im Saal wurde gelacht und geklatscht.)

Für manche ist schon die Kritik eine Vorstufe zur Revolution. So sind unsere Magnifizenzen und Spektabilitäten bislang auch nur selten mit kritischen Fragen konfrontiert worden. Wir haben uns oft selbst nicht einmal diese Fragen gestellt. Die Frage, für wen man forscht, wer lehrt und vor allem, was man lernt. Diese Fragen werden dann auch als unwissenschaftlich diffamiert. Solche Fragen nennen unsere Spektabilitäten schon revolutionär und dann sehen sie rot. (Im Saal wurde geklatscht und gelacht.) Wir müssen lernen, solche Fragen zu stellen, und zwar radikal. Lassen wir beizeiten die Tabus auffliegen, mit denen sie, die Herrschenden in diesem Land, ihre Herrschaft in unserem Bewußtsein wie mit einem Minengürtel abgesichert haben. Sprechen wir über die Klassengegensätze in unserer formierten Gesellschaft, decken wir die Formen der Ausbeutung in unserem Land auf. Zerstören wir die künstlich erzeugte Selbstzufriedenheit der Bürger in diesem Staat und denunzieren wir die Nutznießer dieser Selbstzufriedenheit. Der Unmut an diesem System soll wachsen. Es selbst produziert dafür die materielle Voraussetzung. Das offiziell verdrängte Elend muß sichtbar gemacht werden, das dieses Gesellschaftssystem permanent verbreitet. Das Elend des planmäßig verkümmerten Massenbewußtseins im eigenen Land, die Ängste und Neurosen hier, und der Hunger, die Zwangsherrschaft, der Krieg in den ausgebeuteten Ländern der Dritten Welt, aber auch das Elend der Zukunft, das vorbereitet wird. Sorgen wir dafür, daß die Energien des Widerstandes sich sammeln können und nicht durch das Ventilsystem abgesaugt werden, mit dem sich dieser Staat vorsorglich ausgerüstet hat. Entlarven wir die Ventilfunktion der demokratischen Formen, die er uns anbietet. Zeigen wir vor allem, wie die demokratische Kontrolle gerade dort aufhört, wo sie in die Interessen der herrschenden Schichten eingreifen könnte. Zwingen wir die Professoren, die bisher unwidersprochen ihre Lehrmeinungen ablassen konnten, über diese Meinungen mit uns zu diskutieren. Zwingen wir sie, Rechenschaft abzulegen, wessen Interessen sie mit diesen Lehrmeinungen vertreten. Stellen wir ihre bisher unbefragte Autorität in Frage. (Im Saal wurde geklatscht und Bravo gerufen.) Stellen wir die repressiven Institutionen in Frage. Stellen wir die repressiven Räume der Institutionen in Frage, wie diesen Hörsaal. Alle Plätze in diesem Raum sind ausgerichtet allein auf diesen Punkt, wo normalerweise die Professoren stehen, und unwidersprochen reden konnten. (Ullrich klatschte. Das ist mir noch nie aufgefallen, sagte er. Was, fragte Christa. Das mit den Räumen.) Wir müssen die Aufklärung aber nicht nur mit Diskussionen und Analysen vorantreiben, sondern vor allem auch durch gezielte Aktionen, die die undemokratische Organisation und das scheinheilige Gerede von der freiheitlich-demokratischen Ordnung als das Make-up der Machtinteressen einer kleinen Minderheit entlarvt. Das herrschende System ist allgegenwärtig. Seine Herrschaft verfestigt sich in unseren Schulen, Betrieben, Ämtern und Universitäten. Da ist das eine mit dem anderen verflochten und stützt sich wechselseitig. Rütteln wir also an einer dieser Stützen. Rütteln wir hier und heute an der autoritären Ordinarienuniversität. Fangen wir bei Renke an.

Im Saal wurde wieder rhythmisch geklatscht. Erst jetzt, als er den Rhythmus mitklatschte, erkannte ihn Ullrich: Ho-Ho-Ho-Chi-Minh.

Ullrich verspürte plötzlich den Drang, aufzuspringen. Er versuchte, dem durch konzentriertes Klatschen entgegenzuwirken.

Langsam verebbte das Klatschen.

Conny war zu der SDS-Gruppe neben dem Podium zurückgegangen.

Wieder begannen sie eindringlich und leise zu diskutieren.

Vielleicht läßt Renke die Vorlesung einfach ausfallen, sagte Ullrich und zeigte auf seine Armbanduhr.

Wie war es überhaupt bei Renke, fragte Christa.

Ach komm, sagte er, dieser Korintenkacker.

Aber dann dachte er an Connys Rede. Er hat mir nicht mal die Hand gegeben, sagte Ullrich. Ich stand da, streck ihm die Hand hin, und er tut, als sehe er sie nicht. Ich wußte nicht, wohin mit meiner Hand. Und dann hat er gesagt, sein Seminar sei schon voll. So zwischen Tür und Angel hat er das gesagt. Er hat mich nicht mal ausreden lassen.
Plötzlich entstand im Saal eine raunende Bewegung. Renke kam. Er hatte sich zwischen den am Eingang Stehenden hindurchgedrängt. Hinter ihm gingen fünf oder sechs Assistenten und Doktoranden, in Anzügen.
Auf der anderen Seite des Saals standen welche auf, um besser sehen zu können, wie Renke sich langsam nach vorn arbeitete.
Endlich erreichte Renke das Podium, stieg die drei Treppen hoch und ging zum Rednerpult. Unter dem Arm trug er zwei Bücher und einen grauen Schnellhefter. Sein Gesicht war gerötet. Er legte die Bücher auf das Pult und schlug den Hefter auf.
Ullrich sah die dunklen Schweißstellen auf dem grauen Pappdeckel. Renke bog sich das Mikrophon zurecht. Seine Hände zitterten leicht. Im Saal wurde vereinzelt gelacht. Renke räusperte sich und begann dann mit ruhiger, aber belegter Stimme zu sprechen: Eine Vorlesung ohne begleitende Lektüre sei sinnlos, weil unergiebig.
Im Saal wurde langanhaltend und laut gelacht.
Renke fuhr unbeirrt fort: Informationen seien notwendig, man könne sonst über nichts reden, jedenfalls nicht vernünftig.
Jemand rief: Ha, ha.
Darum habe er in der ersten Stunde eine Literaturliste verlesen.
Im Saal wurde es langsam ruhig, so ruhig wie in allen Vorlesungen, die Ullrich bisher gehört hatte.
Renke faßte zusammen, verwies auf Gliederungspunkte aus der Vorlesung vom vergangenen Semester. Er sprach von den verschiedenen sich widersprechenden Forschungsrich-

tungen. Die Röte war aus seinem Gesicht gewichen. Er gestikulierte. Seine Hände zitterten nicht mehr, auch dann nicht, wenn er ein Blatt hochhob, um es umzudrehen. Er sprach ruhig und sicher in den überfüllten Saal. Plötzlich schwieg er, blickte in den Saal, zeigte dann mit dem ausgestreckten Arm auf ein großes Schild *Rauchen verboten* und sagte: Ich bitte Sie, jetzt das Rauchen einzustellen.
Jemand rief: Warum?
Weil ich sonst meine Stimme ramponiere.
Im Saal trommelten einige auf die Bänke. Jemand schrie: Sehr richtig.
Renke sprach von der Notwendigkeit einer begrifflichen Gliederung.
Ullrich sah Conny in seiner Schaffellweste dicht neben dem Rednerpult stehen. Conny drehte an dem silbernen Anhänger, den er um den Hals trug.
Verlegen steht der da, dachte Ullrich. Er war enttäuscht.
Der kriegt die Vorlesung über die Bühne, flüsterte Ullrich Christa zu.
Renke machte eine bedeutungsvolle Pause, blickte über die Köpfe der im Hörsaal Sitzenden hinweg und sagte dann: Wir halten hier eine Vorlesung über...
Da sprang ein Mädchen in der vorderen Reihe auf und rief: Wieso wir?
Im Saal wurde gebrüllt. Lautes, aggressives Lachen.
Renke blickte in den tobenden Saal. Sein Gesicht rötete sich wieder. Viele waren aufgesprungen. Andere schlugen lachend mit den Fäusten auf die Bänke. Einige hatten sich umgedreht und riefen sich über mehrere Reihen hinweg etwas zu.
Renke sah einen Augenblick in das Audimax, das er vermutlich nie so voll erlebt hatte. Das überfüllte Audimax, Wunschtraum sicherlich auch von Renke, hier hatte er es, allerdings nicht andächtig lauschend, sondern tobend, lachend und schreiend.
Er blickte in die Richtung, aus der der Zwischenruf gekom-

men war. Er wartete, bis sich das Lachen gelegt hatte und versuchte dann, mit seiner jahrelang erprobten Sicherheit zu sagen: Nur zur Information der Zwischenruferin, das war ein Pluralis modestiae. Aber das klang wie Pluralis bestiae.
Ein Versprecher.
Jemand brüllte: Eigentor.
Ein anderer brüllte: Renke vor, noch ein Tor.
Ein Sprechchor bildete sich: Renke vor, noch ein Tor.
Renke versuchte fortzufahren, als säßen im Saal andächtig lauschende Studenten. Er sprach leise und energisch weiter von den Problemen der neuesten Forschung.
Das schwangere Mädchen, das in der SDS-Gruppe auf dem Podium stand, begann, einen roten Luftballon aufzublasen. Sie ging dabei langsam zum Rednerpult. Sie verknotete den Ballon und versuchte ihn Renke zu überreichen. Renke wehrte mit der Hand ab, dabei weiter starr von seinem Manuskript ablesend. Das Mädchen griff zum Mikrophon und drehte es seitwärts zu sich hin.
Renkes Stimme war weg. Man sah, wie er weiterredete, seine Lippen bewegten sich, aber man hörte nichts mehr.
Das Mädchen sprach ins Mikrophon: Herr Professor, wir wollen mit Ihnen diskutieren.
Jetzt erst bemerkte Renke, daß er nicht mehr ins Mikrophon sprach. Er riß das Mikrophon zurück und schrie: Wenn die Störer nicht sofort verschwinden, zeige ich sie an. Ich habe hier das Hausrecht.
Das muß geändert werden, rief Conny. Wir wollen diskutieren. Conny ging zum Rednerpult und versuchte, das Mikrophon an sich zu ziehen, aber Renke hielt es fest. Das schwangere Mädchen streckte seinen Bauch raus und drängte Renke mit dem Bauch ab. Als er versuchte, sie mit dem Ellenbogen wegzuschieben, wurde sofort im Saal gejohlt und gepfiffen.
Renke war schon seitwärts vom Pult weggedrängt, hatte aber das Mikrophon immer noch in der Hand.

Wir wollen diskutieren, rief der Student durchs Megaphon.
Das ist meine Vorlesung, schrie Renke, und keine Sprechstunde.
Der Student sagte mit einem schrillen Pfeifton durchs Megaphon: Aber Herr Professor, das ist doch schon eine Sprechstunde. Unsere Sprechstunde. Wir wollen hier mit Ihnen über Ihre Lehrinhalte diskutieren.
Renke schrie: Roter Terror.
Nein, sagte der Student durchs Megaphon: Das hier soll eine rationale Diskussion sein. Sie wird allein durch den Terror der Professoren verhindert.
Hoffentlich kriegt der keinen Kollaps, sagte Christa.
Im Saal schrien einige: Störer raus.
Jemand rief: Herr Professor, soll ich die Polizei holen?
Renke hielt sich noch immer am Mikrophon fest, wobei er Roter Terror rief.
Da warf jemand aus dem Saal ein mit Wasser gefülltes, lachsfarbenes Präservativ aufs Podium. Das Präservativ klatschte vor Renkes Füße auf den Boden. Renke starrte einen Augenblick auf das Präservativ, dann ließ er das Mikrophon los, sammelte seine Manuskriptseiten ein, griff die beiden Bücher und stieg eilig vom Podium in den Saal hinunter.
Im Saal bildete sich ein Sprechchor: Haut dem Renke ins Gehenke. Ullrich war aufgesprungen und schrie mit, die Silben mit den Fäusten betonend. Renke drängte sich zwischen den im Seitengang Stehenden hindurch zum Ausgang. Hinter ihm seine Assistenten und Doktoranden. Je näher Renke dem Ausgang kam, desto lauter und schneller wurde der Sprechchor: Haut dem Renke ins Gehenke. Kurz vor dem Ausgang hatten sich einige auf den Boden gesetzt, um Renke den Weg zu versperren. Renke versuchte, über einen Studenten hinwegzusteigen. Unbeholfen balancierte er auf einem Bein. Den anderen Fuß hatte er über die Schulter des am Boden Sitzenden gehoben. Mit der freien Hand stützte

er sich am Kopf des Studenten ab. Er verlor ein Buch. Hilflos stand er da.
Wie Rumpelstilzchen, sagte Ullrich.
Plötzlich packte einer der Assistenten den Typen und zerrte ihn an den Haaren zur Seite. Der Sprechchor ging in Pfiffe und Pfui-Rufe über. Die an der linken Saalseite Sitzenden standen auf, um den Assistenten und den immer noch am Boden hockenden Studenten besser sehen zu können. In der Mitte des Saals stiegen sie auf die Klappsitze. Rechts außen sogar auf die Bänke. Alle standen jetzt gestaffelt von links unten nach rechts oben und warteten.
Nur wenige riefen noch: Haut dem Renke ins Gehenke.
Hoffentlich schlägt der zurück, dachte Ullrich.
Da sprang der Student mit dem Megaphon an den Rand des Podiums und rief: Laßt Renke raus. Wer Angst vor Diskussionen hat, den kann man nicht zwingen.
Renke verschwand im Ausgang. Einige Studenten folgten ihm, laut protestierend. Der Student in der Lederjacke stellte das Megaphon vorsichtig auf den Boden des Podiums und ging dann zum Rednerpult. Er beugte sich zum Mikrophon hinunter, anstatt es zu sich heraufzuziehen.
Das systematische Stören des Lehrbetriebs sei notwendig als beständiges Problematisieren der Verwertungszusammenhänge von Wissenschaft.
Vorstellen, rief jemand aus dem Saal.
Er heiße Petersen, studiere Soziologie und Germanistik, sei Mitglied des SDS.
Der Kampf um den Abbau der irrationalen Herrschaftsansprüche der Ordinarien und die Aufhebung der autoritären Arbeitsweise in den Seminaren und bei Forschungsobjekten müsse vorangetrieben werden.
Petersen sprach sogar die Endsilben deutlich aus. Er schüttelte die kleine weiße Faust betonend in der Luft, wie ein Dirigent. Petersen sprach von der Dysfunktionalisierung des Lehrbetriebs und daß eine tendenziell kritische Öffentlichkeit hergestellt werden könne.

Ullrich kam nicht so recht mit.
Eiffe der Bär fordert Durchblick für alle.
Das hatte Ullrich in einem S-Bahn-Wagen gelesen, mit dem er nach Wellingsbüttel gefahren war. Er wollte sich dort ein Zimmer ansehen.
Das Einfamilienhaus lag in einem großen Garten. Unter dem Dach war ein kleines Mansardenzimmer ausgebaut. Er stellte sich vor, daß Christas Eltern in einem solchen Haus in Ratzeburg wohnen würden. Ullrich blickte aus dem kleinen Mansardenfenster hinaus und sah in der weißen Oktobersonne das rotbraun verfärbte Laub der Buchen im Garten.
Schön, sagte Ullrich.
Ja, sagte die Hausbesitzerin, schön und ruhig. Eigentlich sei sie nicht darauf angewiesen, zu vermieten. Aber der Sohn studiere jetzt in Marburg Jura und dadurch sei das Zimmer frei geworden. Da hätte sie gedacht, wo so viele Zimmer fehlen, da sollte dieses nicht leerstehen.
Das Zimmer ist bestimmt billig, dachte Ullrich und sagte, sich umblickend: Ja, schön.
Dabei dachte er an die Kammer des Theologie-Kandidaten in München.
Jetzt sei nur noch die Tochter im Haus. Und die macht nächstes Jahr auch ihr Abitur. So schnell geht das, sagte sie.
Ja.
Ullrich überlegte, wie er nach dem Preis des Zimmers fragen könnte.
Wirklich ein schönes Zimmer, klein und gemütlich, und dann nach einer kleinen Pause endlich: Und wie hoch ist die Miete?
Hundertfünfzig.
Und dann, als Ullrich sie überrascht ansah: Elektrizität selbstverständlich inbegriffen.
Ullrich nickte. Er hatte sich schon in Barmbek ein Zimmer angesehen. Ein großes Zimmer mit einem Sessel und einer breiten Schlafcouch. Sogar ein Schreibtisch hatte in dem

Zimmer gestanden. An der Wand, über der Couch, hatte ein Teakholzrelief gehangen, zwei Kraniche darstellend, die ihre Hälse zur Decke streckten. Die Lampe an der Decke ähnelte jener, die im Wohnzimmer seiner Eltern hing. Ein marmorierter Porzellanregenschirm.
Das Zimmer in Barmbek war billiger und größer. Aber es erinnerte ihn an zu Hause.
Ullrich sah in den Garten, sah das rotbraun verfärbte Laub der Buchen und dachte, hundertfünfzig Mark, das ist fast die Hälfte meines Monatsgelds. Er hatte schon zu lange vor dem Fenster gestanden. Es war ihm peinlich, jetzt noch nein zu sagen.
Gut, ich nehme das Zimmer.
Frau Zollgreve brachte ihn zur Haustür. Ullrich hatte sich mit einer leichten Verbeugung verabschiedet. Er war über den mit Steinplatten ausgelegten Weg zur Gartentür gegangen und hatte sich über diese Verbeugung geärgert. Er nahm sich vor, in Zukunft darauf zu achten, auch bei Frauen keine Verbeugung mehr zu machen. In der kühlen, durchsonnten Luft hatte er durchgeatmet und war unter den gelbbraunen Linden zur S-Bahn-Station gegangen. Das ruhige Villenviertel hatte ihm gefallen. Er hatte versucht, sich einzureden, daß er diese Ruhe für seine Arbeit brauche. Aber er ärgerte sich trotzdem, daß er nicht nein gesagt hatte. Auf dem Fahrplan der S-Bahn-Station hatte er einen mit Filzstift geschriebenen Spruch entdeckt.
Eiffe der Bär kommt bald.
Wer war Eiffe?
Im Saal wurde anhaltend geklatscht. Petersen richtete sich auf, sah kurz in den Saal und beugte sich dann wieder zum Mikrophon hinab: Was ist zu tun, wenn die Professoren sich nicht einmal befragen lassen. Wir wollen mit Renke rational diskutieren, aber er will nicht. Er sagt, hier sei nicht der Ort für eine Diskussion. Er will nur in seinem Zimmer eine Sprechstunde abhalten, dort sei er zu sprechen. Daraus folgt für uns: Wir gehen jetzt geschlossen in seine Sprechstunde.

Sofort standen alle auf und drängten zu den Ausgängen. Ullrich spürte Christas Hand in seiner Seite. Sie hielt sich an seinem Pullover fest.
Damit ich nicht verlorengehe, sagte sie.
Die Gänge und Treppen im Institut waren verstopft. Jemand reichte seine Zigarettenpackung herum. Ein Feuerzeug wurde weitergereicht. Es wurde nach dem Besitzer gefragt. Niemand meldete sich. Es muß von ganz hinten gekommen sein. Es hieß, Renke komme gleich, angeblich habe er sich in seinem Zimmer eingeschlossen.
Im Sprechchor wurde gerufen: Renke, wir kommen. Renke, wo bist du. Aber Renke kam nicht.
Einfach die Tür ausheben, ruft jemand.
Conny: Sehr richtig, wenn Renke nicht zu den Studenten kommt, müssen die Studenten zu Renke kommen.
Jemand behauptet, Renke habe sich von seiner Sekretärin im Garderobenschrank einschließen lassen.
Ein anderer bestreitet das und meint, Renke sei über die Feuerleiter abgegangen.
Das schafft der nicht, sagt Ullrich, bei dem Bauch.
Jede Bemerkung wurde belacht, egal wie witzig sie war.
Man müßte jetzt singen, sagt Ullrich.
Ja, sagt Christa, aber was.
Ganz vorn, vor Renkes Tür, verlangt jemand einen Schraubenzieher.
Das Türschloß soll ausgebaut werden.
Woher sollen wir einen Schraubenzieher kriegen?
Ein Taschenmesser wird hinübergereicht.
Jemand sagt: Das geht zu weit. Das ist Sachbeschädigung.
Das schwangere Mädchen ruft: Wir brechen die Tür auf. Wir müssen Öffentlichkeit herstellen.
Einige werfen sich gegen die Tür.
Aber Schloß und Holz sind stabil. Die Sekretärin kommt und ruft, sie könne ihr Ehrenwort geben, der Herr Professor sei nicht im Hause.
Niemand glaubt ihr.

Vorne schreien sie Hauruck und werfen sich zugleich gegen die Tür.
Hauruck.
Plötzlich gibt es ein splitterndes Krachen, und die Tür fliegt auf. Es wird ruhig. Vor Renkes Zimmer drängen sich die Studenten. Was ist los?
Nichts.
Was?
Renke ist nicht im Zimmer.
Dann hat er sich abgeseilt, sagt Ullrich.
Christas Haar streift sein Gesicht. Er spürt ihren Körper an seinem Arm. Sie einfach an sich ziehen.
Petersen ruft durchs Megaphon: Wir kommen wieder. Wir gehen in jede Vorlesung, in jedes Seminar von Renke, solange, bis er sich einer Diskussion stellt.
Jemand verlangt nach Freibier.
Ein anderer ruft: Das muß Renke zahlen, dann bringen wir ihm einen Fackelzug.
Wir werden ihm heimleuchten.
Sie standen unter dem Vordach des Instituts. Es war schon dunkel.
Ein feiner Nieselregen fiel.
Schade, sagte Ullrich, jetzt abzubrechen. Man müßte den Tag richtig feiern.
Ja, sagte Christa, aber manchmal habe ihr Renke leid getan.
Hab ich ihm leid getan, als er mich nicht mehr ins Seminar aufnahm, fragte Ullrich.
Dafür kann er doch auch nichts, bei dem Platzmangel.
Die SDS-Gruppe kam heraus und blieb zögernd unter dem Vordach stehen.
Scheißwetter, sagte Conny und zog seine Schaffellweste vorn an der Brust zusammen.
Ullrich achtete plötzlich nicht mehr auf Christa. Er versuchte mitzuhören, was Petersen sagte. Er hörte, daß sie ins *Cosinus* gehen wollten. Sie gingen los. Das rothaarige Mäd-

chen zog sich die Kapuze über den Kopf. Petersen steckte das Megaphon unter seine Parka.
Ich muß gehen, sagte Christa, kommst du mit bis zum Dammtor.
Ullrich zögerte und sagte dann: Nein, ich will noch nicht nach Hause.
Bis morgen, sagte Christa.
Er sah sie über den dunklen Platz gehen.
Ullrich fragte jemanden, wo es zum *Cosinus* geht.

2 Einer redet, viele rauchen. Einer meldet sich und nennt seinen Namen. Der Name wird von dem Diskussionsleiter mit der Nummer 24 auf die Wandtafel geschrieben, die auf dem Podium des Hörsaals steht. Derjenige, der gerade redet, fragt, ob das Oberseminar von Renke gesprengt werden soll. Jetzt redet nicht mehr einer, jetzt reden viele. Einer bezeichnet das Verhalten Renkes in seinen Oberseminaren als demokratisch. Jeder komme dort zu Wort, wenn er sich gemeldet hat, auch mit einer abweichenden Meinung. Ein anderer will gerade darin die Alibifunktion der Diskussion erkennen. Jemand zitiert aus einem Aufsatz, den Renke 1940 veröffentlicht hat: Der Erzieher müsse in dem Jugendlichen eine reine Liebe zu dem Führer wecken. Viele rufen: Pfui. Derjenige, der den Aufsatz von Renke zitiert hat, fragt, wie jemand, der so etwas geschrieben hat, heute demokratische Lehrer ausbilden könne. Jemand hält das für eine Jugendsünde. Derjenige, der das Zitat vorgelesen hat, gibt zu bedenken, daß Renke damals immerhin schon fünfunddreißig Jahre alt gewesen sei. Jemand schlägt vor, keinem über dreißig zu trauen. Einer behauptet: Irren sei menschlich und übersetzt es gleich ins Lateinische. Ein anderer vermutet, Renke habe vielleicht aus seinen Fehlern von damals gelernt. Jemand steht auf und sagt: Diese Naivität macht mich sprachlos und erklärt warum. Einer verlangt nach einer Wissenschaft, die ideologiefrei sei. Ein anderer antwortet, jede Wissenschaft sei, wenn sie verwertet wird, ideologisch. Jemand stöhnt: Mann in der Tonne. Einer bezweifelt das; einer schreit Scheiße; einer verlangt Ruhe und will dann das Problem ausdiskutiert haben. Jemand ruft: Zur Geschäftsordnung. Derjenige, der vorhin gefragt hatte, ob die Vorlesung von Renke gesprengt werden soll, begründet jetzt, warum sie gesprengt werden muß. Jemand verlangt eine Begrenzung der Redezeit auf fünf Minuten. Einer hält das für repressiv. Ein anderer stellt fest, daß Vorlesungen aus einer Zeit stammen, in der es noch keine Bücher gab. Jemand ruft: Sehr richtig. Einer: Hört,

hört. Ein anderer brüllt: Zur Geschäftsordnung und hebt beide Arme hoch. Der Diskussionsleiter schreibt gerade den sechsunddreißigsten Namen auf die Wandtafel. Einer gibt zu bedenken, daß Vorlesungen auch heute noch eine Funktion haben könnten. Ein anderer hält ihm entgegen, daß empirische Untersuchungen das Gegenteil beweisen und verlangt nach kollektiven Arbeitskreisen. Jemand wendet sich gegen einen falsch verstandenen Begriff vom Empirismus. Jemand anders meint, ohne empirische Kontrolle könne man beweisen oder widerlegen, was man wolle. Jemand ruft von ganz hinten: dann werden wir endlich alle Kanarienvögel und flattern munter im Hörsaal hin und her. Einer fordert: Ornithologen raus. Jemand ruft: Bürokrat. Einer ruft: Geschäftsordnung, nimmt aber nicht die Arme hoch. Ein anderer ruft ihm zu: Hände hoch. In der ersten Reihe steht eine auf und ruft: das ist ja zum Davonlaufen, und setzt sich wieder hin. Jemand geht nach vorn zum Mikro und schiebt den Redner zur Seite, der vorhin gefragt hatte, ob das Oberseminar von Renke gesprengt werden sollte und jetzt gerade entwickelt, wie die gesprengte Vorlesung in Arbeitskreise umfunktioniert werden kann. Derjenige, der den Redner vom Mikro weggeschoben hat, fordert einen neuen Diskussionsleiter, und zwar sofort. Viele klopfen, einige zischen. Jemand ruft: So geht das nicht. Der Diskussionsleiter will darüber abstimmen lassen, ob das so geht oder nicht. Einer kommt nach vorn und meldet eine Gegenrede an. Er beantragt, daß der Diskussionsleiter nicht abgewählt werden soll. Ein anderer kommt nach vorn und ruft Gegenrede und behauptet, daß es keine Gegenrede geben kann, da die Alternative schon im ersten Antrag enthalten sei. Ein dritter kommt nach vorn und meint, auch die Alternative zu einem Antrag müsse begründet werden. Wohin komme man denn sonst? Er stelle daher den Antrag, daß jetzt weiterdiskutiert, die Rednerliste abgeschlossen und über diesen Antrag sogleich abgestimmt werden soll.
Was tun?

Der Diskussionsleiter will erst darüber abstimmen lassen, ob er die Abstimmung leiten soll oder nicht. Jemand ruft: Erst muß abgestimmt werden, ob abgestimmt werden soll. Der zweite Antragsteller beantragt, daß darüber abgestimmt werden soll, ob jetzt weiterdiskutiert wird oder nicht. Jemand meint, beide Anträge hätten etwas Gemeinsames, nämlich: wie jetzt weiterdiskutiert werden soll, mit diesem Diskussionsleiter oder ohne ihn, das sei die eigentliche Frage. Aus dem Saal stellt jemand den Antrag, dem zweiten Antragsteller das Wort zu entziehen, da der Verdacht bestehe, daß jener nur die Diskussion behindern wolle. Er wird aus dem Saal heraus aufgefordert, seinen Antrag zu formulieren. Er drängt sich durch die Gruppe, die das Pult umsteht, ans Mikro und formuliert seinen Antrag: Dem zweiten Antragsteller soll das Wort entzogen werden und der schon gestellte Antrag zurückgezogen werden. Einer behauptet, das sei falsch formuliert, weil der zweite Antragsteller gar keinen Antrag formuliert habe. Jemand ruft hinsetzen. Einer schreit: Scheiße. Einer ruft: Godzilla. Jemand will verzweifeln. Einer schlägt vor, die Rednerliste aufzulösen und so zu tun, als sei gar kein Antrag gestellt worden. Einige meinen, das sei inkonsequent. Einer behauptet, es handle sich hier um ein Scheinproblem. Er wird niedergeschrien. Jemand ruft: Alles muß ausdiskutiert werden. Jemand fordert, das plebiszitäre Verfahren um jeden Preis zu wahren und setzt es von der Mauschelei des Establishments ab. Viele klopfen, einige rufen: Bravo, einer ruft: Venceremos, einer: Günter Grass. Alle lachen.
Man beschließt, nochmals von vorn anzufangen, alle bisher gestellten Anträge fallen zu lassen, einen neuen oder auch den alten Diskussionsleiter zu wählen und eine neue Rednerliste aufzustellen.
Jemand sagt: Das ist ein Lernprozeß.
Niemand widerspricht.

3 *Auch Achill ist bewußtseinsabwesend, weil völlig gefühlsarm, ohne jeden Kontakt mit dem, was um ihn geschieht, nichts hörend...*

Die Buchen im Garten hatten fast alle Blätter verloren. Die Äste ragten schwarz und kahl in den grauen Himmel. Draußen nur das monotone Schilpen der Spatzen.

Ullrich versuchte, sich wieder zu konzentrieren. Er saß an dem kleinen Tisch vor dem Mansardenfenster. Er fror.

... weil völlig gefühlsabwesend, ohne jeden Kontakt mit dem, was um ihn geschieht, nichts hörend...

Ullrich klappte das Buch zu. Er stand auf. Er holte sich den Marcuse, suchte die Seite, die er zuletzt gelesen hatte und legte sich aufs Bett.

In den höchstentwickelten Gebieten der industriellen Zivilisation, die in der gegenwärtigen Periode das Modell von Kultur abgeben, vermehrt und befriedigt die überwältigende Produktivität des etablierten Systems die Bedürfnisse der Volksmasse durch die totale Verwaltung, die dafür sorgt, daß die Bedürfnisse des Individuums diejenigen sind, die das System verewigen und befestigen.

Das *Cosinus* war eine Eckkneipe. Man konnte von der Straße durch die großen gardinenlosen Fenster in die beiden Räume sehen. Alle Tische waren besetzt. Ein bärtiger Mann trug Biergläser an die Tische. Er sah aus wie ein Student. Ullrich war zögernd eingetreten. Er hatte die Leute an den Tischen gemustert. Schließlich hatte er Petersen an der Theke entdeckt. Ullrich hatte gezögert, sich einfach zu der diskutierenden Gruppe zu stellen. Dann sah er Conny, der an der Theke eine Frikadelle aß. Ullrich stellte sich daneben. Ob Conny die Frikadelle empfehlen könne.

Probier mal, sagte Conny und hielt Ullrich die Frikadelle hin. Ullrich wußte nicht, ob er wirklich abbeißen sollte. Schließlich biß er ab. Er bestellte sich eine Frikadelle und ein Bier. Jemand fragte Petersen, ob er immer noch unter Schlafstörungen leide. Das habe sich gebessert. Ein Mädchen erzählte Petersen einen Traum. Den habe sie schon zum drittenmal geträumt. In diesem Traum sucht sie ein Zimmer, aber jedesmal, wenn sie eine Tür öffnet, kommt sie in ein anderes, größeres Zimmer. Die Zimmer werden immer größer. Schließlich sind es endlose Hallen, durch die sie bis zur nächsten Tür gehen muß.

Petersen hörte konzentriert zu, dabei vor sich auf den Boden blickend, ein Glas Apfelsaft in der Hand. Conny fragte Ullrich, was er mache. Er erzählte von seiner Seminararbeit. Er stand da, die Frikadelle in der einen, das Bier in der anderen Hand und erzählte von dem fehlenden Seminarschein.

Der letzte Schein, der mir fehlt. Aber plötzlich ging es nicht mehr. Er habe sogar die Universität gewechselt, sagte Ullrich und lachte gemeinsam mit Conny.

Wir haben doch alle einen Hau weg.

Leistungsfixiert.

In einer Gesellschaft, welche sich durch die wirtschaftliche Konkurrenz reproduziert, stellt schon die Forderung nach einem glücklicheren Dasein des Ganzen eine Rebellion dar: den Menschen auf den Genuß irdischen Glücks verweisen, das bedeutet, ihn jedenfalls nicht auf Erwerbsarbeit, nicht auf den Profit, nicht auf die Autorität jener ökonomischen Mächte verweisen, die das Ganze am Leben erhalten. Der Glücksanspruch hat einen gefährlichen Klang in einer Ordnung, die für die meisten Not, Mangel und Mühe bringt.

Die Frikadelle sei gut, sagte Ullrich begeistert, er habe noch nie eine so gute Frikadelle gegessen.

Er habe schon wieder so einen kleinen niedlichen Trip, erzählte Conny. In der letzten Zeit häufe sich das.

Der Frust geht um.

Erst später war Ullrich darauf gekommen, daß es sich um einen Tripper handeln mußte.

In der ganzen Kneipe gab es nur einen mit kurzem Haarschnitt.

Ullrich fand, daß der Kopf des Mannes hier peinlich nackt wirkte. Ullrichs Haare waren inzwischen wenigstens schon wieder über die Ohren gewachsen.

Die Parka, die Petersen trug, erschien ihm besonders praktisch. Ullrich fand seinen blauen Regenmantel plötzlich albern. Für den Winter war der Stoff zu dünn, und wenn es regnete, ließ er Wasser durch.
Ullrich konnte nicht einmal die Hände richtig in die Taschen stecken, so wie Petersen und die anderen, die ihre Hände in der Parka richtig vergraben konnten. Er nahm sich vor, sofort eine solche Parka zu kaufen, auch wenn er sich das Geld dafür leihen müßte.
Er habe das getestet, sagte Petersen. Er sei jetzt ganz sicher. Es gebe keinen Zweifel mehr. Er habe sich einfach mit Lister am Telefon verabredet. Er habe zu Lister gesagt: Wir treffen uns im *Oblomow* und dann fahren wir hin und schmeißen die Scheiben ein. Aber am Telefon habe er nicht gesagt, wo und wann sie die Scheiben einschmeißen wollten, nur daß sie sich deshalb im *Oblomow* treffen müßten.
Lister und er seien dann ins *Oblomow* gegangen und dort hätten sie dann auch tatsächlich schon gesessen: drei ältere Herren in unglaublich unauffälligen Stoffmänteln, alle drei mit Hüten, Hüte mit so einem ganz schmalen Rand. Die hätten dagesessen wie eine typisch deutsche Skatrunde, zwischen den kiffenden Hippies, die die drei durch ihre Prismengläser bewundert hätten. Die Hippies haben die vermutlich für Schwule gehalten. Sie seien dann wieder nach Hause gefahren, zwei hätten ihn, der andere hätte Lister bis nach Hause verfolgt. Jedesmal, wenn er sich umgedreht habe, hätten die sich gegenseitig Feuer gegeben.
Alle lachten. Auch Ullrich lachte. Er hatte nicht vermutet, daß Petersen so witzig erzählen konnte. Petersen legte dabei den Kopf schräg und spitzte beim Sprechen den Mund. Ullrich hatte den Zusammenhang nicht richtig verstanden.
Das Telefon von Petersen wird überwacht. Die drei waren von der Popo, sagte Conny.
Popo, was ist das schon wieder, fragte sich Ullrich.
Ullrich bestellte sich noch ein Bier und eine Frikadelle.
Petersen bot Ullrich eine Seminararbeit über den *Prinzen*

von Homburg an. Die habe er vor zwei Jahren geschrieben. Ullrich könne die Arbeit ausschlachten, oder aber auch die ganze Arbeit einfach so abgeben, wenn das gehe.
Danke, sagte Ullrich überrascht, er würde es schon schaffen, außerdem habe er ein Spezialthema.
Ullrich erzählte von Lothar. Lothar habe immer getauscht. Wenn Lothar in einem Buch eine Stelle fand, die Ullrichs Thema betraf, dann sagte er, er habe einen Hinweis zu Ullrichs Referatthema gefunden, einen sehr wichtigen Hinweis. Er wolle Ullrich die Stelle zeigen, wenn der ihm einen Hinweis zu seinem Thema geben könne. Hinweis gegen Hinweis. Lothar hatte immer Angst, daß Ullrich ihm etwas vorenthalten könne, um so seine Note zu drücken. Denn der Professor könnte ja gerade auf die Stelle, die Lothar noch nicht kannte, besonderen Wert legen. Es gab viele Stellen, die man nicht kannte. Sie zeigten sich die Durchschläge ihrer Arbeiten erst dann, wenn sie die Arbeiten abgeliefert hatten. Und wenn sie aus der Wohnung gingen, verschlossen sie die Zimmertüren.
Das ist das Dschungelgesetz, sagte Conny.
Aber sozialer Wandel setzt voraus, daß ein vitales Bedürfnis nach ihm besteht sowie die Erfahrung unerträglicher Verhältnisse und ihrer Alternativen – und eben dieses Bedürfnis und diese Erfahrung werden in der etablierten Kultur daran gehindert, sich zu entwickeln.
Wie leicht das alles war, dachte Ullrich. Sie hatten über alles geredet. Sie hatten sich berührt. Die Mädchen streichelten ganz ungeniert die Jungen. Ullrich war aufgefallen, daß er plötzlich aussprechen konnte, was er dachte. Sie hörten zu, fragten nach Einzelheiten, interessiert und aufmerksam.
Er hatte von seiner kleinen Mansarde in dem Haus der Familie Zollgreve erzählt. Da mußt du raus, sagten sie, da packt dich der Frust. Wir horchen mal rum, wo was frei ist.
Er bestellte sich noch ein Bier. Er fühle sich hier pudelwohl, hätte er das gewußt, er wäre gleich gekommen, sagte er.
Sie lachten und schlugen ihm auf die Schulter. Es war ein

freundliches Lachen, so, als wäre er beim Blindekuhspielen lange herumgetappt, ohne jemanden zu erwischen und jetzt, plötzlich, sei ihm die Binde abgenommen worden und alle stehen um ihn herum.
Das muß verändert werden. Raus aus der Isolation.
Später, als er in seiner Mansarde saß, hatte er daran gedacht, wie oft sie das gesagt hatten: verändern und befreien. Vielleicht hatten sie es auch gar nicht so oft gesagt und er bildete es sich nur ein. Aber er hatte an dem Abend im *Cosinus* diese Worte zum erstenmal mit einer neuen Bedeutung gehört. Er hatte das Gefühl gehabt, als löse sich eine Erstarrung langsam auf, die er früher nicht einmal bemerkt hatte.
Befreiungskampf. Und dann immer wieder: dieser alte Dreck, dieser alte Scheiß, dieser alte Mist. Bewußtseinsbeton. Verkrustung. Revolutionare necesse est, sagte Conny und alle lachten.
Sie konnten unglaublich ernst und konzentriert miteinander diskutieren und im nächsten Moment wie Kinder herumalbern, um dann sogleich wieder genauso ernst wie vorher weiterzudiskutieren.
Beides gehörte zusammen, das löste sich nicht ab, wie Ullrich zunächst gedacht hatte, sondern das eine ging aus dem anderen hervor.
Dieser autoritäre Scheißer hatte einfach nein gesagt. Daraufhin wir dem einige Steinchen vor den Bug. Da mußte er beidrehen.
Es gibt qualitative Alternativen; denn die Befriedigung des Kampfes ums Dasein, die Neubestimmung der Arbeit als freie Verwirklichung menschlicher Bedürfnisse und Anlagen setzen nicht nur wesentlich andere Menschen voraus – Menschen, die sich ihr Brot nicht mehr mit entfremdeter Arbeit verdienen müssen.
Wissman legen wir um.
Ullrich war zuerst erschrocken. Was reden die da, dachte er. Aber dann hatte er dem Gespräch entnommen, daß Wiss-

mann schon einmal umgelegt worden war. Man hatte ihn wieder aufgestellt. Über dem Haupteingang der Uni steht in großen Lettern: Der Forschung. Der Lehre. Der Bildung. Seitwärts, hinter den Rabatten und Ziersträuchern, steht dieser ungeheure Klops. Da können alle sehen, auf wessen Kosten hier geforscht und gebildet wird.
Ullrich verstand noch immer nicht.
Der politische Befreiungskampf in Vietnam, Angola und Südamerika ist immer auch ein sozialer Befreiungskampf, sagte Petersen. Der Befreiungskampf in den Metropolen gewinnt an Bedeutung.
Am Freitag reißen wir ihn um. Eine exemplarische Aktion.
Aufklärung und Öffentlichkeit. Der Klops muß fallen. Am besten nach der Mensazeit, also um 14 Uhr.
Viele Worte waren neu: Dipel. Initiierung. Introjizierung. Mauschelei. Theoretische Arbeit und ad-hoc-Bedürfnisse der Praxis.
Mehrmals verhedderte sich Ullrich bei dem Versuch, das Wort Institutionalisierung auszusprechen. Alle warteten ruhig. Am Schluß hatte er immer noch ein i zuviel auf der Zunge.
Statt dessen wird der Student mehr und mehr darauf abgerichtet, die etablierten Verhältnisse und Möglichkeiten zu begreifen und einzuschätzen: sein Denken, seine Ideen, seine Ziele werden planmäßig und wissenschaftlich eingeengt – nicht durch Logik, Erfahrung und Tatsachen, sondern durch eine gereinigte Logik, eine verstümmelte Erfahrung, unvollständige Tatsachen.
Hier gibt es eine umreißende Linsensuppe mit Knackwurst.
Jemand war ungeheuer campy.
Da gibt es doch so einen Apparat am Dammtor, sagte das rotblonde Mädchen, das sie Erika nannten. Wir müssen sterben, damit Deutschland lebt. Ein Kriegerdenkmal. Das kann man nicht umreißen.

Da müßte mal Eiffe ran.
Kennt ihr Eiffe, fragte Ullrich schnell.
Nein.
Die ganze Stadt war voller Eiffe-Sprüche, aber niemand kannte ihn.
Sie kenne jemanden, der behauptete, Eiffe zu kennen, sagte Erika.
Ullrich fand, daß der Name Erika nicht zu ihrem rotblonden Haar passe. Vielleicht sollten wir für dich einen neuen Namen suchen, hatte Ullrich später vorgeschlagen, schon leicht angeturnt.
Sie hatte geantwortet: Das wollen alle. Aber der Name ist etwas, das kann man nicht einfach abschütteln.
Im Gegenteil, hatte Ullrich gesagt, man müsse sich selbst die Namen wählen können. Man müßte viele Namen haben, für die Eltern einen, für die Uni einen, für das *Cosinus* einen.
Als Ullrich gehen mußte, um die letzte S-Bahn nach Wellingsbüttel zu bekommen, hatte Erika gesagt: Du kannst bei mir schlafen.
Ullrich war verwirrt. Er hatte gesagt: Morgen früh kommt ein Freund. Auf der Fahrt nach Hause hatte er darüber nachgedacht. Er hätte mitgehen sollen. Er hatte geglaubt, Erika sei Connys Freundin. Vielleicht hatte sie es auch anders gemeint, vielleicht wollte sie ihm nur ermöglichen, länger zu bleiben, solange, wie er Lust hatte. Denn so mußte er sich nach dem S-Bahn-Fahrplan richten.
Er ärgerte sich darüber, daß er gelogen hatte. Ihm war plötzlich aufgefallen, wie oft er lügen mußte, um das zu machen, was er wollte. Notlügen, nannte das seine Mutter. Die waren gestattet. Er war davon überzeugt, daß Conny und Erika nicht logen. Sie machten das, wozu sie gerade Lust hatten und das verheimlichten sie nicht, glaubte Ullrich.
Eiffe der Bär als positive Synthese von Franz von Assisi und Joseph Stalin
Am Freitag war er pünktlich in die Mensa gegangen. Es

stank nach gebratenem Fisch. Er hatte schnell gegessen und war dann hinausgegangen, in einen kühlen, sonnigen Novembernachmittag. Sie standen schon vor dem Eingang der Mensa. Petersen redete durch das Megaphon. Conny, Erika und andere verteilten Flugblätter. Conny begrüßte Ullrich und streckte ihm einen Packen Flugblätter hin: Hilf mal.
Ullrich war so überrascht, daß er zugriff. Einen kurzen Augenblick überlegte er, ob er die Flugblätter nicht zurückgeben sollte. Er müsse leider in ein Seminar, das sei sehr wichtig, hätte er sagen können.
Oder hast du keine Lust, fragte ihn Conny.
Nein, sagte Ullrich, es kommt nur so überraschend.
Das gibt sich mit der Zeit, sagte Conny, leider, und ging dann wieder zwischen den kommenden und gehenden Studenten hin und her, pflaumte einige an, lachte und verteilte dabei die Flugblätter.
Wie sicher der sich bewegt, dachte Ullrich.
Währenddessen sprach Petersen vom Neokolonialismus und dem Befreiungskampf in der Dritten Welt. Aber vor Aufregung hörte Ullrich gar nicht genau zu. Er hielt die Flugblätter den Vorübergehenden entgegen, als gehörten Hand und Flugblatt nicht zu ihm.
Seine Befangenheit wich, als die ersten ihm wie selbstverständlich die Flugblätter aus der Hand nahmen. Plötzlich freute er sich, daß er geblieben war, daß er nicht mit einer Ausrede weggegangen war. Er dachte an den Abend im *Cosinus*. Er nickte zu Erika hinüber. Sie fragte, ob er noch seine Bahn bekommen habe.
Ja, sagte er, mit Hängen und Würgen.
Er sah einen ungewöhnlich langen, dünnen Menschen, mit einem sommersprossigen Gesicht, der trotz der Kälte nur eine dünne blaue Elektrikerjacke trug.
Wer ist das, fragte Ullrich Erika.
Das ist Lister, der Elektriker der Revolution, ein strammer Traditionalist, sagte sie.

Wieso Traditionalist, dachte Ullrich und fragte, was steht überhaupt in dem Flugblatt.
Erika lachte, du weißt gar nicht, was du da austeilst. Eine Information über die Kolonialpolitik Portugals.
Ullrich fiel auf, daß sich die anderen inzwischen getroffen haben mußten. Sie hatten ein Flugblatt geschrieben und abgezogen, ein Seil besorgt und den Ablauf der Aktion vorbereitet. Von all dem hatte er nichts gewußt. Vermutlich hatten sie das in dem Keller gemacht, von dem sie im *Cosinus* gesprochen hatten. Ihm fiel plötzlich wieder Albert ein, der in Giesing Flugblätter in den Treppenhäusern ausgelegt hatte. Heimlich hatte er das machen müssen, und dann die ständige Gefahr, von der Gestapo geschnappt zu werden.
Ullrich streckte die Flugblätter jetzt demonstrativ den Studenten entgegen, so, daß sie in seine Hand hineinliefen und das Flugblatt entweder nehmen oder aber einen Haken schlagen mußten. Einigen war das peinlich. Ullrich konnte ihnen jetzt auch ins Gesicht sehen. Mädchen lachte er an.
Später zogen sie alle zum Hauptgebäude der Uni.
Alle riefen: Wissmann, wir kommen.
Neugierige begleiteten sie.
Passanten blieben stehen.
So, wie er jetzt mit ihnen zusammenging, die Flugblätter unter dem Arm, die Hände in die Parka geschoben, fühlte er sich dazugehörig. Am Morgen hatte er sich die Parka in einem American Stock gekauft. Sie zeigte noch die Kniffe, wo sie zusammengelegt worden war. Er sah die weißen Atemfahnen der anderen in der Luft. Ihm war angenehm warm. Er hatte schon beim Aufwachen an diesen Augenblick gedacht. Er war in einer ausgelassenen Zerstreutheit in die Stadt gefahren, hatte die Parka gekauft, hatte seinen blauen Regenmantel in ein Schließfach eingeschlossen und war dann in die Bilbiothek gefahren. Er hatte versucht zu lesen. Aber er hatte immer wieder daran denken müssen, wie sie das Denkmal umstürzen würden. Was würde passieren,

wenn die Polizei käme? Er hatte sich nach dem Wissmann-Denkmal erkundigt und war dann hingegangen. Er wollte es sich in Ruhe ansehen, bevor sie es umrissen.
Neben dem Hauptgebäude der Uni, hinter kahlen Büschen, stand Wissmann, eine grüne Bronzestatue in Lebensgröße, auf einem Marmorsockel. Wissmann stützte die Hände auf seinen Degen, trug einen Tropenhelm und blickte über den mit Autos verstopften Dammtorplatz hinüber zur Alster. Ihm zu Füßen, vor dem Marmorsockel, stand ein Askari, ebenfalls aus Bronze, der über einen sterbenden Löwen die kaiserliche Fahne deckte.
Ullrich war enttäuscht. Er hatte sich das Denkmal aggressiver vorgestellt.
Als Junge hatte er einmal zu seinem Geburtstag ein Buch bekommen. Sein Vater hatte es, wie er damals extra betonte, mit einiger Mühe in einem Antiquariat aufgetrieben: *Haia Safari.* Von Lettow-Vorbeck. Ullrich hatte es in wenigen Tagen verschlungen und sich vorgestellt, wie er mit einem Trupp ihm treu ergebener Askari die Engländer in die Flucht schlägt. Einige Wochen lang hatte er mit den anderen Jungen zusammen in dem Unkraut der Trümmerfelder *Haia Safari* gespielt. Aber es kam immer wieder zu Streitereien, weil niemand die Askari spielen wollte.
Wissmann wir kommen.
Conny in seiner grauweißen Schaffellweste stieg auf den Marmorsockel neben den grünen Bronze-Wissmann. Conny machte mit dem rechten Arm eine Gebärde. Ullrich dachte an Fotografien aus der russischen Revolution, auf denen, meist unscharf, bärtige langhaarige Männer zu sehen waren, die mit den Armen gestikulierten.
Wir haben diesen Onkel, einen tatkräftigen Vertreter des deutschen Imperialismus, schon einmal aufs Kreuz gelegt. Aber der Hamburger Senat will offenbar nicht auf öffentliche Vorbilder verzichten. Er hat Wissmann wieder aufstellen lassen. Zugleich hat der Senat aber auch das Gartenamt angewiesen, ringsum Büsche zu pflanzen. Ein Kompromiß

also. Wissmann sollte bleiben, aber nur für Eingeweihte. Kritischen Blicken sollte er durch das Blattgrün entzogen werden.
Alle lachten.
Wie der redet, dachte Ullrich. So mußte man reden können, so locker und unverkrampft.
Sogar ältere Passanten waren stehengeblieben, einige lachten. Der Wind zauste Connys Haar und Bart. Ullrichs Aufregung wuchs, er verstand nicht mehr, was Conny sagte, er dachte an den Augenblick, an dem Wissmann im Gras liegen würde. Diesen Dreck einfach umreißen, das Krachen, das Klatschen. Aber da war auch Angst, wenn er daran dachte, daß es verboten war. Das alles geschah nicht heimlich, sondern vor den Augen vieler. Ein Denkmal umreißen, noch vor wenigen Tagen hätte er allein den Gedanken für absurd gehalten. Hoffentlich ist der bald fertig, dachte Ullrich, damit wir endlich anfangen können. Er konnte es kaum noch erwarten, bis er das Seil in seinen Händen spüren würde und endlich ziehen konnte.
Er hatte das Gefühl, als müßte danach alles anders sein.
Conny machte wieder eine große Armbewegung: Wir werden dieses Denkmal der Unterdrückung und Ausbeutung umreißen. Und wenn der Hamburger Senat es wieder aufstellen läßt, dann werden wir wiederkommen. Der Senat wird diesen Wettbewerb verlieren, denn dieses Monstrum läßt sich schneller umreißen als aufstellen.
Conny warf die Schlinge um Wissmanns Brust und sprang vom Sockel. Petersen, Conny, Ullrich, Lister und noch einige zogen. Aber Wissmann stand fest und unbeweglich auf seinem Sockel.
Eiffe behauptet, wer Milch trinkt, ist charakterstark.
Den haben sie besonders gut verankert, sagte Petersen, der den Bronze-Wissmann schon einmal umgerissen hatte.
Nochmals zogen alle an dem Seil und der lange Lister rief sehr laut: Hau ruck.
Wissmann stand.

Von der Straße pöbelte ein Taxifahrer aus seinem Auto herüber.
Los, sagte Conny, der Klops muß runter.
Alle packten an und zogen.
Der wackelt nicht mal, sagte Erika.
Alle sahen zu Wissmann hoch.
Der Hebelpunkt ist ungünstig, meinte Ullrich.
Er stieg auf den Sockel. Plötzlich stand er neben Wissmann. Alle starrten zu ihm hinauf. Er zerrte an dem Knoten, pulte ihn auf, zog die Schlinge hoch, legte sie um Wissmanns Hals. Das Metall war kalt gewesen. Ullrich sprang herunter, packte mit den anderen das Seil und alle riefen: Hau ruck. Wissmann wackelte. Beim zweiten Hau ruck kippte er kopfüber vom Sockel. Sein Tropenhelm bohrte sich in den braunen Rasen.
Alle klatschten, schrien und liefen durcheinander.
Der Askari blickte in einen Himmel, der jetzt von Wissmann befreit war.
Der wartet, daß der Löwe aufwacht, sagte Lister ernst.
Petersen stieg auf den leeren Marmorsockel und ließ sich das Megaphon hinaufreichen. Er sprach vom Befreiungskampf in Afrika, den man unterstützen müsse auch hier in der Bundesrepublik. Da hörten sie das Martinshorn. Ullrich sah das kreisende Blaulicht des Überfallwagens. Er hatte plötzlich Angst.
Der Peterwagen fuhr über den Bürgersteig auf den Rasen. Zwei Polizisten in Lederjacken stiegen aus und drängten sich durch den Kreis. Sie sahen zu Petersen hinauf, der auf dem Marmorsockel stand, dann sahen sie auf den im Gras liegenden Wissmann. Dann sahen sie wieder zu Petersen hinauf.
Wer war das, fragte der eine Polizist forsch.
Der Wind, das himmlische Kind, sagte Conny, steckte den Zeigefinger in den Mund und hielt ihn dann in die Luft. Der Wind müsse gerade gedreht haben, vorhin sei er noch von dort gekommen.

Alle lachten.
Die Polizisten sahen sich an und dann blickten sie wieder zu Petersen hoch, der immer noch auf dem Marmorsockel stand.
Wir haben statt dessen ihn raufgestellt. Wir finden ihn schöner, sagte Erika.
Wie reden die mit denen, dachte Ullrich.
Die Polizisten sahen sich schon wieder an.
Ullrich schämte sich plötzlich, daß er Angst gehabt hatte, als er das Blaulicht gesehen hatte.
Ein Polizist forderte Petersen auf, sofort von dem Denkmal herunterzusteigen, er habe da oben nichts zu suchen.
Ich hab mich nur festhalten wollen, aber da fiel der gleich um, sagte Petersen. Hier ist doch schon alles untergraben.
Petersen zeigte auf den Rasen. Wieder lachten alle.
Die Polizisten sahen auf den Rasen. Sie blieben ernst.
Schlechte Arbeit, sagte Conny, ganz schlechte Arbeit. Da hat das Amt für Denkmalschutz schon wieder gepfuscht. Sie sind doch Denkmalschützer, fragte er die Polizisten.
Runtersteigen, befahl der eine Polizist. Er hatte rote Ohren bekommen.
Aber bitte nicht gleich schießen, wenns nicht schnell genug geht, sagte Petersen und stieg vom Marmorsockel.
Sie kommen mit zum Präsidium.
Warum?
Sachbeschädigung. Erregung öffentlichen Ärgernisses.
Darf ich auch mitkommen, fragte Conny, ich hab nämlich bei dem Ärgernis mitgeholfen.
Dann kommen Sie auch mit.
Ich war auch dabei, sagte Lister, wenn Sie für mich noch Platz haben.
Mitkommen, sagte der Polizist.
Einen Augenblick hatte sich Ullrich überlegt, ob er nicht auch sagen sollte, daß er mitgeholfen habe. Aber er hatte plötzlich wieder Angst. Er hätte nicht gewußt, wie er sich auf dem Polizeipräsidium hätte verhalten sollen. Die anderen,

so schien ihm, warteten darauf, daß auch er etwas sagen würde. Aber Ullrich schwieg.
Da sagte Erika: Ich habe auch mitgeholfen.
Nein, sagte der Polizist.
Noch jemand sagte, er habe mitgeholfen.
Er lasse sich nicht auf den Arm nehmen.
Erika wollte wissen, warum gerade die drei Auto fahren dürften und die anderen nicht, die doch auch geständig seien.
Der eine Polizist hielt schweigend die Tür auf. Petersen, Lister und Conny krochen auf den Rücksitz.
Erika wollte mitfahren, wenn es nicht anders ging, vorn auf dem Schoß des Polizisten. Aber Sie müssen mir Ihr Ehrenwort als Beamter geben, daß Sie mich nicht unsittlich anfassen.
Der Polizist sah Erika an, blickte dann in die Runde. Um den Peterwagen hatte sich ein dichter Kreis von Zuschauern gebildet. Die Leute lachten, drängten näher heran. Der Polizist stieg ein. Langsam fuhr der Peterwagen mit rotierendem Blaulicht durch die zurückweichenden Zuschauer.
Venceremos, hatte Conny aus dem Wagen gebrüllt. Alle winkten.
Am gleichen Nachmittag hatte Ullrich sich das *Kursbuch* gekauft: *Vermutungen über die Revolution.* Er hatte gleich in der Bibliothek zu lesen begonnen. Ohne Unterbrechung hatte er bis in den Abend hinein gelesen. Nur manchmal hatte er aus dem Fenster gesehen oder zu den anderen Lesenden hinüber.
Wie sie da hockten, über ihre Bücher gebeugt, erschienen sie ihm plötzlich bemitleidenswert ahnungslos. Er hatte das Gefühl, an einem ungeheuer wichtigen Ereignis teilgenommen zu haben. Zugleich quälte ihn aber auch der Gedanke, daß er gekniffen hatte.
Im Kampf um Freiheit, im Interesse des Ganzen gegen partikulare Interessen der Unterdrückung kann Terror zur Not-

wendigkeit und Verpflichtung werden. Hier erscheint Gewalt, revolutionäre Gewalt, nicht nur als politisches Mittel, sondern als moralische Pflicht.
Sie hatten diesen Polizeieinsatz lächerlich gemacht. Sie hatten die Verhaftung als Phrase entlarvt, einfach dadurch, daß sich mehr verhaften lassen wollten, als in den Wagen hineinpaßten. Sie waren stärker als die Polizei, fand Ullrich. Die Polizisten hatten plötzlich lächerlich gewirkt, hilflos.
Alle hatten gelacht. Es war ein richtiges Spektakel gewesen.
Ullrich begann, nach den Gründen seiner Angst zu fragen.
Er nahm sich vor, mit den anderen darüber zu reden.
Schon früh ging er am Abend ins *Cosinus*. Das Lokal war noch leer. Ullrich setzte sich an einen der runden Tische. Er bestellte sich eine Frikadelle und ein Bier. Später bestellte er sich noch ein Bier. Langsam hatte sich die Kneipe gefüllt. Aber Conny und die anderen kamen nicht. Als er das dritte Bier bestellte, fragte er den Bärtigen, der bediente, wo die SDS-Leute seien.
Vermutlich im Keller, sagte der. Die haben doch heute das Wissmann-Denkmal umgekippt. Dann treffen die sich bestimmt in ihrem Keller.
Und wo ist der Keller?
Irgendwo in der Nähe vom Philosophenturm, wo genau, wußte er auch nicht.
Ullrich zahlte die drei Biere und die Frikadelle. Er fand, daß die Frikadelle pappig geschmeckt hatte.
Er ging zum Bahnhof.
Warum hatten sie ihm nicht gesagt, daß sie sich nach der Aktion im Keller treffen wollten. Dort würden sie jetzt zusammensitzen, lachend und redend. Ullrich dachte daran, wie er als Junge manchmal das Weinen unterdrückt hatte. Das Weinen war dann ein Kribbeln im Kinn.
Er hörte plötzlich Schritte auf dem Gartenweg knirschen. Er

sprang vom Bett auf und ging ans Fenster. Fräulein Zollgreve trug Reitstiefel und in der Hand eine Gerte.
Diese Scheißbude, schrie Ullrich plötzlich. Wut: auf sich selbst, daß er nicht hatte nein sagen können, als er dieses Zimmer angesehen hatte, daß er gekniffen hatte. Diese Peinlichkeit, dieses blödsinnige Gefühl der Scham, diese Scheißangst.
Er lief hin und her. Er hätte jetzt gern gewußt, wie Conny und Erika in ihrer Kommune lebten. Er nahm sich vor, so schnell wie möglich auszuziehen.
Er sah aus dem Fenster in den kahlen Garten. Auf den Ästen der einen Buche saßen zwei große Krähen. Die eine krächzte. Der ganze Ast schaukelte dabei.
Warum setzen sich die Krähen ausgerechnet in diese Buche?
Auf dem Schreibtisch sah er seine Notizen. Die Sprache in Kleists Dramen.
Warum hab ich das alles geschrieben, dachte er. Seine Schrift kam ihm unbeholfen vor.
Eiffe ist grün
Sein roter Stift ist kaputt

4

Angeblich soll Erika den in Höhe und Fläche schließlich für geeignet befundenen Findling mit einer Decke abgepolstert haben, auf diesen habe sich dann Bussmann mit heruntergelassener Hose rücklings gelegt, auf Bussmann wiederum habe sich Erika, die Beine spreizend und ihm den Rücken zukehrend, gesetzt, wobei sie, sich nach hinten mit den Händen abstützend, gesagt haben soll, daß vom Hang eine Schafsherde herunterkomme.
Conny, der sich gerade vor Bussmann und Erika niedergekniet hatte, ebenfalls mit heruntergelassener Hose, habe sich nur kurz umgedreht und gesagt, das seien Heidschnukken.
Oder ob man wegen einiger durch die Heide ziehender Heidschnucken den Emanzipationsversuch abbrechen solle.
Worauf ihm Erika die Beine über die Schulter gelegt habe und er dann langsam nachgekommen sei, was Erika mit einigen Seufzern begleitet habe, während die Heidschnuckenherde langsam den Hang herunter und nähergekommen sei.
Vergeblich habe Erika nach einem Schäfer Ausschau gehalten, während Conny leise geächzt habe, später aber behauptend, er habe deutlich einen Schäfer oben auf dem Hügel erkennen können, was aber in seiner Stellung und aus seiner Blickrichtung ganz unmöglich gewesen sei, auch habe er sich nicht umgedreht, wie später einige behaupteten, sondern sei der seufzenden Erika mit kräftigen Stößen beigekommen.
Als die ersten Heidschnucken bei dem Findling angekommen seien, habe Conny in seiner Schaffellweste aufgestöhnt. Bussmann soll später behauptet haben, zu der Zeit sei er selber schon lange fertig gewesen. Nur Erika sei nicht fertig geworden, weil sie immer die langsam auf sie zukommende Heidschnuckenherde im Auge gehabt habe.
Während die Umstehenden den emanzipatorischen Stellenwert dieses Arrangements diskutierten, habe Erika darauf

hingewiesen, daß ein richtungweisender Schäfer nicht zu sehen sei, und das, obwohl die Herde von drei Schäferhunden vorangetrieben worden sei, also nicht langsam grasend durch die Heide zog, wie später manche behaupteten.
Erst am nächsten Tag aber sei diese Diskussion in einem Gasthof bei Niederhaverbek wieder aufgenommen und sogar verstärkt weitergeführt worden, weil angeblich in der *Soltauer Zeitung* ein Artikel mit folgender Überschrift erschienen sei: Ritualhandlung im Totengrund.
Umstritten soll insbesondere die Frage gewesen sein, ob der Informant dieses Artikels ein gebildeter Schäfer, der sich möglicherweise hinter einem der Wacholderbüsche versteckt gehalten haben könnte, oder aber, ein mit einem Feldstecher ausgerüsteter wandernder Studienrat gewesen sei.

5

Bungert sagte: Man muß differenzieren.
Bungert konnte das so sagen, daß jedes Weiterreden einfältig wirkte.
Ullrich mußte plötzlich alles rechtfertigen: die Farbeier, den Herzinfarkt eines emeritierten Ordinarius, die verschmierten Wände der FU, das abgebundene Präservativ, das man Renke vor die Füße geworfen hatte, die Abwaschprobleme in den Kommunen.
Teilweise kannte er die Ereignisse, von denen die Rede war, nur aus Zeitungsberichten, teilweise überhaupt nicht.
Und warum werden Studenten in Frankfurt daran gehindert, eine Klausur zu schreiben, fragte Bungert und zeigte mit dem Pfeifenstiel auf Ullrich.
Ullrich saß auf der Sesselkante und suchte nach Erklärungen, während Bungert, entspannt in seinem Paukensessel sitzend, die Beine übereinandergeschlagen hatte und leichtfüßig redete.
Christa hatte sich auf den zotteligen Fellteppich gehockt und hatte beide im Auge, Bungert und Ullrich.
Gewalt gegen Sachen, sagte Bungert wieder, wie willst du das trennen. Zum Beispiel die Farbeier, die am Überseetag gegen das Atlantic-Hotel geworfen wurden. Die haben doch nicht nur die Mauer getroffen, die haben auch Menschen getroffen. Frauen, die aus dem Auto stiegen. Denen wurden die Pelze ruiniert.
Na und, sagte Ullrich, Pelze sind keine Menschen.
Er rechtfertigte jetzt eine Aktion, die er noch vor drei Tagen Christa gegenüber als zu weit gehend bezeichnet hatte.
Christa gab Bungert recht. Vor drei Tagen habe auch Ullrich noch diese Farbeiaktion als unverantwortlichen Terror bezeichnet.
Ullrich widersprach, unverantwortlich habe er nie gesagt.
Christa behauptete: Ja.
Ullrich bestritt das, schließlich seien nur die Pelzmäntel irgendwelcher Reedergattinnen versaut worden.

Und die Garderobenfrau, warf Bungert sofort ein, die auch ein Farbei an den Kopf bekommen habe.
Er bohrte mit dem Finger frischen Tabak in den Kopf seiner Pfeife, nahm sie zwischendurch immer wieder in den Mund, stopfte mit dem Pfeifenstopfer nach und schüttelte, während Ullrich redete, den Kopf. Dabei lächelte er. Ein feines, wissendes Lächeln, das er besonders Christa zeigte.
Das ist doch Gewalt gegen Menschen, sagte er, ganz eindeutig, nicht, er sah Christa an.
Christa schwieg und sah erwartungsvoll Ullrich an.
Zum Beispiel, wenn man jemanden durch den Einsatz seines Körpers daran hindert, eine Klausur zu schreiben, die der Betreffende schreiben will, dann ist das doch Gewaltanwendung. Oder?
Ullrich wußte nichts von dieser Aktion; er hielt sie für falsch, aber er rechtfertigte sie trotzig.
Was macht überhaupt deine Seminararbeit, fragte Bungert unvermittelt.
Christa sah Ullrich an.
Scheiß doch der Hund drauf, sagte Ullrich. So was sollen die grauen Seminarmäuse schreiben, die Überfleißigen, die immer noch in den Bibliotheken hocken und Papa Goethe lesen. Die sind schon eingestaubt, die haben doch Patina angesetzt. Diese Fachidioten. Dabei sah Ullrich Bungert an, von dem Christa einmal gesagt hatte, er sei ein begeisterter Jurist.
Ein Eiffespruch liefert mehr als die ganze Iphigenie.
Bungert rauchte umständlich seine Pfeife an, dann lachte er: Sprüche.
Diese Sprüche seien so verzwickt hinterhältig, sagte Ullrich, daß schlichte Gemüter sie für simpel hielten.
Bungert blies verächtlich den Rauch in die Luft.
Christa sagte vermittelnd, sie fände die Sprüche lustig.
Genau das sei die Qualität dieser Sprüche, betonte Ullrich, das Spielerische nämlich. Sie zu entdecken und zu lesen, an allen möglichen Stellen, das mache einfach Spaß. Man

müsse schon sehr vertrocknet sein, wenn man daran keine Freude mehr hätte.
Das sei denn doch etwas überzogen, meinte Christa.
Die Sprüche sind infantil, sagte Bungert. Das sind Kritzeleien wie auf den Toilettentüren. Aber die Toilettensprüche seien meist witziger als die Eiffesprüche.
Ullrich lachte viel zu laut. Er könne es einfach nicht verstehen, daß Bungert diese saudummen Klosettsprüche viel witziger fände.
Bungert sagte, er habe nicht gesagt, die Sprüche seien viel witziger, sondern er habe lediglich gesagt, daß sie witziger seien. Nichts weiter.
Christa behauptete, Bungert habe gesagt, die Sprüche seien manchmal witziger.
Als Ullrich wiederholen wollte, was Bungert seiner Meinung nach gesagt hatte, fiel ihm Bungert ins Wort und sagte, sie sollten sich nicht länger um Worte streiten, es gehe hier doch um grundsätzlichere Dinge.
Den Arm aufgestützt, die Pfeife in der Hand, redete er jetzt von der Staatstheorie Carl Schmitts.
Dabei blickte er ausschließlich in Christas Richtung.
Bungert der Pfeifenraucher.
Bungert der Sportwagenfahrer.
Bungert in seiner geschmackvoll eingerichteten Zweizimmer-Neubauwohnung.
Bungert, der englische Tweedjacken trägt und darunter weiße Hemden mit einem Nadelstreifen.
Bungert sagt, die Probleme lägen tiefer, viel tiefer sogar.
Dieser Lackaffe, dachte Ullrich, jetzt müßte sie doch merken, was das für ein Arsch ist.
Christa hörte aufmerksam zu.
Ullrich war Bungert schließlich ins Wort gefallen. Man müsse sich und die Verhältnisse ändern, und zwar radikal. Das könne man nicht durch Reden erreichen.
Er hatte, während er sprach, mit der Faust gestikuliert, wie Petersen. Christa hatte genickt.

Sie erzählte, daß die von der Humanistischen Union eine Stelle eingerichtet hätten, wo man per Telefon die Adressen von Ärzten abrufen könne, die Antibabypillen verschrieben.
Immerhin, sagte Bungert, das Weinglas in der einen, die Pfeife in der anderen Hand, immerhin.
Was heißt hier immerhin, sagte Ullrich.
Zum Beispiel das Wissmann-Denkmal, sagte Bungert und steckte sich wieder die Pfeife in den Mund, das Wissmann-Denkmal umzureißen, das sei glatte Sachbeschädigung.
Was sind denn das für Sachen, rief Ullrich erregt, das ist doch ein faschistisches Denkmal.
Als er das Wort faschistisch aussprach, vorsichtig, weil es noch neu war, glaubte er, jetzt müsse Bungert verstummen. Als könne es da einfach keinen Widerspruch mehr geben.
Aber Bungert sagte: Es gibt immer zwei Seiten.
Schade, sagte Christa.
Wieso schade?
Sie habe als Kind, wenn sie mit ihren Eltern die Großmutter in Hamburg besuchte, immer den Onkel mit dem Tropenhelm sehen wollen. Auf sie habe das alles sehr feierlich gewirkt. Der Löwe und der Neger, der den Löwen mit einer Fahne zudeckt.
Den Löwen haben wir liegenlassen, sagte Ullrich, und es fiel ihm auf, daß er wir gesagt hatte.
Plötzlich redeten beide auf Ullrich ein.
Sprach Bungert, nickte Christa mit dem Kopf, und Bungert nickte, wenn Christa sprach.
Bungert behauptete, das sei das Werk von Neurotikern.
Christa nickte.
Wen so ein Denkmal nicht störe, der sei einfach angepaßt, der habe schon zwei Pfund Zement im Kopf, sagte Ullrich.
Bungert lächelte, hielt seine Pfeife vor sich in die Höhe und trank einen Schluck Rotwein.
Bungert sagte, er sei nicht sicher, ob Ullrich wirklich das

meine, was er sage. Vielleicht habe Ullrich noch andere Gründe. Er sah dabei Christa an.
Er habe jedenfalls Verständnis dafür, daß Ullrich ihn so polemisch angreife. Er stellte das Glas auf den niedrigen Teakholztisch, lehnte sich im Sessel zurück und schlug wieder die Beine übereinander. Dann steckte er sich die Pfeife in den Mund.
Christa sagte, sie würde sich jetzt so lange draußen auf den kalten Balkon setzen, bis das Thema gewechselt werde.
Die Vereinfachungen, die gerade beim SDS gemacht würden, seien grandios. Mit Gewalt könne man nichts ändern, sagte Bungert.
Warum geht sie nicht auf den Balkon, dachte Ullrich.
Bungert sprach ganz ruhig und drehte den Pfeifenstopfer in der Hand.
Toleranz zum Beispiel sei etwas, das unabdingbar sei.
Er lächelte Ullrich jetzt freundlich an.
Er lasse sich da kein X für ein U vormachen. Das andere seien Kindereien.
Scheißliberaler, sagte Ullrich.
Bungert nahm die Pfeife aus dem Mund.

6

Es hatte aufgehört zu schneien. Die Luft war kalt und klar. An einigen Stellen war das schmutzige Grau der Wolkendecke aufgerissen und der blaue Himmel leuchtete hindurch. Gleichmäßig und unberührt lag der Schnee auf dem Bürgersteig.

Die Schaufenster der Geschäfte waren mit Tannengrün, farbigen Tannenbaumkugeln und bunten Papiersternen dekoriert. Ein kalter Wind wirbelte Schneefahnen hoch. Niemand war zu sehen.

Ullrich stapfte durch den Schnee. Er suchte das Haus, in dem Conny und die anderen wohnten. Er kannte den Namen der Straße, nicht aber die Hausnummer.

Frohe Weihnachten, las er auf einem Schild, das zwischen Perücken in einem Frisiersalon stand.

Jesus von Nazareth macht die Geschäftsherrn fett

Am Tag vor Heiligabend hatten sie mit Schildern und Flugblättern auf der Mönckebergstraße gestanden. Ullrich hatte ein großes Pappschild auf der Brust getragen mit der Aufschrift:

Jesus war ein Leidensmann
Schulden bringt der Weihnachtsmann

Ullrich hatte den Passanten Flugblätter entgegengehalten. Aber die Leute waren ihm mit verbissenen Gesichtern beharrlich aus dem Weg gegangen.

Ullrich meinte, daß sie ihn feindselig angestarrt hätten. Zunächst hatte er ihnen ins Gesicht gesehen, wie damals, als er vor der Mensa die Flugblätter verteilt hatte. Aber dann bemerkte er, daß sie, wenn sie sein Schild lasen, einen Bogen machten. Er stand wie auf einer Insel in dem hastigen Gedränge.

Er kam sich plötzlich wie entblößt vor mit diesem Schild um den Hals.

Drüben hinter dem kleinen Klapptisch stand Erika. Sie blies in die Hände und trat von einem Bein aufs andere. Den Klapptisch hatten sie mit Papierbahnen verkleidet, auf denen geschrieben war:

Schluß mit dem Bombenterror auf Vietnam!
Schämen die sich, fragte sich Ullrich, wenn die mit ihren Tüten und Paketen an dem Stand vorbeigehen, wenn sie das lesen oder das grauenvolle Foto von dem verbrannten vietnamesischen Kind sehen?
War es ihnen peinlich, seinem ausgestreckten Arm mit dem Flugblatt auszuweichen, so wie es ihm peinlich war, hier zu stehen, mit dem Schild um den Hals?
Sie hatten lange darüber diskutiert, ob man eine Aktion gegen den Konsumterror oder gegen den Bombenterror machen sollte. Conny war für eine Aktion gegen den Konsumterror. Petersen für eine Vietnamaktion. Sie hatten schließlich beides gemacht. Ullrich hatte damals Conny zugestimmt.
Jetzt war er plötzlich überzeugt, daß er mit dem Schild: *Schluß mit dem Vietnamkrieg* weniger verlegen dagestanden hätte.
Die Waitzstraße war sehr lang. An die kleinen Häuser mit den Geschäften gegenüber dem Bahnhof schlossen sich Villen an, die tief in den verschneiten Gärten standen. Die Tannen und die Rhododendronbüsche trugen dicke Schneekappen. Von der Elbe her das Tuten der Schiffe.
Was die uns voraushaben, hatte Conny eines Abends im *Cosinus* gesagt, das ist der sichere Geschmack und das Geld, um den Geschmack zu befriedigen. Die können nicht nur ihre Bedürfnisse befriedigen, die können auch neue ausbilden.
Petersen hatte von seinem Apfelsaft genippt und gesagt: Fragt sich, ob das die wirklichen Bedürfnisse der Menschen sind und nicht die Bedürfnisse des Profits.
Sehr richtig, hatte Conny gesagt, darum sammel ich auch Kochbücher.
Conny kann hervorragend kochen, das erzählten alle. Seine Spezialität seien chinesische Gerichte.
Petersen berichtete von dem englischen Frühstück, das Conny jeden Morgen esse. Es sei phantastisch, was der sich

alles auf den Tisch stellt, und dann die Zubereitung, richtig sakral. Alles sehr luxuriös, etwas sehr.
Das ist ein Savonarola, hatte Conny gesagt, der ißt jeden Morgen nur Cornflakes mit Milch.
Ullrich war hungrig. Er war frühmorgens mit dem ersten Zug von Braunschweig nach Hamburg gefahren. Er fror. Er war gefahren, obwohl ihn seine Mutter gebeten hatte, doch zu bleiben. Er war trotzdem gefahren.
Ullrich hatte die Straße schon zum zweitenmal abgesucht. Er hatte vermutet, das Haus, in dem Conny und die anderen wohnten, müsse alt und verfallen sein. Aber in dieser Straße gab es kein verfallenes Haus.
Sollte er nicht einfach irgendwo klingeln und nach einer Kommune fragen, oder nach einem jungen Mann, mit langen schwarzen Haaren und einem dunklen Bart, der stets eine Schaffellweste trägt? Conny und die anderen mußten in dieser Gegend doch auffallen. Aber dann dachte er daran, daß die meisten jetzt am ersten Weihnachtstag, kurz nach elf, noch am Frühstückstisch sitzen würden.
Eiffe der Bär behauptet: Ganz ohne Christkind geht die Chose nicht!
Ullrich war erst am Heiligen Abend nach Hause gefahren. Er hatte sein Mansardenzimmer vorzeitig geräumt (der Sohn von Frau Zollgreve kam über Weihnachten nach Hause). Ullrich hatte seine Sachen bei Christa untergestellt. Er hatte endlich ein Zimmer mit einem separaten Eingang in der Nähe der Universität gefunden. Am ersten Januar wollte er dort einziehen. Frau Zollgreve hatte ihm nicht einmal die Hand gegeben, als er sich verabschiedete.
Zu Hause waren alle schon in der üblichen Aufregung gewesen. Türen waren verschlossen. Geheimnisvolles Rascheln. Der Duft des Gänsebratens. Schließlich der brennende Weihnachtsbaum. Das Leuchten der Kerzen. Die Augen seiner Mutter.
Während der Bescherung, wie sie immer noch sagte, mußte sie nochmals in die Küche laufen.

Ullrichs Vater: Nun setz dich doch auch mal, Mutter.
Sie müsse nach dem Gänsebraten sehen, sagte sie, und dann entschuldigend: Ich bin auch gleich fertig.
Ullrichs Vater knotete vorsichtig das Goldband an einem Päckchen auf. Dann legte er wie jedes Jahr eine Platte mit Weihnachtsliedern auf, und sie hatten alle um den Tisch sitzend gesagt, wie schön das sei.
Manfred hatte die Augen verdreht. Auch Ullrich hatte gesagt, es sei ein schönes Fest, aber düster und nachdem seine Mutter ihn mehrmals dazu aufgefordert hatte.
Ein richtiges Familienfest, sagte sein Vater, und das soll es auch bleiben.
Schön.
Ullrich dachte daran, wie er auf der Mönckebergstraße gestanden hatte, mit einem Schild um den Hals:
Jesus war ein Leidensmann
Schulden bringt der Weihnachtsmann
Er dachte an ihren Stand mit diesem entsetzlichen Foto.
Sie hatten sich plötzlich angeschrien, Ullrich und sein Vater. Die Kerzen waren noch nicht abgebrannt. Die erschrockenen Augen seiner Mutter.
Ullrich stapfte durch den Schnee. Er las die Namensschilder an den Gartenpforten. Er wußte nicht einmal, ob Conny in einem Haus mit einer geraden oder ungeraden Nummer wohnte. Er mußte das Haus finden. Einen Augenblick befürchtete er, daß auch Conny und Petersen und die anderen nach Hause gefahren sein könnten.
Nach der Aktion auf der Mönckebergstraße hatten sie bedrückt im *Cosinus* gesessen.
Plakate und Flugblätter richten nichts aus, hatte Conny gesagt. So erreicht man die nicht. Da müssen andere Mittel her. Man muß die Schaufenster einschmeißen. Man muß die Regale in den Kaufhäusern abräumen und die Sachen unter die Leute verteilen: Alles für den Kunden, das muß man ganz wörtlich nehmen. Man muß die beim Wort nehmen.

Ullrich lief nochmals die Waitzstraße hinunter und beobachtete diesmal die Fenster der Villen. Schließlich fand er eine alte weißgestrichene Villa, hinter deren Fenster keine Gardinen hingen. Auch konnte er hinter dem großen Wohnzimmerfenster keinen Weihnachtsbaum entdecken. Er suchte an der Gartenpforte nach einem Namensschild, fand keins, ging durch den Vorgarten zur Haustür und klingelte. Er wartete. Seine Ohren schmerzten vor Kälte. Er klingelte nochmals.
Endlich wurde die Tür geöffnet. Es war Conny.
Du, ich denk, du sitzt zu Hause unterm Weihnachtsbaum.
Saß ich auch, sagte Ullrich, aber jetzt.
Komm rein, du bist ja schon fast erfroren.
Im Wohnzimmer, einem großen Raum, stand ein Mädchen in Jeans und zog sich einen Pullover über den nackten Oberkörper.
Willst du warm baden, fragte ihn Conny.
Ich hab euch gestört, sagte Ullrich plötzlich unsicher.
Wir hätten doch nicht aufgemacht, wenn wir gebumst hätten, sagte Conny, und dann auf das Mädchen zeigend: Das ist Renate.
Sie zog ihre langen schwarzen Haare unter dem Pullover hervor, schüttelte sie zurecht und gab Ullrich die Hand.
Auf dem graubraunen Teppich lagen bunte Schallplattenhüllen, Bücher, Zeitschriften, Schallplatten, ein Lippenstift, ein kleiner Taschenspiegel, farbige Gläser standen am Boden, eine dickbauchige Rotweinflasche und eine große Mao-Büste.
Ein süßer, schwerer Duft war im Zimmer. Wie Weihrauch, dachte Ullrich. Er fühlte sich wohl.
Im Nebenzimmer lag eine breite Matratze auf dem Boden.
Habt ihr die Türen ausgehoben?
Ja, sagte Conny, fast alle. Man muß mal durchlüften, die Räume und sich.
Wird das nicht teuer mit der Heizung?

Darauf kann man keine Rücksicht nehmen.
Connys Vater war Oberlandesgerichtsdirektor.
Renate war ins Nebenzimmer gegangen, wo diese breite Matratze am Boden lag. Conny bürstete sich das Haar vor einem großen runden Spiegel.
Die Wände waren cremefarbig gestrichen. Nur ein Bild hing an der Wand. Ein großes Bild in Form eines Halbkreises. Es zeigte in leuchtenden Ölfarben einen Plastikelefanten und einen alten Schuh auf einem Holzbrett.
Ullrich probierte die ledernen Sitzsäcke aus. Sie paßten sich der Sitzhaltung an und ließen sich beliebig verformen. Man konnte sogar darin liegen.
Hier ist wenigstens der Fußboden ausgenutzt, sagte Ullrich und hob ein offenes Buch auf: Che Guevaras Tagebuch.
Und die anderen, fragte Ullrich.
Petersen sitzt oben und liest, die anderen feiern zu Hause bei Muttern.
Hast du schon gefrühstückt?
Nein, noch nicht. Ich bin gleich morgens losgefahren.
Ja, Weihnachten, sagte Conny, zog sich über sein rotes Hemd die Schaffellweste und ging vor Ullrich in die Küche.
Auge um Auge, Zahn um Zahn, das wünscht Eiffe allen Weihnachtsmännern
Nicht schlecht, sagte Conny.
Schön, eure Küche, sagte Ullrich.
Auf dem Tisch stapelte sich ungespültes Geschirr, Teller, Tassen, Gläser, Töpfe. An der Wand standen mit Abfällen überfüllte Plastiktüten.
Gemütlich, sagte Ullrich.
Ja, sagte Conny, aber Bussmann hat nicht abgewaschen, der ist einfach so abgehauen. Die faule Sau. Wenn der denkt, daß jetzt Petersen und ich abwaschen, dann hat er sich geschnitten. Wir lassen den Dreck so stehen, bis der wiederkommt.
Und Erika, fragte Ullrich.

Ist auch zu Hause. Spül mal drei Tassen ab. Teller gibt es noch im Schrank.
Schnieke, das Mädchen, sagte Ullrich.
Dich hat die Weihnachtsgans ja ganz schön hochgebracht, mein lieber Schwan.
Ullrich ließ heißes Wasser ins Spülbecken laufen.
Kann ich bei euch ein paar Tage unterkriechen?
Klar, du kannst oben in Erikas Zimmer schlafen.
Conny hatte die Pfanne auf die Flamme gestellt (richtig Kochen kann man nur auf Flamme, Elektro geht nicht) und legte Speck hinein.
Es war unerträglich gewesen zu Hause.
Glaub ich, sagte Conny, Renate ist auch weggelaufen. Er schlug sechs Eier auf den bruzzelnden Speck.
Mit fettglänzendem Mund hatte Ullrichs Vater seine Frau gelobt: Mutter, das ist eine Pracht, ganz ausgezeichnet.
Neben dem Gummibaum hatte der Weihnachtsbaum gestanden, mit Kugeln und Silberlametta, eine große, geradgewachsene Tanne, die seine Mutter, wie immer, schon vor Tagen ausgesucht und dann auf den Balkon gestellt hatte.
Als Junge mußte Ullrich gemeinsam mit seinem Bruder vor der Bescherung ein Gedicht vor dem Tannenbaum aufsagen. Dabei durften sie aber nicht zu dem Gabentisch hinübersehen. Noch vor der verschlossenen Wohnzimmertür hatten sie das Gedicht geübt. Ein Gedicht, das sein Vater auszusuchen pflegte. Und immer war Ullrich vor dem geschmückten Tannenbaum beim Aufsagen hängengeblieben. Auch dieses Stottern und seine Angst gehörten zu dem Weihnachtsfest, wie es sich sein Vater wünschte.
Renate kam in die Küche und hockte sich auf einen Küchenstuhl.
Sie zog die Füße auf den Stuhl und stützte das Kinn auf die Knie.
Er ist ebenfalls von zu Hause weggelaufen, sagte Conny vom Herd her und hantierte mit der Bratenschaufel herum.
Ja?

Conny hatte sie am Tag vor Heiligabend im *Top-Ten* kennengelernt.
Zu Weihnachten kommt immer das Christkind über meinen Vater, sagte sie, der stellt Küchenmöbel her.
Ullrich lachte.
Warum lachst du?
Meiner verkauft sie nämlich.
Ihr müßt euch zusammentun, sagte Conny und streute Pfeffer und Salz auf die Spiegeleier. Ihr könnt so die Monopolisierung beschleunigen.
Das bringt nichts, bei der Klitsche meines Vaters, sagte Ullrich, außerdem sind wir doch gerade beide weggelaufen.
Conny hatte Käse, Butter und drei verschiedene Marmeladensorten auf eine Ecke des Tisches gestellt. Er suchte einen Kaffeefilter.
Ullrichs Vater hatte die letzten Tage vor Weihnachten gelobt, da sei noch was reingekommen. Der Schornstein müsse ja rauchen, hatte er gesagt, aber dann sorgenvoll: Die Schulden, diese Schulden.
Machen sich deine Eltern keine Sorgen, fragte Ullrich Renate.
Natürlich. Aber sie sei schon einmal abgehauen. Außerdem habe sie ihren Eltern eine Weihnachtskarte mit einem Engel drauf geschickt. Schöne Weihnachtsgrüße und so. Sie habe die Nase voll davon. Im nächsten Jahr mache sie ihr Abitur, dann wolle sie gleich ausziehen.
Riecht gut, sagte Ullrich und beobachtete, wie Conny den Kaffee aufgoß. Donnerwetter, sogar richtiger Kaffee.
Du trinkst natürlich Nescafé, du alter Barbar.
Conny holte Orangensaft aus dem Eisschrank.
Jesus war ein Leidensmann
Schulden bringt der Weihnachtsmann
Ullrich war von einem älteren Mann angeschrien worden. Zuerst hatte er gar nicht verstanden, was der Mann schrie. Er hatte auf Ullrichs Plakat gezeigt. Dann verstand Ullrich: Du kleiner Klugscheißer. Arbeite erst mal.

Ullrich stand wie gelähmt. Er sah die neugierigen Gesichter der Menschen um sich herum. Er hatte Angst.
Conny hatte den Alten verscheucht: Verschwinde, Opa, du ruinierst nur deine Stimmbänder.
Ein typischer Altfascho, hatte Conny später behauptet. Ullrich hatte das bezweifelt, aber nicht widersprochen. Er hatte sich später darüber geärgert, daß er den Mann nicht gefragt hatte, warum der ihn für einen Klugscheißer hielt.
Conny legte mit der Bratenschaufel die Spiegeleier mit Speck auf die Teller und holte dann vom Herd einen kleinen Topf mit weißen Bohnen.
Das berühmte englische Frühstück, sagte Ullrich. Von dem schwärmt Petersen immer.
Als ob der schwärmen könnte. Der mit seinen ewigen Cornflakes. Für den ist doch schon ein Stück Toast ein opulentes Mahl.
Der Kaffee ist gut, sagte Ullrich.
Ihm wurde langsam warm.
Renate verschluckte sich und ließ sich von Ullrich den Rükken klopfen.
Ullrich aß ein Toast mit englischer Orangenmarmelade. Er sah in den verschneiten Garten. Conny hatte *The Byrds, Younger Than Yesterday* aufgelegt.
Herrlich, sagte Ullrich, habt ihr das hier.
Er ist ein Schwärmer, sagte Conny. Und dann, zu Renate gewandt und auf ihre Brustwarzen zeigend, die sich unter dem Pullover abzeichneten: Ist dir kalt?
Nein, sagte sie.
Conny sagte: Aha, fuhr ihr mit der Hand unter den Pullover und rubbelte ihren Rücken.
Ullrich stellte sich vor, daß jetzt auch Christa in Ratzeburg frühstückte, mit dem Blick auf den zugefrorenen See. Sicherlich würde sie ihren Eltern von der Aktion auf der Mönckebergstraße erzählen. Christa hatte mal vorbeigeschaut, als Ullrich mit dem Plakat um den Hals auf der Mönckebergstraße stand. Vermutlich würden ihre Eltern

lachen. Und draußen kracht das Eis des Ratzeburger Sees.
Er sieht traurig aus, sagte Renate.
Er hat Heimweh und Liebeskummer, sagte Conny.
Liebeskummer?
Ja, er liebt eine, aber sehr aus der Ferne. Sehr mittelalterlich.
Renate behauptete, Ullrich sähe Walther von der Vogelweide ähnlich. Das Bild von dem finde sie irrsinnig gut.
Hier werden endlich deine Qualitäten erkannt, sagte Conny.
Ullrich lachte und schenkte sich noch eine Tasse Kaffee ein.
Ich werde mir im neuen Jahr sofort eine Kaffeekanne und einen Filter kaufen.
Ist sie hübsch, fragte Renate.
Unbedingt, sagte Conny. Sie hat eigentlich nur einen Fehler. Sie hat einen festen Macker. Das heißt, sie hat noch einen Fehler. Sie ist dem Macker auch noch treu.
Könnt ich gar nicht, treu sein, sagte sie und sah Ullrich an.
Ullrich hörte auf zu kauen.
Hier, sagte sie und reichte ihm ein Aprikosentoast über den Tisch.
Schön ist das, so gemeinsam zu frühstücken, sagte Ullrich.
Ullrich erzählte, wie er sich mit seinem Vater gestritten hatte.
Sein Vater habe gesagt, damals habe man noch Weihnachten feiern können oder so ähnlich. Er habe ihn daraufhin gefragt, wann das gewesen sei. Unvergeßlich, habe sein Vater gesagt und dabei zum Weihnachtsbaum hinübergesehen, unvergeßlich sei ihm die letzte Kriegsweihnacht geblieben, vierundvierzig, damals.
Da hab ich ihn angeschrien. Ich hab gesagt, er solle doch nach Vietnam fahren, da hätte er seine Kriegsweihnacht.
Am nächsten Morgen hab ich den ersten Zug genommen. Ich war erleichtert. Nur meine Mutter tut mir leid.

Petersen kam in die Küche.
Er machte Augen, als er Ullrich sah.
Ja, sagte Ullrich.
Schön, sagte Petersen und gab Ullrich die Hand.
Hier riechts ja wieder, sagte er und ging schnüffelnd zum Herd, in der Hand ein Buch, in das er einen Finger gesteckt hatte.
Gut, was, sagte Conny.
Petersen hob einzeln die Marmeladengläser hoch.
Englische Orangenmarmelade, feudal, feudal.
Der neue Mensch, sagte Conny, muß sich nach allen Richtungen entfalten. Wollt ihr einen Joint?
Nein, sagte Petersen, danke.
Auch Ullrich schüttelte den Kopf.
Hast du schon deine Körner gefuttert, fragte Conny, einen Joint drehend.
Petersen sagte beim Hinausgehen: Was hast gerade du eigentlich gegen Konsumterror?
Conny lachte: Dieser Asket.
Sie setzten sich in den Gemeinschaftsraum. Conny und Renate auf dem Sofa verhäkelt, ihren Joint rauchend, Ullrich mit einer Zigarette auf dem Boden. Conny hatte die neueste Platte von Frank Zappas *Mothers of Invention* aufgelegt.
Alle reden vom Wetter
Wir nicht
Sozialistischer Deutscher Studentenbund.
Das Plakat mit den Köpfen von Marx, Engels und Lenin hatte an einer der Wände im Keller gehangen. Der Fußboden war übersät mit breitgetretenen Kippen, die Luft grau von dem Qualm der Zigaretten und Pfeifen. Alle Stühle waren besetzt. Petersen hatte zu Ullrich gesagt: Komm doch mal vorbei. Wir diskutieren morgen über die kritische Universität.
Ullrich hatte sich den ganzen Tag darauf gefreut. Endlich war er aufgefordert worden, in den Keller zu kommen.

Er hatte mit anderen in der Nähe des Eingangs gestanden und die Diskussion verfolgt. Man wollte eine Gegenuniversität aufbauen. Dort sollte das erarbeitet werden, was die Universität nicht leistet. Plötzlich wurde aber über die Sowjetunion diskutiert. Conny hatte behauptet, in der Sowjetunion habe sich eine neue Klasse gebildet, die Funktionäre. Das Proletariat werde unterdrückt. Lister hatte auf einmal rote Flecken im Gesicht. Er sprach von der Arbeiterklasse und ihren Verbündeten, insbesondere der Sowjetunion, ohne deren Hilfe könne sich keine revolutionäre Bewegung behaupten, nicht in Vietnam, nicht in Kuba. Ullrich konnte Lister nicht mehr verstehen, weil im Raum gelacht und gebrüllt wurde.
Petersen hatte dann gesagt: Die Zweckrationalität der Systeme, sowohl der kapitalistischen als auch der sozialistischen, könne nur durch Gruppen gesprengt werden, die noch nicht angepaßt und der jeweiligen Herrschaftslogik unterworfen seien. Denn nur die ermögliche letztlich die Herrschaft des Menschen über den Menschen. Es war sofort ruhig geworden, als Petersen zu reden begann.
Es gibt eine konkrete Utopie und es gibt ein realisierbares Glück für alle: Eine befriedete Welt, eine Welt ohne Ausbeutung und Unterdrückung.
Ullrich streckte sich auf dem Boden aus, verschränkte die Arme unter dem Kopf und betrachtete das halbkreisförmige Bild an der Wand: der Plastikelefant neben dem Schuh. Schwerer, süßlicher Haschischrauch trieb zu ihm herüber. Hin und wieder hörte er leises Lachen vom Sofa her.
Plötzlich begann oben im Haus eine Schreibmaschine zu klappern.
Auch das noch, sagte Conny, der muß jetzt seinen Leistungsdruck ablassen.
Jetzt müßte man die Tür zumachen können, sagte Renate.
Die Schreibmaschine knatterte.
Der schreibt Zehnfinger, sagte Ullrich.

Petersen macht alles mit zehn Fingern, sagte Conny und stand auf.
Er ging zum Fenster. Er schlug vor, spazierenzugehen.
Schön, sagte Ullrich, gehen wir spazieren.
Conny zog sich einen dicken roten Zopfpullover unter seine Schaffellweste.
Weißt du, sagte er zu Ullrich, wenn man leicht stoned ist und dann in die Sonne geht, das ist ganz ungeheuer. Da hast du plötzlich einen irrsinnig großen Kopf. Und da paßt alles rein.
Schade, daß du nicht geraucht hast, sagte Renate und fuhr Ullrich mit der Hand durchs Haar.
Der Wind war böig und kalt. Hochgetürmt lagen am Elbufer die schmutziggrauen Eisschollen.
Renate hatte Ullrich und Conny untergehakt. Sie gingen dicht aneinandergedrängt, leicht gegen den Wind gebeugt. Die festlich gekleideten Spaziergänger, die ihnen entgegenkamen, starrten sie an.
Wie die alle glotzen, sagte Ullrich, so.
Sie lachten.
Ullrich spürte durch die Mäntel hindurch Renates Körper. Sie hatte seinen Arm fest an sich gezogen. Er lachte. Wenn er zur Elbe hinübersah, hatte er ihr windgerötetes Gesicht dicht vor Augen.
Sie muß sich nicht schminken, dachte er, so schwarz sind ihre Wimpern.
Ein Tanker wurde von drei Schleppern den Strom hinaufgezogen. Eine Hafenfähre tutete. Das Kreischen der Möwen in der Luft.
Als Schüler sei er mal nach England getrampt, erzählte Ullrich. In Dover habe er in der Jugendherberge übernachtet. Die liege unmittelbar an dem Kreidefelsen. Nachts habe er nicht schlafen können. Die Luft habe gegellt vom Geschrei der Möwen, die in dem Felsen nisteten.
Es sei unheimlich gewesen.
Sie habe auch Angst vor Möwen, sagte Renate und sah

mit wehendem Haar in die Luft. Seit dem Hitchcock. Als die Möwen plötzlich die Frau im Boot angriffen. Und dann der tote Mann mit den ausgehackten Augen.
Eine Barkasse tuckerte vorbei. Der Tanker tutete zweimal lang. Die Sonne schien dünn und weißlich.
Wo ist dein Mädchen, fragte Renate.
In Ratzeburg, bei ihren Eltern.
Und warum fährst du nicht einfach hin?
Ja, warum eigentlich nicht, sagte Ullrich.
Walter von der Vogelweide sitzt halt und zögert, sitzt da, nachdenklich und *dachte bein mit beine,* sagte Conny.
Ullrich stellte sich vor, wie er mit Christa und Bungert hier spazierengehen würde. Sicherlich hätte Bungert seinen Arm um Christas Schulter gelegt.
Und Ullrich wäre nebenher gelaufen.
Ullrich würde sich über die Weihnachtsspaziergänger aufregen, die ihre neuen Nerzmäntel spazierenführten.
Bungert würde sagen, was solls.
Ullrich würde sich selbst ironisieren: Ich, der finstere Revolutionär.
Bungert würde nur durch die Nase schnaufen.
Christa würde nach neutralen Themen suchen: Die Aussicht vom Elbufer sei wirklich schön. Das lustige Tuckern der Barkasse. Aber in jedem Thema lag ein Konflikt.
So lustig sei das Tuckern nicht, würde Ullrich sagen, schließlich müßte da jemand arbeiten, während sie spazierengingen. Und schön sei die Aussicht nur für die Villenbewohner.
Bungert würde differenzieren.
Ullrich darauf: Dieses lauwarme einerseits, andererseits. Zum Kotzen.
Ullrich lachte und drückte Renates Arm: Es ist schön.
Auf den Eisschollen standen dünnbeinig die Möwen, flatterten auf, segelten, verhielten schwankend im Gegenwind und kurvten dann plötzlich hinunter aufs Wasser, dümpelten auf den dunklen Wellen.

Renate sagte, der Wind gehe durch Mark und Bein. Sie habe einen unheimlichen Jap auf einen Kaffee.
Ja, auf einen echten Conny-Filterkaffee.
Gut, sagte Conny, fahren wir nach Hause.
Sie habe kalte Hände, sagte Renate und schob die linke Hand in Connys Fellweste und die rechte in Ullrichs Parkatasche. Sie umfaßte seine Hand. Hand in Hand gingen sie zur Bushaltestelle. Renate sah Ullrich an und drückte seine Hand. Er zuckte leicht zusammen, aber dann drückte er ihre Hand und lachte sie an. Es war ihm egal, ob sie jetzt auch Connys Hand drückte. Sie sollte warme Hände haben.
Nachts lag Ullrich in Erikas Zimmer und hörte von unten, aus Connys Zimmer, ein Ächzen. Deutlich hörbar in diesem Haus ohne Türen, das kurze, gewaltsame Einatmen.
Wie eine Ertrinkende, dachte Ullrich.
Er nahm sich vor, am nächsten Morgen nach Ratzeburg zu fahren.

7

Ein feiner Nieselregen fiel. Verschwommen spiegelte sich das Licht der Straßenlaternen auf dem feuchten Asphalt.
Das Fenster im dritten Stock des großen, weißgestrichenen Hauses aus der Gründerzeit war noch immer dunkel. Die Gardine war nur halb zugezogen.
Eine gutbürgerliche Gegend, hatte Christa gesagt, als sie Anfang Januar bei Bungert ausgezogen und in dieses Zimmer eingezogen war.
Ullrich starrte zu dem dunklen Fenster hinauf.
Gleich rechts, wenn man hineinkam, stand das Sofa, vor dem Fenster der Schreibtisch mit dem Sessel. Links das warme gelbliche Licht der kleinen Stehlampe neben dem Bett. Die Bettdecke roch nach ihrem Parfum. (Heimlich hatte Ullrich einmal daran gerochen.)
Das Fenster war dunkel. Christa war noch immer nicht zu Hause. Ullrich fror. Ein leichtes Kratzen in seinem Hals kündigte eine Angina an. Sein rechter Schuh war durchnäßt. Wenn er die Zehen bewegte, spürte er das glitschige Leder.
Eiffe der Bär sagt: Bis hierher und noch weiter
Wer ist Eiffe?
Ullrich sah die dunkle Straße hinauf. Niemand war zu sehen.
Lächerlich, dachte Ullrich, wie ich hier im Regen stehe und warte.
Hunde haben angeblich einen Knochen im Penis.
Ich Idiot, sagte Ullrich laut. Er nahm sich vor, sofort nach Hause zu gehen. Aber er blieb stehen. Vielleicht würde sie gerade im nächsten Augenblick um die Ecke kommen.
Der See war fast ganz zugefroren gewesen. Ullrich hatte sich ihn viel größer vorgestellt. Am anderen Ufer zogen sich verschneite Wälder bis ans Wasser. Rechts auf einer kleinen Halbinsel stand der berühmte Backsteindom.
Gestern ging das Wasser noch bis dahin, hatte Christa gesagt.

Trägt das Eis schon?
Das muß man ausprobieren.
Es knackte und knisterte.
Vorsicht, rief Ullrich, am Ufer stehend, sei vorsichtig.
Komm, rief sie, es trägt schon.
Das Eis bog sich unter Ullrichs Füßen, eine dünne, elastische Schicht auf dem Wasser. Ullrich konnte auf den Grund sehen: Steine, Algen, ein alter Kahn.
Sie stand auf dem Eis, die Hände in ihrem Fuchsmantel. Ullrich war langsam auf sie zugegangen. Er sah ihre ängstlich überraschten Augen. Sie zog die Hände aus den Taschen und streckte sie ihm abwehrend entgegen.
Vorsichtig, sagte sie.
Das Eis knackte.
Er umarmte sie.
Vorsichtig, murmelte sie, wenn wir einbrechen.
Das Eis schien sich unter ihren Füßen zu bewegen. Ihre kühlen Wangen. Aber ihr Mund war ganz warm.
Unter ihnen die dunkelgrünen Algen, wie ein dichter Wald.
Sie hatten ganz still gestanden.
Siehst du, hatte Ullrich gesagt, als sie vorsichtig, Hand in Hand, zum Ufer zurückgingen, es trägt uns beide.
Kurz vor dem Ufer war er dann doch eingebrochen. Mit dem rechten Bein. Christa war ans Ufer gesprungen. Er hatte versucht, vorsichtig das Bein aus dem Wasser zu ziehen, war dabei auch noch mit dem anderen Bein eingebrochen. Er stand bis zu den Waden im eiskalten Wasser.
Ich mach mich naß, rief Christa vom Ufer her.
Er war dann einfach durch das splitternde Eis hindurch ans Ufer gewatet.
Einen Moment glaubte Ullrich, daß sich oben, hinter dem dunklen Fenster, die Gardine bewegt habe. Vielleicht war sie gar nicht weggegangen, vielleicht stand sie jetzt hinter der Gardine und beobachtete ihn, wie er hier unten im Regen stand und hinaufstarrte. Vielleicht hatte sie einfach das Licht ausgemacht.

Was an einem Tag wie abgesprochen, wie Einverständnis schien, galt am nächsten Tag schon nicht mehr. Es war, als hätte sie alles vergessen.
Die anderen würden jetzt im Keller sitzen und diskutieren. Und er stand hier im Regen. Beknackt.
Ich weiß nicht, was ich tun soll, hatte sie gesagt. Sie sei nicht sicher. Das alles sei so schwierig, Ullrich müsse das verstehen, immerhin kenne sie Bungert schon seit sechs Jahren.
Vielleicht saß sie jetzt auf Bungerts zotteligem Teppich.
Ullrich versuchte, an etwas anderes zu denken.
Eifersucht resultiert aus Besitzanspruch. Besitzanspruch resultiert aus Privatbesitz. Eifersucht ist falsches Bewußtsein, versuchte er zu denken, aber dann stellte er sich vor, daß er Bungert beleidigen würde, daß er Bungert eine in die Fresse hauen würde. Er würde Bungert die Pfeife aus dem Maul schlagen.
Ullrich lachte plötzlich, ein kurzes wütendes Lachen.
Eifersucht ist falsches Bewußtsein, und trotzdem stehe ich hier. Er spürte das Kratzen im Hals. Vielleicht war sie wirklich im Zimmer. Vielleicht war sogar Bungert im Zimmer. Warum war die Gardine nicht ganz zugezogen? Er ging über die Straße. Wütend drückte er den Daumen auf den Klingelknopf. Das Klingeln war im ganzen Haus zu hören. Wäre sie im Zimmer, sie müßte jetzt öffnen. Ihre Wirtin würde sie fragen, was los sei, warum sie nicht die Haustür öffnete.
Ullrich ging zur anderen Straßenseite und sah wieder hinauf. Neben Christas dunklem Zimmer war jetzt ein anderes Fenster erleuchtet, dort stand Christas Wirtin und sah hinunter.
Ullrich ging schnell die Straße hinauf. Er wollte den Weg gehen, den er schon zweimal gegangen war. Er wollte dann noch einmal zurückkommen.
Eiffe sagt A und B und dann das ganze ABC
Ullrich war am zweiten Weihnachtstag schon am frühen Morgen nach Ratzeburg gefahren.
Hinter dem verschmutzten Abteilfenster zog eine leicht

hügelige Landschaft vorbei. Feldervierecke, eingefaßt von Knicks. Unter der dünnen Schneedecke zeichnete sich die schwarzbraune Schraffur der Ackerfurchen ab.
Von einem Gehölz stieg ein Krähenschwarm auf, hing einen Augenblick wie eine schwarze Fahne am grauen Himmel.
Ullrich hatte die Füße auf das Plastikpolster der Sitzbank gegenüber gelegt. Das Abteil war ausgefüllt vom Rattern und Stoßen der Räder. Es roch nach kaltem Zigarettenrauch.
Conny und Renate hatten noch geschlafen. Er hatte ihnen einen Zettel auf den Küchentisch gelegt.
Vom Hauptbahnhof hatte er Christa angerufen. Ob ihre Einladung auch für den zweiten Weihnachtstag gelte. Da war eine kleine Pause gewesen, ein Zögern, dachte Ullrich und sah zum Abteilfenster hinaus.
Natürlich, hatte sie dann gesagt, sie freue sich, auch ihre Eltern, hatte sie hinzugefügt.
Er wolle endlich den Ratzeburger See sehen.
Den Wunsch nach einer besseren Welt haben nur die, die mit der bestehenden nicht zufrieden sind.
Christa hatte ihn vom Bahnhof abgeholt, schon von weitem winkend. Sie trug einen Rotfuchsmantel.
Jesus von Nazareth
macht die Geschäftsherrn fett
Ich weiß, sagte sie, ich wollte ihn zuerst auch nicht anziehen. Aber was solls. Irgendwann hätte ich ihn ja doch angezogen. Das schlechte Gewissen bleibt.
Aber er ist schön, sagte Ullrich, und vor allem schön kurz.
Ja, sagte sie und schön unpraktisch. Ist verdammt kalt. Sie schloß ihr VW-Cabrio auf.
Ullrich dachte an Ingeborg. Ingeborg, die auch an kalten Wintertagen kurze Röcke trug und sich dann ihren Slip mit Watte ausstopfte.
Das Haus von Christas Eltern stand tatsächlich am See. Ein großer, zweistöckiger Kasten. Am Eingang des Gartens ein Schild: Dr. med. Carriere

Ingeborg war sehr blaß gewesen, als sie aus dem Haus des Arztes gekommen war. Ullrich versuchte, sich an den Namen des Arztes zu erinnern.
Es war ekelhaft, hatte Ingeborg gesagt.
Christas Mutter öffnete die Tür.
Ullrich hatte sich Christas Mutter viel älter vorgestellt.
Sie gab Ullrich die Hand, eine kühle schmale Hand.
Schön, daß Sie uns mal besuchen.
Sie trug ein weinrotes Kleid aus einem weich fallenden Gewebe, fast eine Handbreit über den Kniekehlen.
Im Wohnzimmer kam ihnen Christas Vater entgegen, sagte: Willkommen, und drückte Ullrich fest die Hand. Ein kleiner Mann mit einer Stirnglatze, der sich mit erstaunlicher Geschwindigkeit bewegte. Er trug keine Jacke. Über den Gürtel hing ein beachtlicher Bauch.
Ullrich hatte sich vorgestellt, daß an den Wänden der Carrieres moderne Graphiken hingen, neben alten Stichen. Und schwere, solide Sessel, dezent arrangiert, einige ausgewählte Porzellanfiguren auf einer Kommode. Christa hatte ihm erzählt, daß ihre Eltern altes Porzellan sammelten.
Setzen Sie sich doch, sagte Herr Carriere.
Ullrich versank in einem großgeblümten Sessel. Durch das Fenster konnte man in den verschneiten Garten sehen. Rechts zog sich eine Bücherwand in einen kleineren Raum, in dem ein großer Eßtisch stand. An der Wand hing ein Ölgemälde, das einen würdig blickenden jungen Mann in einer altertümlichen Uniform zeigte. Daneben, aber nicht zu dicht, drei Holzstiche von Grieshaber, wie Christa erklärte.
Ullrich stand wieder auf und sagte, auf die Bücherwand zeigend: Gestatten Sie.
Ohne genau hinzusehen, zog er eines der in Leder gebundenen Bücher heraus.
Goethes Werke, die Ausgabe letzter Hand, sagte Christas Vater, der ebenfalls wieder aufgestanden war. Ein Erbstück, fügte er hinzu. Von seinem Großvater, der übrigens auch Arzt gewesen sei, in Lübeck, und dort, Ende des letzten

Jahrhunderts, einen literarischen Zirkel gegründet habe. Ein kunstbeflissener Mann, der selbst auch dilettiert habe. Ullrich dachte an den Eichenschrank seiner Eltern, hinter dessen grünlichen Butzenscheiben Dwinger und Simmel standen.

Und das, sagte Herr Carriere, sich plötzlich hochreckend und aus dem oberen Regal ein Buch herausziehend, das ist ein besonders seltenes Exemplar. Er hielt Ullrich einen schmalen, blaugebundenen Band hin, mit einem hellbraunen Lederrücken und gleichfarbigen Lederecken. Er zeigte Ullrich den Lederrücken mit der Goldinschrift: Kleist.

Ach, ja, sagte Ullrich zerstreut, interessant.

Kleist habe ich schon sehr früh gelesen, sagte Herr Carriere, schon als Schüler, in Lübeck, wo mein Vater eine Praxis hatte. Ich habe das sozusagen freiwillig getan, schon damals, und ich lese ihn auch heute noch mit Faszination und Gewinn.

Er blätterte vorsichtig: Und seltsam, ich entdecke immer neue Bedeutungen und finde neue Bezüge. Das wandelt und ergänzt sich von Jahrzehnt zu Jahrzehnt.

Herr Carriere reichte Ullrich das Buch. Ullrich hatte mit wachsender Unruhe zugehört. Er würde den Schein nicht bekommen. Er müßte wieder sein Examen verschieben, wenn er es überhaupt noch machen würde. Schnell stellte er das Buch wieder zurück.

Sie aßen zu Mittag in dem kleinen Raum, der sich an das Wohnzimmer anschloß. Bestecke mit eingraviertem altertümlich verschnörkeltem C lagen neben großen flachen Porzellantellern, auf denen englische Landschaften zu sehen waren. Herr Carriere schenkte Rotwein in die geschliffenen Gläser. Frau Carriere hatte in der Küche abgeschmeckt. Eine ältere Frau trug die Suppe herein.

Das ist unsere treue Frau Handke, sagte Frau Carriere.

Die Spargelcremesuppe löffelnd, dachte Ullrich, und wo ißt Frau Handke?

Frau Handke trug den Fasan herein. Dazu Kroketten, feine

Erbsen und Spargel. Einen Augenblick hatte Ullrich nicht gewußt, in welche Hand er die Gabel, in welche er das Messer nehmen mußte. Nach den flambierten Bananen waren sie aufgestanden und ins Wohnzimmer hinübergegangen. Frau Carriere hatte sich bei Ullrich untergehakt.
Hübsch, die Tanne, sagte Ullrich. Er versuchte sich vorzustellen, wie Conny sich hier verhalten würde.
Wenn Sie mögen, sagte Frau Carriere, dann fangen Sie doch schon ein bißchen mit dem Plündern an. Die Likörkringel kann ich Ihnen empfehlen. Die ißt mein Mann immer heimlich, und ich muß sie ebenso heimlich wieder aufhängen.
Obwohl Pappi nicht dürfte, sagte Christa und klopfte ihrem Vater auf den Bauch.
Herr Carriere lachte: Sie sehen, mit welchen Mitteln ich unterdrückt werde. Und das steigert sich noch, wenn meine Tochter kommt. Dann werde ich schier bewacht und vor den harmlosen Likörkringeln stehen gleich zwei Cerberusse. Aber wie ich sehe, Sie haben es da viel leichter, Herr Krause.
Ullrich stand verlegen da, während Christa und ihre Eltern lachten.
Mögen Sie einen Mocca Turk, fragte Frau Carriere Ullrich.
Setzen Sie sich doch, sagte Herr Carriere.
Ullrich versank wieder im Sessel.
Herr Carriere bot Ullrich eine Zigarre an, und als Ullrich ablehnte, nahm er sich selbst eine, löste bedächtig die Bauchbinde und erzählte von einem Patienten, der ihm, wie jedes Jahr, zwei Gänse zu Weihnachten geschenkt habe. Das sei hier durchaus noch Brauch.
Ullrich lächelte und sagte hin und wieder: Interessant.
Er versuchte, ins Gespräch zu kommen, zeigte auf das Ölbild und fragte: Wer ist das.
Himmel, sagte Frau Carriere lachend, diese Frage hätten Sie nicht stellen dürfen. Jetzt wird Ihnen die ganze Familiengeschichte derer von Carriere erzählt.

Ja, sagte Herr Carriere und knipste vorsichtig das Ende der Zigarre ab, wer fragt, bekommt die Geschichte erzählt, und wer nicht fragt, früher oder später auch.
Das unübersehbar schlichte Goldarmband von Frau Carriere klirrte.
Das ist eine Geschichte, sagte er und rauchte umständlich die Zigarre an, das ist eine Geschichte, wie aus einem Trivialroman. Frau Carriere lächelte Christa an, Christa lächelte Ullrich an. Ullrich erinnerte sich an das Abendessen bei seinen Eltern, als Christa ihn von München mitgenommen hatte. Die peinigenden Fragen seines Vaters. Hier wurde er nicht gefragt, hier mußte er nur zuhören. Hier standen auf einer Empirekommode Porzellanfiguren in zierlichen Rokokoposen. Hier bestand ein Einverständnis zwischen Christa und ihren Eltern, von dem Ullrich sich ausgeschlossen fühlte, obwohl sie ihn freundlich anlächelten.
Herr Carriere blickte auf die Glut seiner Zigarre, dann auf das Bild.
Das ist mein Ururgroßvater.
Nein, sagte Frau Carriere, dein Urururgroßvater.
Herr Carriere zählte die einzelnen Urs an den Fingern ab. Du hast recht, sagte er, es ist der Urururgroßvater. Derselbige war Franzose, fuhr er nach einer kleinen Pause fort, gebürtig in Besançon und Major in der großen Armee Napoleons. Mit eben dieser war er nach Lübeck gekommen, das, wie Sie vielleicht wissen, einmal französische Provinz war, wie übrigens auch Hamburg. In Lübeck bandelte er mit der Tochter eines Advokaten an und das blieb, wie nicht anders zu erwarten, nicht ohne Folgen. Aber noch bevor dieselben die Gestalt eines kräftigen Knaben annehmen konnten, mußte Monsieur Carriere seinem Kaiser nach Rußland folgen.
Herr Carriere trank von dem Mocca Turk, sagte: Ah, wunderbar, und dann nach einer kleinen Pause, leider habe auch ich einige Jahre unfreiwillig in Rußland verbringen müssen. Wissen Sie, sagte er, zu Ullrich gewandt, damals, in der Ge-

fangenschaft, hab ich mir geschworen, wenn ich hier rauskomme, dann werde ich den Rest meines Lebens sehr bewußt und sehr gründlich essen. Und auch trinken, ergänzte er lächelnd.
Ullrich hatte von Zeit zu Zeit gelächelt und genickt.
Ihm waren plötzlich die Diskussionen im Keller eingefallen, zornige, unbeherrschte Diskussionen. Faschistisch ist nicht nur die NPD und einige wildgewordene Kleinbürger, hatte Petersen gerufen, latent oder offen faschistisch sind fast alle staatlichen Institutionen. Da gibt es sogar in den Personen eine ungebrochene Tradition, in der Bundeswehr, bei den Richtern und Staatsanwälten, in der Verwaltung, in der Industrie. Blessing, Abs und andere, das war der Freundeskreis um Heinrich Himmler.
Warum versuch ich hier ständig zu lächeln, warum nicke ich immer mit dem Kopf? Andererseits ist das doch kein Faschist, dachte Ullrich, das ist doch ein freundlicher Liberaler.
Ja, und damit war sozusagen das Happy-End perfekt, sagte Herr Carriere abschließend, denn dem konnte sich auch der strenge Advokat nicht entziehen. Herr Carriere zog langsam an seiner Zigarre.
Eine romantische Familiengeschichte, sagte Frau Carriere und lächelte Ullrich an.
Da begann Ullrich von Schrader zu erzählen. Schrader, der Studienrat in Braunschweig. Im Sommer, bei gutem Wetter, kam Schrader in kurzen Khakihosen und mit einem Wehrmachtskoppel ins Gymnasium. Schrader hatte zwei Töchter, zwei farblose, blonde Mädchen, die stumm am Tisch saßen und den krümelnden Napfkuchen aßen, den Ullrichs Mutter gebacken hatte. Schrader mochte Napfkuchen. Schrader und Ullrichs Vater hatten gemeinsam zwei Jahre an der Ostfront gekämpft, wie Schrader sagte. In der einen Woche kamen Schraders zu ihnen. In der anderen Woche gingen dann Ullrichs Eltern mit Ullrich und Manfred, seinem jüngeren Bruder, zu Schraders. Schrader und Ullrichs Vater erzähl-

ten. Von damals. Die Frauen und die Kinder schwiegen. Schrader saß dann da, klein, knollennasig, mit blaugeädertem Gesicht. Als Ullrich damals von München gekommen war, hatte er Schrader wiedergesehen. Er war mit seiner Frau und den beiden Töchtern gekommen. Du mußt dich wenigstens einen Augenblick dazusetzen, hatte seine Mutter gesagt. Schrader hatte seinen Napfkuchen gegessen, sich die Jacke mit Puderzucker eingestäubt und gesagt: Es gibt schon wieder sechzigtausend Juden in Deutschland.
Was heißt denn das, hatte Ullrich gefragt, schon wieder?
Schrader: Es kommt darauf an, in welche Stellungen die schon wieder eingedrungen sind.
Was heißt denn das, schon wieder, hatte Ullrich gesagt.
Ullrichs Vater hatte über die CDU geklagt. Die habe er immer gewählt, jetzt koalieren die mit den Sozis. Der Mittelstand wird verschaukelt.
Schrader wählte NPD. Er kenne den Thadden noch aus dem Krieg. Auf den ist Verlaß, der wird den Stall mal ausmisten.
Gräßlich, sagte Frau Carriere.
Der ist aber doch sehr untypisch, würde ich sagen, sagte Herr Carriere. Natürlich gebe es noch solche Typen, aber das sei doch wirklich eine verschwindend kleine Minderheit. Die seien doch nun wirklich nicht repräsentativ.
Furchtbar, sagte Christas Mutter nochmals, aber doch eine Ausnahme.
Der ist aber Studienrat für Deutsch und Geschichte.
Komm, hatte Christa gesagt, ich muß dir jetzt den Ratzeburger See zeigen, sonst wird es dunkel.
Ullrich bog wieder in die Hansastraße ein. Schon von der Straßenecke aus konnte er erkennen, daß Christas Fenster noch immer dunkel war.
Wie lächerlich, dachte er, wie ungeheuer lächerlich.
Eiffe der Bär sagt: Gelobt sei, was weich macht.
Ullrich war nur zwei Tage in Ratzeburg geblieben, dann

hatte sich Bungert angesagt. Bleib doch, hatte Christa gesagt, aber Ullrich wollte fahren.
Ich werde Bungert sagen, daß es nicht mehr geht, hatte Christa auf dem Bahnhof gesagt.
In Hamburg war Ullrich gleich zu Conny gefahren. Renate war nicht mehr da.
Zurück in den Schoß der Familie, hatte Conny gesagt. Die ist am gleichen Tag wie du verschwunden.
Anfang Januar kam Christa. Ullrich war viel zu früh am Hauptbahnhof. Als er sie umarmen wollte, hielt sie ihm die Reisetasche entgegen. Später saßen sie in der Bahnhofswirtschaft. Am Nebentisch war einer mit dem Kopf auf dem Tisch eingeschlafen. Er wurde von der Bahnhofspolizei hinausgeschleift.
Ullrich hatte gehofft, daß sie zunächst einmal in seinem neuen Zimmer schlafen würde. Endlich ein Zimmer mit einem separaten Eingang.
Aber sie wollte erstmal bei ihrer Großmutter wohnen und sich dann ein Zimmer suchen. Laß mir etwas Zeit, hatte sie gesagt, nachdem er sie über die Tischecke hinweg geküßt hatte. Ich muß erst mal meinen Gefühlshaushalt ordnen. Verstehst du? Sie hatte ihn dabei so angesehen, daß er gesagt hatte: Selbstverständlich.
Später hatte er sich darüber geärgert. Warum hatte nicht auch er von seinem Gefühlshaushalt gesprochen?
Ich Idiot, sagte Ullrich laut. Ich Blödmann.
Er ging über die Straße und drückte wieder den Klingelknopf. Dann ging er auf die andere Straßenseite zurück. Hinter einem der Fenster wurde es hell. Eine Gardine bewegte sich, Christas Wirtin stand am Fenster und sah hinunter.
Leck mich am Arsch, rief er und ballte die Faust.
Er drehte sich um und ging die Straße hinunter. Er nahm sich vor, nicht zurückzukommen. In sein Zimmer wollte er nicht gehen. Jetzt hätte er schon gern mit anderen zusammengewohnt. Im Keller war sicher niemand mehr. Er überlegte, ob er ins *Cosinus* gehen sollte. Aber möglicherweise

saß da Christa mit Bungert. Bevor er um die Straßenecke bog, drehte er sich doch noch einmal um. Immer noch stand die Wirtin in dem erleuchteten Fenster. Sicher würde sie sich morgen bei Christa beschweren. Diesen Bekannten, den Sie haben, der war gestern nacht hier und hat zweimal Sturm geläutet, vermutlich war er betrunken. Man konnte es durch das ganze Haus hören.
Christa würde das bestimmt peinlich sein. Die Wirtin, Witwe eines Arztes, war mit der Familie Carriere befreundet.
Eiffes Prinzip der freien Marktwirtschaft: Wer anderen eine Grube gräbt, hat wohl gebaut.
Ullrich entdeckte den Spruch auf einer Reklametafel in der S-Bahn. Er wollte zu Conny und den anderen.

8

Conny zeigte auf die Skizze: Gleich hier hinter der Mauer steht die Kiste, ein Cabrio mit Stoffdach. Zwischen dem VW und dem Revier ist ein kleiner Schuppen. Die Bullen können also den VW nicht von den hinteren Revierfenstern sehen. Da kochen die sich nämlich immer Kaffee.
Hier halten wir, sagte Bully, eine Querstraße davor, dann gehen wir da rum. Einer muß hier die große Kreuzung beobachten und den Eingang vom Revier. Wenn die Luft rein ist, hebt mich Conny hoch, ich gieß den Sprit rüber und dann den Fidibus drauf. Dann brennt der Klump, klar.
Besser du hebst mich hoch, sagte Conny zu Bully, du bist mir zu schwer.
Bully war Arbeiter. Der einzige Arbeiter, der regelmäßig in den Keller kam. Bully war Werkzeugmacher, aber davon erzählte er nur selten. Oft erzählte er dagegen von seiner Zeit beim Bund. Bully hatte bei den Panzergrenadieren gedient.
Durchstoßen und nachsetzen, sagte er immer, wenn ein Problem allzulange diskutiert wurde.
Warum schmeißen wir nicht einen Molly? Einfach aus dem fahrenden Auto heraus über die Mauer, fragte Ullrich.
Das macht einen unheimlichen Bumm, verstehst du, erklärte Bully. So machen wir einen Schleichmann, und wenn die aus ihren Fenstern gucken, knistert das Ding schon.
Die Gegend ist sehr ruhig, eine reine Villengegend, sagte Conny.
Ullrich überlegte, etwas fehlte noch.
Richtig. Woher sollen die wissen, daß das ein politisches Feuerchen ist. Das könnte doch auch ein steinreicher Pyromane gelegt haben?
Haben wir auch dran gedacht, sagte Conny. Aber da gibt es eine hohe, weißgestrichene Gartenmauer, die schreit förmlich nach einem Spruch. Wir schreiben was drauf, das macht alles klar: Macht kaputt, was euch kaputtmacht.

Macht kaputt, was euch kaputtmacht, wiederholte Ullrich langsam, mit steigender Wut betonend.
Genau, sagte er, das ist es. Also los.
Bully zog eine grüne Arzneiflasche aus seiner abgeschabten Aktentasche und stellte sie wortlos auf den Tisch.
Ein Etikett klebte auf der Flasche: Hautspiritus.
Natürlich ist das kein Spiritus, sagte Conny zu Ullrich, das ist solides Benzin. ESSO. Pack den Tiger in den Tank.
Conny zerriß eine Zeitung. Auf einem Bild lächelte Kurt Georg Kiesinger.
Kennt ihr schon den neuesten Eiffespruch. Ich hab ihn in der S-Bahn gelesen:
Eiffe sieht gut aus
Eiffe will Bundeskanzler werden
Sieh mal, sagte Conny, das ist was für die Feinsinnigen bei der Popo. Er zeigte die erste Seite der *Welt*. Als Fidibus für einen Polizeiwagen.
Albert, der nachts die Flugblätter verbrannt hatte, weil er nicht sicher war, ob nicht vielleicht doch sein Nachbar etwas bemerkt hatte. Ullrich starrte auf die Skizze.
Ist was, fragte Bully und sah Ullrich mißtrauisch an.
Nein, sagte Ullrich zerstreut, ich hab nur noch mal nachgedacht, ob da irgendwo noch ne Macke ist.
Wir haben an alles gedacht.
Bully probierte das Sturmfeuerzeug aus, dann gab er es Conny.
Das wird ein Freudenfeuer.
Auf was hab ich mich da eingelassen, dachte Ullrich plötzlich, das sind doch Kindereien. Aber dann dachte er an Bungert, der in seinem Paukensessel sitzend, die Pfeife in der Hand, ebenfalls von Kindereien gesprochen hatte. Ich habe Angst, dachte Ullrich, das andere schiebe ich jetzt nur vor. Man muß endlich handeln, hatte Conny gesagt. Wir müssen etwas tun und nicht nur reden. Ein Farbei hat mehr bewirkt als alle Diskussionen über die Hochschulreform.
Während sich Conny einen dunkelblauen Duffelcoat anzog

(die Weste war zu bekannt), begann Ullrich hastig die Geschichte von Albert zu erzählen.

Etwas hilflos, mit Flugblättern den Faschismus zu bekämpfen, sagte Conny, hast du oben das Licht ausgemacht?

Was heißt hier hilflos, was sollten die denn tun, damals, mit der Gestapo und überall den Spitzeln?

Eben darum müssen wir rechtzeitig anfangen.

Dieser Scheißregen, sagte Ullrich, als sie draußen vor der Haustür standen.

Der Regen ist gut, ganz unersetzlich sogar, da geht doch kein Hund vor die Tür. Und die haben doch alle Hunde in dem Viertel.

Sie stiegen in Bullys verbeulten VW. Bully startete.

Mein Gott ist der laut, rief Ullrich, der Auspuff hat ja ein Loch.

Nein, nur einen Riß, einen lütten.

Knatternd fuhren sie durch die nächtlichen Straßen. Hinter Bäumen und Buschwerk lagen große Villen.

Der Auspuff ist lauter geworden, behauptete Ullrich.

Bully bestritt das, du hast Muffensausen, was?

Ullrich spürte eine kribbelnde Unruhe. Als er sich den brennenden Polizeiwagen vorzustellen versuchte, wurde er ruhiger. Er stützte die Arme auf die Lehnen der beiden Vordersitze. Vor ihm Bullys massiger Rücken. Der Scheibenwischer stockte jedesmal in der Mitte der Windschutzscheibe, quietschte, wischte weiter. Auf dem nassen Asphalt glänzte matt der Lichtschein der Bogenlampen.

Ullrich hatte das Gefühl, in einen Film hineingeraten zu sein.

Bist du sicher, daß wir da auch einen Parkplatz finden?

Da ist immer Platz, sagte Bully, ganz sicher. Drei Tage hab ich da Feindaufklärung gemacht.

Die haben doch alle ihre Garagen in dieser Gegend.

Ullrich versuchte sich wieder vorzustellen, wie das sei, wenn der Wagen in Flammen aufgehen würde und dann danach, wenn sie sich bei Conny träfen. Danach wäre alles anders,

auch er. Etwas Entscheidendes war dann passiert, dachte er.
Bully fuhr auf den Bürgersteig.
Generalstabsarbeit, sagte er, zog die Flasche aus der Aktentasche. Conny steckte sie in die Tasche seines Duffelcoats.
Die Türen lassen wir auf.
Wo soll der Spruch hin?
Dort drüben.
Conny ging über die Straße zu der weißgetünchten Gartenmauer. Er sah sich nochmals nach allen Seiten um, dann schrieb er mit der Sprühdose in großen Lettern: MACHT KAPUTT WAS EUCH KAPUTTMACHT.
Er kam zurück, betrachtete zufrieden die Schrift: Schön, nicht? Du gehst an die Ecke und beobachtest die Kreuzung und den Eingang vom Revier, klar, sagte Bully zu Ullrich.
Und was mach ich, wenn ich einen Polizisten sehe?
Wie sich das anhört, dachte Ullrich, ich sage artig Polizist und die reden von den Bullen.
Dann pfeifst du.
Aber ich kann nicht auf zwei Fingern pfeifen.
Mensch, du kannst doch hier nicht auf zwei Fingern pfeifen, dann lassen die doch gleich Fallschirmjäger einfliegen, sagte Conny, was Unauffälliges, was Dezentes.
Horch, was kommt von draußen rein.
Das ist zu auffällig, sagte Bully ernst.
Dann schon lieber einen Käuzchenruf, schlug Conny vor und gluckste dabei.
Oder einen Coyoten.
Albert doch nicht so rum, verdammt, sagte Bully böse.
Und wenn die Polypen dann kommen, lachte Ullrich, wenn die dann rauskommen, nicht, weil die den Coyoten natürlich sehen wollen, hier in Klein-Flottbek, die denken doch Hagenbeck, der sei bei Hagenbeck ausgebrochen, der Coyote und die dann rausstürzen mit gezogenen Pistolen und sehen keinen Coyoten, sehen nur Bully und nehmen den dann natürlich mit, wegen nächtlicher Ruhestörung und

so, und dann Bully, der sich geistesgegenwärtig taubstumm stellt, immer lallt, so: Njaa, njanaa, njann, aber die denken, die müssen ja denken, der ist besoffen.
Mensch, lacht doch nicht so laut, zischte Bully, seid doch endlich still, ihr Idis.
Und die durchsuchen ihn, und was finden sie in seiner Tasche, eine Flasche, eine Flasche.
Ich hab doch gar nicht mehr die Flasche, sagte Bully in das Gelächter von Conny und Ullrich, die Flasche hat doch Conny.
Aber auf der Flasche steht Hautspiritus, gluckste Conny und war vor Lachen in die Hocke gegangen, da steht doch Hautspiritus drauf und sie geben Bully zum Abschied nicht mal die Hand, weil die glauben, der hat Fußpilze.
Ihr seid ja besoffen, sagte Bully wütend, ihr seid ja richtige Unsicherheitsfaktoren. Ihr Arschgeigen. Ihr Weichmänner.
Conny und Ullrich atmeten tief durch. Conny wischte sich die Augen. Etwas atemlos sagte er: Ja, wir sind Unsicherheitsfaktoren, jedenfalls für die Villenbesitzer hier. Er schlug Bully versöhnlich auf die Schulter.
Was pfeifst du, wenn jemand kommt, fragte Bully ernst.
See you later alligator. Ullrich pfiff leise die Melodie vor.
Gut. Dann kommst du langsam auf uns zu. Wenn die Luft rein ist, zündest du dir eine Zigarette an. Das heißt für uns: Feuer frei. Dann durchstoßen und nachsetzen.
Also los.
Ullrich ging an der Mauer entlang, hinter der irgendwo der VW stehen mußte. Links, über dem ersten Hauseingang, das erleuchtete blaue Schild: Polizei.
Etwas weiter entfernt auf der Hauptstraße war ein Fußgängerübergang. Monoton blinkte das grellgelbe Warnlicht auf. Niemand war zu sehen. Ullrich versuchte, sich darauf zu konzentrieren, was er zu tun hatte. Er fror.
Er fühlte wieder die Nässe in dem durchgeweichten rechten Schuh. Wenn er schluckte, spürte er die geschwollenen

Mandeln. Wenn er geschnappt werden würde, wäre alles aus, sein Studium, sein Beruf, alles. Er hatte zu schnell ja gesagt. Gewalt gegen Sachen. Er war da ganz zufällig hineingeplatzt. Man muß endlich was tun und nicht immer nur darüber quatschen, hatte Conny gesagt. Von nichts ändert sich nichts. Etwas tun. Ganz spontan.
Ullrich drehte sich um und sah Conny und Bully wartend vor der Mauer stehen. Der Gedanke schoß ihm durch den Kopf: *see you later alligator* zu pfeifen. Dann war alles aus, ein lustiger Ausflug mit Nervenkitzel, den Bully und Conny vielleicht morgen Nacht allein wiederholen würden, aber dann fiel Ullrich Schrader ein, der von Niggermusik sprach, Christa, die vielleicht mit Bungert im Bett lag, er dachte plötzlich auch an Ingeborg, wie sie nach der Abtreibung aus dem Haus des Arztes kam, blaß, er dachte an Renke und wieder an Schrader und an seinen Vater und an Albert, der im KZ gesessen hatte.
Was für ein Kuddelmuddel, dachte Ullrich und versuchte, sich zu konzentrieren. Er mußte lachen. Schon wieder stand er im Regen und beobachtete einen Hauseingang. So ein verdammter Mist, sagte er leise vor sich hin und lachte. Endlich etwas tun. Konsequent.
Ullrich zündete sich die verabredete Zigarette an. Lange hielt er das brennende Streichholz hoch.
Bully hatte sich mit dem Rücken gegen die Mauer gelehnt. In seinen vor dem Bauch gefalteten Händen stand Conny. Über die Mauer gebeugt, schüttelte er die Flasche aus.
Ullrich beobachtete wieder den Eingang des Reviers. Aus den erleuchteten Fenstern fiel ein schwacher Lichtschein auf das nasse Pflaster. Er hätte gern gesehen, wie die Polizisten vor ihrem brennenden VW stehen würden.
Ullrich drehte sich um. Conny schüttelte noch immer die Flasche über die Mauer aus.
Warum dauert das so lange? Die standen da wie bei einer Zirkusnummer. Er beobachtete wieder die Revierwache.
Die Flasche fiel ihm ein, natürlich, die Flasche hatte nur eine

kleine Öffnung. Eine Flasche für Hautspiritus. So ein Scheiß.
Hoffentlich machen die zu.
Weiter oben, auf der Hauptstraße, entdeckte er einen Fußgänger, der jetzt über den Fußgängerüberweg kam.
Ullrich drehte sich wieder um. Conny zündete gerade den Fidibus an. Er warf ihn über die Mauer, sprang sofort aus Bullys gefalteten Händen, winkte Ullrich zu und rannte los.
Ullrich glaubte, einen Feuerschein zu sehen, als er an der Mauer vorbeirannte. Als er keuchend den Wagen erreichte, saß Conny schon hinten. Bully bediente den Anlasser. Ullrich ließ sich in den Sitz fallen, los, schrie er, los, und schlug die Tür zu, los.
Bully bediente den Anlasser, drei-, vier-, fünfmal.
Der Motor springt nicht an. Scheiß.
Raus, brüllt Conny, los, raus.
Sie stürzen aus dem Wagen, rennen die dunkle Straße hinunter.
An der nächsten Straßenkreuzung keucht Conny: Trennen, wir müssen uns trennen.
Nicht mehr laufen.
Diese Scheißkiste.
Fast zwei Stunden war Ullrich durch die nächtlichen Straßen gegangen, hatte immer wieder Haken geschlagen, war in Treppenhäusern stehengeblieben, den Atem anhaltend und hatte auf Schritte gelauscht. Niemand folgte ihm.
Als er ankam, saß Conny schon im Sessel. Bully lief im Gemeinschaftsraum hin und her.
Willst du einen Grog?
Ja, sagte Ullrich, die klammen Hände reibend, der Januar ist doch ein Scheißmonat.
Petersen und die anderen sitzen bestimmt noch im Keller.
Die quatschen jetzt sicher über Gewalt gegen Sachen. Die reden und reden.
So ein Scheiß, sagte Bully und setzte sich aufs Sofa.

Was?
Jetzt steht die Kiste da und alle Türen sind offen.
Das fällt doch nicht auf, sagte Ullrich. Da stehen doch auch noch andere Autos.
Doch nicht solche Kisten.
Hast du überhaupt das Licht ausgemacht, fragte Ullrich.
Bully sah ihn an. Er stand ganz langsam auf. Das Licht, sagte er, richtig, das Licht, hab ich das überhaupt ausgemacht?
Er stand ungeheuer breit und hilflos im Raum, direkt neben dem Bild mit dem Plastikelefanten und dem Schuh.
Conny versuchte, ihn zu beruhigen: Das Licht ist aus. Bestimmt. Das hätte ich gemerkt.
Plötzlich war jede Kleinigkeit bedeutsam. War Conny vorn um den Wagen herumgelaufen oder war er gleich nach hinten weggelaufen? Und Ullrich, hatte der sich, nachdem er aus dem Wagen gestiegen und weggerannt war, nochmals umgedreht?
Bully wollte sofort mit einem Taxi hinfahren.
Hat doch keinen Zweck, sagte Conny. Wenn die Scheinwerfer gebrannt haben, dann haben sie die Kiste sofort untersucht und wenn nicht, dann eben nicht.
Ich muß hin, sagte Bully.
Nun bleib, sagte Conny, wir schneiden dir nachher die Haare und dann gehst du morgen früh hin, steigst ein, so, als ob du ganz normal zur Arbeit fahren würdest.
Aber Bully wollte morgen gar nicht zur Arbeit. Ihm stank das alles.
Die finden bestimmt die Kiste und dann bin ich dran.
Die durchsuchen doch nicht den Wagen, meinte Ullrich, die denken doch nicht, daß die Brandstifter ihren Wagen da stehenlassen.
Aber an der Gartenmauer, genau gegenüber, steht doch: Macht kaputt, was euch kaputtmacht.
Conny holte aus der Küche den Eiergrog.
Der stärkt.
Ich muß neue Schuhe haben, sagte Ullrich und betastete das

Oberleder seines rechten Schuhs. Die ziehen Wasser, mit solchen Schuhen kann man keine Revolution machen.
Zieh sie aus, sagte Conny, ich geb dir ein Paar von mir.
Hat das Benzin überhaupt gereicht?
Die Schuhe sind viel zu groß, sagte Ullrich. Er watschelte in Connys Schuhen zwischen den Plattenhüllen umher. Er versuchte, Charlie Chaplin nachzuahmen.
Conny lachte: Ich hol eine Schere.
Vielleicht brennt doch das Licht, sagte Bully düster.
Setz dich, sagte Conny zu Bully und zieh deinen Pullover aus. Bully zog sich den Pullover aus und setzte sich gehorsam auf den Stuhl, auf den Conny zeigte.
Conny schlürfte von dem Eiergrog: Aber es hat einen schönen lauten Puff gegeben, als sich das Benzin entzündete.
Dann schnitt er Bully eine dicke Haarsträhne ab.
So ein Scheiß, sagte Bully.

9

Sie stand am Fenster und sah hinunter. Sie war nackt. Ullrich lag auf dem Bett, die Hände unter dem Kopf gefaltet. Der Ölofen tuckerte leise.
Lustig, dein Zimmer mit dem Sportplatz davor, sagte sie, sogar Zuschauer sind da.
Jeden Samstag und Sonntag spielten sie. Vereine aus der Regionalliga. HEBC, ETV, Concordia. Ein paar Zuschauer sind immer da. Auch wenn es schneit.
Sie legte sich wieder neben ihn.
Ihre Haut war kühl.
Du bist kalt geworden, sagte er und zog die Decke über sie.
Sie schmiegte sich an ihn.
Wie leicht das alles ist, dachte er.
Er hatte sie auf einem Teach-in angesprochen. Lister hatte gerade geredet. Als sie aus dem Hörsaal hinausgingen, war die Rednerliste noch immer nicht abgeschlossen. In einem Café in der Nähe der Uni hatten sie zusammengesessen. Dann waren sie zu Ullrich gegangen. Ullrich hatte nicht viel reden müssen. Sie hatte es vorgeschlagen.
Ich wäre jetzt lieber mit dir allein.
Wie einfach alles war.
Ich heiße Alice. Wie die Alice aus dem Wunderland.
In seinem Zimmer hatte er Butter, Brot und Mettwurst auf den Tisch gestellt.
Sie schmierte die Brote. Er kochte den Tee.
Nachdem sie gegessen hatten, wollte sie den Tisch abräumen.
Nicht nötig, sagte Ullrich.
Draußen war es inzwischen dunkel geworden.
Sie küßten sich. Er zog ihr den Pullover über den Kopf. Sie knöpfte ihm die Hose auf.
Alles war so einfach.
Später war ein Brett in dem Regal verrutscht, das über dem Bett hing. Sie lagen plötzlich unter Zeitschriften und Zeitungen. Sie hatte so gelacht, daß er aus ihr herausglitt.
Als er wieder zu ihr kam, wischte sie ihm die Haare aus der Stirn.

Danach hörten sie Platten. Bis in die Nacht erzählten sie sich voneinander. Sie war bei ihm geblieben.
Dicht aneinandergedrängt hatten sie beide auf der Seite liegend geschlafen.
Wie die Löffel im Besteckkasten, hatte sie gesagt.
Am Morgen hatten sie die Rufe der Fußballspieler auf dem Sportplatz geweckt.
Sie hatten sich nur Pullover übergezogen. Im Bett sitzend, hatten sie gefrühstückt. Dann hatten sie sich wieder hingelegt. Ullrich erzählte ihr von Conny und seinem berühmten englischen Frühstück. Und von Petersen, der morgens nur Cornflakes ißt. Neben ihm liegend hörte sie zu und streichelte seine Schulter.
Ganz leicht nur.
Er bekam eine Gänsehaut.
Paß auf, sagte sie, ein Test.
Was Ernstes, fragte Ullrich.
Natürlich. Sie lachte.
Versuch dir irgendwas mit Wasser vorzustellen. Was siehst du?
Ullrich dachte einen Augenblick nach: Einen Bach im Gebirge.
Beschreib ihn genauer.
Sehr kalt, schnell und bewegt.
Und was machst du?
Ullrich zögerte einen Augenblick: Ich bade darin.
Gut, sagte sie.
Und was soll das, fragte Ullrich.
Das sind deine sexuellen Wünsche. Das Wasser, verstehst du? Du gehst ins Wasser, aber es ist sehr kalt. Eigentlich hast du Angst. Es ist wie ein Schock.
Vielleicht, sagte Ullrich. Und du, wie stellst du es dir vor.
Ich hab an die Brandung gedacht, als man mich fragte, und das Wasser war warm. Ich schwamm in einer langen ruhigen Dünung.
Komm, sagte sie.

10

BLITZ BLITZ BLITZ

dpa 11.4.68 16.50 Nr. 2345527

Attentat auf Rudi Dutschke
Gegen 16.35 wurde der Chefideologe des SDS auf dem Kurfüstendamm niedergeschossen. Er schwebt in Lebensgefahr. Der Attentäter hat sich in einem Haus verbarrikadiert. Das Haus wurde von der Polizei umstellt.

Weitere Meldungen über das Attentat im Anschluß an diese Nachrichten, sagte der Rundfunksprecher. Und nun Kurznachrichten.
Ullrich sprang auf. Einen Augenblick stand er im Zimmer und wußte nicht, was er zuerst tun sollte, das Licht oder das Radio ausschalten. Dann stürzte er hinaus. Die Treppe hinunterlaufend, zog er seine Parka an.

ANLEITUNG FÜR DEMONSTRANTEN
(Bitte nicht wegwerfen, an andere Demonstranten weitergeben!)
1. Feste Ketten bilden! Diese zu Blöcken zusammenschließen!
Nur in der Masse sind wir stark!
Zeitweilig isolierte und abgesplitterte Gruppen müssen sofort wieder Anschluß suchen!

Das Springer-Haus schiebt sich wie ein Keil in das Zentrum der Hamburger Innenstadt. Dieser Keil zeigt auf die Börse, die unmittelbar an das Rathaus anschließt.
An der Spitze dieses Gebäudekeils steht das dreizehnstökkige Hochhaus, in dem die Büros der Konzernleitung untergebracht sind. Auf dem Dach dieses Hauses weht, wenn Axel Cäsar Springer in der Stadt ist, die Fahne der Bundesrepublik.
An das Hochhaus anschließend liegt ein Gebäudetrakt mit den Redaktionen, dahinter die Druckereien, in denen ein

Teil der norddeutschen Ausgabe von *Bild* gedruckt wird. Hinter riesigen Fenstern, gut sichtbar, stehen die Rotationsmaschinen.
Das umliegende Viertel ist zum Sanierungsgebiet erklärt. Einige Straßenzüge mit alten Fachwerkhäusern sind bereits abgerissen worden. Durch die Breschen hat man einen freien Durchblick bis zur Landesjustizverwaltung und bis zum Telegrafenamt.
Die Ausfallstraßen, über die auch täglich die LKW-Konvois mit den Ausgaben von *Bild* fahren müssen, sind die Kaiser-Wilhelm-Straße und die Speckstraße. Die Kaiser-Wilhelm-Straße, eine breite, kopfsteingepflasterte Straße, erweitert sich vor dem Springerhochhaus zu einem Platz. Die schmale Speckstraße, mit Kopfsteinen gepflastert, wird zur einen Seite von alten Backsteinhäusern begrenzt, auf der anderen Seite (hinter den Druckereien) erstreckt sich ein großer Bauplatz. Hier liegt noch das Baumaterial, das für den inzwischen im Rohbau fertigen U-Bahn-Tunnel gebraucht worden war: Steine, Bohlen, Teerfässer, Bretter, Schrauben, Sand und Baumaschinen.

Kurz nach dem Attentat auf Rudi Dutschke fordert die Konzernleitung Polizeischutz für den Gebäudekomplex an der Kaiser-Wilhelm-Straße. Der diensthabende Polizeirat im Präsidium benachrichtigt den Polizeipräsidenten in dessen Privatwohnung. Der Polizeipräsident verfügt die genaue Beobachtung des Universitätsgeländes und insbesondere des SDS.
Fünfzehn Minuten später startet ein Polizeihubschrauber und überfliegt die Innenstadt. Er kreist über dem Universitätsgelände. Nirgendwo ist eine Menschenansammlung auszumachen.

Ullrich läuft zur Universität. Menschen, die lachen, erschrecken ihn. Sie konnten die Nachricht noch nicht gehört haben. Zwei Schüsse in den Kopf, hatte es geheißen. Ullrich

sieht den Polizeihubschrauber über den Häusern kreisen. Er läuft schneller. Atemlos kommt er auf dem Universitätsgelände an. Der Keller ist verschlossen. Auf dem Platz vor dem Philosophenturm ist niemand zu sehen. Ein junger Mann geht über die Straße in Richtung zum Audimax. Ullrich fragt ihn, ob er irgendwo eine Menschenansammlung gesehen habe.
Nein, warum.
Auf Rudi ist geschossen worden, ein Attentat.
Der Junge sieht Ullrich überrascht an. Er will Einzelheiten wissen. Aber Ullrich hat sich schon umgedreht. Er glaubt, die anderen seien schon vor dem Springer-Hochhaus. Er läuft los.

2. In Entscheidungssituationen diszipliniert und ruhig sein, damit sich Meinungen bilden können.

Die meisten Studenten sind zu Ostern nach Hause gefahren. Conny ist im fünfköpfigen SDS-Führungskollektiv, das allwöchentlich neu gewählt wird. Conny hat die Nachricht ebenfalls im Radio gehört und versucht, die anderen Mitglieder des Führungskollektivs anzurufen. Er erreicht nur zwei. Sie verabreden, sich in einer Stunde im Keller zu treffen. Petersen ist schon am Morgen in die Stadt gefahren. Er hatte nicht hinterlassen, wohin er fahren wollte.

Die Politische Polizei (POPO) erhält einen Anruf vom Verfassungsschutz, in dem der Termin des SDS-Treffens mitgeteilt wird. Der Student Detlev M., der für den Verfassungsschutz arbeitet, hatte den Termin telefonisch durchgegeben.
Vor der Geschäftsstelle des *Abendblatts* am Gänsemarkt bilden sich ab 17.30 Uhr ständig neue Diskussionsgruppen. Vom Polizeipräsidium werden zwei Peterwagen zur Überwachung abgestellt.
Vor dem Springer-Haus in der Kaiser-Wilhelm-Straße

treffen die ersten Polizisten ein, darunter eine Hundestaffel.

Ullrich erreicht die Kaiser-Wilhelm-Straße. Er schwitzt. Die letzte Strecke war er gelaufen. Er ist enttäuscht. Er sieht nur Sonntagsspaziergänger, die in Schaufenster glotzen. Hinter den Glaswänden der Druckerei die riesigen Rotationsmaschinen. Von hier aus war es angekurbelt worden. Die Lügen, die Verdrehungen. Seid nett zueinander.
Die bedruckten Papierbahnen rasen durch die Walzen der Rotationsmaschinen. Eine Bombe auf diesen Glaskasten.
Ein Polizist hat einen großen Schäferhund an der Leine. Der Schäferhund hebt ein Bein und pißt ein Verkehrsschild an. Eine große dunkle Lache. Ullrich fragt sich, warum er sofort hierher gelaufen war. Warum sind die anderen nicht hier? Vielleicht sind sie an der Geschäftsstelle des *Abendblatts* am Gänsemarkt.
Er läuft durch die ABC-Straße. Jetzt glaubt er, daß viele, die er für Sonntagsspaziergänger gehalten hatte, suchend um den Glaskasten des Springer-Hauses gegangen waren. Das waren keine ahnungslosen Spaziergänger, dachte Ullrich, auch wenn die ganz sonntäglich angezogen waren und keine Bärte, keine langen Haare hatten. Die suchten wie er. Etwas tun, denkt er, man muß etwas tun. Diese Schweine.

3. Jeder muß Informationen und Anweisungen weitergeben!
Polizisten durch falsche Informationen verwirren!

SDS-Mitglieder beginnen, sich im Keller zu versammeln. Auch Petersen ist gekommen. Er hatte es bei einer Freundin gehört. Es wird nur wenig gesprochen. Auf dem Tisch steht ein Transistor, an dem Conny ständig herumdreht. Alle fragen, wer der Attentäter war. Gegen 19 Uhr soll sich das Führungskollektiv treffen.

Der Polizeihubschrauber überfliegt abermals die Innenstadt und das Universitätsgelände. Nur am Gänsemarkt hat sich eine Menschenansammlung gebildet. Der Gänsemarkt liegt innerhalb der Bannmeile. Ansammlungen von mehr als drei Personen sind innerhalb der Bannmeile verboten.
Nach dem Bericht eines Streifenführers handelt es sich um diskutierende Passanten, allerdings seien darunter, nach seiner Vermutung, auch zahlreiche Studenten.
Der Polizeipräsident, der erneut in seiner Privatwohnung angerufen wird, gibt die Anweisung, vorerst nichts gegen die diskutierenden Gruppen zu unternehmen.
Vom Polizeipräsidium wird ein weiterer Peterwagen zum Gänsemarkt beordert.

Aus der ABC-Straße kommend, sieht Ullrich den Auflauf vor der *Abendblatt*-Geschäftsstelle. Endlich, denkt er, endlich. Er läuft über den Gänsemarkt. Die Menschen stehen dichtgedrängt in Gruppen und diskutieren. Alle Scheiben sind noch ganz.
Ullrich versucht, über die Köpfe der im Kreis Stehenden hinweg eine Diskussion zu verfolgen. Eine Studentin diskutiert mit einer älteren Frau.
Ihr müßt mal arbeiten, nich. Klugschnacken kann jeder.
Ullrich kann die Antwort der Studentin nicht verstehen. Er drängt sich näher ran.
Da lachen ja die Hühner, sagt ein Mann neben der Studentin.
Ullrich fährt den Mann an: Was heißt denn das, da lachen die Hühner? Wer sind denn hier die Hühner? Das sind doch die *Bild*-Zeitungsleser. Ullrich redet auf den Mann ein, als hätte er endlich den Gegner gefunden. Er beschuldigt plötzlich die alte Frau und den Mann. Ihr glaubt dem, während der in seiner Villa sitzt, am Falkensteiner Ufer, da oben. Der Quatsch von der Chancengleichheit, ihr lest das und glaubt das auch noch. Möglicherweise habt ihr noch

ein schlechtes Gewissen, daß ihr es nicht auch zu einer Villa gebracht habt. Ihr glaubt, das liegt an euch.
Ich mach das falsch, denkt Ullrich, während er redet, ich mach das falsch. Die beuten euch aus, und ihr fühlt euch noch wohl, wenn die andere kaputtmachen. Ihr jubelt und die machen uns kaputt und euch.
Verschwinde doch, sagt der Mann, geh doch rüber, geht doch alle rüber, warum geht ihr nicht rüber.
Der Mann sagt das gehässig. Er weiß offenbar nicht weiter.
Ullrich fühlt sich plötzlich bedrängt. Er spürt die Körper. Er ist eingekreist. Er riecht die Ausdünstungen aus dem Mantel der alten Frau. Er denkt einen Augenblick an seine Eltern. Er möchte weg. Aber er bleibt.
Arbeiter und Studenten sind doch in der gleichen Situation, sagt er.
Dann komm mal mit in die Fischfabrik, min Lütten, sagt die Alte und alle lachen.
Ich kann mich nicht ausdrücken, denkt Ullrich, etwas fehlt. Ich kann die Frau nicht erreichen, aber auf die kommt es doch an.
Die Studentin redet wieder. Sie war ruhig geblieben. Jetzt springt sie ein.
Sie redet von Interessen. Wer hat ein Interesse daran, daß bestimmte Dinge nicht bekannt werden? Zum Beispiel, was die an euch verdienen?
Wie gut die das macht, denkt Ullrich.
Sie hat das Abitur nachgemacht, sie hat früher als Schneiderin gearbeitet.

4. Falls bei einer Entscheidung kein Konsens entsteht, sich auf alle Fälle an die größte Gruppe anschließen!

In den Abendnachrichten wird von einem großen Teach-in in Berlin berichtet. In Hamburg fährt der Polizeipräsident ins Präsidium und bestellt die leitenden Beamten zu einer Lagebesprechung für 22 Uhr. Dann telefoniert er mit dem

Innensenator. Der gibt die Anweisung, Vorkehrungen gegen eine mögliche Demonstration zu treffen, die sich gegen das Springer-Haus richten könnte. Der Hamburger Bürgermeister, der über Ostern an die Ostsee gefahren ist, soll in seinem Ferienort benachrichtigt werden.
Der Polizeipräsident verordnet eine sofortige Ausgangssperre für die gesamte Bereitschaftspolizei.
Der Verfassungsschutz erhält von seinem Spitzel die Nachricht, daß zur Zeit das Führungskollektiv des SDS tage.
Der Einsatzleiter am Gebäudekomplex Kaiser-Wilhelm-Straße meldet, daß immer mehr Personen vor dem Springer-Haus auftauchen und wie suchend umhergehen. Nach dem Aussehen zu schließen, seien es hauptsächlich Studenten.

Das Führungskollektiv tagt in einer offenen Sitzung. Petersen spricht: Der Zusammenhang zwischen dem Attentat auf Rudi und der seit Wochen systematisch geführten Kampagne der Presse, insbesondere der Springer-Presse, sei eindeutig. Das müsse auch der Öffentlichkeit vermittelt werden.
Es wird eine Aktion gegen das Springer-Haus beschlossen. Ziel der Aktion soll es sein, erstens: Die Auslieferung der Wochenendausgabe von *Bild* zu verhindern. Zweitens: Eine Demonstration zu organisieren, die eine möglichst breite Öffentlichkeit erreichen soll. Dafür sollen Plakate, Losungen und Transparente angefertigt werden. Es wird festgelegt, wo Barrikaden errichtet werden sollen. Mit Nagelbrettern soll ein Durchbruch der Zeitungswagen verhindert werden. Zwei Flugblätter sollen aufgesetzt werden. Eins zur Anleitung von Demonstranten, eins zur Aufklärung der Bevölkerung. Letzteres soll in der Innenstadt und im Hafen verteilt werden. Es wird erwogen, Redaktionen und Druckereien zu stürmen. Die Vertreter des antiautoritären Flügels, insbesondere Conny und Petersen, sind dafür (eine Hand voll Sand in die Rotationsmaschinen und *Bild* erscheint nicht mehr).

Die Vertreter des traditionalistischen Flügels, insbesondere Lister, sind dagegen. (Die Arbeiter haben kein Verständnis dafür, daß man ihnen die Produktionsmittel versaut. Man muß mit der Arbeiterklasse zusammenarbeiten.)
Die Arbeiterklasse sei hoffnungslos korrumpiert, sie sei verbürgerlicht, sei selbst schon beteiligt an der Ausbeutung der Völker der Dritten Welt. Auf die verbürgerlichten Arbeiter komme es im Augenblick nicht an, von ihnen könne keine revolutionäre Tat erwartet werden.
Der antiautoritäre Flügel setzt sich mit großer Mehrheit durch. Man will auf jeden Fall versuchen, die Gebäude zu stürmen.

Fast drei Stunden hatte Ullrich in der kalten Nacht vor der Geschäftsstelle des *Abendblatts* gestanden und diskutiert. Die Menschenmenge war langsam gewachsen. Die Diskussionen hatten sich, je später es wurde, langsam geändert, auch die Diskutanten. Es waren jetzt zumeist junge Menschen. Man redet darüber, wie man am besten gegen Springer vorgehen könne. Die meisten wollen die Scheiben einwerfen, gleich hier an der Geschäftsstelle. Wie kann man sich wehren gegen vier Millionen Zeitungen?
Ullrich versucht, Conny anzurufen. Niemand meldet sich. Er läuft nach Hause. Seit Mittag hat er nichts mehr gegessen. Eine Scheibe einschmeißen. Diese Schweine. Diese verdammten Schweine. Haß.
Zu Hause hört er Nachrichten. Bundeskanzler Kiesinger hat an Dutschkes Frau Gretchen ein Telegramm geschickt, in dem er ihr seine Anteilnahme versichert. Ullrich würde dem gern eine in die Fresse hauen. Er versucht sich vorzustellen, was der sagen würde. Ullrich ißt Brot und trinkt Kaffee. Er kann es im Zimmer nicht mehr aushalten. Er läuft wieder zum Keller. Der Keller ist abgeschlossen. Er läuft zur Geschäftsstelle am Gänsemarkt. Dort stehen noch immer einige Gruppen und reden. Ullrich denkt an die Rotationsmaschinen hinter den großen Scheiben. Ihm fällt der Abend in

München ein, als er in seinem Zimmer mit Gaby im Bett gelegen hatte und die Nachrichten von der Schah-Demonstration durchkamen. Als sie Benno Ohnesorg erschossen hatten. Damals hatte er nicht gewußt, was er tun sollte. Seine Wut hatte sich gegen Gaby gerichtet. Gaby, die im Bett gelegen hatte, mit diesen stumpfsinnig dicken Titten. Er hatte nicht einmal gewußt, warum er auf Gaby wütend war. Diese Schweine, dachte er, man muß etwas tun. Er läuft zur Kaiser-Wilhelm-Straße.

5. Laßt Euch nicht von Saboteuren, die im Besitz von Megaphonen sind, von Eurem Vorhaben abhalten!

Der Innensenator ruft den Polizeipräsidenten an. Die Lage ist ruhig. Gegen 1.30 Uhr haben sich die Gruppen von Diskutanten vor der Geschäftsstelle aufgelöst. Der Verfassungsschutz meldet, daß für morgen eine Demonstration angesetzt ist. Die Springergebäude sollen blockiert werden. Gegen 2 Uhr werden am Gänsemarkt zwei der drei Peterwagen abgezogen. Der verbleibende Peterwagen wird in einer Seitenstraße postiert.

Ullrich geht langsam um das Springer-Haus. Auf dem U-Bahn-Bauplatz hat er eine schwere Schraubenmutter aufgehoben. Er hält sie in seiner Parkatasche mit der Faust umschlossen. Das Eisen ist schon warm. Dreimal geht Ullrich um den Gebäudekomplex. Er sieht die riesigen Rotationsmaschinen. Der Wind ist schneidend kalt. Ullrich ist heiß. Mehrere Polizisten gehen mit Hunden Streife. In der Faust hält er die Schraubenmutter. Ullrich lacht plötzlich. Ein Polizist mustert ihn mißtrauisch. Seid nett zueinander. Jetzt stehen hier Polizisten mit Schäferhunden.

Gegen 3 Uhr wird eine Schaufensterscheibe der Geschäftsstelle des *Abendblatts* am Gänsemarkt eingeworfen. Vermutlich wurde der Stein aus einem vorbeifahrenden Auto in das Schaufenster geschleudert, meldet der dort stationierte Peterwagen. Sofort werden die beiden abgezogenen Peterwagen wieder zum Gänsemarkt beordert. An der Kaiser-Wilhelm-Straße ist alles ruhig.

Ullrich wartet vor der Druckerei. Aber der Polizeiposten bleibt in Sichtweite. Ullrich hat Angst vor dem großen Schäferhund. Er läuft zum Gänsemarkt. In seiner Tasche umklammert er die Schraubenmutter. Vor der Geschäftsstelle halten zwei Peterwagen mit rotierendem Blaulicht. Einige Nachtbummler stehen neugierig herum. Am Boden liegen Scherben. Endlich, denkt Ullrich.
Er geht nach Hause, legt sich ins Bett und schläft sofort ein. Gegen Mittag wacht er auf. Er hat Kopfschmerzen. Er setzt Wasser auf, schmiert sich ein paar Brote, filtert Kaffee. Draußen scheint die Sonne. Nach der zweiten Tasse läßt der Druck im Kopf nach.
Am Ende des Wintersemesters hatte Ullrich mit Christa im *Cosinus* gesessen. Sie wolle nach München zurückgehen, hatte sie gesagt. Ullrich war nicht einmal überrascht. Er sah sie neben sich, ihre kleine gerade Nase, ihre hohe Stirn, ihre sanften runden Lippen, ihr untadelig dezenter Lidstrich.
Sie drehte das Bierglas auf dem Filz. Die Schaumkrone war schon abgesunken. Nur eine kleine Blaseninsel schwamm noch auf dem Bier. Er erschrak, wie fremd sie ihm bereits war. Er war sogar erleichtert, daß sie nach München ging. Sie hatten dann nur noch über belanglose Sachen geredet.
Ullrich geht zum Keller. Schon auf der Treppe hört er das Hämmern. Als würde etwas umgebaut. Die Luft ist grau vom Zigarettenqualm. Das Klingeln der Telefone. Wortfetzen. Das Knattern zweier Schreibmaschinen. Vor der Abziehmaschine eine Schlange. Man löst sich beim Kurbeln ab. Wenn einer müde wird, springt ein anderer ein. Wann gehts los?
Die Abziehmaschine ist umlagert. Jeder will einen Packen

Flugblätter. Sie werden sofort ausgetragen. Neue Gesichter.
Steine in den Glaskasten. Eine Hand voll Sand in die Rotationsmaschinen und der ganze Klump steht.

6. Falls ein Objekt besetzt worden ist: Eng zusammensetzen! Einhaken!

Der Spitzel Detlev M. benachrichtigt den Verfassungsschutz, daß im Keller Nagelbretter hergestellt werden. Er habe auch Benzinflaschen gesehen. Molotowcocktails. Der Verfassungsschutz benachrichtigt die politische Polizei. Der Polizeipräsident benachrichtigt den Innensenator. Der gibt den Durchsuchungsbefehl. Fünf Überfallwagen umstellen den Keller. Der Keller ist leer. Vor der Universität wird zur gleichen Zeit ein improvisiertes Teach-in abgehalten. Der einzige Student, Mitglied des SDS, der im Keller Wache hält, wird von der Polizei festgenommen, als er Widerstand gegen die eindringenden Polizisten leistet. Mehrere Nagelbretter werden sichergestellt. Molotowcocktails werden nicht gefunden.

Am späten Nachmittag verteilt Ullrich Flugblätter am Hauptbahnhof. Rudi schwebt noch immer in Lebensgefahr. Zwei Kugeln wurden ihm aus dem Kopf entfernt. Man weiß nicht, ob er jemals wieder imstande sein wird, zu reden. Diese Schweine, sagt Ullrich und hält wütend den Passanten seine Flugblätter entgegen.

Im Polizeipräsidium ist ein Einsatzstab gebildet worden. Der Innensenator befindet sich im Polizeipräsidium. Aus Schleswig-Holstein wird Bereitschaftspolizei zur Verstärkung angefordert. Einige Hundertschaften werden im Innenhof des Springer-Hauses an der Kaiser-Wilhelm-Straße stationiert.
Bürgermeister Weichmann ist nach Hamburg zurückge-

kommen. Der Polizeihubschrauber kreist über dem Universitätsgelände. Einige hundert Menschen haben sich vor dem Audimax versammelt.

Der Beginn der Demonstration war für 18 Uhr angesetzt worden. Treffpunkt: Moorweide. Unter den Rednern ist auch Petersen. Danach soll sich die Demonstration formieren und über den Gänsemarkt zum Springer-Haus marschieren.

Ullrich hat alle Flugblätter verteilt. Er läuft vom Hauptbahnhof zur Moorweide. Er umklammert die Schraubenmutter. Diese Schweine. Den kalten Ostwind, der scharf über die Alster fegt, bemerkt er nicht. Er achtet nicht auf den Verkehr. Er spürt, daß alles anders sein könnte. Daß er keinen Haß haben müßte. Einer, der das verhindert, ist Springer.
Die Moorweide ist schwarz von Menschen. Er trifft Conny, der eine riesige Ballonmütze aus blauem Frottee trägt, darin eingelegt ein gelber Stern. Petersen in Lederjacke, auf dem Kopf einen Plastikhelm, Bully, Lister, Erika und die anderen.
Alle waren da. Aus dem Lautsprecher quäkt es. Ullrich kann nichts verstehen. Er sieht die Gesichter der anderen. Ernste Gesichter. Ullrich friert plötzlich. Der Demonstrationszug formiert sich. In der ersten Reihe Conny und Petersen.
Unterhaken, wird durch die Reihen gerufen.
Sie haken sich unter.
Brecht Springer die Gräten
alle Macht den Räten
Ullrich läuft. Er spürt seine Nebenmänner, er hört ihre Stimmen. Ullrich ruft: Ho Ho Ho Chi Minh. Er spürt ein Würgen in der Kehle. Er muß mit dem Rufen aussetzen.
Haut dem Springer auf die Finger
Ullrich ist heiß.

7. Beim Durchbrechen von Polizeiketten: Die vorderen Ketten brechen nicht durch, sondern lassen sich widerstandslos (!) von den hinteren Ketten durch die Polizei schieben! Hintere Ketten schieben!

Der Polizeihubschrauber kreist über dem Demonstrationszug. Während die Spitze schon den Gänsemarkt erreicht hat, ist das Ende noch an der Überführung des Dammtorbahnhofs. Siebentausend schätzt der mitfliegende Kommissar. In der Dämmerung, tief unten, die unruhigen Flämmchen der Fackeln. Der Verkehr staut sich auf dem Gorch-Fock-Wall bis zum Karl-Muck-Platz.
Sie hocken sich auf den Stephansplatz. Ein Hubschrauber knattert über sie hinweg. Die gelben Positionslampen blinken.
Sie warten, bis sich der Block vor ihnen einige hundert Meter entfernt hat. Sie stehen auf. Sie haken sich ein und laufen los:
Axel wir kommen
Der Ostwind ist kalt. Ullrich schwitzt. Die Gesichter neben ihm sind nicht mehr ernst. Er erkennt seine Freude in den Gesichtern der anderen wieder. Eine Freude, die verändert. Er kann, wenn er sich umdreht, das Ende des Zugs nicht ausmachen. Er ist noch nie mit so vielen Menschen zusammen gegangen. Er war herumgelaufen und hatte gesucht. Jetzt war er angekommen. Er hatte die anderen gefunden. Es waren Menschen, die er nie zuvor gesehen hatte.
Er hatte sie untergehakt, er konnte lachen und reden mit ihnen, als kennten sie sich schon lange. Was er fühlt, ist eine Freude, die über ihn hinausgeht, die ihm ein Gefühl der Weite und Stärke gibt. Eine Freude, die vom Haß getragen wird, ein Haß, der verändert. Die neben ihm gehen, waren wie er aus ihren Zimmern gelaufen. Jetzt marschieren sie eingehakt und rufen: *Haut dem Springer auf die Finger.*
Menschen, die am Straßenrand stehen, reihen sich ein.
Solidarisieren, mitmarschieren.

Sie sind eine Kraft geworden. Sichtbar. Hörbar.
Ullrich denkt plötzlich an Springer. Er muß Angst haben, denkt Ullrich. Wenn er jetzt am Straßenrand stehen würde, er müßte sich entsetzlich allein vorkommen. Ullrich hat Mitleid mit dem Mann Springer. Aber dann sieht er die Polizisten.
In Ullrichs rechten Arm hat sich ein alter Mann eingehakt. Er war einfach vom Bürgersteig in den Block gelaufen und hatte sich eingehakt. Bravo, hatten sie gerufen.
Etwas ist anders geworden, denkt Ullrich, etwas ist neu. Etwas, was alle betrifft.

Der Einsatzleiter hat den gesamten Gebäudekomplex mit Absperrgittern abriegeln lassen. Die Nachtausgabe von *Bild* soll in der kleinen, schlechtbeleuchteten Speckstraße durchgebracht werden. Mit Unterstützung des Wasserwerfers und mit Knüppeleinsatz. Der Einsatzleiter gibt den Kommissaren der Bereitschaftspolizei die Instruktionen. Währenddessen wird im Innenhof des Springer-Hauses heißer Kaffee an die Bereitschaftspolizisten ausgegeben. Die ersten Demonstranten erreichen die Kaiser-Wilhelm-Straße. Einzelne Blöcke des Demonstrationzugs werden von den Genossen des SDS zu den verschiedenen Ausfallstraßen geführt. Die Demonstranten setzen sich vor den Absperrgittern aufs Pflaster und haken sich ein.

Ullrich ist in einem Block in die Speckstraße gelaufen. Eine dunkle, mit Kopfsteinen gepflasterte Straße, die von der U-Bahn-Baustelle begrenzt wird. Hier versuchen die bestimmt durchzubrechen, hatte Petersen gesagt, hier können sie unbeobachtet knüppeln. Ullrich setzt sich auf ein Teerfaß und raucht eine Zigarette.
Plötzlich stürzt ein Greiftrupp der Polizei hervor, packt Petersen. Sie schlagen ihn zusammen und schleifen ihn hinter das Abstellgitter. Alle hatten wie erstarrt gestanden. Nur Conny schlägt einem Polizisten die Mütze vom Kopf.

8. Verhaftung von Mitdemonstranten durch Rufe melden! Polizisten isolieren und den Gefangenen zur Menge durchzerren!

Diese Schweine. Die Bullen. Ullrich ballt die Faust um die Schraubenmutter. Das Eisen ist warm. Wir müssen eine Barrikade bauen, sagt Conny. Pflastersteine. Baumaterial. Jemand läßt einen Flachmann herumgehen. Das warme Brennen in der Kehle.

Plötzlich entdeckt Ullrich Renate. Hallo. Ich hab euch gesucht, sagt sie, ich wußte, daß ihr hier seid. Sie hält Ullrich die kalten Hände an die Wangen.

Eiskalt, sagt Ullrich.

Jemand reicht ihr den Flachmann. Sie verzieht das Gesicht. Ullrich möchte alle berühren. Es ist wie ein Fest.

Auf diesen Frühling kommt ein heißer Sommer, sagt Conny und umarmt Renate.

Endlich ist mir warm, sagt sie, der Schnaps.

Ihr Haar weht ihr immer wieder ins Gesicht, und immer wieder dreht sie dann das Gesicht in den Wind. Ullrich legt ihr den Arm um die Schulter. Sie küßt ihn.

Dem Einsatzleiter wird gemeldet, daß in der Speckstraße mit dem Bau einer Barrikade begonnen worden sei. Pflastersteine würden aus dem Straßenpflaster gebrochen, außerdem würden Bohlen, Bretter und Teerfässer von der U-Bahn-Baustelle herangeschleppt. Der Einsatzleiter bespricht sich nochmals mit den Kommissaren der Bereitschaftspolizei. Es bleibt bei der Entscheidung, daß in der Speckstraße der Durchbruch versucht werden soll.

Zwei Hundertschaften sollen mit Schlagstöcken gegen die Demonstranten vorgehen. Zwei Zehnerschaften sollen währenddessen die Barrikade räumen.

Die Windschutzscheiben der LKWs, in denen die Zeitungen ausgeliefert werden sollen, werden mit Zeitungsbündeln

abgedeckt. Dadurch sollen die Fahrer vor Steinwürfen geschützt werden.
Der Einsatzleiter inspiziert die Posten vor den Abstellgittern der Speckstraße. Er beobachtet den Bau der Barrikade. Dann gibt er den Befehl, eine weitere Zehnerschaft zur Verstärkung an die Absperrgitter Speckstraße zu schicken. Petersen wird von einem Kommissar der politischen Polizei verhört. Er verweigert die Aussage. Er hat eine stark blutende Platzwunde am Kopf. Er will mit einem Anwalt telefonieren. Das wird abgelehnt.

9. Bei Verhaftungen: Nur Personalien angeben, Dienstnummer des verhaftenden Polizisten feststellen, Namen von mitverhafteten Demonstranten (Zeugen) notieren! Sofort über Polizeitelefon die Rechtshilfe anrufen!
Tel.: 349091

Ullrich reicht den kalten Pflasterstein mit einem kleinen Schwung und leicht gebückt seinem Vordermann zu, der jedesmal schnauft, wenn er den Stein nimmt. Ullrich denkt daran, wie er aufgesprungen war, wie er aus seinem Zimmer gelaufen war, genau wie die anderen, die in der Schlange standen und die Pflastersteine weiterreichten, bis nach vorn, kurz vor dem Abstellgitter, wo die Barrikade wächst.
Er hatte gewußt, wohin er laufen mußte. Er war schon gestern hier gewesen. Er wußte, wo der Grund lag, plötzlich kannte er ihn, den Grund für seinen Haß, für seine Einsamkeit, seine Ziellosigkeit, seine Angst, seine Lügen, seine Gehässigkeit, für sein Aufschneiden, seinen Neid und immer wieder für die Lügen.
Das war veränderbar.
Wie leicht er die schweren Steine weiterreicht. Er fühlt sich kräftiger und stärker. Wie schnell die Barrikade vorn vor dem Absperrgitter wächst.
Wachs und werde zum Wald! eine beseeltere, vollentblühende Welt!

Ein Trupp Polizisten mit Tschakos und graugrünen Mänteln marschiert zu dem Absperrgitter.
Macht kaputt, was euch kaputtmacht.
Mit Schwung reicht er den Stein seinem Vordermann zu. Er glaubt, die Wärme der Hände der anderen an dem Pflasterstein zu spüren, dem ihm sein Hintermann zureicht.
Schön, sagt er, wir brauchen Musik, eine Kapelle.
Sein Vordermann lächelt. Ein dünnes Lächeln in einem angestrengten Gesicht, aber ein glückliches Lächeln. Der Stein wandert von Hand zu Hand. Vorn wird er auf die Barrikade geschichtet. Die Barrikade wächst. Stein um Stein. Vor der Barrikade die Absperrgitter und dahinter die Bereitschaftspolizei. In Zweierreihe. Dahinter, wie ein großer grauer Panzer, der Wasserwerfer. Im Hintergrund der gewaltige Gebäudekomplex der Springerdruckereien und der Redaktionen. Alle Fenster hell erleuchtet.
Im Hof der Druckerei formiert sich der LKW-Konvoi mit der Samstagausgabe von *Bild*.
Die Hundertschaften marschieren zur Barrikade. Ein Lautsprecherwagen fährt vor.
Hier spricht die Polizei. Räumen Sie die Straße.
Eingehakt sitzen die Demonstranten vor der Barrikade.
Sie singen. Sie singen die Internationale. Nur wenige kennen den Text. Aber alle singen den Refrain.

An dieser Stelle kamen sie nicht durch.
Die Barrikade war schon zu hoch. Die sie verteidigten zu viele.

Dritter Teil

1 Ullrich war von der Musik im Nebenzimmer aufgewacht.
Please tell her thanks a lot
I cannot move
my fingers are all in a knot
I don't have the strings to get up
and take another shot
Renate schlief noch. Sie atmete ruhig und gleichmäßig. Vorsichtig drehte er sich ihr zu. Ihr Mund war leicht geöffnet.
Ullrich hatte geträumt. Er hatte in einer Röhre gesessen. Plötzlich waren die Abwässer gestiegen.
Nebenan spielte Bob Dylan Mundharmonika. Nottker war also schon aufgestanden.
Gestern nacht hatten sie Musik gehört, geraucht und Tee getrunken. Nottker hatte wieder Beethoven aufgelegt. Ausgerechnet die Fünfte.
Nicht schon wieder diese Kiste, hatte Ullrich gebeten.
Aber Nottker hatte darauf bestanden, wenn er angeturnt sei, sehe er die Fünfte farbig. Da gibt es Blautöne und Violetts, die sich ausbreiten, pulsieren, ins Rot überlaufen, besonders im ersten Satz, behauptete Nottker, das sei einfach wahnsinnig. Ullrich hatte vorgeschlagen, die *Mothers of Invention* zu hören. Die sind gelbstichig, hatte Nottker gesagt, und Gelb könne er nun mal einfach nicht ausstehen.
In Ullrichs Kopf war wieder diese wattige Müdigkeit. Bob Dylan sang.
Einstein disguised as Robin Hood
with his memory in a trunk
passed this way an hour ago
with his friend a jalous monk
Gleich nachdem Ullrich mit Renate, Ursula und Nottker in die Altbauwohnung eingezogen war, hatte Nottker ihm gezeigt, wie man den guten Dreiblattjoint dreht. Zwei Zigarettenblättchen werden an den Längsseiten aneinandergeklebt, ein Blättchen wird an die Seite quer geklebt. In das tütenförmig zusammengerollte Papier wird ein Pappmund-

stück eingelegt. Tabak aus eineinhalb Zigaretten wird zu etwa zehn Prozent mit Shit vermischt. Der letzte Zentimeter vor dem Mundstück enthält nur Tabak. Man inhaliert aus der hohlen Faust.
Ullrich hatte inhaliert.
Hatte sich eine neue Dimension eröffnet, ein Übermarx, aus dessen Kopfhaar Che Guevaras Bart und Gesicht hervorwuchs?
Barrikaden auf dem Jungfernstieg? Renate als Kommunardin, die Bluse zerrissen, in der rechten Hand die schwarze Fahne?
Nein.
Ullrich war beim ersten Kiffen nicht über Abgründe geflogen. Er hatte Bob Dylan nicht farbig gesehen, nicht einmal die Dimensionen des Zimmers hatten sich verschoben.
Nein, hatte Ullrich gesagt, ich sehe nichts, absolut nichts.
Wer gewaltsam etwas sehen wolle, könne überhaupt nichts sehen, hatte Nottker gesagt, auf dem Boden sitzend, vor sich eine Teeschale.
Du bist eben leistungsfixiert. Nottker mußte zweimal ansetzen, um leistungsfixiert aussprechen zu können.
Nottker stotterte manchmal.
Renate bewegte sich plötzlich, drehte sich auf den Bauch, schluckte und schlief weiter. Ullrichs Mund war trocken, rauh, wie mit Sand ausgeblasen.
Vorsichtig stand er auf und ging in die Küche.
Nottker saß im grellen Sonnenlicht am Küchentisch und trank Tee.
Gräßlich, sagte Ullrich und zog das Rollo herunter.
Willst du, fragte Nottker, Jasmintee?
Nottker aß Knäckebrot mit Erdbeermarmelade.
Die Marmelade im Glas war grellrot. Die Erdbeeren darin wie geronnene Blutklumpen.
Magst du, fragte Nottker.
Nein. Ullrich schlürfte vorsichtig den Tee. Der Geruch nach Jasmin. Eine Wiese. Eine tiefe Wiese, in der man die Feuch-

tigkeit spürt. Eine Wiese am Morgen, in die man sich hineinlegen kann, ausgestreckt, über sich den Himmel.
Früher, in Braunschweig, bin ich manchmal nach der Schule so weit mit dem Fahrrad hinausgefahren, bis die Felder und Wiesen anfingen. Ich hab mich dann ins hohe Gras gelegt, im Sommer, und hab stundenlang die Wolken am Himmel beobachtet. Es gibt eine Sprache der Wolken.
Bist du schon high, fragte Nottker und knabberte sein Knäkkebrot. Das Knabbern setzte sich noch im Mund fort.
Kransch, krumsch, kramsch.
Knäcke ist lustig, sagte Nottker, und praktisch. Trocknet nicht aus, schimmelt nicht, die revolutionäre Kraftnahrung.
Außerdem kam das WASA-Knäckebrot aus Schweden, wo immerhin eine sozialdemokratische Regierung an der Macht war, also gerade noch genießbar, im Gegensatz zu den spanischen Orangen, die Nottker verabscheute.
Nottker sagte: Man muß den Sozialismus unterstützen, auch dann, wenn er noch unvollkommen ist. Mit Genugtuung kaufte er cubanischen Rum und Tee aus der Volksrepublik China, den es für zweifünfzig bei Hertie gab. Für seinen Transistor kaufte er Batterien aus der DDR. Er kaufte eingemachte Tomaten aus Bulgarien und Wodka aus der UdSSR. Den allerdings nur sehr selten. Nottker mochte keinen Wodka.
Dagobert kam in die Küche und miaute.
Er ist schon wieder gewachsen, sagte Ullrich, auf die Katze starrend. Der ist größer geworden, sagte er, als wäre er von einer Reise zurückgekommen. Der wächst und wächst. Unglaublich. Bald kommt der nicht mehr durch die Tür. Eines Tages wird er uns alle fressen, schleicht sich einfach in die Zimmer und frißt uns an.
Nottker stellte Dagobert ein Schälchen Milch auf den Boden.
Dagobert schlappte.
Nein, sagte Nottker, der frißt uns nicht.

Ullrich schlürfte den Jasmintee und aß ein Stück Schafskäse.
Ich hab geträumt. Ich trieb auf einer Luftmatratze durch riesige schwarze Röhren. Ein Kanalsystem offenbar. Ich suchte jemanden. Wen, weiß ich nicht mehr. Plötzlich saßen da auf einer Anschwemmung mitten in den strömenden Abwässern drei Typen, die Skat spielten. Einer der drei war Lister. Ich sollte mitspielen. Aber ich kann keinen Skat. Lister erklärte es mir. Aber ich brachte immer wieder die Karten durcheinander.
Plötzlich stieg das Wasser. Die Luftmatratze war weg. Und das Wasser stieg in diesem Abflußrohr immer weiter.
Nottker hatte aufgehört zu kauen. Und dann?
Ich weiß nicht mehr. Ich bin dann aufgewacht.
Dich bedrückt was, sagte Nottker und kaute weiter.
Was ist heute für ein Tag, welches Datum, mein ich, fragte Ullrich.
Weiß nicht, ist doch auch egal.
Ullrich trank seinen Jasmintee aus. In einigen Tagen würde die Abgabefrist für seine Seminararbeit ablaufen.
Was machst du heute?
Nottker wollte in die Stadt fahren. Er habe Lust, einen Spruch zu schreiben. Am Mittelweg habe er eine Plakatwand entdeckt mit einem riesigen weißen Riesen.
Gleich hinter Riesenwaschkraft wollte Nottker schreiben: Wird sie auch den schwierigsten Härtetest bestehen und Kiesingers braune Weste weiß waschen?
Nottker war Wandbeschrifter. Davor war er Referandar gewesen. Eines Tages war er einfach nicht mehr in die Kanzlei gegangen, hatte seinen dunkelgrauen Anzug mit Jeans vertauscht, seine Verlobung aufgelöst und hatte damit begonnen, Plakate und Hauswände zu beschriften. Von seinem Vater, einem Universitätsprofessor in Kiel, bekam er monatlich sechshundert Mark.
Kommst du mit, fragte Nottker.

Nein, sagte Ullrich, ich muß an meine Arbeit. Endlich. Das hängt mir schon bis hier.
Ist doch Scheiß, sagte Nottker, wenn du keine Lust hast, dann laß es lieber. Sonst packt dich doch nur der Frust.
Nottker stand auf, steckte sich einen Filzstift und ein Stück Ölkreide ein. Nottkers Vorbild war Eiffe.
Eines Tages war Ullrich aufgefallen, daß er seit Wochen keinen neuen Eiffespruch mehr gefunden hatte.
Der letzte, den er entdeckt hatte, hieß:
Eiffe gibt auf
Lübke bleibt
Die alten Sprüche las er hin und wieder noch, verwaschen und unter dicken Schmutzschichten. Sprüche, die Ullrich alle schon kannte. Eiffe sei nach Paris gegangen, schon vor der Mairevolte, behaupteten einige, andere, er sei in eine Irrenanstalt eingeliefert worden.
Eiffe, der Bär, meldete sich nicht mehr.
Nottker ging.
Im Gemeinschaftsraum waren die dunkelgrünen Vorhänge noch immer zugezogen. Ullrich konnte endlich die Augen richtig öffnen. Er setzte sich in den Sessel und legte die Beine auf den Tisch. Hinter den geschlossenen Fenstern das dünne Rauschen des Straßenverkehrs. Eine dunkle kühle Höhle. Draußen war es jetzt sicher schon heiß. Der Asphalt aufgeweicht, auf den Blättern eine Staubschicht. Der Benzingestank.
Er drehte sich eine Zigarette. In den Tabak mischte er etwas von dem birmesischen Hasch, den Ursula mitgebracht hatte.
Ursula war Stewardess und Nottkers Freundin. Einmal in der Woche kam sie für zwei Tage in die Wohnung. Dann zog sie ihre proppere gelbe Lufthansauniform aus, stieg in die ausgefransten Jeans, nahm die blonde Kurzhaar-Perücke ab und ließ ihre langen blonden Haare endlich über die Schulter fallen.
Lange Haare waren bei der Lufthansa verboten.

Eigentlich hätte Ullrich längst vor seinen Notizen und Exzerpten sitzen müssen. Aber er hätte jetzt nicht einmal aufstehen können, glaubte er. So stocknüchtern kann ich mich unmöglich an den Schreibtisch setzen.
Er lag da und rauchte. Über ihm der grün ausgemalte Blumenfries aus Stuckrosetten, der die weiße Zimmerdecke eingrenzte.
Als sie hier eingezogen waren, hatten sie zuerst die Wände und Decken neu gestrichen. Renate und Nottker waren mit den Wänden längst fertig, da stand Ullrich noch immer auf der Leiter und kratzte diese Stuckrosetten aus. Die Zimmerdecke hatte er weiß gestrichen, den Stuckfries mit einem feinen Pinsel dunkelgrün ausgemalt. Er hatte Tage dafür gebraucht.
Wie Michelangelo, hatte Nottker einmal gesagt, als Ullrich abends mit steifem Hals von der Leiter stieg.
Ullrich legte *Sargent Peppers* auf. Er nahm die Kopfhörer. Er wollte Renate nicht wecken.
Lucy in the sky with diamonds,
Picture yourself on a train in a station,
With plasticine porters with looking glass ties,
Suddenly someone is there at the turnstile,
The girl with the kaleidoscope eyes.
Ullrich sah sich im Spiegel, der neben dem Che-Poster hing. An seinem Kopf die großen kugeligen schwarzen Hörkapseln.
Wie eine Mickymaus, dachte er, wie eine blasse Mickymaus. Die Vorderzähne müßten wachsen, dann fehlten nur noch schwarze Handschuhe. Ullrich ging zum Schrank, wühlte in den Schubladen. Endlich fand er ein paar schwarze Lederhandschuhe. Er zog sie sich über.
Als er wieder vor dem Spiegel stand, erschrak er. Er fand, daß er jetzt wie ein Pilot aussah. Wie ein Hubschrauberpilot. Diese Riesenlibellen, die so gräßlich klapperten. Schnell streifte er die Handschuhe ab.
Er holte sich das Kaleidoskop und legte sich auf den Tep-

pich. Er suchte einen Spalt im Vorhang, richtete das Kaleidoskop darauf und begann es langsam zu drehen. In seinem Kopf sang John Lennon. Die Farbkristalle splitterten. Das Ziehen der Melodie. Rhythmisch zusammenstürzende Formen, die sich wieder aufbauen, zusammenstürzen. Das Neue. Farbig gebrochen und aufgesplittert. Sterne aus Kristallen. Plötzlich berührte ihn jemand. Ullrich fuhr zusammen. Petersen stand neben ihm.
Ullrich nahm die Kopfhörer ab.
Renate hat mich reingelassen, sagte Petersen. Ich wollte mal sehen, was du treibst.
Ullrich stand langsam auf. Das Kaleidoskop in der einen, die Kopfhörer mit der nun kleinen, quäkenden Stimme in der anderen Hand.
Petersen ging im Zimmer umher und sah sich die Poster an.
Wie geht der hier herum, dachte Ullrich, immer noch das Kaleidoskop und die Kopfhörer in den Händen.
Schön wohnt ihr, sagte Petersen, aber etwas düster.
Ich muß etwas sagen, dachte Ullrich, ich muß jetzt irgend etwas sagen, aber dann dachte er wieder, was will der hier. Wie ein Überfall. Und dann dieses gräßlich gelblichweiße Nylonhemd, das Petersen trug.
Du warst lange nicht mehr im Keller.
Ja, sagte Ullrich, aber er sitze an einer Seminararbeit und überhaupt.
Petersen überhörte das letzte.
Was für eine Arbeit?
Die Arbeiterliteratur der zwanziger Jahre im Spiegel der Kritik.
Interessant, sagte Petersen.
In sieben Tagen muß ich abgeben.
Sieben Tage, sagte Petersen nachdenklich.
Ja, sagte Ullrich und dachte: Wie in einem Verhör.
Ullrich legte Kaleidoskop und Kopfhörer auf den Tisch. In sieben Tagen. Aber ich muß den Schluß noch schreiben. Der

Umzug kam dazwischen. Und dann haben wir die ganze Wohnung neu streichen müssen. Sieh mal die Stukkatur.
Wie lang soll der Schluß denn werden, fragte Petersen, die Decke betrachtend.
Der Schluß ist schwierig, sagte Ullrich. Er hatte eine Schreibtischschublade aufgezogen und suchte etwas.
Ich will nicht nur die Kritik kritisieren.
Ullrich kramte in einer anderen Schublade.
Das soll etwas werden, hinter dem ich endlich mal stehe. Etwas, was auch für andere wichtig ist. Zum Beispiel für Lehrer.
Vielleicht kann man das dann im Unterricht anwenden. Verstehst du, eine Arbeit, die nicht nur der Professor liest, wenn der sie überhaupt liest. In München hab ich mal über Hölderlin gearbeitet. Aber plötzlich wußte ich nicht mehr, warum ich schrieb, mal abgesehen vom Schein.
Er blätterte in einem Stoß Karteikarten.
Ich hab die Oden durchinterpretiert, bis zum letzten Komma, und zuletzt wußte ich nicht mehr, wozu der ganze Aufwand gut war. Ich hab die Arbeit nicht fertig geschrieben. Aus. Das hatte nichts mit mir zu tun.
Was suchst du denn, fragte Petersen.
Das hatte einfach nichts mit mir zu tun, sagte Ullrich, über eine Schublade gebeugt. Die Ablautreihen im Gotischen zum Beispiel. Ich hab die tatsächlich mal auswendig gekonnt. Vierzehn Tage lang. Ich versteh das gar nicht mehr, aber ich konnte die mal auswendig. Und wozu war das gut? Hier, das ist was anderes. Da kann man sich voll reinhängen. So eine Arbeit muß uns doch verändern. Verstehst du? Verändern. Man muß nach der Arbeit ein anderer sein. Sonst ist das alles umsonst.
Ullrich wühlte in Zetteln, Blättern und Karteikarten.
Es fehlt nur noch der Schluß. Da muß rauskommen, was man mit Büchern anfangen kann. Zum Beispiel, was können wir heute mit einem Roman, wie *Brennende Ruhr* anfangen. Vielleicht mosert Schneider. Vielleicht wird er sagen: Die

Arbeit ist unwissenschaftlich. Aber was der sagt, ist mir wurscht. Die soll sogar unwissenschaftlich sein. Was die unter wissenschaftlich verstehen, ist mir scheißegal.
Ullrich ließ sich in einen Sessel fallen.
Was hast du denn nun gesucht, fragte Petersen.
Wieso gesucht, fragte Ullrich. Er starrte auf den Vorhang.
Sieben Tage, sagte Petersen, eine ganze Woche, das schaffst du.
Ullrich sah Petersen überrascht an: Warum soll ich das nicht schaffen?
Das war nicht so gemeint, sagte Petersen, und dann nach einer kleinen Pause: Soll ich den Vorhang aufziehen?
Nein, sagte Ullrich, ich hab eine dicke Birne.
Renate kam im Bademantel ins Zimmer. Sie hatte geduscht. Ob Petersen Lust auf einen Orangenblütentee habe.
Ja, danke, sagte Petersen zerstreut und, sich wieder Ullrich zuwendend: Ich will deine Arbeit mal lesen. Die tendenziell bewußtseinsbildende Funktion von Literatur, das interessiert mich.
Ullrich starrte auf den Vorhang.
Dann sagte Petersen: Erika läßt dich grüßen.
Grüß sie mal wieder. Was macht sie denn, fragte Ullrich.
Er wollte schnell von etwas anderem reden, aber da hatte Petersen schon gesagt: Wir rotieren. Die Notstandsgesetze. Du weißt, da ist jetzt bald die zweite Lesung im Bundestag.
So, sagte Ullrich. Willst du die neueste Platte der *Rolling Stones* hören?
Ullrich legte die Platte auf, ohne die Antwort abzuwarten.
Die Musik dröhnte über die beiden Lautsprecher.
Du mußt dich hierhin setzen, sagte Ullrich und schob Petersen einen Sessel zurecht.
Paß auf, jetzt, diese Stelle, die ist enorm, die reißt alles auf, da fliegt dir die Schädeldecke weg.
Ja, sagte Petersen, die ist gut. Sag mal, warum...
Ullrich zog die Musik hoch. Es war, als klopften die Rhythmen von innen gegen die Schädeldecke.

Petersen saß schweigend im Sessel und starrte auf das Che-Poster an der Wand.
Renate brachte den Tee. Im Zimmer roch es jetzt nach Orangenblüten. Petersen machte mit den Fingern eine Drehbewegung zum Plattenspieler.
Ullrich stellte ihn leiser.
Die Stones muß man einfach in dieser Lautstärke hören, sonst ist die Musik nicht im Kopf. Verstehst du, die Musik muß im Kopf sein und nicht irgendwo draußen.
Petersen nippte an seiner Teeschale.
Ullrich ärgerte sich plötzlich über Petersen. Schon wie der da saß und seinen Tee trank. Tee war für den heißes Wasser. Darum schlürfte er auch so vorsichtig, nicht, um den Geschmack der Orangenblüten auf der Zunge zu spüren, sondern nur, um sich nicht den Mund zu verbrennen.
Petersen der Redliche. Petersen der Unbestechliche. Petersen der Theoretiker.
Wenn Petersen nicht gerade diskutierte, las Petersen.
Ullrich hatte ihn einmal zufällig in einer überfüllten U-Bahn getroffen. Petersen stand in der Nähe der Tür. Mit der linken Hand hielt er sich an einem Griff fest, in der rechten hatte er ein Buch, unter dem Arm klemmte die Aktentasche. Auf jeder Station wurde er von den Hinausdrängenden vorgeschoben und dann von den Neueinsteigenden wieder zurückgeschoben. Dabei las er, ohne aufzublicken. Er blickte auch dann nicht hoch, als Ullrich sich zu ihm vorgearbeitet hatte und ihn anstieß. Erst als Ullrich ihn beim Namen rief, hatte Petersen hochgeblickt. Wie erschrocken.
Du hast ja ein irres Hemd an, sagte Renate zu Petersen.
Wieso, fragte Petersen, die Teeschale in der ausgestreckten Hand.
Diesen Haifischflossenkragen find ich irre, wo gibts denn die Hemden noch?
Das Hemd hat mir meine Mutter geschickt, zu Weihnachten, aus Rendsburg.

Petersen wirkte übermüdet. Sein Gesicht war genauso gelblichweiß wie das Nylon-Hemd.
Was machst du überhaupt, fragte Ullrich.
Ich mach im nächsten Monat mein Rigorosum.
Rigorosum, sagte Ullrich, wie sich das anhört. Erst die Daumenschraube, dann der spanische Schuh und schließlich das Rigorosum.
Ja, sagte Petersen, das alles ist zum Kotzen.
Schmeckt dir der Tee nicht, fragte Renate, die sich auf das Sofa gehockt hatte.
Doch doch, beteuerte er und nahm einen großen Schluck.
Eine Pause entstand. Ullrich genoß diese Pause.
Dann sagte Petersen: Wir haben dich im Keller vermißt. Wir brauchen jetzt jeden. Die Aktionen gegen die Notstandsgesetze sind angelaufen. Wir müssen da einige massive Demonstrationen auf die Beine bringen. Das ist wichtig, aber das muß ich dir ja nicht sagen.
Dagobert kam ins Zimmer und begann, mit Renates Bademantelgürtel zu spielen. Er legte sich auf den Rücken und schlug mit den Pfoten nach der herunterhängenden Kordel.
Wir sollten eine Katzendemonstration machen, sagte Ullrich, nachts durch die Villenviertel. Renate voran mit der schwarzen Fahne der Anarchie und hinter ihr Tausende von Katzen, in allen Farben, schwarze, weiße, braune, gescheckte, auch einige Siamkatzen, die auf ihre bürgerlichen Privilegien freiwillig verzichtet haben. So ziehen sie durch die abendlich ruhigen Villenviertel, ganz leise auf Sammetpfoten. Und jedesmal, wenn Renate die Faust hebt, dann miauen alle, ein Miauen, das auch die solidesten Mauern der Altbauvillen durchdringen wird.
Renate hatte Ullrich aufs Sofa gezogen und griff ihm ins Haar. (So greift man Pferden in die Mähne.) Sie lachte. Die Katzendemonstration gefiel ihr.
Die Tiere sind die Parias in dieser Gesellschaft, sagte Ullrich. Die Tierwelt, das ist die Hölle, die Versuchsreihen in

den Laboratorien, die Schlachthöfe. Eine Tierdemonstration.
Petersen hatte aufmerksam zugehört, immer noch die Teeschale in der Hand.
Nein, sagte Ullrich, Katzen reichen nicht aus. Man müßte das Schlachtvieh durch die Villenviertel treiben, die ganzen künftigen Koteletts und Filets, die nach Mist und Pisse stinkenden Ochsen und Kälber. Das ängstliche Brüllen. Das kreischende Quieken. Das wird die aufschrecken.
Petersen stand auf und stellte die Teeschale auf den Tisch. Endlich kam die Frage, auf die Ullrich gewartet hatte: Warum bist du nicht mehr in den Keller gekommen?
Ullrich holte sich das Kaleidoskop vom Tisch und sah hindurch.
Aber er achtete nicht auf die farbigen Muster.
Warum, dachte er, warum bin ich nicht mehr in den Keller gegangen? Er schwieg.
Er reichte Petersen das Kaleidoskop: Sieh mal durch. Man sieht da mehr, als man denkt.
Renate hob Dagobert hoch: Dagobert hat es gut. Dagobert ist schon befreit. Sie ging mit ihm hinaus.
Petersen legte das Kaleidoskop beiseite.
Gib mir mal einen Packen. Ich hab das immer so gemacht, wenn ich hängengeblieben bin. Dann hab ich mit jemandem darüber diskutiert.
Na, ich weiß nicht, sagte Ullrich. In München, auf einer Party, so mit Rotwein und Käse, hat mal einer gesagt: Wenn der Ullrich erzählt, dann muß man immer die Hälfte wegstreichen, der kann so schön übertreiben. Krausismus nannte er das, und alle haben gelacht. Noch wochenlang danach hab ich mir immer wieder Situationen vorgestellt, wie ich diesen Typ fertigmachen würde. Ich hab mir das richtig genüßlich ausgemalt, wie ich den lächerlich machen würde. Und es waren immer diejenigen dabei, die auch damals auf der Party waren. Ich hab diesen Typ gehaßt. Dabei kannte ich den kaum.

Ullrich starrte auf den Vorhang.
Jetzt seh ich alles ganz neu, sagte er. Endlich kann man das machen, was Spaß macht.
Was macht ihr denn, fragte Petersen.
Nottker ist Wandbeschrifter. Manchmal gehen wir zusammen in die Stadt und legen Stolperstellen an.
Stolperstellen?
Das haben wir gemeinsam entwickelt. Wir schreiben mit schwarzer Ölkreide einen Spruch auf den ersten weißen Zebrastreifen. Da müssen nämlich alle hinsehen, wenn sie vom Bürgersteig heruntergehen, weil sie sonst auf die Fresse fliegen. Diese Typen rennen doch alle blind durch die Gegend. Und für die sind die Stolperstellen gedacht. Die müssen darüber stolpern, verstehst du, die Sprüche prägen sich ein, haken sich fest. Ein Aha-Erlebnis.
Petersen schwieg.
Ullrich glaubte gesehen zu haben, daß Petersen den Mund verzogen hatte, während er sprach.
Ohne Phantasie vertrocknet man doch, sagte Ullrich. Wie im Keller. Diese Diskussionen. Dieses Gequatsche über die Kategorien des Kapitals. Da trocknet man aus, da verdurstet man. Ohne Phantasie, ohne Spiel, was soll das für eine neue Gesellschaft werden? Lauter vertrocknete Seminarmarxisten. Die Langeweile. Das ist der gesellschaftliche Wärmetod.
Ich muß gehen, sagte Petersen und sah demonstrativ auf die Uhr. Wie spät ist es genau?
Wir haben keine Uhren mehr, sagte Ullrich.
Gut, sagte Petersen und nach einem kurzen Zögern: Ich nehm die Seiten mal mit. Ich werde sie wie meine Augäpfel hüten, sagte er lachend.
Etwas konnte daran vieldeutig sein, aber Ullrich wußte nicht was.
Du hast doch eine Kopie.
Eigentlich brauch ich die Seiten, sagte Ullrich.

Aber Petersen war schon zur Tür gegangen: Ihr habt ja gar nicht die Türen ausgehoben.
Nein, sagte Ullrich und dachte, wann geht der endlich.
Morgen früh komm ich wieder, sagte Petersen. Das klang wie eine Drohung. Und im Korridor rief er laut: Tschüs.
Ullrich ging ins Zimmer zurück und suchte die Durchschläge seiner Arbeit heraus. Er stand wieder auf und schob den Vorhang etwas zur Seite. Das Sonnenlicht stach ihm in die Augen. Er ging im Zimmer umher. Er sah durch das Kaleidoskop. Legte es wieder weg und setzte sich an den Schreibtisch. Er begann in seiner Arbeit zu lesen. Er mußte versuchen, wieder den Anschluß zu finden.
Es war am Ostersonntag gewesen. In Sprechchören hatten sie die Freilassung von Petersen gefordert. Ullrich lief eingehakt in einer Reihe mit anderen Demonstranten. Bei jedem Ho ließ er sich in den Schritt fallen. Rhythmisch, fast tänzerisch waren sie durch die nächtliche Innenstadt zum Polizeipräsidium gelaufen. Sie wollten, wie Conny zuvor auf dem Teach-in gesagt hatte, nach der erfolgreichen Springerblockade nun auch der Polizei mal Feuer unter den Hintern machen.
Ullrich hatte geglaubt, in dieser Nacht sei alles möglich. Vielleicht konnte man das Polizeihochhaus stürmen. Vielleicht brach die verrottete Ordnung in dieser Nacht einfach zusammen.
Vor dem Portal des Polizeipräsidiums, einem riesigen Betonhochhaus, hatten sie sich auf das kalte Pflaster gesetzt. Auf einmal dachte niemand mehr an eine Erstürmung des Präsidiums. Eigentlich wollte man nur eine Erklärung von dem Polizeipräsidenten hören. Als dann die Mannschaftswagen der Bereitschaftspolizei vorfuhren und die Polizisten heruntersprangen, hatte Ullrich zu Conny gesagt: Wir müssen hier weg, das ist Wahnsinn, hier sitzenzubleiben.
Das Klatschen der Gummiknüppel, das grelle Schreien.
Später hatten sie sich im Audimax der Uni getroffen. Be-

drückt hatten sie in den Bänken herumgesessen. Ullrichs linkes Auge war langsam zugeschwollen.
Das war die Quittung für Karfreitag. Jetzt haben sie uns mal gezeigt, was sie alles können.
Und wie soll es weitergehen, hatte jemand gefragt.
Niemand hatte darauf eine Antwort geben können.
Ullrich blätterte in den Seiten, die er vor zwei Monaten geschrieben hatte. Wochenlang hatte er bis in die Nacht hinein an der Schreibmaschine gesessen. Dann aber war er hängengeblieben.
Er hatte in seinem Zimmer gesessen, und das Geschrei der Fußballspieler auf dem Sportplatz hatte ihn plötzlich wütend gemacht. Wie die sich abstrampelten, um den Ball zu bekommen. Diese blödsinnigen Verrenkungen, wenn mehrere in die Luft sprangen und zugleich mit den Köpfen nach dem Ball stießen.
Die Philosophen haben die Welt nur verschieden interpretiert; es kommt darauf an, sie zu verändern.
Der Magen tat ihm mal wieder weh. Irgend etwas war ihm nicht bekommen. Er versuchte sich zu erinnern, was er alles gegessen hatte. Drei Tage hatte er über den Schluß seiner Arbeit nachgegrübelt. Jedesmal, wenn das Geschrei auf dem Fußballplatz laut wurde, war er aufgestanden, um das Tor nicht zu verpassen. Seine Magenschmerzen waren schlimmer geworden. Dann war er wieder in den Keller gegangen.
Der Keller war überfüllt. Es wurde wieder einmal diskutiert. Aber da war ein neuer Ton in den Diskussionen, etwas Gehässiges, Zänkisches. Petersen forderte, man müsse bestehende Freiräume nutzen, zum Beispiel die Uni. Dort müsse man arbeiten und zwar revolutionär. Ein kleiner schwarzhaariger Junge mit hellblauen Augen redete vom französischen Modell. Man müsse gezielt Terror machen. Die Mairevolte in Frankreich. Die Opas der Revolution könnten ja weiter in den Seminaren arbeiten.

Jemand verlangte, man müsse in die Betriebe gehen und Basisgruppen gründen.
Jemand sagte, nur die Randgruppen dieser Gesellschaft könnten das revolutionäre Subjekt sein und forderte die Zusammenarbeit mit entlaufenen Fürsorgezöglingen.
Jemand sagte, das sei Opportunismus und sprach von den Kategorien des Kapitals.
Lister in seiner blauen Elektrikerjacke sagte: Genossen, ganz konkret, die Gewerkschaften.
Er wurde niedergeschrien. Abwiegler. Arbeiterverräter. Revisionist.
Ullrich fand den Keller plötzlich beängstigend niedrig. Er war hinausgerannt.
Er war dann lange durch die nächtlichen Straßen gelaufen. Es war der erste warme Frühlingsabend.
Ullrich versuchte nachzurechnen, wie lange das schon her war. Sieben Wochen. Er starrte auf die beschriebenen Blätter. In sieben Tagen mußte er die Arbeit abliefern. Wie lang sind sieben Tage. Ihm war, als müßte er durch eine schwarze Röhre kriechen. Wie gleichmäßig die Zeilen über das Blatt liefen. Nur die As und Es waren schwärzer. Da war Schmutz in den Typen. Die dunklen Stellen im Schriftbild störten ihn plötzlich derart, daß er nicht weiterlesen konnte. Erst mußte er die Schrifttypen reinigen. Ullrich legte *Jefferson Aireplanes Surrealistic Pillow* auf.
Mit einer Nadel kratzte er den Schmutz aus den Typen. Dabei fand er, daß die Typen sich schwer anschlagen ließen. Er ölte die Gelenke der Typenhebel.
Der Schluß würde sich dann viel leichter schreiben lassen.
Renate kam ins Zimmer und hockte sich aufs Sofa. Ihre runden Brüste.
Wo Petersen war, da riecht es nach Gedankenschweiß, sagte sie, die tendenziell bewußtseinsbildende Funktion von Literatur. Sie betonte die Endsilben und bohrte wie Petersen mit den Fingern in der Luft.
Ullrich lachte. Eigentlich hat Petersen nicht viel gesagt.

Renate drehte eine Zigarette.
Ullrich hatte das Gehäuse der Schreibmaschine abgeschraubt und ölte jetzt die Laufschiene des Wagens.
Komm, laß doch die Scheißarbeit, sagte Renate. Ist doch egal.
Nein, sagte Ullrich und fettete Schrauben ein. Nein.
Ullrich schraubte den Wagen heraus.
Renate legte eine neue Platte auf: *Ten Years After, Stonedhenge.*
Komm, sagte Renate, sich auf den Teppich legend.
Ullrich wischte sich das Öl von den Fingern.
Er legte sich neben Renate und dachte, daß er nur noch sieben Tage Zeit habe. Aber dann dachte er, daß das jetzt nicht so wichtig sei. Wichtiger war es, jetzt Musik zu hören. Renates Körper. Der süßliche schwere Duft. Über ihm der grüne Stuckfries. Das Weiß der Zimmerdecke. Wie ein Loch. Es gibt weiße Löcher. Die Hoffnung ist weiß, nicht grün. Die Ruhe ist schwarz. Satte, tiefe Stille.
Dieses weiße Loch über seinem Kopf.

2 Wenn ich das schon höre, dieses Gequatsche über die Generallinie. Diese Typen, die über das Kapital quatschen wie die Professoren über Goethe. Ist dir mal aufgefallen, daß die sich immer auf die höchsten Stühle setzen? Und plötzlich reden die leiser, immer leiser, weil in irgendeiner Ecke des Kellers geredet wird. Die flüstern richtig. Eine Professorenmethode. Damit zwingen sie die anderen, ruhig zu werden. Was hat das noch mit mir zu tun, dieses Gerangel? Und das ist doch ein Gerangel, wie um Frauen, früher. Wer da den anderen austrickste, an die Wand diskutierte, lächerlich machte, der war King. Das sind doch ganz brutale persönliche Machtfragen. Die basteln da an ihrem Selbstwertgefühl. Das stabilisieren die, indem sie die anderen aufs Kreuz zu legen versuchen. Und das rationalisieren die dann mit Marxismus. Und wenn man Fragen hat, ganz konkrete Fragen, die einen beschäftigen, sagen die, diese subjektivistische Scheiße, erzähl keine Anekdoten. Verstehst du? Ich bin rausgerannt, weil mir die Decke auf den Kopf fiel. Ich habe draußen gestanden und gewürgt. Ich hätte beinahe gekotzt. Dieses Imponiergehabe. Das kotzt mich an, das kotzt mich maßlos an. Das kenn ich doch. Früher, wenn ich auf die Leopoldstraße ging, hab ich mir jemanden ausgesucht, der nicht so braun war wie ich. Dadurch wirkt man brauner. Verstehst du? Ich brauchte Zuhörer. Leute, die selbst nicht viel redeten, aber zuhören konnten. Ich hab Frauen aufgerissen. Kannst du das verstehen? Ich hab allen Ernstes gesagt: aufgerissen. Frauen aufreißen. Ich fand das toll. Ich fand mich überhaupt toll, so toll, daß ich nicht darüber redete, wenn ich mal nicht toll war. Ich hab nicht darüber geredet, wenn ich unglücklich war. Unglück, das war ein Versagen. Ich hab mal einem Bekannten eine Frau ausgespannt. Ausgespannt, was für ein fürchterliches Wort. Was hat mich damals dazu getrieben? Ich fand die nämlich gar nicht gut. Aber ich hab mich ungeheuer reingehängt, bis sie mit mir ins Bett gegangen ist. Das war dann eigentlich gar nichts mehr. Plötzlich fiel mir die auf die Ner-

ven. Ich konnte nicht mehr ruhig neben ihr liegen. Ihre Umarmungen versetzten mich in Panik. Mir war, als bekäme ich keine Luft mehr. Und dann sagt sie nach einigen Tagen, sie will zu ihrem Freund zurück. Sie könne ohne ihn nicht leben. Eine Phrase, sicherlich. Aber warum war ich plötzlich so verletzt? Warum hab ich sie angebettelt zu bleiben? Warum war ich plötzlich scharf darauf, mit ihr ins Bett zu gehen, von ihr umarmt zu werden? Aber sie blieb hart. Es war mir, als habe sie gesagt, sie könne nicht mit mir leben. Ich hätte heulen können. Aber ich habe mit niemandem darüber geredet. Ich hab sogar gelogen. Ich hab den anderen erzählt, ich hätte Schluß gemacht. Ich hab mich selbst belogen. Ich hab mir schließlich eingeredet, daß sie nur darum zu ihrem Freund zurückgegangen sei, weil sie gemerkt hatte, daß sie mir gleichgültig war. Ich habe gelogen. Aber ich habe nicht darunter gelitten. Ich habe das gar nicht richtig bemerkt, glaub ich. Oder vielleicht doch. Vielleicht habe ich darunter gelitten und ich habe es nur verdrängt. Woher kommt das? Woher? Woher?
Petersen blätterte im Sessel sitzend in Ullrichs Manuskript. Ullrich hatte erwartet, daß Petersen ihn fragen würde, warum er nicht mehr in den Keller gekommen sei, und Ullrich hatte sich schon eine Antwort zurechtgelegt. Aber Petersen hatte nicht gefragt. Er hatte nur gesagt, er fände Ullrichs Arbeit außerordentlich gut. Aber mit dem Schluß verhebst du dich. So, wie du dir den vorstellst, müßten das nochmal hundert Seiten werden. Eine Zusammenfassung reicht. Sechs Seiten, das ist ein guter Kompromiß.
Da war Ullrich ihm ins Wort gefallen. Er habe bisher ständig Kompromisse gemacht. Er sei ein wandelnder Kompromiß, hatte er gesagt, und als Petersen ihn ansah, das sei sicherlich nicht originell, das mit dem wandelnden Kompromiß, aber es stimme. Und dann hatte er Petersen gesagt, warum er nicht mehr in den Keller gegangen sei. Petersen hatte zugehört. Jetzt hob er wieder die Seiten hoch und sagte: Du mußt

das kürzen. Das geht gar nicht anders. Was du im Schlußteil schreiben willst, das ist eine andere Arbeit.
Ich muß, sagte Ullrich, ich muß. Ich will da herausarbeiten, was an der Arbeiterdichtung wichtig ist für uns heute. Was können wir daraus lernen? Wie können wir das anwenden? Sonst hat das alles keinen Zweck gehabt. Verstehst du? In München kannte ich einen, der hatte sich um ein Begabtenstipendium beworben. Mit dem wohnte ich zusammen. Lothar hieß der. Der brauchte für das Stipendium eine Eins. Und der schrieb an seiner Arbeit über Wochen. Sechs oder sieben Wochen. Eine Untersuchung über die syntaktische Zweigliedrigkeit im Kanzleistil. Eine unbeschreiblich öde Arbeit. Und kurz vor dem Abschluß juckte es ihn überall. An den Armen, den Beinen, am Kopf. Flöhe, sagte Lothar und kaufte sich ein Insektenmittel. Er spritzte das ganze Zimmer aus und schrieb dann weiter in der verpesteten Luft. Aber das Jucken ließ nicht nach. Im Gegenteil, es wurde schlimmer. Er räumte das Zimmer aus und scheuerte den Holzboden mit einem Antiinsektenmittel. Er wusch sich die Haare mit einem Flohmittel, das eigentlich für Hunde gedacht war. Er saß mit bloßem Oberkörper imZimmer und versuchte zu schreiben. Aber das Jucken war unerträglich. Schließlich entdeckte er zwei kleine schwarze Dinger. Milben, behauptete er und rief bei der Gesundheitsbehörde an. Er verlangte nach einem Kammerjäger. Der Kammerjäger kam. Lothar gab ihm die zwei schwarzen Dinger in einer Plastikdose und sagte: Milben. Der Kammerjäger nahm sie mit ins Labor. Aber es waren keine Milben, es waren Glassplitter. Die Arbeit bekam er gerade noch fertig. Er hat das Stipendium nicht bekommen. Und er hatte nicht einmal das Glück, daß es Milben waren. Lothars Vater war LKW-Fahrer. Ich hab das damals gar nicht richtig verstanden. Ich fand die Geschichte nur komisch.
Petersen legte die Schreibmaschinenseiten vorsichtig auf den Tisch und sagte: Aber deine Arbeit ist fertig.
Nein, sagte Ullrich, sie ist nicht fertig. Sie ist ganz und gar

unfertig. Du denkst vielleicht, das sei eine fixe Idee von mir. Vielleicht leide ich unter Grübelzwang. Aber was heißt da Grübelzwang? Was sind das für Arbeiten, wenn man sich nicht selbst dabei verändert? Dann müssen doch auch die Arbeiten anders werden. Man muß doch seine Erfahrungen einbringen können. Die sind doch wichtig. Es interessiert mich einen Dreck, ob die Seminarmarxisten das für subjektivistisch halten oder nicht. Etwas Neues, verstehst du, wo man sich nicht selbst ausspart. Neue Erfahrungen. Neue Wahrnehmungen. Und das konsequent. Diese Scheißstädte abreißen. Die Straßen aufbrechen. Die Maschinen umbauen. Zusammenleben. Raus aus den isolierten Betonwaben. Sich einfach holen, was man braucht. Das Unmögliche denken. Etwas davon muß in die Arbeit rein. Das muß rein. Sonst war die Arbeit umsonst.
Petersen sah vor sich hin. Er hatte konzentriert zugehört.
Ja, sagte er.
Ullrich ließ sich in einen Sessel fallen.
Mach doch mal den Vorhang auf, sagte Petersen.
Nein, sagte Ullrich.
Petersen war aufgestanden und zu dem Schreibtisch gegangen. Ist deine Maschine kaputt?
Nein, sagte Ullrich, ich hab sie auseinandergenommen, um sie zu reinigen.
Petersen schwieg. Plötzlich war nur noch das ferne Rauschen des Verkehrs zu hören. Ullrich wollte etwas sagen, aber ihm fiel nichts ein.
Ich versteh das, sagte Petersen unvermittelt, aber das andere, was du willst, das ist noch sehr fern.
Nein, sagte Ullrich und sprang auf, nein. Das ist das Nächste. Wenn wir uns nicht selbst ändern, was soll sich dann ändern?
Wieder entstand eine Pause. Sie standen beide im Zimmer dicht nebeneinander, aber in verschiedene Richtungen blikkend. Er will etwas sagen, dachte Ullrich und starrte auf den dunkelgrünen Vorhang, aber er scheut sich, das auszusprechen. Ullrich hatte plötzlich Angst davor, daß Petersen wei-

terreden könnte. Petersen hob den flachen Kieselstein auf, der auf dem Schreibtisch lag. Ullrich hatte ihn an der Elbe gefunden.

Eines Nachmittags, vor fünf Wochen, hatte Renate in Ullrichs Zimmer gestanden. Auf dem Sportplatz schrien die Fußballspieler, und Ullrich war leicht betrunken gewesen. Er sah ihre braungebrannten Beine zwischen den Zeitungen stehen, die am Boden verstreut lagen. Sie war gerade aus Ancona zurückgekommen. Sie hatte nach ihrem Abitur mit ihrer Mutter Ferien gemacht. Ullrich hatte Kaffee gekocht und von seinem Referat über Arbeiterdichtung erzählt.

Sie fuhren dann an die Elbe (Renate hatte einen Minicooper zum Abitur bekommen). In Blankenese setzten sie sich ans Ufer. Man müßte mit anderen zusammenwohnen, sagte Ullrich, raus aus der Isolation.

Sie kenne jemanden, sagte Renate, der suche Leute für eine Wohngemeinschaft. Ein verrücktes Huhn. Nottker.

Sie warfen flache Steine auf das Wasser. Sie zählten, wie oft die Steine auf der Wasseroberfläche sprangen.

Wir können doch zusammen eine Wohnung mieten, hatte sie gesagt.

Ullrich hatte sich einen besonders flachen, hellen Kiesel mitgenommen.

Petersen hielt den Kiesel in der Hand. Er streichelte ihn mit dem Daumen. Aber er dachte an etwas anderes, so schien es Ullrich. Plötzlich hob er den Kopf, legte den Stein rasch wieder auf den Schreibtisch zurück und sagte: Ich muß jetzt gehen. Im Republikanischen Club tagt das Komitee gegen die Notstandsgesetzgebung. Ich muß los.

Und dann an der Tür sich umdrehend: Ich guck morgen mal rein.

Was will er von mir, dachte Ullrich. Warum will er mir helfen? Petersen wollte ihn bestimmt für irgendwas einspannen. Aber dann wurde er wütend auf sich, weil er Petersen gleich eine eigennützige Absicht unterstellte.

Vom vielen Reden war Ullrichs Mund trocken. Er holte sich aus dem Kühlschrank eine Coca.
Er setzte sich an den Schreibtisch. Er versuchte, seine Arbeit zu lesen. Er freute sich, daß Petersen die Arbeit gefallen hatte. Wohin wollte Petersen gehen? Das Komitee gegen die Notstandsgesetzgebung.
Ullrich bemerkte plötzlich, daß er seit Tagen keine Zeitung mehr gelesen hatte. Die Nummern der *Frankfurter Rundschau* stapelten sich ungelesen in der Küche. Er holte sich einen Packen. Warum war Renate ausgerechnet heute zu ihren Eltern gefahren? Er hätte jetzt gern mit Nottker gesprochen.
Ullrich las den politischen Teil, den Lokalteil, den Sportteil. Alles erschien ihm plötzlich quälend wichtig. Was er las, vergaß er schnell. Immer wieder dachte er an anderes.
Einen Moment fragte er sich, was werden wird, wenn er mit seiner Arbeit nicht fertig würde. Er las auch den Anzeigenteil.
Fassadenanstriche
Edelputze, Tapezier- u. Malerarbeiten sowie Bodenverlegungen, auch kleinere Maurerarbeiten, jetzt noch zu alten Preisen. Fachmännisch u. saubere Ausführung garantiert. Keine Wartezeit. Anruf genügt.
Tel. 465824
Arbeiten, dachte Ullrich, endlich richtig arbeiten. Mit den Händen arbeiten.

3

Ullrich öffnete die Tür mit dem Ellenbogen.
Setz dich schon mal rein, sagte er zu Petersen, mit der nassen Hand in den Gemeinschaftsraum zeigend. Ich komm gleich. Dann lief er wieder in die Küche.
Ich zieh mal die Vorhänge auf, sagte Petersen.
Ist gut, rief Ullrich aus der Küche.
Petersen kam in die Küche.
Nanu, was machst du denn da?
Koo-Pa.
Ullrich schnitt auf einem Holzbrett Hühnerbrust klein.
Dazu gibt es Wolkenohren, sagte er, auf eine Schüssel zeigend, so heißen die Pilze in China. Riech mal.
Petersen kam zum Herd.
Das Hühnerfleisch wird gekocht und dann in Öl gesotten.
Petersen hielt zwei Bücher und einen Schnellhefter hoch: Ich hab mir Notizen gemacht zu deinem Schluß.
Riech mal, sagte Ullrich, Ingwer.
Er hielt Petersen ein Glas unter die Nase.
Ich hab auch Litschies besorgt. Die Frucht des Kaisers. Sie schmeckt nach Rosenblättern. In China galt sie als Götterfrucht. Die Chinesen wußten von der Bedeutung des Essens. Essen und Geist gehören zusammen. Ich bin bald fertig.
Wo sind denn die anderen?
Renate will sich mal die Uni von innen ansehen. Und Nottker schreibt seine Sprüche in der Stadt.
Als Ullrich das Essen ins Zimmer trug, saß Petersen am Schreibtisch und las.
Petersen aß nur Häppchen. Petersen war einsilbig. Dieser Asket, dachte Ullrich.
Ullrich war früher aufgestanden, hatte eingekauft, zwei Stunden lang gekocht und jetzt mampfte Petersen zerstreut und sagte nur: Gut.
Man muß das richtig schmecken, sagte Ullrich, und vor allem, man muß sich Zeit lassen beim Essen. Viel Zeit.
Ja, ja, sagte Petersen und schluckte wieder einen Bissen hinunter, ohne gekaut zu haben.

Der Schluß, sagte Petersen.
Aber Ullrich fiel ihm ins Wort und sagte, laß uns erst mal in Ruhe essen. Das schlägt sonst auf den Magen.
Ullrich trug das Geschirr in die Küche und setzte Kaffeewasser auf.
Fangen wir mal an, sagte Petersen.
Gleich, sagte Ullrich, einen Kaffee.
Nein, sagte Petersen, ich will keinen Kaffee.
Als Ullrich mit der Kaffeekanne ins Zimmer kam, legte Petersen los: In der *Linkskurve,* wo diese Probleme ja behandelt worden sind, habe er einen Aufsatz von Becher gefunden. Das könnte die Grundlage für den Schluß sein. Einfach auf Becher verweisen, das müsse dann auch Schneider akzeptieren.
Zerstreut hörte Ullrich zu. Er spürte wieder dieses Stechen hinter den Augen.
Entschuldige, sagte er, stand auf und zog den Vorhang zu.
Er setzte sich wieder. Aber er war unfähig, sich zu konzentrieren. Er sah, wie Petersens Lippen sich bewegten. Er hörte Laute, aber er verstand den Sinn nicht. Er hörte nicht mehr zu.
Petersen suchte gerade nach einem Zitat, da fragte ihn Ullrich: Hast du früher auch onaniert?
Ullrich mußte lachen, als er Petersens Gesicht sah.
Weißt du, sagte er, als Junge hatte ich eine Fotografie von fünf Hottentottenfrauen. Die hatte ich aus einem Afrikabuch herausgerissen, das ich zu Hause im Bücherschrank fand. Die Frauen standen mit nackten Oberkörpern vor einer runden Lehmhütte. Auf dem Foto waren zehn verschiedene Brüste zu erkennen. In allen Größen. Ich trug die Fotografie zusammengefaltet in der Hosentasche, und auf der Toilette hab ich sie rausgeholt.
Petersen schob eine Schreibmaschinenschraube auf dem Schreibtisch behutsam hin und her.
Sexuelle Themen waren zu Hause tabu. Ich bin auch nie aufgeklärt worden. Aber eines Tages machte mein Vater

dunkle Andeutungen. Vielleicht hatte er die Fotografie gesehen. Jedenfalls sprach er von dummen Sachen. Man dürfe keine dummen Sachen machen. Das habe grauenhafte Folgen: Verblödung, Stumpfsinn, Entkräftung. Tatsächlich fühlte ich mich immer danach schwach. Ich bildete mir ein, danach nicht mehr auswendig lernen zu können.
Petersen stapelte einige Schraubenmuttern übereinander. Sie schwiegen. Ullrich rauchte.
Nach einer Weile sagte Petersen: Wir müssen uns ranhalten. Aber vorher müsse er noch jemanden anrufen.
Ullrich hörte ihn auf dem Korridor reden, obwohl Petersen die Tür hinter sich zugemacht hatte. Er könne nicht mehr kommen, sagte er, er sei aufgehalten worden.
Ullrich hätte mit dem Kopf gegen die Wand rennen mögen.
Als Petersen wieder ins Zimmer kam, sagte Ullrich: Es hat keinen Zweck. Ich krieg den Schluß nicht fertig. Ich bin einfach blockiert. Tut mir leid.
Dieser Scheißschluß, sagte Petersen.
Ja, sagte Ullrich und stand auf.
Komm, sagte Petersen, ich schreib dir den Schluß.
Ullrich hätte heulen können. Aber er sagte nur: Nein. Und dann: Ich hab keine Lust mehr. Es ist mir eigentlich auch wurscht. Er holte sich das Kaleidoskop und sah hindurch.
Nachdem Petersen gegangen war, legte er Bob Dylan auf.
Please tell her thanks a lot
I cannot move
my fingers are all in a knot
I don't have the strings to get up
and take another shot.

4

Mein lieber Ullrich,
Du hast auf meinen letzten Brief noch immer nicht geantwortet. Hoffentlich geht es Dir gut und hoffentlich bist Du gesund. Wir machen uns hier alle große Sorgen Deinetwegen. Auch Papa. Wir sollten endlich diese häßliche Geschichte vergessen.
Schreib uns doch bitte, wie es Dir geht und was Du so machst, damit wir wissen, was los ist.
Manfred hat seine Zwischenprüfung mit zwei gemacht. Er hat aber auch fleißig gearbeitet in den letzten Wochen. In einem Jahr ist er fertig.
Gestern waren Herr und Frau Bohn bei uns zum Nachmittagskaffee. Klaus studiert jetzt in Köln Betriebswirtschaft. Sie haben sich auch nach Dir erkundigt. Was Dein Studium macht. Ich habe gesagt, daß Du fleißig studierst. Mehr konnte ich nicht sagen, weil ich ja nichts weiß.
Das Geschäft geht sehr schlecht. Papa macht sich Sorgen. Karstadt hat jetzt ganz billige Möbel. Vier Schaufenster voll. Wir haben fast einen Schlag bekommen, als wir das gesehen haben. Wie das alles noch werden soll.
In Klein-Stöckheim können wir Ende September einziehen. Das wird auch noch mal viel Geld kosten. Im nächsten Jahr wird es wohl besser. Dann ist auch Manfred mit seiner Lehre fertig und verdient schon.

Ganz liebe Grüße von allen und schreib doch bitte, steig aus Deiner Schmollecke heraus,
Deine Mami

5

Sie gingen über die Kurpromenade. Sie waren leicht angeturnt. Knatternde Fahnen. Geschrei, Bälle, die ins Blaue flogen. Die klebrigen Walzer. Wie Muscheln standen die Strandkörbe: zur Sonne geöffnet. Die fünf goldenen Sterne auf tiefblauem Grund zwitscherten. Plötzlich war da eine Delle in der Luft. Das Tuten. Und noch eine Delle. Ein großes weißes Schiff.
Das fährt nach Schweden, sagte Renate.
Ursula lachte: das Wasser lecke mit weißen Zungen den Strand.
Herrlich, sagte Ullrich, man müßte fliegen können. Zusammen mit den Möwen in der Luft stehen. Er sah plötzlich den Strand von oben: die Strandburgen, die Wimpel, die bunten Fahnen, die Konzertmuschel.
Renate sagte, sie möchte auf keinen Fall mit den Möwen zusammen fliegen. Sie hätte Angst.
Was für ein Tier möchtet ihr jetzt sein.
Ursula wollte ein Schäferhund sein.
Wie gräßlich, sagte Ullrich, ein deutscher Schäferhund. Hängt das mit der Lufthansa zusammen?
Ich will ein australisches Schnabeltier sein, sagte Nottker, Eier legen können und dann die Jungen säugen. Stellt euch vor, ich kann Eier legen, vier dicke Eier, hier in den Sand legen. Er hockte sich in den Sand. Ullrich streckte sich in dem warmen Sand aus. Farbige Kreise hinter den Lidern. Das Rauschen der Wellen. Ihm war, als bewege sich der Sand unter ihm.
Wieder sagte er: Herrlich, aber dann dachte er an seine Arbeit, die er heute hätte abgeben müssen.
Gestern hatte er einen Spruch auf einen Fußgängerübergang am Jungfernstieg geschrieben, mitten im dichten Verkehrsgewühl am Nachmittag.
Gottes Wille ist unergründlich, darum Lübke Präsident und Kiesinger Kanzler. Salomon, Psalm 4
Ullrich hatte das mit einem schwarzen Ölstift auf den ersten Zebrastreifen des Übergangs geschrieben. Die Leute blie-

ben stehen, gafften. Wie sie stehenblieben, lasen und dann verärgert den Kopf schüttelten.
Die sind verunsichert, hatte Ullrich zu Lister gesagt, und dann später im *Tschibo* beim Kaffeetrinken: Laß uns morgen mal an die Ostsee fahren.
Sie waren früh aufgestanden. Ursula hatte ihren freien Tag und war mitgekommen. Sie hatten sich ein Raucherabteil gesucht und Pot geraucht. Vor dem Fenster flitzte die Landschaft vorbei. Einen Augenblick dachte Ullrich an die Fahrt nach Ratzeburg und an Christa.
Was ist das für eine Marke, fragte schnüffelnd ein älterer Mann, der sich in Oldesloe zu ihnen ins Abteil gesetzt hatte.
Sie hatten alle gelacht: Marihuana, mexikanisches. Sie hatten angeboten, ihm eine Zigarette zu drehen. Dieses finstere Gesicht, dieses böse, erstarrte Gesicht. Wie können solche Gesichter entstehen? Ullrich hatte an seinen Vater gedacht.
Der Wind streichelt mich, sagte Renate. Ein warmer, zärtlicher Wind.
Ullrich ließ den warmen Sand durch die Hände rieseln. Zeit. Sein Herz klopfte langsamer, schien ihm. Er spürte es in seinen Schläfen.
Petersen war noch einmal gekommen. Aber Ullrich hatte die Tür nicht geöffnet. Er hatte Petersen durch den Spion im Treppenhaus stehen sehen. Verzerrt durch die Linse und erschreckend dick das Gesicht. Petersen hatte geklingelt, und Ullrich war leise ins Schlafzimmer zurückgeschlichen. Renate hatte ihn vorsichtig gestreichelt, als er ins Bett kam. Und plötzlich hatte Ullrich geweint. Zum erstenmal seit seiner Kindheit hatte Ullrich wieder geweint. Auch Renate hatte geweint. Weinend hatten sie im Bett gelegen, während Petersen draußen vor der Tür stand.
Ullrich begann zu schwitzen. Er richtete sich auf. Nottker wollte einen Spruch auf die Kurpromenade schreiben.
Sinnlos, sagte Ullrich, das heißt doch Perlen vor die Säue werfen.

Ullrich sah die Sprüche wie Perlen über die Promenade rollen, hörte das geile Quieken der Frauen. Die Luft war erfüllt davon. Renate lag auf dem Rücken. Ihre braune Haut, ihr schwarzes Haar. Wie die ihr nachgegafft hatten, als sie am Strand entlanggegangen waren.
In der Luft hing ein riesiger roter Papierdrachen, mit einer langen Quaste.
Er surrte im Wind. Sein Schatten tanzte schwarz über den hellen Sand.
Ullrich dachte an den Brief seiner Mutter. Dann ist auch Manfred mit seiner Lehre fertig und verdient schon.
Damit war er angesprochen. Das war doch ein Hinweis. Versteckt hinter Manfred, aber so auffällig, so aufdringlich versteckt, daß es ihm auffallen mußte. Sie rechneten damit, daß er im nächsten Jahr endgültig mit seinem Studium fertig würde. Das Geschäft geht schlecht, hatte seine Mutter geschrieben.
Die Sonne war ihm zu heiß. Er stand auf.
Wie der schwarze Schatten des Papierdrachens hin und her huschte. Und dieses Gedränge. Dicht nebeneinander, eingefettet lagen sie, stupide die Gesichter der Sonne entgegenhaltend. Kindergeschrei, als verfolgten Möwen eine Ratte.
Ullrich wollte ins Wasser. Sofort.
Renate hatte keine Lust.
Sei vorsichtig, sagte Nottker, so angeturnt.
Er schwimmt jetzt nach Schweden, sagte Ursula, bye, bye.
Er watete vorsichtig ins Wasser. Weit entfernt schon, sah er die weiße Fähre.
Kopfüber sprang er ins Wasser. Es verschlug ihm den Atem. Er tauchte durch die auslaufenden Wellen, durch die Gischt der Brandung. Mit gleichmäßigen Zügen schwamm er hinaus. Wenn er von einer Welle hochgehoben wurde, sah er in der Ferne, am Horizont schon, das weiße Schiff.

6

Eines Abends begann Ullrich die Kammer auszuräumen.
Die Kammer konnte man nur durch die Küche erreichen.
Das war früher bestimmt das Mädchenzimmer, hatte Renate behauptet, als sie eingezogen waren.
Das schmale Fenster ging auf einen dunklen Schacht. Man mußte das Gesicht an die Scheibe drücken, wollte man ein kleines Stück Himmel sehen.
Ullrich hatte das Gerümpel aus der Kammer in die Küche geschleppt: Winterstiefel, alte Mäntel, darunter ein abgewetzter Pelzmantel, Decken, ein Bundeswehrhaarnetz (weder Ullrich noch Nottker waren beim Bund gewesen), Zeitschriften, Bücher und ein Bügelbrett, von dem niemand wußte, wie es in die Kammer gekommen sein könnte.
Mit jedem Stück war Ullrich ins Zimmer gelaufen, wo Renate und Nottker einen Krimi sahen, und hatte gefragt, ob er das wegschmeißen solle oder ob man es noch brauchen könne.
Was für eine Hektik, sagte Nottker. Er hatte Mühe, das Wort Hektik auszusprechen.
Ich brauch Ruhe, verstehst du, brüllte Ullrich plötzlich, ewig diese Scheißmusik und Fernsehen, wie soll man da arbeiten?
Nottker starrte Ullrich an.
Ullrich lief wieder zurück und schleppte weiter alte Zeitungen zu den Mülltonnen hinunter.
Am Nachmittag war Ullrich durch die Innenstadt gelaufen. Er hatte ein paar Sprüche schreiben wollen. In dem Eingang zu einem Kosmetikgeschäft war er stehengeblieben und hatte die bunten Flakons, Dosen und Tuben betrachtet. Er hatte sich über die Farben gefreut und zugleich gedacht, was für eine Verschwendung. Plötzlich sah er sich von hinten. Er erschrak. Es war, als sehe er sich mit den Augen eines anderen. Dann aber entdeckte er den zweiten Spiegel in dem Schaufenster hinter sich. Als er sich genauer betrachtete,

sah er, daß seine Kopfhaut hinten am Haarwirbel durchschimmerte. Er starrte in den Spiegel und fuhr sich mit der Hand durch die Haare.
Er war sofort nach Hause gefahren.
Zu Hause nahm er Renates Handspiegel und betrachtete seinen Hinterkopf vor dem Spiegel im Badezimmer. Sein Haar war dünner geworden. Immer wieder fuhr er sich mit den Fingern durch das Haar. Er wusch sich den Kopf, dann föhnte er. Danach stellte er sich wieder mit dem Handspiegel vor den Badezimmerspiegel. Das Haar fiel locker und dicht. Die Kopfhaut war nicht mehr zu sehen. Vielleicht hatte es nur daran gelegen, daß sein Haar ungewaschen gewesen war.
Dann war er wieder in die Stadt gefahren.
Glatze, was für ein fürchterliches Wort, dachte er.
Er versuchte sich vorzustellen, was er in zehn oder zwanzig Jahren machen würde.
Er war durch die sommerlich heißen Straßen gelaufen und wollte irgendwo einen Spruch hinschreiben. Ihm war aber nichts eingefallen.
Ullrich riß die Bretter der alten Stellage heraus, die an der Kammerwand befestigt war. Er trug die Bretter und Leisten hinunter. Danach räumte er die restlichen auf dem Küchenboden verstreuten Sachen in die Schränke.
In den nächsten Tagen gipste er die Löcher und Risse in den Wänden zu, wusch mit einem Papierhelm auf dem Kopf die Decke ab, rührte Farben an, besorgte sich einen neuen Pinsel und begann zu streichen, weiß die Decke und drei Wände. Die rechte Seitenwand strich er orange.
Damit das Zimmer heller wirkt, sagte er zu Nottker.
Der aber fand das Orange entsetzlich, unausstehlich. Du weißt doch, daß ich gelb nicht ausstehen kann, sagte Nottker beleidigt.
Ursula fand die Farbe toll. Sie saß in der Küche, war gerade aufgestanden, trank Kaffee und entfernte sich ihren Nagellack mit Azeton.

Ullrich strich den Büroschreibtisch rot an.
Was willst du denn machen, rief Ursula aus der Küche.
Ullrich strich schweigend die Schreibtischtür.
Ursula brachte Ullrich eine Tasse Kaffee in die Kammer: Was machst du denn im Winter, du kannst die Kammer doch gar nicht heizen?
Einen elektrischen Heizofen aufstellen, sagte Ullrich und versuchte, die Farbtränen wegzustreichen.
Abends saß er müde, aber zufrieden mit den anderen im Zimmer und hörte Musik. Nottker hatte Räucherkerzen besorgt. Rauchend saß Ullrich im Sessel, ruhig und entspannt. Aber dann dachte er wieder an Petersen.
Er hatte Petersen einmal in der Schlüterstraße gesehen. Ullrich war schnell in einen Hauseingang getreten und hatte gewartet, bis Petersen vorbeigegangen war.
Abends hatte Ullrich darauf bestanden, daß sie auf die Kundgebung gegen die Notstandsgesetzgebung gehen müßten.
Die Kundgebung auf der Moorweide hatte schon begonnen, als Ullrich, Renate und Nottker kamen. Sie gingen zwischen den dichtstehenden Menschen hindurch, die Plakate und Transparente hochhielten, sie kifften und lachten.
Ullrich hatte die Hände in die Taschen seines langen schwarzen Mantels geschoben, er trug einen großen schwarzen Schlapphut. Er lachte über Bemerkungen, die Nottker machte, aber dabei dachte er immer wieder an die Laufschrittdemonstrationen gegen Springer, als er eingehakt und atemlos durch die Innenstadt gelaufen war, glücklich.
Lister redete. Lister sagte: Liebe Kollegen.
Wieso Kollegen, Kommilitonen, sagte Nottker und die Umstehenden lachten.
Lister trug ein braunes Jackett und eine Krawatte. Zum erstenmal sah Ullrich Lister ohne die blaue Elektrikerjacke.
Lister sagte schon wieder: Liebe Kollegen.
Der hat sich in der Veranstaltung geirrt, sagte Ullrich.

Lister sprach von dem Bündnis der arbeitenden Bevölkerung mit der Intelligenz, das hier sichtbar würde.
Wo ist denn die Intelligenz, fragte Nottker, sich umschauend, lauter bärtige, langhaarige Arbeiter.
Ullrich lachte.
Lister war von dem Podium heruntergestiegen. Der Beifall war spärlich. Lister drängte sich langsam zwischen den Zuhörern hindurch. Neben ihm ging ein kleiner gedrungener Mann in einer blauen Seemannsjacke, eine Schirmmütze auf dem Kopf.
Wenigstens ein Arbeiter, sagte Ullrich und rief: Hallo, Lister. Lister kam sofort herüber, den Kopf vorschiebend musterte er Ullrich, tippte sich verlegen mit dem Zeigefinger gegen die verrutschte Nickelbrille und sagte dann plötzlich lachend: Ach du.
Er schlug Ullrich auf die Schulter und behauptete, er hätte ihn beinahe nicht erkannt, und dann, neben sich zeigend, mit erwartungsvoll feierlicher Betonung: Das ist Walter.
Walter gab Ullrich die Hand. Er sah Ullrich mit kleinen flinken Augen an. In seinem Gesicht war etwas Hartes, ein Gesicht, das Ullrich sich nicht lachend vorstellen konnte. Die linke Augenbraue spaltend, zog sich eine blasse Narbe über Stirn und Wangenknochen. Ullrich hatte eigentlich sagen wollen: Endlich mal ein Arbeiter. Aber jetzt schwieg er.
Wir wollen ein Straßentheater aufziehen, sagte Lister und das sagte er mehr zu Walter als zu Ullrich.
Wie wollt ihr das denn machen, fragte Nottker.
Ganz einfach, sagte Lister. Ein paar Requisiten, Zylinder, kleine Schilder mit der Aufschrift: Arbeiter, Kapitalisten, Springer und so.
Das ist doch aus Opas Mottenkiste, sagte Nottker.
Ullrich sah den kurzen harten Blick von Walter.
Ullrich schlug vor, etwas Neues zu machen, etwas ganz Neues, was die Leute auch wirklich erreicht. Spiel den Notstand doch mal richtig durch. Gründe ein Uni-Schutzcorps. Fahrt mit einigen Autos auf das Unigelände und verhaftet

einfach ein paar Studenten in der Mensa. Die müssen richtig einbezogen werden und nicht nur so teilnahmslos zusehen wie in den Staatstheatern. Vielleicht wehren sich ja auch welche. Dann schleppt ihr sie raus. Oder räumt doch einfach die Seminarbibliotheken. Sagt, die Bibliotheken müßten auf Anordnung des Innensenators vorübergehend geschlossen werden, wegen staatsfeindlicher Umtriebe. Notstand, das muß denen richtig sinnfällig gemacht werden. Wenn es sein muß, auch mit dem Gummiknüppel. Diese fleißigen Seminarmäuse können ruhig mal eine auf die Nuß kriegen, damit die wissen, wie das ist, im Ernstfall.
Walter hatte sich, während Ullrich redete, abgewandt und schien dem Redner zuzuhören.
Lister hatte immer wieder ja, ja gesagt, dabei aber Walter beobachtet, und schließlich sagte er zu Ullrich: Mach doch mit.
Ullrich war so überrascht, daß er nicht wußte, was er sagen sollte.
Was machst du überhaupt, fragte Lister.
Endlich das, wozu ich Lust hab.
Komm uns doch mal besuchen in der Fabrik, sagte Walter, sich Ullrich zuwendend.
Ullrich wurde es warm in seinem langen schwarzen Mantel. Der Mantel war ein Geschenk von Renate.
Einen Augenblick standen sie noch schweigend nebeneinander, dann sagte Lister zu Walter: Du mußt gleich reden, und zu Ullrich gewandt, komm doch mal vorbei. Tschüs.
Walter sagte nicht Tschüs, sondern schon im Weggehen: Wovon lebt ihr eigentlich. Er hatte das nicht wie eine Frage gesagt, sondern wie eine Feststellung.
Ullrich hatte versucht, ihn ironisch anzulächeln und geschwiegen, dabei suchte er nach einer schlagfertigen Antwort. Ihm fiel nichts ein.
Wer war denn das, fragte Renate.
Bestimmt ein Kommunist, wenn Lister mit dem rumzieht.
Mensch, sagte Nottker, wenn die mal das Sagen haben.

Und Renate sagte, dieser Lister, wie der immer ja, ja sagt und dazu mit dem Kopf nickt, so, und dann dieses Lächeln, so ein ermutigendes Lächeln, wie der Onkel Doktor, ja, ja, damit man weiterredet. Dabei hört der gar nicht zu, der hat nämlich immer zu dem Walter rübergesehen.
Nottker lachte, als Renate Lister nachmachte.
Aber Ullrich konnte nicht darüber lachen. Wovon lebt ihr eigentlich? Er dachte an den Brief von seiner Mutter und ihm fiel plötzlich auch dieser Schnösel wieder ein, für den er in München einen Kanalisationsgraben ausgehoben hatte.
Walter wurde angekündigt als Werftarbeiter und gewerkschaftlicher Vertrauensmann. Walter stand einen Moment am Mikrophon und wartete, bis sich der Beifall gelegt hatte. Dann sprach er von dem notwendigen Kampf gegen die Notstandsgesetze auch in den Betrieben. Aber da is noch nix. Kein Wunder, wi heft jahrelang den Bildschiet to lesen bekommen und sowat blift nich ohne Folgen. Aber dat gifft sich, denn auf Dauer künnt de uns nich die Huck vollügen.
Alle klatschten. Der lange Lister hatte sogar die Hände über den Kopf gehoben und klatschte.
Walter sagte: Wir müssen zusammenarbeiten, Arbeiter und Studenten, sonst ward dat nix. Wir müssen ne Masse lernen von euch. Ich kann nämlich immer noch nicht richtig Deutsch und muß immer mi seggen. Dann kann ich nämlich nich mir und mich verwechseln.
Wieder lachten alle und auch Ullrich klatschte.
Der ist ja sogar ganz witzig, sagte Renate.
Aber allein könnt ihr nix moken, wenn ihr was verändern wollt. Da brukt ihr uns nämlich.
Und dann sagte Walter: Jeder muß sich fragen: Wo stehst du. Wessen Mann bist du. Das sollen sich auch die mal fragen, die sich im Untergrund tummeln, die sagen, die Arbeiterklasse gibts gar nich mehr, die ist verbürgerlicht, die Neunmalklugen, nicht, die immer nur reden, aber nix tun. Wo stehn die eigentlich, oder besser, wo liegen die eigentlich, denn die liegen ja viel.

Meine Güte, hat der ein dogmatisches Brett vor dem Hirn, sagte Nottker stotternd in das Klatschen der anderen hinein.
Wer nix tut, hilft denen, die wollen, daß alles so blift, wie es is.
Ullrich war, als hätte Walter das extra für ihn gesagt. Einen Moment glaubte er sich von den Umstehenden beobachtet.
Undergrund hat er gesagt. Renate machte jetzt Walter nach und zog wie er die Vokale lang.
Hör doch auf.
Ullrich ärgerte sich plötzlich über das Gerede von Nottker und Renate, aber mehr noch ärgerte er sich über sich selbst, wie er dastand, in seinem langen schwarzen Mantel mit diesem albernen Schlapphut auf dem Kopf.
Wie lächerlich, dachte er. Gern hätte er jetzt seine Parka angehabt, einen Packen Flugblätter unter dem Arm, wie die anderen. Er nahm seinen Schlapphut ab. Unschlüssig hielt er ihn in der Hand. Am liebsten hätte er ihn weggeworfen.
Auf dem Podium stand jetzt ein Mädchen und redete. Plötzlich wurde überall geredet und diskutiert. Ullrich bemerkte, daß auch er sich nicht die Mühe machte, zuzuhören. Ein Mädchen redete, und niemand hörte zu.
Die linken Scheißkerle haben noch immer nichts begriffen, hatte früher Erika manchmal gesagt. Jetzt verstand er sie plötzlich. Auch Renate sprach mit einer Freundin, die sie getroffen hatte. Nur Nottker hörte zu, den Kopf leicht schräg gelegt.
Die Verabschiedung der Notstandsgesetzgebung stelle die Frage nach neuen politischen Kampfformen, sagte das Mädchen, man müsse sich langfristig organisieren, spontane Aktionen hätten ihre Funktion bisher durchaus gehabt und auch dem politischen Bewußtseinsstand der Beteiligten entsprochen, jetzt aber müßten neue Formen der politischen Arbeit gesucht werden, in Basisgruppen an der Universität, in der Zusammenarbeit mit der Gewerkschaft, nicht mit den

Bonzen, aber mit den progressiven Gewerkschaftsvertretern.
Ullrich klatschte.
Was hast du denn, fragte Renate.
Ullrich sah Petersen zum Mikrophon gehen. Immer noch beugte er sich zum Mikrophon hinunter, statt es hochzudrehen.
Es war ruhig geworden. Man hörte den Verkehr vom Dammtorplatz herüber.
Kommt, sagte Ullrich plötzlich, wir gehen, ich hab keine Lust mehr.
Warum denn, sagte Renate, ist doch lustig.
Ullrich ging. Er drängte sich schnell zwischen den Menschen hindurch, die mit Plakaten und Transparenten herumstanden. Im Gehen zog er sich den Mantel aus. Dabei mußte er den Hut von der einen in die andere Hand nehmen. Dieser alberne schwarze Schlapphut. Er warf ihn in einen Baum. Neugierig wurde er von den Herumstehenden angestarrt. Der Wind trug Petersens Stimme verzerrt zu ihm herüber. Er lief, ohne auf den Verkehr zu achten, über die Straße, den Mantel über dem Arm. Er lachte über das Hupen und das Quietschen der Reifen. Er spürte den kühlen Wind, aber auch die Wärme der Sonne, wenn sie hinter einer Wolke hervorkam.
Zu Hause legte er eine Platte auf und rauchte.
Aber schon bald wurde er unruhig, stand wieder auf und ging in die Kammer. Er begann, die Träger für das Bücherbord einzudübeln. Abends kamen Renate und Nottker.
Walter, den fand Nottker ja ganz witzig, aber knallhart.
Vor dem habe sie richtig Angst, sagte Renate, und Lister, der sei ungeheuer verklemmt und dogmatisch.
Nottker wußte wieder gleich Bescheid: Ich-Schwäche. Die Suche nach einem starken Über-Ich, die Arbeiterklasse oder die Partei als Ersatz für das bürgerliche Über-Ich. Die schleppen nur den ganzen alten Dreck mit, von denen kommt nichts Neues.

Immerhin, der Lister tut was, sagte Ullrich.
Kompensationen, sagte Nottker, bei Lister sind alle Deckel zu, der wurzelt so rum, normalerweise würde der Bierdeckel sammeln oder Gedichte schreiben. Diese Typen findest du massenweise bei den Pfadfindern.
Ullrich fiel auf, daß er noch vor einigen Tagen genauso geredet hatte. Jetzt schwieg er. Er versuchte sich vorzustellen, wie Walter sie gesehen haben mußte, Renate in dem langen schwarzen Schlabberkleid ihrer Großmutter, Nottker in der bestickten Weste und Ullrich in seinem langen schwarzen Django-Mantel mit Schlapphut. Wie exotische Vögel müssen wir für ihn ausgesehen haben.
Renate sagte wieder, vor Walter habe sie Angst.
An diesem Abend sprach Ullrich zum erstenmal aus, was er bisher nur manchmal gedacht hatte, daß er eine Arbeitsneurose habe, daß er nicht mehr arbeiten könne.
Mensch, mach dich nicht verrückt, sagte Nottker. Was heißt denn Neurose in dieser neurotischen Gesellschaft. Diese Gesellschaft erklärt jeden für krank, der sich nicht dem Leistungsprinzip unterwirft.
Diese Gesellschaft sei krank, verkrüppelt sind Sinnlichkeit, Zärtlichkeit, Phantasie und Spontaneität. Wer in dieser kranken Gesellschaft krank sei, der sei in Wirklichkeit gesund. Es gehöre zu diesem verdrehten, pervertierten System, daß sich diejenigen, die eigentlich gesund seien, krank fühlten.
Ullrich war erleichtert. Er hörte Nottker zu und Nottker konnte ruhig und ohne anzustoßen reden.
Die Phantasie hat insofern erkennende Funktion, als sie die Wahrheit der großen Weigerung aufrechterhält oder, positiv ausgedrückt, insofern sie die Ansprüche des Menschen und der Natur auf vollständige Erfüllung gegen die unterdrükkende Vernunft bewahrt und schützt.
An den folgenden Tagen arbeitete Ullrich nicht mehr an dem Umbau der Kammer. Er lag neben Brettern und Farbtöpfen auf dem Fellteppich, den Ursula aus Pakistan mitge-

bracht hatte, und las Mickymaus-Hefte. Nur einmal hatte er ein Heft in den Papierkorb geworfen, als er an die Osterdemonstrationen dachte, und an jene kalte Nacht in der Speckstraße, wo sie die Barrikade gebaut hatten.
Danach hatte er sich das zerknautschte Heft wiedergeholt.
Du bist schon satt Frans Gans?? Oder was ist mir dir los? (Rülps) Wenn ich das nur sagen könnte... mir ist alles so grenzenlos zuwider!
An einem Nachmittag kam Renate in den Gemeinschaftsraum und sagte: Mensch, da will dich jemand sprechen. Ich glaub, das ist dein Vater. Hinter ihr kam Ullrichs Vater herein.
Hallo, sagte sein Vater mit einem Blick auf das Plakat über dem Sofa. Auf dem Plakat waren Gummiknüppel zu einem Frühlingsstrauß zusammengebunden. Darunter stand: *Auf diesen Frühling folgt ein heißer Sommer.*
Ullrichs Vater hielt in der einen Hand seinen Hut, in der anderen einen Plastikbeutel.
Von Mutti. Sie hat einen Kuchen gebacken.
Wie geht es ihr, fragte Ullrich.
Du hättest ruhig mal schreiben können.
Setz dich erst mal.
Ullrichs Vater setzte sich, seinen Hut vorsichtig auf das Sofa legend.
Die Pause dehnte sich.
Ich muß etwas sagen, dachte Ullrich, eigentlich freue ich mich, daß er gekommen ist. Schließlich sagte er: Hast du was Geschäftliches in Hamburg gehabt?
Nein, sagte er, ich wollte nur mal nach dem Rechten sehen.
Nach dem Rechten sehen, was heißt denn das, fragte Ullrich.
Renate kam herein und fragte Ullrichs Vater, ob er eine Tasse Tee haben wolle.
Ja, bitte, ein Täßchen.

Deine Freundin, fragte er dann, nachdem sie rausgegangen war.
Ja.
Und der andere auf dem Gang.
Nottker, sagte Ullrich und fügte hinzu, der hat auch eine Freundin, die ist aber nicht da, die ist Stewardess.
Sie hatten schweigend im Zimmer gesessen. Ullrich überlegte, was er fragen könnte. Nach dem Geschäft wollte er nicht fragen, weil sie dann sofort auf das Geld und auf sein Studium kommen würden, auch nach dem Reihenhaus in Klein-Stöckheim mochte er nicht fragen. Schließlich fragte er nach Manfred.
Fleißig, sagte sein Vater. Und dann nach einer Pause, was macht dein Studium? Und dann lächelnd, vermutlich wollte er einen Spaß machen: Studierst du überhaupt noch?
Was ist denn das für eine Frage, wie kommst du darauf. Weil ich lange Haare habe oder wie?
Ullrich war aufgesprungen.
Na, hör mal, sagte sein Vater, ich kann doch wohl noch fragen, und dann auch aufstehend, schließlich zahl ich ja auch.
Du kannst dir dein Geld an den Hut stecken, brüllte Ullrich, ich bin nicht darauf angewiesen, verstehst du?
Sein Vater griff seinen Hut vom Sofa und ging hinaus.
Sogar im Sommer trägt er noch immer einen Hut, dachte Ullrich.
Ullrichs Vater schlug die Wohnungstür zu, er hatte nichts mehr gesagt.
Was ist denn los, fragte Renate aus der Küche kommend mit einem Tablett in der Hand, was ist denn passiert?
Schluß, sagte Ullrich, endgültig Schluß.
Ist doch egal, sagte Renate, Ullrich ins Haar greifend, ich werd meinen Vater um hundert Mark mehr angehen, der hats doch.
Wovon lebt ihr eigentlich, hatte Walter gefragt.
Am Abend war Ullrich wieder in das *Cosinus* gegangen. Er hoffte, Petersen dort zu treffen.

Suchend war er durch die beiden Räume gegangen, aber er konnte niemanden entdecken, den er kannte. An einem Tisch saß ein Typ, den er schon mal im Keller zu sehen geglaubt hatte. Er setzte sich an den Tisch und bestellte sich ein Bier.
Er fragte den Typ, ob er noch regelmäßig in den Keller gehe.
Nein, sagte der, er habe nur mal reingesehen, hin und wieder.
Er wüßte auch nichts Genaues, jedenfalls kämen die nicht mehr hierher, es gebe inzwischen verschiedene Gruppen, und die träfen sich in verschiedenen Lokalen.
Petersen?
Petersen sei angeblich gleich nach seinem Rigorosum in eine Fabrik gegangen. Genaues wüßte er aber auch nicht, der wolle jedenfalls Basisgruppen in den Fabriken aufziehen.
Proletkult, sagte ein Student am Tisch, der typische Proletkult, und zitierte Marcuse.
Dann sprachen sie von Bully.
Was ist mit dem, fragte Ullrich.
Das stand doch sogar in den Zeitungen. Bully haben sie gekascht.
Was, warum, fragte Ullrich.
Brandstiftung.
Ullrich konnte plötzlich nicht mehr die Zigarette ruhig halten, es zog sich in ihm etwas zusammen.
Brandstiftung an was, fragte er und hörte selbst, wie gepreßt er sprach.
Der hat einen Molly in das iranische Handelsbüro geworfen.
Der einzige Arbeiter im SDS, sagte einer am Tisch, und der sitzt jetzt auch noch.
Am Tisch lachten sie.
Ihr Arschlöcher, sagte Ullrich und stand auf.
An der Theke zahlte er sein Bier und fragte nach der Adresse von Petersen.

Mußt mal im Keller fragen.
Beim Hinausgehen mußte Ullrich noch mal an dem Tisch vorbeigehen: Ihr alten Arschgeigen.
Er hätte sich gern mit einem geprügelt, aber die glotzen ihn nur verblüfft an. Vielleicht hatten sie auch Angst.
Am nächsten Tag begann Ullrich wieder an seiner Kammer zu arbeiten. Er stellte das Bord auf und begann dann sorgfältig seine Bücher einzuräumen.
Er fand den Flaubert, zerlesen, der Papierdeckel abgewetzt. Er hatte am Baggersee darin gelesen. (Die Kieselsteine drückten im Rücken.) Ingeborg hatte plötzlich vor ihm gestanden.
Du mit deinen Gefühlslehrjahren, hatte sie gesagt und ihre nassen Hände über ihn geschüttelt. Die kalten Tropfen auf der heißen Haut.
Vorsicht, das Buch, hatte er gerufen und sich weggewälzt.
Ullrich begann zu blättern und die Seiten zu suchen, wo die Wassertropfen das Papier getroffen hatten. Tatsächlich fand er eine Stelle, wo das Papier verzogen und verkrumpelt war.
Er nahm sich vor, Ingeborg zu schreiben. Aber erst müßte er wissen, was er machen wollte.
Persien, Modell eines Entwicklungslandes.
Ullrich erinnerte sich, wie er gleich nach dem Tod Ohnesorgs das Buch in einem Zug durchgelesen hatte.
Als er die Seiten am Daumen vorbeiflitzen ließ, flogen Zettel heraus. Zettel mit Zitaten und Daten. Auf einem war die Adresse von Wolfgang, dem Drucker, den er vor dem *Picnic* getroffen hatte.
Jetzt nach München fahren, dachte Ullrich.
Später war Ursula gekommen. Im Anflug auf Beirut hatte ihr jemand über die Uniform gekotzt. Über Athen hatte ihr ein Passagier einen Antrag gemacht. Der wollte sich jetzt beschweren. Sie schmiß die Perücke in die Ecke.
Sie saßen alle rauchend und schweigend im Zimmer herum.

Da schlug Ullrich vor, ein Straßentheater zu gründen.
Renate war begeistert.
Wenn sie nicht fliegen müßte, dann würde sie mitspielen, sagte Ursula.
Nottker hatte Bedenken.
Sollte man mit Masken spielen oder ohne. Einen VW-Transporter müßten sie haben. Texte.
Als es draußen dämmerte, entwickelten sie gerade einen Plan, wie sie die Provinzstädte bespielen könnten.
Ein motorisierter Tespiskarren.

7 Petersen wohnte in Altona, in einer baumlosen Straße mit dunklen Backsteinhäusern aus der Jahrhundertwende. Ullrich ging über einen schmutzigen Hof. Am Hinterhaus waren am Eingang mit schwarzer Farbe in altertümlicher Schrift Namen angeschrieben. In dem dunklen Treppenhaus roch es modrig. Vorsichtig stieg er die ausgetretenen Holztreppen hinauf.
Warum wohnt der hier, dachte Ullrich, und er erinnerte sich an die weiße Villa in Othmarschen, in der Petersen früher mit den anderen gewohnt hatte. Ein richtiges Loch, dachte er immer wieder.
Im zweiten Stock fand er neben einem altertümlichen Eisenschild einen kleinen Papierstreifen angeklebt, darauf stand in Schreibmaschinenschrift: Petersen.
Ullrich klingelte zweimal.
Vielleicht ist er noch gar nicht da, dachte Ullrich.
Aber dann hörte er eine Tür schlagen, Schritte, die Tür wurde geöffnet.
Ich möchte zu, sagte Ullrich und stockte.
In der Dunkelheit hatte er Petersen nicht gleich erkennen können.
Komm rein, sagte Petersen.
Petersen hatte sich den dünnen Schnurrbart abrasiert. Die Haare trug er kurz. Er wirkte größer, vor allem aber breiter, wie er vor Ullrich durch den Gang der Wohnung ging. Seine Schritte schienen Ullrich etwas Schweres, Lastendes zu haben.
Auch Petersens Zimmer war dunkel. Dicht vor dem Fenster war eine schwarze geteerte Brandmauer. Im Nebenzimmer der bellende Husten einer Frau. Der Holzfußboden knarrte.
Petersen mußte gerade gelesen haben, auf dem Tisch lag ein aufgeschlagenes Buch, daneben Papier, Zeitungen, Bücher.
Auch auf dem Boden und dem Bett lagen Bücher.
Von der Decke hing eine brennende Glühbirne.
Dunkel, sagte Ullrich.
Ja, so ziemlich.

Petersen räumte eine Stelle auf dem Bett frei.
Ullrich las in dem aufgeschlagenen Buch eine unterstrichene Stelle: *Bedarf es tiefer Einsicht, um zu begreifen, daß mit den Lebensverhältnissen der Menschen, mit ihren gesellschaftlichen Beziehungen, mit ihrem gesellschaftlichen Dasein, auch ihre Vorstellungen, Anschauungen und Begriffe, mit einem Worte auch ihr Bewußtsein sich ändert?*
Setz dich doch, sagte Petersen.
Das Bett stand unter einem Bücherbord, das die ganze Wand bedeckte.
Wenn das mal runterkommt.
Ja, sagte Petersen, manchmal hab ich auch Angst, daß ich morgens nicht wieder aufwache.
Ullrich lachte. Aber er lachte, weil ihm Alice eingefallen war, wie sie unter den Zeitschriften und Büchern des umgekippten Bücherregals im Bett gelegen hatte. Er hatte sie nie wieder gesehen.
Wieder war dieser bellende Husten im Nebenzimmer zu hören.
Wie eine Lungenkranke, dachte Ullrich. Er ekelte sich plötzlich vor dieser Wohnung.
Petersen hatte ihn beobachtet. Meine Wirtin, sagte er, sie hat früher in einer Zigarettenfabrik bei Reemtsma gearbeitet. Raucht am Tag bis zu achtzig Zigaretten. Ist jetzt Invalidin.
Ein Wasserklosett gurgelte irgendwo.
Willst du einen Kaffee?
Ullrich zögerte.
Tee hab ich leider nicht, sagte Petersen, ich weiß, ihr trinkt nur Tee.
Petersen war hinausgegangen. Ullrich hörte ihn draußen mit der Wirtin reden. Wie hält der das aus, hier, dachte er, wie kann der das aushalten, aber dann dachte er an die Wirtin, und er schämte sich plötzlich. Er schämte sich, weil er wußte, daß er es hier nicht aushalten würde. Er nahm sich vor, Petersen zu erklären, warum er damals die Arbeit nicht hatte fertigschreiben können, auch mit Petersens Hilfe nicht. Daß

er aber jetzt ein Straßentheater aufziehen wolle, daß er sich da voll hineingehängt habe. Zuletzt hatte er Petersen auf einer Veranstaltung in der Uni gesehen. Ullrich hatte zunächst gar nicht hingehen wollen. Die Vorstellung, in die Uni gehen zu müssen, machte ihm Schwindel. Aber dann hatte Nottker erzählt, daß die Universität bestreikt werde, daß man einen Hörsaal besetzt habe, daß es ein richtiges Fest werden sollte, mit Bier, Würstchen und ein paar Reden, und da war er dann doch mitgegangen, zusammen mit Nottker und Renate.

Der Saal war überfüllt. Eine Platte mit Revolutionsliedern lief. An einem Tisch wurde tatsächlich Bier ausgeschenkt. Er wurde mit Hallo begrüßt, die meisten kannte er aus dem Keller. Petersen war er ausgewichen. Petersen knutschte mit einem Mädchen. Ullrich fiel auf, daß er Petersen zuvor noch nie mit einem Mädchen zusammen gesehen hatte.

Plötzlich hatten sie gerufen: Ruhe, Genossen. Hier ist ein Arbeiter.

Ullrich erschrak. Er dachte, auch Walter sei gekommen.

Aber dann hatten sie den Mann auf den Tisch gehoben. Sie mußten ihn von hinten stützen. Es war nicht Walter.

Ruhe, Genossen, riefen sie, Ruhe, hört den Genossen Arbeiter.

Der Schallplattenapparat wurde abgestellt. Im Raum war es ganz still geworden.

Aber warum schaukelte der, warum saß dem die Mütze so schief auf dem Ohr, warum mußten sie den noch immer von hinten festhalten? Der war besoffen.

Ruhe, Genossen, hört einen Arbeiter zur Notstandsproblematik.

Disziplin, brüllte der Arbeiter. Das is ganz wichtig, nicht, also, muß man doch sagen, Disziplin, das ist alles. Das ist doch nicht, also ohne straffe Disziplin könnt ihr nix, könnt ihr gar nix.

Ullrich klatschte.

Was ist denn mit dir los, fragte Renate.

Wieso, sagte Ullrich, ich find den gut.
Hast du einen Hau, fragte Nottker.
Disziplin, schrie der Arbeiter, als sie ihn wieder vom Tisch hoben.
Laßt ihn ausreden, schrie jemand.
Alle lachten.
Warum lacht ihr, fragte Ullrich wütend, warum lacht ihr über den? Sie hatten Ullrich beruhigend auf die Schulter geklopft, und dann war auch schon wieder ein kubanisches Revolutionslied aus dem Lautsprecher gekommen.
Petersen kam mit einem Wasserkessel herein. Er stellte zwei Tassen auf den Tisch, nachdem er zuvor prüfend hineingeschaut hatte. Er lief nochmals raus und holte eine Dose mit Nescafé.
Was macht Conny, fragte Ullrich.
Der arbeitet mit entlaufenen Fürsorgezöglingen. Randgruppenstrategie.
Warum seid ihr eigentlich aus der Villa ausgezogen?
Es ging einfach nicht mehr, sagte Petersen und goß heißes Wasser in die Tassen.
Was hat der für Hände, dachte Ullrich. Es schien, als seien die kleinen Hände von Petersen gewachsen. Vielleicht entstand dieser Eindruck aber auch nur durch den Schmutz, der rillig in der Haut und unter den Fingernägeln saß.
Petersen saß auf dem Klappstuhl vor dem Tisch, die Tasse in der Hand und sah vor sich auf den Boden.
Wann mußt du aufstehen?
Um sechs.
Fährst du mit der Straßenbahn?
Ja, erst mit der fünfzehn und dann mit der U-Bahn.
Wieder entstand eine Pause. Ullrich schlürfte vorsichtig den Kaffee. Er fand, daß der Kaffee gut schmeckte. Er konnte plötzlich nicht mehr verstehen, warum er seit Monaten keinen Nescafé mehr getrunken hatte.
Im Nebenzimmer fing die Frau wieder an zu husten. Ullrich starrte, die Tasse in der Hand, auf die Wand, hinter der das

Husten anhielt. Nebenan fiel etwas zu Boden. Ullrich glaubte, die Frau müßte sich gleich erbrechen. Plötzlich hörte das Husten auf.
Mußt du lange fahren?
Ziemlich, fast vierzig Minuten.
Vierzig Minuten. Und der Anschluß?
Das geht. Die U-Bahnen fahren in den Stoßzeiten häufig.
Warum fragt er nicht, was ich mache, dachte Ullrich.
Lister ist in der illegalen KP, sagte Petersen, ganz stramm.
Ja, Lister, sagte Ullrich und schlug vor, Lister mit Nottker zu kreuzen, das würde bestimmt der neue Mensch werden.
Petersen schnaubte etwas durch die Nase. Ullrich wußte nicht, ob das verächtlich war oder zustimmend.
Und abends, fragte Ullrich, wann hast du da Schluß?
Um vier.
Und dann fährst du wieder zurück?
Ja, meistens. Manchmal treffen wir uns in einer Kneipe. Ein paar Lehrlinge und ein junger Arbeiter.
Sind die Bahnen dann schon überfüllt?
Die U-Bahn ja, jedenfalls aus der Barmbeker Richtung.
Beim Sprechen saß Petersen ganz ruhig auf dem Stuhl. Er fuhr nicht mehr wie früher mit seiner Faust wie ein Dirigent durch die Luft.
Auf dem Gang hörte man schlurfende Schritte, dann wieder dieses Husten.
Aber schön ruhig ist es hier, sagte Ullrich nach einer Pause und dachte, wie hält er das bloß aus.
Ullrich stellte die Tasse auf den Tisch und sagte: Ich muß gehen.
Im Treppenhaus fragte er dann Petersen: Was machst du eigentlich in der Fabrik?
Hilfsarbeiter. In einer Elektroabteilung. Ich muß Kisten zusammennageln.
Bis dann, sagte Ullrich.
Er stieg vorsichtig die ausgetretenen Holztreppen hinunter. Das Geländer wackelte.

8

Das mit Isabella war eigentlich gar nicht so schlimm gewesen, auch nicht, daß Renates Vater den Wagen nicht rausrücken wollte (zu dem Zeitpunkt hätte Ullrich ihn auch schon nicht mehr angenommen). Aber dann hatte Renate die Geschichte von Massa erzählt.

Dabei waren die Behnsens nette Leute. Das breite Terrassenfenster war versenkt. Die Heckenrosen wuchsen fast ins Living hinein.

Wie gehts eigentlich Isabella, hatte Renate gefragt.

Isabella hatte Koliken. Isabella litt. Isabella machte viel durch.

Aber warum geht sie nicht zum Arzt, hatte Ullrich schließlich gefragt.

Die Behnsens hatten sich angesehen. Und dann hatten die Behnsens begriffen.

Aber Isabella ist doch ein Pferd. Isabella ist doch das Reitpferd von Renates Bruder.

Das liebenswürdige Lächeln von Renates Mutter. Das herzhafte Lachen von Renates Vater, und Renate wollte Ullrich wie gewöhnlich in die Haare greifen (so greift man Pferden in die Mähne), aber Ullrich hatte seinen Kopf heftig zurückgezogen.

In der rechten Ecke des Livings stand ein kleiner Biedermeiersekretär. Darüber kolorierte Stiche von Segelschiffen.

Die Idee mit dem Straßentheater fand Renates Vater interessant. Renates Mutter fand sie sogar wahnsinnig interessant. Endlich was Neues, sagte sie. (Sie betonte es etwas anders als Nottker.) Aber als Renates Vater dann fragte, wo sie denn spielen wollten, und Renate antwortete: Vor der Uni, da fiel Ullrich ihr ins Wort und sagte: Vor Fabriken.

Renate sah Ullrich verwundert an. (Von Fabriken war nie die Rede gewesen.) Herr Behnsen (Möbelfabrik H. Behnsen & Sohn) hatte sich umständlich geräuspert und dann um Verständnis gebeten. Das sei nun wirklich schwierig, bei aller prinzipiellen Aufgeschlossenheit. Seine Freunde vom Unternehmerverband. Vor der Uni, dafür könnten sie einen

VW-Transporter haben, aber vor Betrieben. Sie müßten das verstehen. Ob es denn gerade Betriebe sein müßten, hatte Renates Mutter vermittelnd gefragt.
Ja, hatte Ullrich gesagt und wollte aufstehen und rausgehen. Er blieb aber sitzen. Renate hatte ihrer Mutter den Arm um die Schulter gelegt.
Der Geruch von frisch geschnittenem Gras kam durch das offene Terrassenfenster. Zwei große Porzellankatzen flankierten das Fenster und gegenüber, an der Wand, stand ein zerbrechlicher Jugendstiltisch und darauf die unbezahlbare venezianische Vase, von der Renate oft erzählt hatte. Daneben (auf mittlerer Höhe) dieses große Ölbild. (Ein Wintersberger, hatte Renates Mutter gesagt, ein begabter junger Maler.) Auf dem Bild waren nur zwei riesige Fingerspitzen zu sehen, die waagerecht aufeinanderzeigend durch eine Stahlklammer verbunden waren. Das blaßrosa Fleisch war leicht bläulich an der Stelle, wo die Stahlklammer die Finger durchbohrte.
Herr Behnsen schob Ullrich mit versöhnlichem Lächeln ein Elfenbeinkästchen über die Glasplatte des niedrigen Tisches zu. Ullrich nahm eine Zigarette, obwohl er keine Lust hatte, zu rauchen. Aber er hatte zugegriffen, wie auf Befehl. Lustlos rauchend blickte Ullrich in den Garten, der fast schon ein kleiner Park war. Jahrelang hatten seine Eltern auf ihr Eigenheim gespart.
Sonntagnachmittags waren sie immer in der Innenstadt spazierengegangen und nicht, wie die Eltern seiner Schulfreunde, im Stadtpark. Sein Vater in Hut und Mantel, rechts eingehakt, seine Mutter mit dem dunkelblauen Hut, auf den zwei bunte Entenflügel montiert waren, und ganz rechts außen, an der Hand seiner Mutter, Manfred, der sich ziehen ließ. Hinterherbummelnd, mit rutschenden weißen Kniestrümpfen, Ullrich, immer wieder durch Zurufe aufgefordert, schneller zu gehen.
Ullrichs Vater: Halt dich gerade und nimm die Hände aus den Taschen.

Lange standen sie dann vor den riesigen Möbel-Schaufenstern der Kaufhäuser. Ullrich hing herum. Die Stille der sonntäglich leeren Straßen, diese rutschenden Kniestrümpfe.
Wenn keine Spaziergänger zu sehen waren, notierte sein Vater die Preise der ausgestellten Kleiderschränke, Sessel, Couches und Büffets.
Wie machen die das nur, sagte er dann, auf seinen Zettel starrend. Diese Preise. Es ist nicht zu fassen.
Dieses gutturaljoviale Lachen von Herrn Behnsen, als Ullrich Isabella für einen Menschen gehalten hatte.
Mögen Sie noch eine Tasse Kaffee, fragte Renates Mutter.
Ullrich hielt ihr die Tasse hin. Würde Renate später auch so rundlich werden wie ihre Mutter?
Und dann hatte Renate die Geschichte von Massa erzählt. Massa war der Fahrer ihres Vaters (den Namen Massa hatte sie ihm als Kind gegeben). Massa macht jeden Tag beharrlich einen Umweg, wenn er ihren Vater in die Firma fährt. Dadurch will er ein kleines Stück Kopfsteinpflaster vermeiden, das auf dem direkten Weg liegt. Er besteht darauf, hatte Renate gesagt, er will die Federn schonen. Papi ist machtlos. Zwar sagt er immer wieder: Fahren sie doch rüber, Massa. Aber Massa macht dann doch seinen Umweg.
Sie hatten alle gelacht. Auch Ullrich.
Aber noch während er lachte, kam er sich wie bestochen vor. Dieses Lachen war ein Einverständnis gewesen. Und je länger er darüber nachdachte, desto wütender wurde er auf Renate, die diese Geschichte erzählt hatte, mehr noch auf sich selbst, weil er gelacht hatte über einen Fahrer, der Massa genannt wurde und die Federn eines Autos schonte, das ihm gar nicht gehörte.
Ullrich hatte etwas sagen wollen, etwas Ironisches, etwas Schneidendes. Aber ihm schoß so viel durch den Kopf, daß er sich nicht konzentrieren konnte.

Als wollte sie etwas gut machen, hatte Renate dann gesagt: Ullrichs Vater hat übrigens auch ein Möbelgeschäft.
Ach, hatte Herr Behnsen gesagt, dann kommen wir ja aus der gleichen Branche.
Es war, als hätte Ullrich seine gute Laune plötzlich wiedergefunden. Plötzlich war Ullrich munter.
Mein Vater hat einmal einen riesigen Posten Nierentische eingekauft. Riesig für seine Verhältnisse. Hundertfünfzig resopalbezogene Nierentische. Er dachte, er könnte den ganz großen Schnitt machen. Mein Vater kannte nämlich einen Kriegskameraden, der in eine Möbelfabrik eingeheiratet hatte, natürlich nicht so groß wie Ihre. Und eines Tages hat der Kriegskamerad meinen Vater angerufen und ihm hundertfünfzig resopalbezogene Nierentische angeboten, zu einem Freundschaftspreis.
Herr Behnsen lachte.
Mein Vater hat sich dann das Geld von Freunden zusammengepumpt und die hundertfünfzig Nierentische gekauft. Nach dem Abschluß kam er nach Hause, ganz gelöst und glücklich. So hatte ich ihn noch nie gesehen. Er hat meine Mutter gepackt und sie durchs Zimmer gewirbelt und dann gesagt: Endlich, endlich, wir haben es geschafft, das ist der Durchbruch, das wird ein Riesengeschäft. Und dann bestand er darauf, mit der ganzen Familie essen zu gehen, sofort, und noch am gleichen Abend sind wir ins *Zeughaus* gegangen. Meine Mutter sagte: Nun wart doch erst mal. Aber mein Vater bestand darauf. Und als wir alle im *Zeughaus* saßen, sagte er nur: Nicht auf die Preise achten, nur darauf achten, was ihr essen wollt, worauf ihr Lust habt.
Ich wollte unbedingt Schnepfen essen. Gut, hat er gesagt, Schnepfen. Die Bedenken meiner Mutter, wie er denn hundertfünfzig Nierentische absetzen wolle, wischte er mit einer Handbewegung beiseite. Bei dem Preis. Außerdem waren Nierentische gerade in Mode. Der Schornstein wird rauchen, hat er gesagt.
Lustig, sagte Renates Mutter.

Ullrich betrachtete das Bild mit den von einer Stahlklammer durchbohrten Fingerspitzen. Der grazile Jugendstiltisch, auf dem die unbezahlbare venezianische Vase stand.
Renates Vater sagte, er könne sich noch gut an die Zeit erinnern, als auch er die Nierentische hergestellt habe. Geschmacklose Monstren.
Warten Sie, unterbrach ihn Ullrich, warten Sie, das dicke Ende kommt noch. Als mein Vater nämlich die Preise für die Tische machen wollte, mußte er feststellen, daß die Preise der Kaufhäuser fast genauso hoch waren wie der Freundschaftspreis des Kriegskameraden. Der hatte ihn also freundschaftlich hereingelegt. Aber das hat mein Vater nicht seinem ehemaligen Kriegskameraden, sondern den Kaufhäusern angelastet. Naiv, nicht?
Renate versuchte Ullrich zu unterbrechen, sie wollte von Nottker erzählen, aber Ullrich redete hartnäckig weiter: Die ruinieren den Mittelstand, hat mein Vater gesagt, das sagt er auch heute noch. Übrigens, der Kriegskamerad hat ihm später aus der Schweiz eine Karte geschrieben, nachdem er Konkurs gemacht hatte. Der hat nämlich, bevor es zum Offenbarungseid kam, seine Lagerbestände verkauft und sich dann im Wallis auf den Namen seiner Frau ein kleines Haus gekauft.
Ja, so was gibt es, hin und wieder, sagte Herr Behnsen und bot Ullrich einen *Jerez* an.
Nein, sagte Ullrich, ich hab den Clou noch gar nicht erzählt. Mein Vater hat nur vierzig Tische verkauft. Im nächsten Jahr kamen nämlich rechteckige Teakholztische in Mode. Kein Mensch wollte mehr resopalbezogene Nierentische kaufen. Mein Vater blieb auf den Nierentischen sitzen, sozusagen. Die stehen noch heute im Keller. Dreiundneunzig Stück, glaub ich. Ein paar hat er zu Geburtstagen verschenkt.
Renates Muter drehte an ihrer Perlenkette. Ullrich fand, daß Behnsen plötzlich steif und unbeholfen in dem bequemen breiten Sessel saß.

Laß uns in den Garten gehen, sagte Renate.
Garten, sagte Ullrich, Garten, das war der Wunsch meiner Mutter. Eigenheim mit Garten. Und dann natürlich: selbständig. Ein Schlüsselwort bei uns zu Hause. Bei Ihnen auch? Mein Vater sagte immer, selbständig ist nicht einmal der Generaldirektor von Büssing. Ein Witz, was? Ein ungeheurer Witz, nicht? Das sagte er auch dann, wenn er den ganzen Tag bei den Banken und Fabrikanten herumtelefoniert hatte, um Geld aufzutreiben, weil wieder ein Wechsel fällig war. Und es waren ständig Wechsel fällig, die dann umgelegt werden mußten, nachdem er am Telefon die Fabrikanten um Zahlungsaufschub angebettelt hatte.
Es war erniedrigend. Aber er war selbständig.
Frau Behnsen starrte vor sich hin.
Herr Behnsen drehte sein Glas in der Hand.
Als Junge hab ich mal meinen Vater weinen sehen, zufällig, abends, er saß am Schreibtisch und weinte, ganz still. Dabei hat er zu mir immer gesagt: Als Mann darf man nicht weinen. Ein armes Schwein, nicht, ein selbständiges armes Schwein.
Renates Mutter war aufgestanden und wollte hinausgehen.
Warten Sie, sagte Ullrich, den Biedermeiersekretär betrachtend, das müssen Sie noch hören. Wissen Sie, was er immer sagte: Als Selbständiger, da ist man am freiesten, da ist man sein eigener Herr, urkomisch was, aber er sagte es immer wieder. Zum Beispiel könne man, wenn man wolle, einfach den Laden dicht machen und auf Urlaub fahren. Wenn man Lust hat. Aber mein Vater hat nie seinen Laden dicht gemacht. Er ist nie auf Urlaub gefahren. Nie. Sie haben gespart, jahrelang, auf ihr Eigenheim. Jetzt haben sie es geschafft. Ein Reihenhaus mit einem kleinen Garten. Aber neulich schrieb mir meine Mutter, das Geschäft gehe schlecht.
Und dann war Ullrich aufgestanden. Ohne etwas zu sagen, war er hinausgegangen. Im Hinausgehen hatte er sich über-

legt, ob er die unbezahlbare venezianische Vase umreißen sollte. Aber dann dachte er: Schade um die Vase.
Renate war ihm nachgelaufen. Erst auf der Straße hatte sie ihn eingeholt. Sie versuchte ihn festzuhalten. Er ging weiter. Sie riß an seinem Pullover.
Sei vernünftig, sagte sie, sich ihm in den Weg stellend.
Schweigend fuhren sie in Renates Minicooper durch das Villenviertel nach Hause.
Sie kamen auch an der Polizeiwache vorbei, wo er mit Conny und Bully versucht hatte, den Wagen anzustecken. Aber nur das Verdeck war versengt worden. Ullrich hatte das Bild von dem angesengten Verdeck zwei Tage später in der Zeitung gesehen.
Bully saß im Untersuchungsgefängnis.
Als Renate aus dem Wagen stieg, begann sie plötzlich zu weinen. Ullrich mußte sie führen, als sie die Treppe hinaufgingen zur Wohnungstür.
Was ist denn passiert, fragte Nottker.
Ullrich brachte sie ins Bett. Sie schluchzte noch immer auf, weinte aber nicht mehr. Schweigend saß er am Bett. Später war sie eingeschlafen. Leise war Ullrich aus dem Zimmer gegangen.

9

Nottker schnaufte unter Ullrich. Ullrich brannte der Schweiß in den Augen. Wenn er wenigstens den Zylinder hätte abnehmen können. Unten, unter dem schwarzen Mantel, umklammerten seine Schenkel Nottkers Nacken. Nottker schwankte. Je stärker Nottker schwankte, desto fester umklammerte Ullrich Nottkers Hals. Sie stellten einen überlebensgroßen Kapitalisten dar.
Eigentlich hatte Nottker oben sitzen sollen. Er war leichter als Ullrich. Aber in den Proben war er immer wieder mitten im Text hängengeblieben. Er hatte plötzlich wieder gestottert.
Vor Nottker und Ullrich standen Renate, Lister und der semmelblonde Schauspielschüler und sangen:
Kapital unser, das du bist im Westen.
Amortisiert werde deine Investition.
Dein Profit komme
Es war später Nachmittag und die Sonne brannte auf den asphaltierten Platz. Keiner der Arbeiter, die aus dem Werkstor drängten, blieb stehen. Sie sahen herüber und gingen dann eilig zur Bushaltestelle oder zu den Parkplätzen.
Nur zwei ältere Männer standen da und klatschten. Aber die hatten schon dagestanden, als sie ankamen und ihre Requisiten aus Renates Minicooper auspackten.
Lister hatte sie mit Genossen angeredet.
Das sind zwei Kollegen von Kampnagel, hatte Lister gesagt.
Die beiden hatten allen kräftig die Hand gedrückt. Sie klatschten wie Dampfhämmer.
Sympathisch diese Kommunisten, flüsterte Nottker zwischen Ullrichs Beinen, wie die zusammenhalten.
Deine Kurse steigen wie in Wall Street,
also auch in Europen –
Unser täglich Umsatz gib uns heute –
Am Wetter konnte es nicht liegen, daß die Arbeiter nicht stehenblieben. Die wollen doch alle schnell nach Hause, vor die Glotze, hatte Nottker von unten geflüstert und dann noch: Proletkult. Damit hatte er Ullrich gemeint.

Zweimal hatten sie ihr Stück vor dem Philosophenturm aufgeführt. Im Nu hatten sich Hunderte von Studenten um sie versammelt. Es war immer wieder begeistert geklatscht worden.
Ullrichs Fünfzeiler, von Renate aufgesagt, war besonders beklatscht worden:
Ich kannte einen jungen Mann,
dem hat's der Türspalt angetan;
einst trieb er's mit der Ritze.
Da schlug der Wind die Türe zu,
seither wählt er CDU.
Nach dem Stück waren sie ins *Cosinus* gegangen. Ihr Tisch war sofort umlagert. Man war sich einig: das Stück war ein Heuler.
Und verlängere uns unsere Kredite,
wie wir sie stunden unseren Gläubigern.
Wieder klatschten Listers Genossen. Es klang dünn auf dem großen Platz.
Nach der Hälfte des Stücks waren einmal drei Arbeiter stehengeblieben, einen kurzen Augenblick nur, dann waren sie zum Bus hinübergegangen.
So ein Scheiß, dachte Ullrich. Unter sich hörte er Nottker leise fluchen.
Es war Ullrich gewesen, der darauf bestanden hatte, mit dem Stück vor Fabriken zu spielen. Sogar Lister war skeptisch. Renate, Nottker und der Schauspielschüler waren dagegen. Aber Ullrich hatte mit finsterer Entschlossenheit argumentiert: Man müsse vor die Fabriken gehen. Man müsse endlich an die Arbeiter ran. (Bei den Worten Arbeiter und Fabrik hatte er skandierend mit der Faust in die Luft geboxt.) Alles andere sei intellektuelle Spielerei. Dann hatte er sich mit Renate und Nottker über die Bedeutung von Spielerei gestritten. Schließlich hatte er vorgeschlagen, vor der Möbelfabrik von Renates Vater zu spielen. Von da an hatte Renate nichts mehr gesagt.

Als ein alter dünner Mann zögernd auf sie zukam, wiederholten Renate, Lister und der Schauspielschüler:
Und verlängere unsere Kredite
wie wir sie stunden unseren Gläubigern
Ich kann nicht mehr lange, ächzte Nottker. Diese Scheißhitze, sagte er schon lauter. Ullrich versuchte, ihn durch einen kräftigen Schenkeldruck zum Schweigen zu bringen. Aber Nottker antwortete mit einem nun beängstigend lauten Ächzen.
Listers Genossen klatschten.
Der alte dünne Arbeiter grinste.
Der grinst ja, dachte Ullrich. Der grinst tatsächlich.
Plötzlich spürte Ullrich den Schweiß nicht mehr in den Augen brennen. Er lüpfte, wie sie es einstudiert hatten, seinen Zylinder. Die drei sangen:
Und führe uns nicht in Konkurs,
sondern erlöse uns von den Gewerkschaften.
Und da passierte es. Nottker warf Ullrich ab. Stotternd sagte Nottker:
Ich hab' dich getragen so manches Jahr.
Ich will dich nicht länger tragen mehr.
Stöhnend saß Ullrich auf dem Asphalt.
Mein Steißbein, ächzte er.
Listers Genossen hatten gelacht und geklatscht, doch dann hatten auch sie begriffen, daß Ullrich viel zu früh abgeworfen worden war. Einen Augenblick war es still. Alle sahen erschrocken auf den ächzenden Ullrich. Ullrich stand langsam auf. Er rieb sich den Hintern, und da begannen sie wieder zu lachen. Erst Renate, dann Ullrich, die Hand auf dem Hintern, dann der schwitzende Nottker, dann die beiden Kommunisten, der alte Arbeiter, der semmelblonde Schauspielschüler und dann, ganz zuletzt, auch Lister.
Als sie endlich wieder Luft bekamen, sagte der alte Arbeiter: Hier kann man ja drüber lachen, aber da drinnen? Und dabei zeigte er mit dem Daumen über die Schulter zur Fabrik.

10

Lärm, unbeschreiblicher Lärm.
Jedesmal, wenn Ullrich in die Halle kam, war ihm, als tauche er in diesen Lärm wie in einen beängstigenden Traum: Die unverständlich fremden Bewegungen der Arbeiter an den Maschinen.
Vor einer riesigen Presse stand ein älterer Mann. Der steckte mit der rechten Hand schnell einen Stahlstutzen auf einen Dorn, und schon kam der gewaltige Block mit einem Zischen herunter. Dann griff er mit der linken Hand hinein, zog den Stutzen vom Dorn, steckte einen neuen darauf. Der Block zischte herunter.
An einigen Stellen der Halle spürte Ullrich das Vibrieren der Maschinen in den Füßen wie ein Kribbeln. Er hatte ständig Angst, er könne mit den ungewohnt schweren Sicherheitsschuhen stolpern. Vorsichtig tappend zog er den Hubwagen an einem Bügel hinter sich her. Zwei Materialkästen standen auf dem kleinen flachen Wagen.
Die Arbeit ist idiotensicher, hatte der Meister zu Ullrich gesagt. Er hatte Ullrich erklärt, welche Teile zu welchen Maschinen gebracht werden mußten. Aber mitten in die Erklärung hinein hatte die Sirene geheult, und sogleich hatte dieser Lärm eingesetzt. Den Rest hatte Ullrich nicht mehr verstehen können. Er beobachtete den ungewöhnlich großen Adamsapfel des Meisters. Als habe der sich verselbständigt, wanderte der Adamsapfel beim Sprechen rauf und runter.
Ullrich hatte den Meister gefragt, wozu die einzelnen Teile bestimmt seien, die er zu den Maschinen fahren mußte. Schon im Weggehen hatte der Meister gesagt: Ist doch wurscht. Er hatte gesächselt.
Ullrich hatte Kästen mit sonderbar geformten Stahlteilen zu einer Maschine gefahren, an der diese Teile geschliffen wurden. Ein schmerzhaft grelles Kreischen.
An der Stirnseite der Halle, in einem Glaskasten, lag das Büro des Meisters.
In Halle fünf werden Dieselmotoren gebaut, hatte der An-

gestellte im Personalbüro zu Ullrich gesagt und dann, weiteren Fragen zuvorkommend: Das weitere werden Sie am Montag sehen.
An der rechten Seitenwand der Halle zog sich eine lange Werkbank entlang, auf der die Motoren montiert wurden. Der Motorblock blieb liegen. Die Arbeiter wechselten sich beim Montieren der Teile ab.
In der Mitte der Halle und an der linken Seitenwand standen Maschinen, deren Funktion Ullrich nur zum Teil erraten konnte. Pressen, Schleif-, Bohr- und Fräsmaschinen. Auf dem breiten Mittelgang fuhren kleine Elektrokarren mit Materialkästen. In den schmalen Gängen mußten die Kästen mit handgezogenen Hubwagen transportiert werden.
Ullrich zog den Wagen durch den Gang. Die Männer an den Maschinen riefen sich etwas zu. Ullrich verstand nichts. Die anderen aber grinsten.
Viele Arbeiter trugen Oberhemden. Ullrich hatte sich extra einen Overall gekauft. Jetzt kam er sich in diesem sauberen, nach Chemikalien riechenden Overall stutzerhaft vor.
Ein Materialkasten donnerte herunter. Ullrich war mit dem Wagen gegen eine Fräsmaschine gestoßen. Der Mann an der Fräse grinste. Er rief einem anderen etwas zu. Sie grinsten beide. Ullrich bückte sich und begann die Teile einzusammeln. Stahlplättchen mit einem keilförmigen Relief.
Plötzlich sah er neben sich zwei Stiefel. Er blickte hoch. Ein Arbeiter brüllte ihn an. Ullrich stand auf und hielt ihm das Ohr hin.
Wir warten. Verdammt. Mok to.
Ullrich kroch auf dem Boden herum und sammelte die Teile ein. Er zog den Wagen zum Ende der Werkbank, stemmte einen Kasten hoch, aber da schüttelte der Arbeiter den Kopf. Nee.
Wohin, fragte Ullrich.
Der Mann zupfte sich an der Nase, sah in den einen Kasten, den Ullrich angestrengt hochhielt, sah in den Kasten auf dem Wagen und zeigte dann zum Anfang der Werkbank.

Ullrich zog den Wagen so schnell wie möglich durch den engen Gang. Er entdeckte den Mann, der ihn angebrüllt hatte. Ullrich stemmte einen Kasten auf die Werkbank. Aber da schüttelte der mit dem Kopf, packte den anderen Kasten auf dem Wagen und hob ihn mit Schwung auf den Tisch. Er hatte nichts gesagt, aber Ullrich hatte verstanden, daß er ihm zeigen wollte, wie man den Kasten mit dem geringsten Kraftaufwand bewegt. Den anderen Kasten, den Ullrich auf die Werkbank gestemmt hatte, hob er mit einem eleganten Schwung wieder auf den Wagen. Der Mann stieß ihn an. Er grinste. Ein junges, braungebranntes Gesicht.
Nee, sagte er, der Kasten muß dahin, er zeigte auf eine Maschine.
Ullrich zog mit dem Kasten los.
Fast gleichzeitig mit dem Heulen der Sirene erlosch der Lärm. Aber Ullrich trug das Dröhnen in seinem Kopf weiter mit sich herum. Wie durch Watte drangen die Stimmen zu ihm.
Im Pausenraum, einem langen schmalen Raum, standen nur Bänke und Tische. Ullrich suchte einen unbesetzten Platz. Er fragte, ob der frei sei. Der Mann sah Ullrich verwundert an, sagte dann aber: Klor, und rutschte etwas zur Seite. Ullrich setzte sich. Er spürte ein schmerzhaftes Ziehen im Rükken und in den Armen. Ullrich hatte erwartet, daß er in den Pausen mit den Arbeitern diskutieren könnte, daß sie ihn ausfragen würden, was er sei, warum er hier arbeite. Aber fast gleichzeitig zogen sie Zeitungen heraus, *Bild* und *Morgenpost,* lasen, kauten und tranken hin und wieder aus Thermosflaschen. Dann und wann sagte jemand etwas: Die Emma, was? Warn Hammer. Und der Berti, wie der die Notbremse gezogen hat. War aber Abseits, klar.
Ullrich saß da, kaute und starrte die Wand an. Da waren zwei Plakate angepinnt. Eins mit einer roten Überschrift: ERSTE HILFE. Verschiedene Stellungen zur Wiederbelebung waren darauf dargestellt. Von-Mund-zu-Mund-Beatmung. Wie ein Arm geschient wird. Ullrich dachte an diese

riesige Presse und an den Mann, der immer wieder schnell unter den herunterzischenden Block greifen mußte.
Auf dem anderen Plakat war das Betriebsverfassungsgesetz abgedruckt. Ullrich kaute. Die Zeitungen raschelten. Weiter hinten lachte jemand. Plötzlich schob ihm sein Nebenmann einen Teil der Zeitung zu. Ullrich las: *Bild.* Er zögerte. Aber dann sagte er: Danke. Noch immer war dieses Dröhnen in seinem Kopf. Er las einen Bericht über den Mord an einem Taxifahrer. Die Sirene ließ ihn zusammenfahren.
Vorsichtig zog Ullrich den Hubwagen durch die Gänge. Spaß machte es ihm, die Ladefläche mit dem Bügel hochzupumpen. Quälend war das Hochwuchten der schweren Kästen. Gegen elf sah er immer wieder zur Uhr. Er zählte die Minuten bis zur Mittagspause.
Renate und Nottker würden jetzt gerade frühstücken.
Der Meister winkte Ullrich zu sich. Ullrich sollte die Metallspäne von den Fräsmaschinen holen und sie dann in einen Container kippen.
Einen Augenblick hatte Ullrich neben einer Maschine gestanden und zugesehen, wie mit schrillem Kreischen sich die langen glänzenden Metallspäne unter dem Fräser hervorringelten. Konzentriert blickte der Mann auf das eingespannte Metallteil.
Lustig, sagte Ullrich.
Der Mann sah Ullrich fragend an. Ein Kerl wie ein Klotz, fast einen Kopf größer als Ullrich.
Lustig, brüllte Ullrich.
Plötzlich kriegt der ganz schmale Augen und fixiert Ullrich. Dann ruft er was zu einem anderen rüber. Ullrich versteht nichts. Er hebt die Kästen mit den Metallspänen auf den Wagen und zieht sie zu dem Abfallcontainer. Die leeren Kästen fährt er zu den Fräsmaschinen zurück.
Na, Süßer, sagt einer.
Ullrich versucht zu lächeln.
Und der Klotz sagt: Mensch, ich dachte immer, hier gibts gar keine Frauen.

Als Nachmittags um vier endlich die Sirene heulte, waren die Blasen an Ullrichs Händen aufgesprungen. Ullrich stempelte seine Karte ab. Als er aus der Halle herauskam, spürte er den Wind warm auf seiner Haut. Er nahm sich vor, eine Station zu Fuß zu gehen. Er atmete tief durch. In seinem Kopf das Dröhnen. Aber als er aus dem Fabriktor kam, ging er dann doch mit den anderen direkt zur U-Bahn-Station. Sein Rücken schmerzte beim Gehen. An der Tür nahm ihm Renate die Aktentasche ab.
Wie wars denn?
Der Lärm, sagte Ullrich, und ließ sich in den Sessel fallen, ein unbeschreiblicher Lärm.
Er bat Nottker, den Plattenspieler leiser zu stellen.
Aber sonst bist du zufrieden, fragte Nottker. Er hatte das ohne anzustoßen gesagt und mit einem ironischen Ton.
Nachts konnte Ullrich nicht schlafen. Er hatte Angst, den Wecker zu verschlafen.

Ullrich konnte sich gerade noch hineinzwängen. Zischend schlossen sich hinter ihm die Türen. Er versuchte, seine Aktentasche zu sich heranzuziehen.
Reißen Sie doch nicht so, sagte wütend ein Mädchen.
Er sah ihr müdes Gesicht. Die Augen wurden von den schwarzen Lidstrichen wie von Klammern zusammengehalten.
Niemand sprach. Nur das Schlagen der Räder, das metallene Zwitschern in den Kurven. Es war, als schliefen sie im Stehen, mit offenen Augen. Wer sich einen Platz erkämpft hatte, las Zeitung. Draußen schien dünnlichtig die Sonne. Am Himmel Schäfchenwolken. Die Müdigkeit war wie ein Brennen in Ullrichs Augen. Er dachte an den Lärm. Die schweren Materialkästen. Er überlegte, ob er nicht einfach über Barmbek hinausfahren sollte bis zu den Landungsbrükken. Im kühlen Morgen an der Elbe sitzen. Er hätte in den nächsten Tagen einfach seine Papiere im Personalbüro abholen können.

Manchmal, wenn Klassenarbeiten geschrieben werden sollten, hatte er versucht, liegenzubleiben. Er hatte dann gesagt, er sei krank, wenn seine Mutter zum zweitenmal kam, um ihm wie gewöhnlich die Decke wegzuziehen, lachend. Fieber? Sie legte ihre warme weiche Hand auf seine Stirn. Dann holte sie das Fieberthermometer. Er solle im Po messen, das sei genauer. Sie ging raus. Ullrich hatte das Thermometer schnell auf dem Laken hin und her gerieben. 38 Grad, das reichte. Seine Mutter hatte dann die Entschuldigung geschrieben.
In Barmbek stieg Ullrich aus.
Es war kurz vor sieben. Vor dem Werkseingang drängten sich Männer und Frauen. Ullrich schob sich durch die schmale Pforte, vorbei an dem Glasfenster, hinter dem der Pförtner mit einem Mann vom Werkschutz stand.
Die Höhe der Mauer und des Gitters hatte Ullrich überrascht.
Es stimmt tatsächlich, hatte er gedacht, wie ein Gefängnis.
Er stempelte seine Karte, als der Zeitstempel gerade von 6.56 auf 6.58 übergesprungen war.
Die Sirene. Und dann wieder dieser Lärm.
Ullrich zog den Hubwagen mit den Materialkästen durch die Gänge, von Maschine zu Maschine.
Eine Maschine schweißte automatisch nierenförmige Teile aus einer Eisenplatte. Ullrich beobachtete, wie der feine Strahl langsam und exakt die Rundungen schweißte. Ein Mann schob eine Klammer vor, die das Teil festhielt. Dann, nach einem Knopfdruck, schweißte das Gerät das Teil heraus. Der Mann löste die Klammer, griff das Teil mit der Zange, und warf es in einen Metallkasten.
Ullrich wollte wissen, wie die Maschine eingestellt wird. Aber der Mann verstand kein Deutsch, lächelte nur und sagte: Ja, nix. Dann sagte er etwas in seiner Muttersprache. Ein Grieche, vermutete Ullrich.
In der Mittagspause lachten sie wieder über Ullrichs lange Haare. Er versuchte mitzulachen. Hätte ihn jetzt jemand ge-

fragt, ob er Student sei, er hätte es abgestritten. Er versuchte, sich besonders breit hinzusetzen. Seine Zigarette rauchte er besonders bedächtig. Die Gespräche verstummten plötzlich. Andere sahen von ihren Zeitungen auf. Morgen sei eine Versammlung der Vertrauensleute, sagte Roland. Jemand wollte wissen, wie das sei mit dem Frühstücksraum, der sollte doch schon längst gestrichen sein.

Nach der Pause zog Ullrich wieder den Wagen durch die Gänge und hob Kästen auf Werkbänke.

Als er einen Augenblick nichts zu tun hatte, ging er zu dem Schweißautomaten. Das Gerät schweißte noch immer die gleichen nierenförmigen Teile aus der Eisenplatte. Wie wurde das Gerät nur eingestellt? Der Schweißapparat hing an einem Kran. An der Seite war ein Armaturenbrett angebracht. Knöpfe, Hebel und kleine Lampen. Der Grieche grinste. Ullrich grinste. Der Grieche schob eine neue Eisenplatte auf das Gerät. Ullrich betrachtete die Skala auf dem Armaturenbrett. Er tippte mit dem Finger auf einen Knopf.

Lustig, sagte Ullrich und grinste den Griechen an.

Der Grieche hatte ihn nicht verstanden, grinste aber auch.

Dann schaltete er das Gerät ein. Das Gerät schweißt eine Zacke in die Eisenplatte. Der Grieche schaltet das Gerät aus. Er starrt Ullrich an. Ullrich starrt den Griechen an.

Ich Idiot, denkt Ullrich und hat plötzlich Angst.

Der Grieche macht eine Bewegung mit den Achseln. Offenbar kann er die Maschine selbst nicht wieder einstellen. Ullrich fragt einen deutschen Arbeiter.

Da muß der Einsteller kommen, sagt der.

Der Einsteller kam.

So ein Depp.

Nein, das war ich, sagte Ullrich.

Aber niemand pflaumte Ullrich in der Mittagspause an. Der Grieche war nicht im Pausenraum. Vielleicht mußte der jetzt nacharbeiten. Ullrich starrte vor sich auf die Morgenpost. Lesen konnte er nicht.

Später brachte er dem Griechen eine Coca. Der nickte ihm zu. Die Maschine schweißte wieder die nierenförmigen Teile aus der Platte.
Der Meister, der Ullrich mit der Cocaflasche durch die Halle hatte gehen sehen, rief ihn heran. Ullrich solle mal die Flaschen einsammeln. Ullrich zog mit dem Wagen von Maschine zu Maschine. Als er bei der Fräsmaschine eine Flasche vom Boden aufheben wollte, schüttete ihm der Klotz Öl über das Haar.
Alle lachten.
Jetzt reichts, dachte Ullrich.
Er hatte ein Angebot von einem Reisebüro gehabt. Dort hätte er fast das Doppelte verdient, weil er Englisch und Französisch konnte.
Proletkult, hatte Nottker gesagt.
Als Ullrich mit dem Wagen bei Roland vorbeikam, reichte der ihm eine Handvoll Putzwolle rüber. Ullrich wischte sich damit die Haare ab.
Ullrichs aufgeplatzte Blasen brannten. Das Dröhnen im Kopf. Später im Umkleideraum sagte der Klotz: Na, lebst du noch. Er grinste. Ich heiße Erich.
Nach einer Woche konnte Ullrich schon unterscheiden: Das Kreischen der Fräsen, das Rattern der Bohrmaschinen, das Stampfen der Motoren.
Ohne anzustoßen zog er seinen Wagen durch die Gänge. Manchmal pfiff er: *See you later alligator.* Jetzt verstand er auch die Zurufe der Arbeiter. (Kiek ens! Wenn der Meister kam.)
Er hatte inzwischen auch mehr Zeit. Zwischendurch saß er immer wieder auf dem Klo und las: *Marković, Dialektik der Praxis.* Er saß im Overall auf der Klosettbrille. Er zündete sich eine Zigarette an. Der erste Zug. Renate und Nottker schliefen noch.
Gestern abend hatte Renate mit Ullrich reden wollen. Wir müssen endlich mal darüber reden, hatte sie gesagt und sich in seiner Kammer auf die Matratze gesetzt.

Man sieht dich kaum noch. Abends früh ins Bett, morgens früh raus.
Warum machst du das, hatte sie Ullrich mit feierlichem Ernst gefragt. Morgens um zwei fragte sie immer noch: Warum machst du das?
Die Trennwand zum nächsten Klo war zwei Handbreit über dem schwarzweiß gekachelten Boden angebracht. (Warum eigentlich?) Ullrich sah eine schwarze Schuhkappe unter einer heruntergelassenen blauen Hose. Eine Zeitung raschelte, das Furzen, dann klatschte es im Becken.
Eines Abends hatte Petersen angerufen. Petersen hatte eine Lehrlingsgruppe organisiert. Nächsten Freitag würden sie sich wieder treffen. Das soll eine Basisgruppe werden. Sie treffen sich im *Grünen Eck* im Hinterzimmer.
Kann man mit dir rechnen, hatte Petersen gefragt.
Ja, hatte Ullrich ins Telefon gesagt.
Nebenan gurgelte das Klosett, dann das Rauschen des nachlaufenden Wassers. Die blaue Hose wurde hochgezogen, die Tür aufgeriegelt und dann zugeschlagen. Als der nächste kam, sich wieder eine Hose am Boden kringelte, stand Ullrich auf.
Er ging zu den Waschbecken. Er betrachtete sich in dem fast blinden Spiegel. Ein müdes graues Gesicht, fand er. Er hatte sich die Haare abschneiden wollen. Aber Renate hatte protestiert: Wenn du das tust, bin ich stocksauer.
Er rieb sich die Hände mit der sandigen Seife ein. Sie roch nach Marzipan. Die offenen Stellen in der Hand brannten.
Warum machst du das, hatte sie immer wieder gefragt.

Am Samstag war Ullrich um sieben aufgewacht. Der Schreck, als er auf die Armbanduhr sah. Dann fiel ihm ein, daß Samstag war. Er war wieder eingeschlafen. Um neun stand er auf. Renate schlief noch. Ullrich frühstückte. Danach saß er in seiner Kammer. Auf dem Schreibtisch lagen noch immer die eingefetteten Teile seiner Schreibmaschine. Er begann die Schreibmaschine wieder zusammenzubauen.

Gegen elf kam Renate und behauptete, sie sei aufgewacht, als er aufgestanden sei. Sie trank Lapsang Souchong Tee.
Seit wann trinkst du den, fragte Ullrich überrascht.
Seit einigen Tagen. Der Orangenblütentee hinge ihr einfach zum Hals raus.
Ihr gegenübersitzend beobachtete er, wie sie kaute. Sonderbar träge, fand er.
Du bist so weit weg, sagte sie und streckte ihm die Hand entgegen.
Ursula wolle ausziehen, erzählte sie dann, schon in der nächsten Woche. Sie habe sich mit einer anderen Stewardess zusammen eine Neubauwohnung gemietet.
Und Nottker?
Der hängt durch. Der sitzt rum, grübelt und kifft. Gestern waren wir im *Cosinus*. Da hat er plötzlich behauptet, die Zeit der Stolperstellen sei vorbei.
Im *Cosinus* hätten sie übrigens auch den Schauspielschüler wiedergetroffen, den semmelblonden. Der will ein Bewegungstraining aufziehen, für ein neues Theater. Etwas ganz Neues. Ein schräger Vogel.
Ullrich wollte raus.
Bei dem Wetter, sagte Renate.
Ullrich fuhr allein nach Blankenese. Er rannte die lange Steintreppe zum Elbufer runter. Gegen den Wind lief er bis zum Falkensteiner Ufer. Hinter Weidengestrüpp setzte er sich in den Sand. Vom Wind geschützt war ihm plötzlich warm. Einen Augenblick war ihm, als sehe er einen Film: die aufgewühlte dunkelgrüne Elbe, die vorbeiziehenden Schiffe, die Möwen, die Staaks, und in der Mitte des Stroms der mit Buschwerk bestandene Schweinesand.
Er streckte sich im Sand aus. Aber dann glaubte er, er könne, so im Sand liegend, für eine Wasserleiche gehalten werden und Spaziergänger erschrecken. Er setzte sich wieder auf.
In einer Mittagspause hatten sie einmal über die Lohn-

Preis-Spirale geredet. Ullrich hatte gesagt, das sei falsch, man müsse von einer Preis-Profit-Spirale reden.
Warum?
Also, woher kriegen die Kapis ihren Profit? Ganz einfach, wir (Ullrich konnte wir sagen) arbeiten über die Zeit hinaus, die wir benötigen, um unsere Lebensmittel und sowas zu erarbeiten. Roland hatte eine Unterhaltung am Tisch abgebrochen und hörte Ullrich zu. Am Tisch war es still geworden. Nur Ullrich redete noch.
Das sind vier Stunden ungefähr. Was wir über die vier Stunden hinaus arbeiten, das kriegen wir nicht bezahlt, das sakken die Kapis ein, denen die Maschinen gehören. Das ist Mehrarbeit. Und mit dieser Mehrarbeit erarbeiten wir Mehrwert.
Plötzlich hatten alle gelacht. Ein schollerndes Lachen. Ullrich hatte nämlich versucht, Platt zu sprechen.
Roland war dann eingesprungen. Roland konnte das, was Ullrich gesagt hatte, mit einer Rechnung belegen. Was kostet ein Dieselmotor, was sind die Löhne, weitere Unkosten, Maschinen, Strom, was bleibt dann unterm Strich. Roland hatte die Zahlen im Kopf.
Ullrich sprach von Kapitalvernichtung. Zum Beispiel die schnellrostenden Auspufftöpfe, sagte Roland. Die Chromleisten, fügte Ullrich hinzu. Der Rüstungsetat, ergänzte Roland. Wenn man den um die Hälfte kürzen würde, sagte Ullrich, und dann das Geld den Rüstungsarbeitern geben würde, die dann arbeitslos werden, es würde sich volkswirtschaftlich überhaupt nichts ändern. Besser wäre es natürlich, das Geld in den Bau von Schulen und Krankenhäusern zu stecken, sagte Roland grinsend.
Wie leicht ist das, dachte Ullrich. Wie er so atemlos und glücklich redete, war ihm, als sei er nach einem langen Marsch ans Ziel gekommen, hier in dem Pausenraum, an diesem Tisch.
Die anderen saßen da, hörten zu, stellten Fragen. Erich

kratzte sich immer wieder den Kopf. Vergessen lagen die Zeitungen auf dem Tisch.
So wie sie gemeinsam redeten, Schulter an Schulter nebeneinandersitzend, Roland und er, wie der eine ein Argument brachte und der andere ein Beispiel dazu, war Ullrich, als hätten sie sich beide seit langem auf diese Diskussion vorbereitet.
Doch dann waren Roland und Ullrich sich plötzlich quer gekommen. Erich hatte nach der DDR gefragt.
Die neue Gesellschaft, die er meine, hatte Ullrich gesagt, habe nichts mit den bestehenden sozialistischen Gesellschaften zu tun. Das sei etwas Neues. Die DDR sei deshalb gerade kein Beispiel.
Die DDR sei ein gutes Beispiel, hatte Roland geantwortet, zum Beispiel das Gesundheitswesen, die demokratische Mitbestimmung in den Betrieben, die Kindergärten, die niedrigen Mieten. Preise, die nicht steigen.
Und das mangelhafte politische Bewußtsein der Bevölkerung, fragte Ullrich, die verkorkste Informationspolitik, der Opportunismus vieler Funktionäre?
Warst du mal drüben, hatte Roland dazwischengefragt.
Die Entfremdungserscheinungen durch die Orientierung am westlichen Konsumverhalten. Diese übergroßen Muttermale der alten Gesellschaft, und Ullrich hatte Lefèbvre zitiert.
Aber da hatten die anderen schon nicht mehr zugehört.
Nur einer wollte noch wissen, was Zwiebeln drüben kosten.
Ein großer Skandinavier zog vorbei. Plötzlich, sehr viel später, schwappten Wellen an den schmuddeligen Strand.
Ullrich war kalt geworden. Er stand auf und begann zu laufen. Keuchend rannte er den Uferweg entlang. Seine Beine liefen wie von selbst. Spaziergänger blieben stehen und sahen ihm nach.

11

Eines Abends war er aufgetaucht, der Semmelblonde, der Schauspielschüler, Christian. In einem Damenpelz, einen übergroßen Schlapphut auf dem Kopf, die Haare zu einem Zopf zusammengebunden, stand er im Gemeinschaftsraum. Er wollte nur eine Nacht bleiben, wenn das ginge. Es hatte nämlich Krach gegeben, ganz plötzlich und aus heiterem Himmel. Die Frau, mit der er bisher zusammengelebt hat, eine Schauspielerin am Thalia-Theater, habe ihn plötzlich angeschrien. Er hatte die Schwarzbrotscheiben nicht eingewickelt. Die trocknen aus und du gammelst hier rum, habe sie geschrien. Und dabei hatte er gerade Atemtechnik gemacht. Er ist sofort abgehauen. Seine Sachen müsse er noch holen.
Er kann doch im Gemeinschaftsraum auf dem Sofa schlafen, schlug Renate vor.
Als Ullrich am nächsten Abend aus der Fabrik kam, lag Christian in Ullrichs Pullover auf dem Sofa und hörte Bob Dylan. Morgen wolle er seine Sachen holen. Renate habe ihm erst mal einen von Ullrichs Pullovern geliehen.
Der sieht aus wie ein semmelblonder Chinese, sagte Ullrich nachts zu Renate.
Am nächsten Abend sagte Christian: Ich muß endlich mal hin und meine Sachen holen. Er saß im Sessel. Die Beine baumelten über die Armlehne. An den Füßen: Nottkers neue Wildlederstiefel.
Vielleicht hat der gar keine Sachen, sagte Ullrich.
Was willst du machen, sagte Nottker, seine Halbschuhe ziehen Wasser, damit kann er doch nicht raus, und der muß sich doch ein Zimmer suchen.
Christian brauchte Geld.
Wir schmeißen einfach zusammen, schlug Renate vor.
Was heißt einfach, wollte Ullrich sagen, ich schufte acht Stunden. Aber dann fiel ihm ein, daß die anderen damals auch zusammengelegt hatten, als er kein Geld hatte, und er schwieg. (Was hatte Ursula damals wohl gedacht.)
Frühmorgens tappte Ullrich im Dunklen aus dem Haus (er

war in die Kammer umgezogen, damit Renate nicht jeden Morgen geweckt wurde) und kam am späten Nachmittag, wenn es draußen schon dunkel war, wieder zurück, aß hastig in der Küche einige Stullen und ließ sich dann in den Sessel fallen, legte die Beine auf den Tisch und wollte lesen. Lenin: Was tun. (Roland hatte das erwähnt.)
Aber dann lag Christian meistens gerade auf dem Teppich und machte Atemübungen.
Wenn man richtig atmet, so hier unten, und er zeigte dabei auf den Bauch, wenn man richtig spricht, nicht auf den Stimmbändern, sondern im Kopf, also hier, bekommt man keine Erkältung, man verliert auch Angstgefühle.

Es gab Nachmittage, da kam Ullrich nach Hause und im Gemeinschaftsraum standen Renate, Nottker und Christian Kopf und summten.
Da endlich war die Stimme im Kopf.
Warum aber, wird der Leser fragen, führt die spontane Bewegung, die Bewegung in der Richtung des geringsten Widerstands, gerade zur Herrschaft der bürgerlichen Ideologie? Aus dem einfachen Grunde, weil die bürgerliche Ideologie ihrer Herkunft nach viel älter ist als die sozialistische, weil sie vielseitiger entwickelt ist, weil sie über unvergleichlich mehr Mittel der Verbreitung verfügt.
Die Hauptkrankheit ist nicht der Kapitalismus, hatte Christian gesagt, die Hauptkrankheit liegt in der Lebensweise, im Essen, in der Luft, im Gemüt. Zum Beispiel die Abchasier. Die werden über 160 Jahre alt, teilweise. Die kriegen mit Hundertzehn noch Kinder. Die äßen nicht viel, aber was sie äßen, das äßen sie nur mit kleinen Bissen, kauten ausführlich, und nach dem Essen stünden sie zwanzig Minuten aufrecht. Dann gingen sie ungefähr zehn Minuten auf und ab und danach legten sie sich zum Schlafen nieder.
Zum Beispiel Mais, habt ihr schon mal Mais gegessen, gerade reifgewordenen Mais, der weich gekocht wird?
Christian kochte Maisbrei.

Furchtbar, diese Pampe, sagte Ullrich.
Aber man kann auch die Kolben kochen, und die weichen Körner abknabbern.
Ullrich knabberte mit Nottker, Renate und Christian am Samstag die Maiskörner von den Kolben.
Die Abchasier trinken keinen Kaffee und keinen Tee und rauchen kaum. Zum Süßen nehmen sie Honig, keinen Zukker.
Leise ließ Ullrich das Wasser in den Kessel laufen. Draußen war es noch dunkel. Er goß das sprudelnde Wasser auf den Nescafé. Er suchte den Zucker. Der Zucker war weg. Auf dem Tisch stand ein großes Glas Honig. Er schlürfte den ungesüßten Kaffee und starrte auf die drei kleinen Schalen, in denen Christian Körner eingeweicht hatte.
Du mußt das mal probieren, hatte Renate gesagt, keine Wurst, sondern nur Weizenkeimlinge, man fühlt sich wirklich besser. Auch Nottker hatte das bestätigt.
Das ist wie, er hatte nach einem Vergleich gesucht, aber dann doch keinen gefunden.
Man muß es einfach selbst versuchen.
Vier Tage lang hatte Ullrich kein Fleisch gegessen. Abends hatte er sich die Weizenkeimlinge eingeweicht, und morgens war er eine Viertelstunde früher aufgestanden, um in Ruhe die Keime, den Schafskäse und die Äpfel zu kauen.
Am vierten Tag wurde ihm im Betrieb plötzlich schwindelig. Er fühlte sich schlapp. Er konnte kaum noch die Kästen auf die Werkbank heben.
Abends hatte Christian, in Ullrichs Hemd und Socken, behauptet, das sei nur allzu verständlich. Sicherlich würde Ullrich in den Pausen schlingen. Kleine Häppchen, hatte Christian gesagt, gut kauen und einspeicheln.
Ullrich saß im Pausenraum, keine Wurst auf dem Brot, dafür Äpfel und ein Joghurtmüsli.
Hast du Schwierigkeiten, hatte Roland gefragt und den Daumen am Zeigefinger gerieben. Er wollte Ullrich Geld pumpen.

Und nach der Sirene, im Waschraum, hatte ihn Erich, der Klotz, beiseitegenommen: Brukst du Zaster?

Am Abend hatte Ullrich sein Brot wieder dick mit Mortadella belegt. Christian hatte nur den Kopf geschüttelt. Renate hatte Ullrich besorgt angesehen.
Danach waren sie in den Gemeinschaftsraum gegangen. Ullrich las. Christian legte die *MC 5* auf. Die Musik dröhnte. Ullrich ging in seine Kammer. Er versuchte zu lesen. Es war eisig kalt. Er ging wieder in den Gemeinschaftsraum.
Er trank zwei Gläser Rotwein. Ihm war, als müßte er den Sinn der Zeilen mühsam heranziehen.
Macht doch die Musik leiser, sagte Ullrich. Es ist nicht zum Aushalten, verdammt.
Die Musik muß im Kopf sein, sagte Christian. Sonst kann man gleich Heintje im Radio hören.
Da stand Ullrich auf. Er hatte neuerdings das Gefühl, als sei er gewachsen. (Tatächlich hatte er zugenommen.) Er ging zum Plattenspieler und drehte ihn leiser. Ganz leise spielten jetzt die *MC 5*.
Seit einiger Zeit spürte er nicht mehr diese ängstliche Unruhe (die Schweißausbrüche, den zugeschnürten Hals), wenn es zum Streit kam, im Gegenteil, er wurde jetzt ruhiger. Manchmal hatte er dann den Wunsch zuzuschlagen.
Aber Christian stellte den Plattenspieler nicht lauter.
Als Ullrich später mit Renate im Bett lag, hatte sie gesagt, das sei einfach unsozial, wie er sich verhalte. Er könne doch nicht alle majorisieren, bloß weil er den Tick habe, in der Fabrik arbeiten zu müssen.

An einem Sonntagmorgen erzählte Christian beim Frühstück von seinem Freund in Gatow, einem Maler. Der habe sich dort einen Bauernhof gemietet für nur 300 Mark mit Stall und Garten. Da gäbe es noch mehr leere Bauernhäuser. Dort draußen ist die Luft noch nicht verpestet, da

herrscht Ruhe, kein Durchgangsverkehr, das ist Zonenrandgebiet, dort kann man zu sich selbst finden.
Endlich könnte man auf organischer Basis Gemüse ziehen, keinen Kunstdünger, keine giftigen Gase, keine verschmutzten Flüsse. Der Rhein zum Beispiel, nicht vorstellbar der Gedanke, daß dort schon bald vier Kraftwerke stehen sollen. Der Rhein wird dann kochen. Die Natur ist aus dem Gleichgewicht geraten.
Ullrich widersprach: Das liegt nicht an der Zivilisation, das liegt am Gesellschaftssystem. Da muß man ansetzen.
Aha, sagte Christian, mit diesen ganzen deformierten Gestalten. Man muß erst den Menschen ändern, man muß mit dem Einfachsten anfangen, mit dem Wichtigsten, mit dem Essen.
Wir müssen die Aufgabe auf uns nehmen, einen solchen allseitigen politischen Kampf unter der Leitung unserer Partei zu organisieren, damit alle oppositionellen Schichten diesen Kampf und diese Partei nach Maßgabe ihrer Kräfte unterstützen können und es auch wirklich tun.

Ende September verhungern in Biafra täglich zwischen 8000 und 10000 Menschen. Die Aufständischen sind nur noch im Besitz einer größeren Stadt: Umuahia.
In Vietnam wird die Flotte der Flugzeuge, die Chemikalien versprühen, von vier auf acht Maschinen verstärkt. Weitere drei Maschinen vom Typ C 123 sollen im Oktober noch hinzukommen.
Bisher wurden allein in Südvietnam über vier Millionen Morgen Dschungelgebiet entlaubt.
Innenminister Benda will den Bundesgrenzschutz gegen »innere Aufrührer« aufrüsten. Grenzschutzeinheiten sollen im Landesinneren »in der Nähe der Ballungsräume« (Benda) stationiert werden, um »im Falle eines inneren Notstandes« eingreifen zu können.
In der letzten Septemberwoche konstituiert sich die Deutsche Kommunistische Partei.

Roland wird Mitglied.
Im Pausenraum war niemand überrascht, ausgenommen Ullrich, der nicht wußte, daß Roland in der illegalen KPD gewesen war. Schon nach vier Tagen gab es auch eine kommunistische Betriebsgruppe. Drei Mann. Die anderen beiden kannte Ullrich nicht, die arbeiteten in anderen Hallen.

Ullrich war noch einmal in den Keller gegangen. Im Keller diskutierten sie noch immer über den Einmarsch der Warschauer Paktstaaten in die ČSSR.
Die verschiedenen Gruppen, obwohl in der Verurteilung des Einmarsches und in der Ablehnung der Politik der UdSSR einig, stritten sich heftig darüber, ob die Verurteilung von der korrekten Generallinie aus vorgenommen wurde. Da man sich aber gegenseitig vorwarf, die falsche Generallinie zu vertreten, war logischerweise jeweils auch die Begründung für die Verurteilung der Intervention falsch, also opportunistisch.
Viele Abkürzungen verstand Ullrich inzwischen nicht mehr:
ROTZPO SLB WISO-ML ISK FDLP EAK
Von dem blauen Dunst tränten ihm die Augen. Er war dann bald gegangen.
Auch im Hinterzimmer vom *Grünen Eck* hatten sie über die ČSSR diskutiert, aber nur ganz kurz (Petersen: die Sozialbürokraten in Moskau). Jeden Freitag traf sich dort die Betriebsbasisgruppe, die Petersen aufgezogen hatte: fünf Lehrlinge und ein junger Arbeiter. Sie lasen gemeinsam *Lohn, Preis, Profit.* Petersen hatte sich in die Lohnsteuerproblematik eingearbeitet. Er wollte den Kollegen beim Ausfüllen des Lohnsteuerjahresausgleichs helfen.
Vielleicht kommt man so an die Arbeiter ran, hatte er gesagt. Manchmal kam auch Tammo zu den Treffen. Ein kleiner, schwarzhaariger Student mit knallblauen Augen, der jedesmal von der Notwendigkeit redete, Betriebsgruppen zu gründen.

Tammo arbeitete in keinem Betrieb.
Zerschlagt den Uni-Provinzialismus, rief er. Der abstrakt moralische Internationalismus muß liquidiert werden. Mobilisierung der Massen.
Tammo redete, als müsse er Luftballons aufblasen.
Er zeigte mit dem Zeigefinger auf die Lehrlinge: Die revolutionäre Front, dann in die Luft zeigend: Der radikale Kampf muß in die Betriebe getragen werden. Zerschlagt die Gewerkschaften.

An einem Samstagabend saßen sie im Gemeinschaftsraum und sahen einen Hitchcock (Der unsichtbare Dritte). Plötzlich klingelte es. Roland. Ullrich führte ihn in den Gemeinschaftsraum. Sie sollten sich nicht stören lassen, sagte Roland und gab Renate die Hand, er wolle nur kurz mit Ullrich sprechen. Den Lapsangtee schlug er aus. Sie gingen in Ullrichs Kammer. Verdammt kalt hier, sagte Roland und zog ein zusammmengefaltetes Blatt aus der Manteltasche.
Das soll ein Flugblatt werden. Lies doch mal, auf Fehler und so.
In der Endmontage sollten die Vorgabezeiten für den Akkord verkürzt werden.
Woher wißt ihr das, fragte ihn Ullrich.
Roland, im Mantel auf dem Stuhl sitzend, sagte nur: So was wissen wir eben. Das Flugblatt muß am Montag verteilt werden.
Ullrich hatte den Text sorgfältig durchgelesen, aber nur zwei Kommata hineingesetzt. Er schlug dann noch eine Kürzung vor.
Sehr gut, sagte Roland und gab Ullrich an der Wohnungstür einen Knuff gegen den Oberarm.
Wie findet ihr den, fragte Ullrich, als er in den Gemeinschaftsraum zurückkam. Mit dem arbeite ich in einer Halle. Ein Kommunist.
Lustig, sagte Nottker.
Was, fragte Ullrich.

Was der für Augen hat, sagte Renate, wie Glasmarmeln. Nottker legte die Fünfte von Beethoven auf.
Die waren schon wieder angeturnt. Ullrich zog die Parka über und setzte sich in seine Kammer.
Eine Lesewut hast du, hatte Renate einmal zu Ullrich gesagt, wer hat dich bloß gebissen. Sie hatte dann Ullrichs Gang nachgemacht, ein ruhiger, wiegender Gang. Der war neu, behauptete sie. Du hast sogar deinen Gang geändert.

Am Montagmorgen wurden schon im Umkleideraum die Flugblätter gelesen. Zurufe. Flüche. Fragen. Auch nach der Sirene und in dem Lärm, der heute langsamer und schleppender einsetzte als sonst, war eine sonderbare Unruhe in der Halle. Immer wieder sah Ullrich zwei oder drei Arbeiter zusammenstehen und reden.
Sogar auf den Klosetts hingen die Flugblätter. Mit Tesafilm an die Tür geklebt. Da stand auch plötzlich ein Spruch auf einer Abortwand: Akkord ist Mord.
Im Glaskasten des Meisters tauchten immer wieder Typen in Anzügen und Sakkos auf. Abteilungsleiter, der Personalchef und Leute von der Vorstandsetage.
Die rotieren ganz schön, sagte Roland zu Ullrich, als der ihm einen Materialkasten auf die Werkbank hob.
Zu Hause, beim Abendbrot, fuchtelte Ullrich mit dem Butterbrot in der Luft herum: In der Frühstückspause hat keiner über Fußball geredet und dabei hatte der HSV doch gerade ein Spiel vergeigt. Da war plötzlich eine unheimliche Ruhe im Raum, als der Roland redete.
Pscht, sagte Renate kauend.
Man muß beim Essen in sich hineinlauschen, sagte Christian.
Leckt mich am Arsch, rief Ullrich aufspringend, ihr Körner-Apostel.
Er rannte raus. Vor der Haustür überlegte er, wohin er gehen sollte. Er fuhr zu Petersen.
Streik, sagte Petersen, da muß man streiken. Nebenan war

wieder dieser bellende Husten von Petersens Wirtin zu hören.
Endlich reinhauen.
Hab ich auch gesagt, sagte Ullrich, aber der Roland schätzt das anders ein, der meint, da würden nicht alle mitziehen, und vor allem, die würden nicht durchhalten. Außerdem ist es ja nur ein Gerücht, die haben die Informationen so hintenherum bekommen.
Dann hätte man warten müssen. Die Vorgabezeiten erst kürzen lassen und dann draufschlagen. Die DKPler müssen zu Aktionen gezwungen werden. Es ist zum Kotzen. Da ist endlich mal eine streikreife Situation und die wiegeln ab.
So einfach ist das auch nicht, sagte Ullrich. So ein Streik ist kein Happening. Da hängen unheimlich viele Menschen dran. Die haben Familien. Da muß man überlegen, wie die Frauen zu Hause reagieren. Ullrich wurde sich plötzlich bewußt, daß er wie Roland argumentierte, obwohl er noch am gleichen Morgen mit Petersens Argumenten gegen Roland andiskutiert hatte. Wenn so ein Streik in die Hose geht, wenn da nicht alle mitziehen, dann ist das ein ungeheurer Rückschlag, hatte Roland zu Ullrich gesagt.
Gerede, sagte Petersen. Die Arbeiter wissen spontan am besten, was richtig ist.
Und nun behaupte ich: 1. Keine einzige revolutionäre Bewegung kann ohne eine stabile und die Kontinuität wahrende Führerorganisation Bestand haben; 2. je breiter die Masse ist, die spontan in den Kampf hineingezogen wird, die die Grundlage der Bewegung bildet und an ihr teilnimmt, um so dringender ist die Notwendigkeit einer solchen Organisation und um so fester muß diese Organisation sein (denn um so leichter wird es für allerhand Demagogen sein, die unentwikkelten Schichten der Masse mitzureißen).
Lister war da, sagte Renate am Abend. Der wollte dich sprechen. Kam direkt aus der DDR. Hatte wieder dieses Leuchten in den Augen, das DDR-Leuchten.
Ich werde verrückt, wenn ich diese Typen sehe, die so stock-

steif rumlaufen, bei denen ist jede Spontaneität futsch, sagte Christian.
Sie saßen alle im Kreis auf dem Teppich. Jeder sollte den anderen einmal betasten. Die Augen schließen und mit den Händen das Gesicht des anderen ertasten, dann die Formen des Körpers, die Wärme des anderen Körpers spüren.
Ullrich hatte Renates Gesicht mit seinen Händen berührt, ein weiches, feines Gesicht, bis sie sagte: Was hast du für rauhe Hände.

Nach zwei Tagen erklärte die Betriebsleitung, daß die Zeiten neu ermittelt werden (die Refa-Leute hatten zuvor die Zeiten ausschließlich bei ausländischen Arbeitern gestoppt).
Die lassen erst mal Dampf ab, sagte Roland. Aber die neuen Zeiten kommen. Jetzt machen sie das auf die sutsche Tour.
Später im Waschraum sagte er zu Ullrich: Komm doch mal am Sonnabend zu uns mit deiner Freundin, so um acht.
Ullrich wußte, daß sich Arbeiter feierabends kaum trafen. Da ging jeder seiner Wege.
Das ist ungewöhnlich, hatte Ullrich zu Renate gesagt.
Schon am Freitagabend überlegte er, was er Roland und seiner Frau mitbringen könnte. Wein oder Blumen. Ullrich war für Rotwein: Davon hat man wenigstens was.
Renate sagte: Blumen, wenn schon.

Am Samstagmorgen war er dann zur Uni gelaufen und hatte dort in einem Buchladen die *Brennende Ruhr* von Grünberg gekauft. Ein Raubdruck.
Nach dem Abendbrot begann er sich umzuziehen. Ullrich suchte im Schrank nach einer Krawatte. Christian behauptete, er habe eine sehr schöne grüne Krawatte, aber die liegt leider immer noch in der Wohnung der Schauspielerin.
Schließlich hatte Ullrich eine gefunden (rotschwarz gestreift). Vor dem Spiegel mußte er den Knoten mehrmals schlagen, das eine Ende der Krawatte war jedesmal entweder zu lang oder zu kurz.

Renate lachte und lachte: Du machst dich richtig fein, direkt feierlich.
Ullrichs Jackett spannte. Er konnte es nicht zuknöpfen.
Renate müsse einen Büstenhalter unter ihrem schwarzen durchsichtigen Kleid tragen. Man muß die ja nicht gleich vor den Kopf stoßen. Das sind die einfach nicht gewöhnt.
Dann müssen sie das lernen, sagte Nottker und stieß mehrmals bei dem Wort lernen an.
Komm doch mal in die Fabrik, sagte Ullrich.
Punkt acht standen sie vor dem Neubau.
Mach aber auch einen Diener, sagte Renate, wenn du die Hand gibst.
Halt doch die Klappe, die können das doch hören. Ullrich zeigte auf die Sprechanlage.
Oben, am Fahrstuhl, wartete Roland in Kordhosen und Pullover. Mensch, du hast dich ja fein gemacht, sagte er zu Ullrich.
Ullrich gab Roland das Buch.
Sabine, Rolands Frau, die er Schätzchen nannte, trug auch Kordhosen. Renate gab ihr die Blumen.
Einen Augenblick stand Ullrich wortlos in der Diele, während Roland das Buch auswickelte und Schätzchen die Blumen bewunderte.
In der Diele hing ein Spiegel mit einem schmiedeeisernen Rahmen.
Ihr seht aus, als wollt ihr in die Oper, sagte Roland, richtig feierlich. Los, kommt mal rein in die gute Stube.
Ullrich nahm sich die Krawatte ab, steckte sie in die Jackentasche. Im Wohnzimmer zog er die Jacke aus.
Renate sah plötzlich aus, als hätte sie die Motten in ihrem schwarzen Schlabberkleid.
Sie setzten sich. Ullrich und Roland in Sessel. Schätzchen und Renate aufs Sofa. An der einen Wand des Wohnzimmers stand ein riesiger Schrank aus Palisander. In der Mitte ein mit grünen Butzenscheiben verglaster Teil, in dem Bücher standen. Die Titel waren durch das farbige Glas nicht

zu lesen. Aber Ullrich erkannte die blauen Bände der Marx-Engels-Ausgabe.
Bin ich gespannt drauf, sagte Roland, das Buch hochhaltend.
Plötzlich ging langsam die Wohnzimmertür auf und ein kleiner Junge in einem Flanellpyjama kam herein.
Du sollst doch schon schlafen.
Er muß doch mal gucken, sagte Sabine.
Das ist Peter.
Peter gab Renate und Ullrich die Hand.
Und wer ist das?
Das ist Renate und das ist Ullrich, der arbeitet bei mir im Betrieb. Und dann, nach einer kleinen Pause, fügte Roland hinzu: Aber eigentlich studiert er.
Ullrich ärgerte sich darüber, wie Roland das betont hatte. Dabei hatte er ihm einmal gesagt, er habe sein Studium an den Nagel gehängt, endgültig.
Komm, sagte Sabine, Peter auf den Arm nehmend, wir gehen jetzt ins Bett.
An der Wand hing eine Graphik. Drei Phantombomber über einem brennenden vietnamesischen Dorf. Aus dem Flammenmeer ragten skelettierte Bäume.
Ullrich war wieder aufgestanden und hatte sich das Bild von nahem angesehen.
Ein Genosse, erklärte Roland, ein Maler in München, Schellemann. Kennst du den?
Nein, sagte Ullrich.
Den mußt du kennenlernen. Ein Klotz. Ein Urvieh. Der trinkt jeden unter den Tisch. Ein Dickmann mit Herz.
Sabine trug eine Platte mit belegten Broten herein.
Roland entkorkte eine Flasche Rotwein. Burgunder.
Später waren sie auf die Betriebsgruppe im Werk gekommen. Erich arbeitet jetzt in der Gruppe mit.
Wann trefft ihr euch eigentlich, hatte Ullrich gefragt.
Freitags, sagte Roland. Aber ich fände es besser, wenn du Lehrer wirst, als wenn du zu uns in die Betriebsgruppe kommst.

Meinst du denn, daß ich komme.
Bin ich ziemlich sicher, sagte Roland.
Es war schon sehr spät, als sich Renate und Ullrich verabschiedeten. Im Fahrstuhl küßten sie sich.
Du hast ganz schön getrunken, sagte Ullrich.
Vor dem Haus, in der naßkalten Dezembernacht, begann Renate zu lachen. Diese Geschichte von dem Kirchentag. Die Flugblattraketen. Und dann die roten Fahnen, die an Fallschirmen runterkamen. *KPD lebt.*
Und dann die Frau von dem Genossen, lachte Ullrich, die bei dem Treff für eine Nutte gehalten wurde. Wie die nach dem Preis gefragt wird. Fünf Mark, sagt sie, weil sie keine Ahnung hatte. Aber das war viel zu billig. Und der Freier war sauer, weil sie dann nicht wollte. Und die Nutten waren sauer, weil die sie für eine Amateurin hielten, die die Preise versaut.
Kannst du noch fahren, fragte Ullrich und küßte sie im Wagen.
Lustig, deine Kommunisten, ganz anders als der Lister.
Wie nennst du die Kapitalisten immer, hatte Roland lachend gefragt.
Kapis, hatte Ullrich gesagt. Roland und Schätzchen wollten sich ausschütten vor Lachen.
Immer wieder hatte Roland das Buch in die Hand genommen und darin geblättert. Er habe seit Jahren keine Romane mehr gelesen.
Theorie und Sachbücher ja, aber keine Literatur. Zuletzt Traven. Der Grünberg war Kommunist, hatte Ullrich gesagt, ich hab nämlich mal ein Referat über Arbeiterliteratur schreiben wollen.
Roland hatte nachdenklich in dem Buch geblättert: Ich find das wirklich wichtig, wenn du Lehrer wirst.
Das ist ein dufter Typ, sagte Renate, auch die Frau ganz lokker und witzig. Sie ließ den Motor im Leerlauf aufheulen. Aber der Schrank, hast du diesen fürchterlichen Schrank gesehen?

Was hast du gegen den Schrank, fragte Ullrich und zog den Arm von ihrer Schulter.
Na, hör mal, dieser Klops.
Vielleicht kam der Schrank aus der Möbelfabrik ihres Vaters, dachte Ullrich. Dieses gräßliche Bild in der Villa ihrer Eltern. Zwei Fingerspitzen, durch eine Stahlklammer verbunden.
Schweigend saß er neben ihr.
Was ist denn?
Nichts, sagte Ullrich, nichts.

In der Woche darauf waren Christian, Nottker und Renate nach Gatow gefahren. Sie wollten dort einen Bauernhof besichtigen. Renates Vater wollte, wenn nötig, Geld für die Miete zuschießen.
Ullrich war zu Hause geblieben. Er hatte gesagt, er müsse endlich mal seiner Mutter schreiben. Aber wieder hatte er den Brief halbfertig liegenlassen und Lenin weitergelesen. Neben dem Sessel auf dem Teppich lag eine große Papprolle. Eine Rolle, in der Graphiken verschickt werden. Auf diese Rolle legte sich Christian jeden Morgen mit dem Rükken, vom Kopf bis zum Steißbein, ganz ausgestreckt. So entspannt man sich und atmet richtig. Richtiges Atmen ist das A und O. Man fühlt sich sicher und ruhig. Neuerdings lagen morgens auch Renate und Nottker auf dieser Papprolle. Sie blieben ganz ernst dabei. Probier doch mal, hatte Renate zu Ullrich gesagt, danach fühlt man sich wie neu.

Ein Studentenzirkel knüpft Beziehungen zu Arbeitern an und beginnt zu arbeiten, ohne jede Verbindung mit den alten Funktionären der Bewegung, ohne jede Verbindung mit Zirkeln an anderen Orten oder auch nur in anderen Stadtteilen (oder in anderen Lehranstalten), ohne jede Organisation der einzelnen Zweige der revolutionären Arbeit, ohne jeden systematischen Plan für eine Tätigkeit auf längere Zeit.
Ullrich war noch einmal in Petersens Basisgruppe gegangen.

Zwei Lehrlinge waren neu hinzugekommen. Petersen verlas einen Rechenschaftsbericht über die Arbeit im vergangenen Monat. Dann hatte Tammo wieder das Wort ergriffen. Neue Formen des revolutionären Kampfes müßten entwickelt werden. Ein Kampf, der sich konsequent gegen die bestehende Gewerkschaft richten müsse, die allein der Disziplinierung der Arbeiter diene. Systemsprengen. Zerschlagen. Tammo schob die Lippen vor, zeigte die Unterzähne beim Sprechen. Schweigend saßen die Lehrlinge herum.
Tammo zeigte mit dem Finger auf Ullrich: Auch er muß sich entscheiden. Was machst du überhaupt in deinem Betrieb? Hast du vielleicht noch andere Interessen? Private Scheiße?
Dann zeigte Tammo mit dem Zeigefinger auf Petersen, der blaß und übermüdet am Tisch saß und Strichmännlein auf ein Blatt malte. Der Hauptwiderspruch muß verstärkt werden. Mao sagt: Wir können ein Ding nur ergreifen, wenn wir es fest packen, ohne den Griff auch nur im mindesten zu lokkern.
Die politische Gewalt kommt immer aus den Gewehrläufen, sagte Tammo und stand auf, er müsse noch zu einer anderen Gruppe. Tammo hatte wieder einmal sein Bier nicht bezahlt. Tammo war so schnell nach seiner Rede verschwunden, daß Ullrich ihm nicht einmal hatte widersprechen können. Dafür hatte er sich dann mit Petersen gestritten. Petersen hatte von der revisionistischen Politik der DKP gesprochen, die vor lauter Taktiererei die revolutionäre Linie aufgegeben habe. Ihre Moskauhörigkeit.
Was heißt denn das, ohne die UdSSR gäbe es kein Kuba und kein Nordvietnam mehr.
Die Revolution in Kuba ist doch gegen den Willen der Sowjets gemacht worden. Bei denen stehen doch wirtschaftliche Überlegungen an erster Stelle.
Die Entwicklung der Wirtschaft in den sozialistischen Ländern hat doch auch eine revolutionäre Bedeutung, das kann man doch nicht so isoliert sehen.
Dieser unkritische Dogmatismus.

Diese undialektische Praxisferne.
Ullrich kam sich wie in einem Boxring vor. Er saß am linken Kopfende des Tisches, Petersen am rechten. Dazwischen die Lehrlinge. Redete Petersen, sahen die Lehrlinge nach rechts, konterte Ullrich, sahen die Lehrlinge nach links. Manchmal mußten sie die Köpfe ganz schnell hin und her wenden.
Die Anziehungskraft der Komitees (oder des Kampfbundes) nimmt zu, es wächst das Ausmaß seiner Tätigkeit, und das Komitee erweitert diese Tätigkeit ganz spontan: dieselben Menschen, die vor einem Jahr oder einigen Monaten in Studentenzirkeln auftraten und die Frage »Wohin gehen?« zu beantworten suchten, die Beziehungen zu den Arbeitern anknüpften und unterhielten, Flugblätter verfaßten und verbreiteten, knüpften nun Beziehungen zu anderen Gruppen von Revolutionären an, schafften Literatur herbei, machten sich daran, eine lokale Zeitung herauszugeben, beginnen von der Veranstaltung einer Demonstration zu reden und gehen schließlich zu offenen Kampfhandlungen über (wobei eine solche offene Kampfhandlung, je nach den Umständen, entweder schon das erste Agitationsflugblatt oder die erste Nummer einer Zeitung oder die erste Demonstration sein kann). Und gewöhnlich führt gleich der Beginn dieser Aktion zum sofortigen und vollständigen Auffliegen. Sofort und vollständig, eben weil diese Kampfhandlungen nicht das Resultat eines systematischen, im voraus durchdachten und von langer Hand vorbereiteten Planes für einen langen und hartnäckigen Kampf waren, sondern sich einfach aus dem spontanen Wachstum der traditionell betriebenen Zirkelarbeit ergeben haben.
Spätabends kamen Renate, Nottker und Christian zurück. Sie erzählten begeistert: Ein großer Hof, mit einem riesigen Garten. Das Haus strohgedeckt. Obstbäume. Weit und breit kein Verkehr, ganz ruhig, wunderbar.
Du mußt mitkommen, sagte Renate. Am Scheißgeld soll es nicht liegen.

Ullrich sagte: Nein.
Der Gedanke an den Streit mit Petersen quälte ihn. Er hatte wütend gegen Petersen argumentiert, aber zugleich hatte er oft Zweifel an dem gehabt, was er sagte. Er hatte seine eigenen Zweifel niedergeschrien.

Eines Abends kam Ullrich später nach Hause. Draußen schneite es. Ein feuchter, dickflockiger Schnee. Graubraun lag der Matsch auf den dunklen Straßen. Zu Hause hing er seine nasse Parka über die Badewanne. Nottker und Christian waren nicht im Gemeinschaftsraum. Er ließ sich in einen Sessel fallen und zog Renate an der Hand zu sich. Er fuhr ihr mit der Hand an der Innenseite ihres Oberschenkels hoch. Wie wars denn heute mit der Atemtechnik.
Gut, sagte sie und ließ sich auf Ullrichs Schoß ziehen. Dann sah sie ihn einen Moment an und sagte: Ich habe heute mit Christian geschlafen.
Ullrich hörte sein Herz schlagen. Eigentlich wollte er gar nicht fragen, aber er fragte dann doch: Warum?
Was für eine idiotische Frage, dachte er und fragte nochmals: Warum?
Es war gut, sagte sie, verstehst du, es war schön. Wir hatten uns berührt und plötzlich haben wir zusammen geschlafen.
Plötzlich habt ihr zusammen geschlafen, wiederholte Ullrich. Seine Stimme klang merkwürdig belegt.
Ja, sagte sie und klammerte sich an Ullrich, aber das ändert nichts an uns, das hat überhaupt nichts mit uns zu tun.
Das ist richtig, dachte er, aber zugleich war ihm, als zöge sich sein Magen zusammen, als habe er einen Stein in der Brust, der ihm das Atmen schwer machte. Er stieß sie hoch, hielt sie aber mit einem wütenden Griff am Arm fest.
Ich schufte und ihr bumst hier rum, schrie er. Er konnte einfach nicht anders.
Renate sah ihn einen Augenblick starr an, dann, sich losreißend: Du redest wie ein Spießer.
Ihr liegt auf dem Sack. Ihr futtert eure Körner. Wie siehst du

überhaupt aus? Sieh dich mal an. Du siehst aus wie deine Großmutter. Dieser schwarze Fetzen. Eure Haschpfeifchen, eure Schlapphüte. Ihr Schmarotzer.
Ullrich rannte ins Bad, riß seine Parka vom Bügel und rannte die Treppe hinunter. Und plötzlich, in das Getrampel seiner Schritte und in seine gedankenlose Wut hinein, wurde ihm klar, daß sein Brüllen verlogen war und ungerecht. Er hatte aus einem ganz anderen Grund gebrüllt. Daß Renate mit Christian geschlafen hatte, war ihm nur ein willkommener Anlaß gewesen. Ihr Schmarotzer. Und im Hinunterlaufen dachte er, ich sollte wieder rauflaufen. Ich hätte schon lange mit ihr reden sollen. Aber dann dachte er an Christian, und er lief aus dem Haus. Er ging ins *Cosinus*.
Da saßen scheinbar noch immer die gleichen Typen. Auch der Student mit dem Vollbart bediente noch. Es hat sich nichts verändert, dachte Ullrich.
Er ließ sich an dem großen runden Tisch vollaufen.
Einmal glaubte er so etwas wie Angst oder Alleinsein zu spüren. Aber dann merkte er, daß er das hatte spüren wollen. Er lachte über jeden Witz, der am Tisch erzählt wurde. Er erzählte selbst einen: Warum lächelt Lübke immer, wenn es blitzt? Weil er glaubt, er wird fotografiert.
Später hatte sich Ullrich mit einem Typen am Tisch prügeln wollen. Zwei Mann hielten Ullrich fest. Jemand hatte ihn dann nach Hause gefahren.

Als Ullrich am nächsten Morgen zur Stempeluhr kam, war seine Karte schon abgestempelt. Das war streng verboten.
Ullrich zog den Hubwagen durch die Gänge.
Du bist ja noch immer nich klor im Kopp, wat, sagte Erich und hob sich selbst den Materialkasten auf die Maschine.
Das taten die meisten an diesem Morgen. Im Waschraum gab Roland Ullrich Feuer. Ullrich heulte beinahe.
Setz dich aufs Klo, sagte Roland, da kannst du pofen. Wir holen dich, wenn wir dich brauchen.

12

Ullrich stand zwischen seinen beiden Koffern auf dem Bahnsteig. Nottker drehte sich eine Zigarette. Renate starrte auf die Bahnsteiguhr. Das ruckartige Vorspringen des schwarzen Minutenzeigers. Sie waren viel zu früh auf dem Bahnsteig angekommen. Das Gespräch hatte immer wieder gestockt. Immer wieder hatte Ullrich nach belanglosen Sachen gefragt, als sei er verpflichtet, das Gespräch in Gang zu halten. Auf einmal hatte Renate angefangen zu weinen. Während ihr die Tränen herunterliefen, lachte sie und sagte: Ich bin doch eine sentimentale Ziege.

Endlich das Quäken des Lautsprechers: Auf Bahnsteig zwölf hat Einfahrt der D-Zug nach München über –

Die Wartenden griffen zu den Koffern. Rufe. Darüber der Lautsprecher. Der Zug lief ein, die E-Lok, der Gepäckwagen, dann die Personenwagen. Ullrich und Nottker hatten je einen Koffer gepackt und schleppten sie nach vorn. Quietschend hielt der Zug. Das Zischen eines Bremsventils. Ullrich riß die Waggontür auf, stieg ein. Nottker stemmte ihm den Koffer hoch.

Aus dem Schwung heraus, rief Ullrich.

Ganz schöne Ottos, schnaufte Nottker.

Ullrich lief durch den Gang, fand schließlich ein Abteil, in dem nur ein Mann saß. Ullrich legte seine Parka auf den freien Fensterplatz. Dann wuchtete er die Koffer in das Gepäcknetz. Nottker kletterte wieder aus dem Waggon. Ullrich stand oben in der offenen Tür, unten auf dem Bahnsteig Renate und Nottker. Sie redeten von der Fahrzeit und in welchen Städten der Zug halten würde. Dann schwiegen sie wieder. Jemand stieg ein, drängte sich an Ullrich vorbei. Ullrich stand wieder schweigend in der Tür. Dann endlich kam wieder das Quäken des Lautsprechers: Bitte die Türen schließen.

Ullrich zog sofort die Tür zu. Aber dann fiel ihm ein, daß er Renate nicht einmal umarmt hatte. Er versuchte das Türfenster herunterzuziehen. Es klemmte. Er zerrte an dem Griff.

Renate sagte etwas. Er sah nur die Bewegungen ihres Mundes. Er rüttelte am Fenster. Dann fuhr der Zug an.
Winkend gingen Nottker und Renate neben dem anfahrenden Zug her. Nottker blieb langsam zurück, während Renate neben dem schneller werdenden Zug herlief. Ihr wehendes schwarzes Haar. Ullrich drückte sein Gesicht an die schmutzige Scheibe. Plötzlich blieb sie stehen. Einen Moment noch sah er ihr blaues Seidentuch in der Luft. Der Bahnsteig wurde schnell schmaler, brach ab, dann das Gewirr der Schienen, die sich gabelten und wieder zusammenliefen. Drüben, am Rande der Gleise, der schmutziggraue Klinkerbau der Hauptpost. Durch die weißgraue Wolkendecke leuchtete an einigen Stellen blauer Himmel.
Es riecht nach Frühling, hatte Ullrich behauptet und hörbar die Luft durch die Nase eingesogen, als sie aus dem Haus gekommen waren. Er hatte dann aber nicht sagen können, wonach es roch. Sie hatten die Koffer in Renates Minicooper verstaut. Renate hatte für Ullrich Mohnkuchen gebacken. Den hatte sie aus Gatow mitgebracht.
Vor fast zwei Wochen waren Christian, Renate und Nottker ausgezogen. Gemeinsam mit Ullrich hatten sie die Möbel und Bücher hinuntergetragen und auf einen LKW geladen, den Renate von ihrem Vater ausgeliehen hatte und den Christian nach Gatow fahren sollte. Ullrich hörte plötzlich den Hall seiner Stimme in den leeren Zimmern.
Komm doch mit, sagte Renate, du kannst doch die zwei Wochen noch in Gatow wohnen.
In Gatow gibt es keine Bücher. Er lachte, um ihr zu zeigen, daß es ein Witz und keine Anspielung sein sollte. Aber als er dann durch die leere Wohnung ging, die bis auf seine Kammer ausgeräumt war, überlegte er, ob er nicht mitfahren sollte. Seine Schritte hallten in den Räumen. Aber er war dann doch geblieben.
Der Zug schlingerte über Weichen. Ullrich ging zum Abteil. Neben dem Mann saß jetzt ein altes Ehepaar. Warum denk ich sofort, daß das ein Ehepaar sein muß, bloß weil die alt

sind, überlegte Ullrich. Er nickte den beiden zu. Die sagten: Guten Tag, fast gleichzeitig.
Ullrich setzte sich dem Mann gegenüber ans Fenster. Der Mann blätterte in einem Fahrplan, leckte immer wieder den Zeigefinger an, blätterte. Die beiden Alten sprachen leise miteinander. Die Frau holte aus einem Plastikbeutel (Karstadt) Äpfel, Brotstullen und gekochte Eier. Der alte Mann zog aus einer Tasche eine Thermosflasche heraus.
Die Frau bot Ullrich einen Apfel an.
Ullrich war so überrascht, daß er ablehnte. Ich habe schon gegessen, sagte er.
Er streckte die Beine aus, schräg an dem Mann vorbei, der wie gehetzt in dem Fahrplan blätterte.
Anfang Januar hatte Christa ihn besucht. Sie saß, als er abends nach Hause kam, im Sessel, die Beine übereinandergeschlagen, die Haare hochgebunden.
Du bist immer noch Arbeiter, hatte sie gesagt. Später hatte Ullrich versucht, sich an den Tonfall zu erinnern. Hatte sie das ironisch gesagt?
Er hatte (nach der anfänglichen Überraschung) ruhig neben ihr gesessen, bis ihm auffiel, daß sie auch in Bamberg das Haar hochgebunden getragen hatte. Er war unruhig geworden und schließlich aufgestanden und vor ihr im Zimmer hin- und hergegangen, während sie von ihrer Arbeit im Bayerischen Rundfunk erzählte.
Ihr Chef hatte ihr vor einigen Tagen eine Sendung gestrichen. Eine Sendung politischer Gedichte über die faschistische Junta in Griechenland. Die Sendung sei ihm, so hatte ihr Chef wörtlich gesagt, zu einseitig, da hätte auch die andere Seite zu Wort kommen müssen. Aber wer ist denn die andere Seite, hatte Christa empört gesagt.
Ullrich hatte den Wunsch, mit ihr wegzufahren. Sofort. Noch heute Nacht. Er erzählte von einem Redakteur, der auf einem Teach-in gesprochen hatte. Der hatte Ärger bei Springer bekommen, weil er einen Artikel über Vietnam geschrieben hatte.

Ullrich erzählte so zusammenhanglos, daß Christa immer wieder nachfragen mußte.
Wie selbstverständlich sie dieses teure Kleid trug, in leuchtendem Grün.
Der hatte sich den Artikel aber nicht streichen lassen, erzählte Ullrich und überlegte, wohin er mit ihr fahren sollte.
Der hat sich gewehrt.
Und, fragte Christa, und dann.
Er wurde gefeuert. Fristlos entlassen.
Eben, sagte Christa, draußen sieht es ganz anders aus.
Später hatte er sich darüber geärgert, daß er nicht gleich gesagt hatte: Du meinst wohl in der Fabrik.
Sie nannte Leute beim Vornamen, von denen Ullrich früher Romane gelesen hatte. Weihnachten war sie auf einer Fete von Augstein. Politisch indiskutabel, der Mann, sagte sie, aber sonst ganz nett.
Ullrich setzte sich wieder.
Interessante Leute, sagte sie.
Er hatte plötzlich diese häßliche kleine Laufmasche an ihrem Strumpf entdeckt. Schwarze Strümpfe, die so auffällig dezent zu dem grünen Kleid paßten.
Nachdem sie gegangen war, fragte er sich, ob sie schon immer so gewesen war, oder war er es, der sich so verändert hatte? Er hatte in seiner Kammer gesessen und gegrübelt. Er hatte nach einem Wort für seine Stimmung gesucht. Trauer. Er hatte kein anderes finden können. Ein altmodisches Wort, das ihn beunruhigt hatte.
Mit hohlem Poltern fuhr der Zug über die Elbbrücke. Am Fenster huschten die schwarzen Eisenträger und Verstrebungen vorbei. Dahinter vom Wind graugrün aufgerauht die Elbe. Am Horizont die Türme der Stadt. Ullrich hätte aufspringen mögen, irgend etwas tun. Gern wäre er jetzt neben dem Zug hergelaufen.
Warum ausgerechnet Volksschullehrer, hatte Renate gefragt. Ich kann es einfach nicht glauben, nur Volksschulleh-

rer, hatte sie mehrmals gesagt, so, als wolle Ullrich ihr etwas verheimlichen.
Zwei Tage nach dem Besuch bei Roland hatte Ullrich sich einen Leitfaden der Pädagogik gekauft. Ullrich las, während der semmelblonde Christian auf seiner Papprolle Atemübungen machte. Nottker hatte das Buch mit spitzen Fingern angefaßt.
Pädagogik. Du tust mir leid.
Hast recht, sagte Ullrich.
Merkst du gar nicht, du gehst doch rückwärts.
Ja, ja, sagte Ullrich. Er ertappte sich immer häufiger dabei, ja, ja zu sagen, ohne zuvor genau zugehört zu haben.
Wie bist du plötzlich darauf gekommen, hatte auch Petersen gefragt, nachdem Ullrich ihm erzählt hatte, daß er Lehrer werden wolle.
Da sind noch die Arbeiterkinder, hatte Ullrich gesagt, da kann man noch was machen.
Als Roland sagte: Werd mal Lehrer, da hat er nur ausgesprochen, was mir irgendwie schon klar war, nur eben unausgesprochen. Früher erschien mir alles wie erstarrt, wie unabänderlich festgelegt. Ist das jetzt deine revolutionäre Strategie, hatte Petersen gefragt: Alle in die Volksschule.
Natürlich nicht. Jeder an seinen Platz. Und organisiert. Als Einzelkämpfer machen sie dich fertig. Aber dann hatte Ullrich gemerkt, daß Petersens Frage nicht ernst gemeint war.
Ullrich hatte sich inzwischen erkundigt, wieviele Semester ihm angerechnet würden, wie viele Praktika er machen mußte. Das kommende Jahr hatte er schon genau eingeteilt. Abends, wenn er aus der Fabrik kam, las er.
Und schließlich hatte er auch Ingeborg geschrieben, einen langen, ausführlichen Brief. Ihre Antwort war vier Tage später gekommen. Sie war Referendarin an einer Oberschule in München. Sie hatte von den Arbeitskreisen geschrieben und von der Gewerkschaft (dort muß unbedingt ein reaktionärer Vorstand abgewählt werden). Ullrich

müsse sofort in die GEW eintreten, dort müsse endlich eine vernünftige Politik gemacht werden. Und dann mit ihrem Freund hatte sie eine Projektgruppe für die Gesamtschule aufgezogen.
Die Süderelbe. An dem Ufer stand hohes Schilf. Auf den Wellen schaukelten Möwen. Wie sie am ersten Weihnachtstag am Elbufer entlanggegangen waren, Renate in der Mitte. Ihre Angst vor Möwen, seit sie den Hitchcock gesehen hatte. Der Händedruck in seiner Parkatasche. Conny in seiner Schaffellweste.
Vor einer Woche hatte Conny angerufen. Ob er einige Nächte bei Ullrich schlafen könne. Ullrich hatte ihm gesagt, die Wohnung sei leer, sehr viel Platz, aber verdammt ungemütlich. Er würde sich freuen, wenn er käme.
Ullrich hatte ihn gar nicht erkannt, als er die Tür öffnete. Der Bart war ab. Die Haare kurzgeschnitten, die Koteletten gestutzt, der Nacken sorgfältig ausrasiert. Und unter seinem blauen Regenmantel trug er nicht sein Schaf, sondern ein dunkelgraues Jackett.
Conny ging an dem staunenden Ullrich vorbei in den früheren Gemeinschaftsraum.
Conny sagte nur: Hallo, und setzte sich auf den einzigen Stuhl in der Wohnung.
Mensch, weißt du noch, damals der Polizei-VW.
Ja, sagte Conny, etwas sehr dilettantisch das.
Conny kramte eine Zigarette aus der Packung und hielt die Packung dann Ullrich hin. Connys Hand zitterte leicht.
Was machst du, hatte Conny dann gefragt.
Ullrich erzählte, daß er bis vor zwei Wochen in einer Fabrik gearbeitet habe.
So beruhigt man sein schlechtes Gewissen, hatte Conny gesagt und war aufgesprungen. Er schnippte die Asche auf den Boden. Jetzt glauben plötzlich alle, wenn sie ein paar Monate im Blaumann rumlaufen, hätten sie ihr Teil getan. Die Arbeiterklasse, wenn ich das schon höre. In Vietnam krepieren sie, in Südamerika, und ihr lauft stolz mit einem

Schraubenschlüssel durch die Gegend. Der blanke Opportunismus ist das. Die Arbeiter können die Scheiße nicht verändern, die sitzen nämlich selber schön dick drin, so schön, daß sie sich wohlfühlen.
Connys Stimme hallte.
Was schlägst du denn vor, hatte Ullrich ruhig gefragt, was soll man machen?
Da hatte Conny einen Revolver aus der Jackentasche gezogen: Das.
Später wußte Ullrich nicht, was ihn mehr erschreckt hatte, dieses nervös verkniffene Gesicht von Conny oder der schwarze Revolver. Aber einen Augenblick hatte er den albernen Wunsch, Conny mal um den Revolver zu bitten. Ullrich hatte noch nie einen richtigen Revolver in der Hand gehabt. Aber er hatte dann nur gesagt: Was willst du jetzt mit einem Ballermann?
Conny hatte mit der Pistole herumgefuchtelt: Wir brauchen Waffen. Die andere Seite ist doch schon dran. Bundesgrenzschutzeinsatz gegen streikende Arbeiter, Notstandsübungen, Panzerspähwagen für die Bullen.
Dann schieß doch mal mit dem Ding einen Panzer ab.
Das kann man nur rechtzeitig bekämpfen. Aus dem Untergrund.
Entschlossen und mit Waffen.
Ullrich hatte nur: Aber, gesagt, da war ihm Conny schon ins Wort gefallen.
Das ist das Aber, das ich überall höre. Dahinter verkriechen sich alle. Da gibts plötzlich Tausende von Abers. Man muß wählen. Auch du mußt dich entscheiden. Conny hielt den Revolver hoch: Alles andere ist Spruch.
Die Revolution machen nicht ein paar Intellelle mit einem Colt in der Jackentasche, hatte Ullrich gesagt. Da gibts nur den langen organisierten Weg in die Betriebe, in die Schulen, in die Universitäten, in die Wohngebiete. Mit den Arbeitern, für die Arbeiter.
Conny war dann doch nicht über Nacht geblieben. Er hatte

seinen Mantel übergezogen und gesagt: Wir werden uns wiedersehen. Er hatte Ullrich nicht einmal die Hand gegeben. Im Treppenhaus sagte er nochmals: Wir werden uns wiedersehen.
Ullrich hatte über diesen Satz nachgegrübelt. Conny wollte vielleicht damit sagen, daß er recht behalten würde. Er hatte das jedoch wie eine Drohung gesagt. Aber es hatte eher verzweifelt geklungen. Ihm war plötzlich, als säße er in diesem weißen leeren Zimmer wie in einem Gefängnis. Er war rausgelaufen. Draußen regnete es. Er ging wieder hinauf und versuchte zu lesen. Er konnte sich nicht konzentrieren. Er hatte sich hingelegt, aber nicht schlafen können. Erst gegen Morgen war er eingeschlafen, doch schon bald aus einem wüsten Traum aufgeschreckt. Man hatte ihn auf eine Holzscheibe geschnallt. Die Scheibe drehte sich. Das schwindelerregende Rotieren. Er befand sich in einer Manege. Jemand schoß auf ihn.
Der Mann, der Ullrich gegenübersaß, hatte inzwischen den Fahrplan beiseite gelegt und blätterte in einer Illustrierten. Der alte Mann kaute vorsichtig das Brot, trank zwischendurch aus dem roten Becher der Thermosflasche und sagte aus dem Abteilfenster zeigend: Sieh mal, da.
Ja, sagte seine Frau, schön.
Ullrich sah hinaus. Aber er sah nur flache Felder, kahle Büsche und zwei Kühe, die eine hatte eine Persenning auf dem Rücken. Er hätte gern die beiden Alten gefragt, was sie schön gefunden hatten. Er nahm sich vor, gleich von München aus seinen Eltern zu schreiben.
Der Kontrolleur riß die Abteiltür auf.
Ein dickes Buch unter dem Arm geklemmt, in der rechten Hand den Kartenzwicker, verlangte er die Fahrkarten. Nachdem er die Fahrkarten von Ullrich und dem alten Ehepaar geprüft hatte (Ullrichs Karte besonders sorgfältig), stand er wartend vor dem Mann, die Knie durchgedrückt.
Der Mann suchte hektisch in seinen Jackentaschen, dann

wühlte er in den Taschen seines Mantels, der neben ihm hing, schließlich suchte er in seiner Aktentasche.
Was ist denn, fragte der Kontrolleur ungeduldig.
Endlich fand der Mann seine Fahrkarte in der Innentasche seiner Jacke. Er reichte sie dem Kontrolleur und sah ihn dabei ängstlich von unten an.
Der Kontrolleur drehte die Karte zweimal um, knipste sie und gab sie zurück.
Der Kontrolleur schlug die Abteiltür zu.
Unfreundlich, murmelte der Mann.
Ist auch kein schöner Beruf, sagte Ullrich, auf die Dauer, immer die Leute kontrollieren. Ein Beruf, der mal überflüssig wird, wenn man kostenlos reisen kann.
Der Mann sah Ullrich einen Augenblick unsicher an, dann griff er zur Illustrierten und versteckte dahinter sein Gesicht.
Als Kind hatte Ullrich eine Zeitlang Fahrkartenkontrolleur werden wollen. Er hatte sogar eine kleine Spielzeugzange, mit der er Pappstücke knipste.
Das Dröhnen der Räder. Die Stahlmasten flitzten in gleichmäßigem Rhythmus vorüber.
Nachdem Ullrich gekündigt hatte, war er mit Roland und Ernst auf ein Bier in eine Kneipe gegangen. *Brennende Ruhr,* das habe ihm gefallen, sagte Roland, seine Frau lese das gerade. Ullrich soll ihm doch mal ein paar solcher Bücher aufschreiben.
Sie hatten dann an der Theke stehend ihr Bier getrunken. Ullrich dachte, sie müßten doch mal auf seinen Abschied zu sprechen kommen. Aber die redeten nur von der Betriebsversammlung am kommenden Montag. Sie hatten das Bier ausgetrunken und schon gezahlt, da schob Roland Ullrich einnen Zettel rüber: Die Adresse von einem Genossen, du weißt, dieser Dickmann, der Maler. Bei dem kannst du erst mal unterkriechen.
Sie hatten Ullrich auf die Schulter geschlagen: Machs gut.
Das war alles.
Das war eigentlich gar kein Abschied, dachte Ullrich.

Draußen brach plötzlich die Sonne durch. Die weiße Wolkendecke war ausgefasert, dahinter der hellblaue Himmel. Die Bodenwellen im Licht der Sonne erschienen Ullrich viel höher als jene, die noch im Schatten der Wolken lagen.
Es riecht nach Frühling, hatte Ullrich gesagt.
In München würde er Wolfgang besuchen. Wolfgang und die Geschichte von Albert. Albert, der die Flugblätter verbrennt. Albert, der über die Zäune steigt und die verkohlten Papierschnipsel einsammelt. Nieder mit dem Henker Hitler. Albert, der im KZ war.
Ullrich versuchte, sich die Landschaft draußen einzuprägen. Die Bodenwellen, Äcker und Wiesen, dazwischen, wie struppige Inseln, kahle Gehölze.
Der Alte schraubte sorgfältig den roten Deckel auf die Thermosflasche. Die breiten, abgearbeiteten Hände. Die Frau faltete das Butterbrotpapier zusammen, steckte es in einen Beutel.
Ullrich lächelte sie an.
Der Speisewagen ist so teuer, sagte sie. Und dann erzählte sie, daß sie und ihr Mann in Urlaub fahren. Zum erstenmal seit sechs Jahren.
Ich bin nämlich gerade auf Rente gegangen, sagte der Alte.
Wir haben für diesen Urlaub lange gespart, sagte sie.
Wir fahren nach Oberstdorf. Kennen Sie das?
Nein, aber es soll sehr schön sein.
Und wohin fahren Sie?
Ullrich erzählte ihnen, daß er nach München zurückfahre, um dort sein Studium zu beenden. Er wolle Volksschullehrer werden. Renate und Nottker würden jetzt auf dem Weg nach Gatow sein, wo Christian und Erika warteten. Erika war eines Tages aufgetaucht und hatte gesagt, mir stinkts. Im Keller spalten sich die Gruppen. Jetzt würde sie mit den anderen Salate auf biologischer Basis ziehen. Man muß das einfach mal versuchen, hatte die rothaarige Erika gesagt.
Wenn Ullrich abends nach Hause kam, müde, hatte er sich

sofort nach dem Abendbrot über seine Pädagogikbücher gesetzt. Einmal war er darüber eingeschlafen.
Das ist doch zwanghaft, hatte Nottker gesagt, wie du arbeitest.
Aber wenn du ein gutes Gewissen dabei hast, hatte Christian gesagt, mit einem feinen Lächeln.
Doch dann, eines Tages, saß Nottker abends nicht mehr vor dem Fernseher, hörte auch nicht mehr die Fünfte, sondern saß in seinem Zimmer. Nottker arbeitete wieder. Er beschriftete Geldscheine. Mit einem schwarzen Filzstift schrieb er klein, aber gut leserlich Sprüche auf die Ränder der Banknoten oder ließ sie als Spruchblasen aus den Mündern der Dürerköpfe kommen.
Auch dieser Schein verliert jedes Jahr 5 % seines Wertes.
Das ist Papier!
Krupp Junior hat jedes Jahr 200000 von diesen Scheinen.
Auf die Zehnmarkscheine schrieb er:
Im steten Wind der Inflation.
Subversive Arbeit, nannte Nottker das. Eine Arbeit, die er in Gatow in Ruhe fortzusetzen hoffte. Die Schwierigkeit aber war, an eine ausreichende Anzahl von Banknoten heranzukommen.
Is doch Tineff, hatte Roland gesagt, als Ullrich ihm einen beschrifteten Schein zeigte.
Warum nicht, hatte Ullrich gesagt, man muß alles versuchen. Vielleicht bewirkt auch das was.
Am Bahndamm ein Dorf. Fachwerkhäuser, einige strohgedeckt. Am Dorfausgang, an einer Weggabelung, standen drei Milchkannen. Sie standen da, als hätten sie noch eine andere Bedeutung.
Sie hatten sich in einer Kneipe verabredet. Im *Ostereck* hatte Petersen am Telefon gesagt.
Das *Ostereck* lag halb im Keller, drei oder vier Stufen führten hinunter. Eine Holztür, die sich nur mit einiger Anstrengung aufziehen ließ, dann ein schwerer Filzvorhang, den man beiseiteschieben mußte. Im Raum bläulicher Tabak-

qualm. Die meisten der hellgescheuerten Holztische waren besetzt. Es roch nach Bier und Rauch. An der Theke mit dem verchromten Schankhahn standen Männer, dazwischen erkannte er Petersen in seiner schwarzen Lederjacke, ein Glas Bier in der Hand. Neben ihm ein älterer Mann, der auf Petersen einredete.
Hallo, sagte Petersen, als sich Ullrich zu ihm hindurchdrängte. Er nickte, wandte sich dann gleich wieder dem Alten zu. Ullrich bestellte ein Bier.
Weißt du, meine Olle, die hat immer gesagt, Kamille, sagte der Alte, Kamille is bi Schnöf am besten. Gerade wenn die Nes verstoppt is. Dann geit dat weg wie nix.
Der Alte trank sein Bier aus und bestellte sich noch ein Lütt und Lütt. Er sah Ullrich mit trunkenen Augen an, wandte sich dann wieder Petersen zu und, auf Ullrich zeigend: Dien Fründ?
Ja, sagte Petersen.
Is dat och ein Revolutionär?
Petersen zögerte einen Augenblick, dann sagte er: Ja.
God, ihr seid noch jung. Er klopfte Ullrich auf die Schulter. Ullrich sah die grauen Bartstoppeln und die braunen Zähne. Die blaue Schifferjacke war bekleckert.
Komm, sagte Petersen, wir setzen uns dort hin. Er zeigte auf einen freien Tisch in der Ecke.
Wer war denn das?
Kurt, sagte Petersen, das war Kurt. Der war mal Ewerführer. Ist jetzt aber Rentner. Hat aber immer noch Durchblick. Ist bloß völlig draußen.
Und was ist mit seiner Frau?
Die ist gestorben, vor ein paar Wochen. Krebs. Jetzt betrinkt er sich jeden Abend hier.
Ullrich sah vor sich hin auf den Holztisch. Mit der Kante eines Bierfilzes zog er die ausgewaschene Maserung nach.
Was macht die Lehrlingsgruppe, fragte Ullrich schließlich.
Schwierigkeiten. Tammo hat sie gespalten und hat einen eigenen Verein aufgemacht. Wir sind nur noch vier.

Ullrich stellte sich vor, wie sich Petersen nur noch mit einem Lehrling im Hinterzimmer vom *Grünen Eck* traf. Petersen dozierte über den Kapitalverwertungsprozeß. Sonderbarerweise konnte er sich Petersen nicht kahlköpfig vorstellen.
Hast du ein Zimmer in München, fragte Petersen nach einer Pause unvermittelt.
Nein, aber ich hab die Adresse von einem Genossen. (Genosse, konnte er das so sagen?)
Einer von der DKP, sagte Petersen.
Sie hatten wieder schweigend nebeneinandergesessen. Ullrich war plötzlich aufgefallen, wie wenig er von Petersen wußte (und Petersen von ihm). Er wußte, was Petersen über Habermas dachte (ein bürgerlicher Wissenschaftler), über die DKP (revisionistische Tendenzen), über Kuba, über die Randgruppenstrategie. Aber Ullrich wußte nicht, welche Musik Petersen mochte. Tanzte Petersen? Schwamm er gern? Ging er manchmal spazieren? Was war überhaupt sein Vater? Ullrich blies vorsichtig den Rauch an Petersens Gesicht vorbei.
Was macht eigentlich dein Vater, fragte Ullrich ihn dann unvermittelt. Petersens erstauntes Gesicht. Erst nachdem Ullrich seine Frage wiederholt hatte, erzählte er.
Petersens Vater war gestorben, als Petersen sechs Jahre alt war. Er konnte sich vor allem an seine großen Hände erinnern. Hände, vor denen er manchmal Angst gehabt hatte. Sein Vater war Dreher in Rendsburg. Er ist überfahren worden. Vermutlich war er betrunken. Jedenfalls bekam seine Mutter nur eine kleine Rente. Er hat nie mit ihr über den Tod seines Vaters gesprochen, bis heute nicht. Seine Mutter war Garderobenfrau im Rendsburger Theater. Wenn Nachmittagsvorstellungen waren, hat er mit ihr hinter dem Garderobentisch gesessen und seine Schulaufgaben gemacht. Die Schule hat ihm nämlich Spaß gemacht, ja richtigen Spaß. Stundenlang brütete er über Matheaufgaben, die sonst niemand lösen konnte. Ein paarmal haben ihn welche aus seiner Klasse verdroschen. Er galt als Streber. Nachdem

ihn gleich drei auf dem Nachhauseweg verdroschen hatten, ging er in einen Boxverein. Seitdem konnte er sich alle vom Hals halten, auch die Söhne der Richter und Ärzte, die ihn damit aufzogen, daß seine Mutter ihren Eltern die Mäntel im Theater abnehmen mußte.
Manchmal hat er bei den Proben im Theater zugesehen. Wie die Kulissen hin und her getragen wurden, das habe er damals als komisch empfunden. Seitdem habe er auch was gegen das Theater. Gern ist er ins Kino gegangen. Auch heute noch.
Sein Taschengeld verdiente er sich mit dem Austragen von Werbeschriften. Peinlich war ihm, wenn er unten an der Haustür klingeln mußte und dann eine Stimme durch die Sprechanlage fragte, was man wolle. Das war in den Neubauten. Lieber lief er in den alten Wohnblocks alle Stockwerke hinauf. Am schlimmsten aber war es in den Villenvierteln, wo die meisten seiner Schulkameraden wohnten, wenn er dort mit dem Fahrrad durchfuhr, um die Briefkästen mit Werbematerial zu füttern. Abends las er in der Küche. Er las alles, was ihm in die Finger kam. Den *Werther, So weit die Füße tragen,* Illustrierten-Romane. Eine Leseratte nannte ihn seine Mutter. Jetzt, als er kürzlich zu Hause war, hat sie ihm gestanden, daß sie manchmal Angst gehabt hätte, er könne verrückt werden. Sie hatte nämlich als Dienstmädchen bei einem Pastoren gearbeitet, und der hatte einen Sohn, der ein Lexikon auswendig lernen wollte. Als er bei F angekommen war, mußte er in eine Klapsmühle eingeliefert werden.
Sie hatten sich dann beide noch ein Bier bestellt.
Und du, hatte Petersen gefragt.
Ich bin früher gern rausgefahren, gleich nach Schulschluß. Ich hab an einem Waldrand im Gras gelegen und stundenlang in den Himmel gesehen. Ich hab dann an nichts gedacht. Nur manchmal, wenn in der Luft ein Bussard schwebte und plötzlich zur Erde herunterkippte, war das wie ein Stich. Fressen und Gefressenwerden. Ich hab versucht,

mir vorzustellen, wie das wäre, eine Welt, in der niemand gequält würde. Ein ruhiges, anhaltendes Glück wie in einem heißen Sommer, wenn man in einer tiefen Wiese liegt und über sich die Wolken ziehen sieht. Als ich älter wurde, habe ich nicht mehr daran denken mögen. Da war dann dieses Wort Kitsch dazwischen.
Später standen sie auf der dunklen Straße. Der Wind war kalt, und aus der Kneipe hörten sie das Gröhlen und Lachen.
Orangenblütentee, sagte Petersen unvermittelt.
Sie standen nebeneinander, schweigend. Petersen sah vor sich auf das Pflaster und schob mit dem Schuh einen kleinen Stein hin und her.
Ullrich wollte Petersen sagen, wie sehr er ihn mochte. Aber er wußte nicht wie. Er erzählte von dem Brandanschlag auf den Polizei-VW.
Eine irre Sache, sagte Ullrich, damals, hatte fast keine Funktion, mal abgesehen davon, daß wir unseren Haß abgelassen haben. Haß, sagte Petersen.
Haß auf sich selbst und auf die anderen. Haß vor allem auf die, die diesen Haß erzeugen.
Das hat doch geklappt, sagte Petersen. Ich hab immer Conny dahinter vermutet.
Der war auch dabei, sagte Ullrich. Aber beinahe wäre es schiefgegangen. Die Flasche mit dem Benzin hatte eine zu kleine Öffnung, verstehst du, das war eine Hautspiritusflasche. Das dauerte unheimlich lange, bis das Benzin raus war. Ich stand nämlich Schmiere.
Hautspiritus, Petersen lachte, er legte dabei, wie gewöhnlich, den Kopf leicht in den Nacken und lachte. Ullrich fiel auf, daß er Petersen seit langem nicht mehr hatte lachen hören. Er mochte dieses Lachen. Sie standen in der dunklen Straße und lachten.
Hautspiritus, wiederholte Petersen immer wieder.
Zufälle, sagte Ullrich, lauter Zufälle. Aber die werden wir in Zukunft vermindern.

Was macht eigentlich Bully?
Der sitzt.
Diese Schweine, sagte Petersen und dann nach einem Augenblick: Aber die kriegen uns nicht klein.
Wieder standen sie schweigend nebeneinander. Und Ullrich spürte plötzlich, wie kalt es war.
Ich muß mich aufs Ohr legen, sagte Petersen. Morgen ist wieder ein harter Tag.
Er gab Ullrich die Hand.
Plötzlich umarmten sie sich.
Petersen ging dicht an den alten schmutzigen Häusern entlang. Er drehte sich nicht mehr um. Langsam entfernte er sich in der dunklen Straße.
Es gibt ein realisierbares Glück für alle: Eine befriedete Welt, eine Welt ohne Ausbeutung und Unterdrückung.
Das rhythmische Rattern der Räder. Das knatternde Dröhnen des Fahrtwindes.
Die Sonne ließ die Tannen leuchten. In den Gräben schmale weiße Streifen, schmutzige Schneereste. Auf einem Feld ein Traktor mit einer Egge. Die Schraffur der Furchen.
Der Mann, der Ullrich gegenübersaß, hatte die Illustrierte beiseite gelegt und seinen Mantel über das Gesicht gezogen. Er schlief. Das alte Ehepaar unterhielt sich leise.
Er zog den Zettel mit der Adresse heraus, die Roland ihm gegeben hatte. Du stehst doch auf unserer Seite.
Abends würde er in München sein. Er freute sich.

Uwe Timm
Die Entdeckung der Currywurst
Novelle

Gebunden

Wie schmeckt die Erinnerung? Und wie kommt es zu großen und kleinen Entdeckungen? Der Erzähler will es wissen und besucht im Altersheim eine Frau, von der er glaubt, sie habe die Currywurst entdeckt. Aber zunächst erzählt sie eine ganz andere Geschichte: von ihrem Liebesverhältnis zu einem Marinesoldaten, den sie im April '45 in ihrer Wohnung versteckte. Und dann erweist sich die so alltäglich beginnende Geschichte doch als eine unerhörte Begebenheit …

Kiepenheuer & Witsch

Uwe Timm
Kopfjäger
Bericht aus dem Inneren des Landes
Roman

KiWi 320

Der rasante Aufstieg des Millionenbetrügers Peter Walter vom Fassadenputzer zum Broker und Geschäftsführer einer Anlagefirma, der die Gabe seiner berauschenden Erzählkunst charmant einsetzt, um seine Kunden zu prellen.

»Ein spannender, hintersinniger, genußvoll konsumierbarer, bitterbös-heiterer Roman.«
Heinrich Vormweg, Süddeutsche Zeitung

»Uwe Timm hat ein vorzügliches, ein äußerst feinfühliges Buch über den alltäglichen Kannibalismus geschrieben. Über Finanzberater und Scharlatane, denen Geld alles bedeutet. Und über ihre Opfer, die sich den Vampiren willig hingeben, immer in der Hoffnung, selbst etwas abzubekommen vom süßen Blut ihrer Mitmenschen.«
Udo Perina, Die Zeit

»An García Márquez geschult, macht Timm da weiter, wo Balzac aufhörte. Nach der Konjunktur des Seelchens in unseren gutbürgerlichen Feuilletons während der zynischen 80er Jahre ist er zur Tagesordnung übergegangen: zur Seele vom Geschäft.« *Hermann Peter Piwitt, Frankfurter Rundschau*

KiWi Paperbackreihe bei Kiepenheuer & Witsch

Uwe Timm

Erzählen und kein Ende

Gebunden

»Eine aufschlußreiche und bemerkenswerte Reflexion auf das Erzählen, insbesondere in seinem Verhältnis zum Alltag.« *Frankfurter Allgemeine Zeitung*

»Timm ist es gelungen, übers Erzählen zu erzählen.« *Südwestfunk*

»Timms Gedanken über das Erzählen leben von der Spannung zwischen explizitem Ziel und implizitem Weg. Auf den ständigen Abwegen im Fabulieren, Sich-Erinnern, im Ausmalen scheint sich der Autor vom gesteckten Ziel zu entfernen, peilt es jedoch direkt an. Im Erzählen all der kleinen Objekte liegt der Grund für das Erzählen selbst: das Aufbegehren gegen die Begradigung des Gedankengangs.« *Tagesanzeiger* (Zürich)

Kiepenheuer & Witsch

Irina Liebmann
In Berlin
Roman

Gebunden

In einer hochmodernen Erzählform und Sprache gelingt es Irina Liebmann, das Innere eines Lebens und das Äußere der Stadt Berlin zugleich zu erzählen. Aber auch die Geschichte des zerschnittenen Landes und seine Gegenwart. Wenn man die Lektüre beendet hat, ist es, als wachte man aus einem Traum auf, in dem die Dinge plötzlich genauer und schärfer zu sehen waren als im Wachzustand, eine Analyse der Gegenwart mit den Mitteln der Poesie – ein literarisches Ereignis. Man kommt nicht umhin, in der Ferne an Alfred Döblins »Berlin Alexanderplatz« zu denken, mit dem *In Berlin* eine unausgesprochene Zwiesprache hält.

Kiepenheuer & Witsch

Herbert Rosendorfer
Ein Liebhaber ungerader Zahlen

Roman

Gebunden

Der weltberühmte Autor eines Kultbuchs verschwindet plötzlich aus der Öffentlichkeit und verstummt. Doch alle Welt wartet weiter auf das gigantische neue Werk, das er einst verheißen hat. Währenddessen zieht sich der Meister unerkannt in die Ewige Stadt zurück und widmet sich seiner zweiten Leidenschaft: dem Sammeln von Uhren. Mit unerschöpflichem hintersinnigem Witz lockt Rosendorfer uns in seine Parodie auf den Mythos der Entstehung von Literatur und den Literaturbetrieb.

Kiepenheuer & Witsch